गोनू झा की अनोखी दुनिया

गोनू झा इस बात के प्रतीक हैं कि यदि आप किसी के अनाचार का शिकार हुए हैं तो उसका प्रतिकार अवश्य करेंचाहे आपके सामने कोई भी क्यों न हो। अपने साहस, बुद्धिकौशल, पूर्वानुमान की क्षमता और समयानुकूल व्यवहार करने की दक्षता के कारण गोनू झा अपने जीवनकाल में ही किंवदंती बन गए थे। हठधर्मियों को सबक का मानवीय पहलू हमेशा उदात्त बना रहता था। वे दंड देना जानते थे, बदला लेना जानते थे तो उनमें अतिशय क्षमाशीलता भी थी। राज-दरबार से जुड़े रहने पर भी उनमें अपने कुछ खास होने का दर्प या अभिमान नहीं था।

गोनू झा के प्रचलित किस्सों से यह पता चलता है कि मिथिलांचल के तत्कालीन समाज में अन्धविश्वासों का व्यापक प्रभाव था। जादू, टोना-टोटका आदि के सहारे लोग अपनी शक्ति और सामर्थ्य बढ़ाने का प्रयास करते थे। इन सभी कथाओं में गोनू झा का चरित्र ऐसा निष्कपट और साहसी है जिसकी अनायास सराहना करनी पड़ती है।

गोनू झा के जीवनकाल की घटनाओं के साथ ही विभिन्न काल खंडों में गोनू झा के किस्सों में नए किस्से भी जुड़ते गए हैं जिसके कारण पाँच शताब्दियों के बाद भी गोनू झा के किस्से नयापन लिए हमारे सामने आ रहे हैं। लगन, मेहनत, धैर्य, वाक्पटुता अवसर की समझ जैसे कई गुण इन किस्सों में पिरोए गए हैं, जो अनजाने ही पाठकों के मन में घर कर जाते हैं।

अशोक महेश्वरी

गोनू झा की अनोखी दुनिया

व्यंग्य-विनोद, बुद्धिचातुर्य, न्याय-कौशल की अनूठी कहानियाँ

राधाकृष्ण पेपरबैक्स

पहला पुस्तकालय संस्करण
अंकुर प्रकाशन द्वारा
2012 में प्रकाशित

राधाकृष्ण पेपरबैक्स में
पहला संस्करण : 2013
छठा संस्करण : 2025

राधाकृष्ण पेपरबैक्स : उत्कृष्ट साहित्य के जनसुलभ संस्करण

राधाकृष्ण प्रकाशन प्राइवेट लिमिटेड
जी-17, जगतपुरी, दिल्ली-110 051
द्वारा प्रकाशित

शाखाएँ : अशोक राजपथ, साइंस कॉलेज के सामने, पटना-800 006
पहली मंजिल, दरबारी बिल्डिंग, महात्मा गांधी मार्ग, प्रयागराज-211 001
1, अनमोल सोराबजी संतुक लेन, धोबी तलाव, मरीन लाइंस, मुम्बई-400 002
वेबसाइट : www.radhakrishnaprakashan.com
ई-मेल : info@radhakrishnaprakashan.com

बी.के. ऑफसेट
नवीन शाहदरा, दिल्ली-110 032
द्वारा मुद्रित

मूल्य : ₹250

GONU JHA KI ANOKHI DUNIYA
Stories by Ashok Maheshwari

ISBN : 978-81-8361-577-8

भूमिका

मिथिलांचल मखाना में गोनू झा के किस्से उसी तरह प्रचलित हैं जैसे मछली और मखाना! कहते हैं कि बिना मछली और मखाना के मिथिलांचल में कोई शुभ कार्य नहीं होता और बिना गोनू झा के किस्सों के कोई जलसा सम्पन्न नहीं होता।

गोनू झा के किस्सों को देखें, उन पर मनन करें तो यह साफ हो जाता है कि गोनू झा के काल में (लगभग पाँच सदी पूर्व) मिथिलांचल में लोगों को ठगने का प्रचलन था। गोनू झा इस बात के प्रतीक हैं कि यदि आप किसी के अनाचार का शिकार हुए हैं तो उसका प्रतिकार अवश्य करें—चाहे आपके सामने कोई भी क्यों न हो। अपने साहस, बुद्धिकौशल, पूर्वानुमान की क्षमता और समयानुकूल व्यवहार करने की दक्षता के कारण गोनू झा अपने जीवनकाल में ही किंवदंती बन गए थे। हठधर्मियों को सबक का मानवीय पहलू हमेशा उदात्त बना रहता था। वे दंड देना जानते थे, बदला लेना जानते थे तो उनमें अतिशय क्षमाशीलता भी थी। राज-दरबार से जुड़े रहने पर भी उनमें अपने कुछ खास होने का दर्प या अभिमान नहीं था।

गोनू झा के प्रचलित किस्सों से पता चलता है कि मिथिलांचल में पाँच सौ साल पहले अज्ञान भी था और अभाव भी। चोरी, ठगी आदि के किस्सों से इस बात का अन्दाज सहज ही लग जाता है। साधु-महात्माओं के किस्से भी गोनू झा के किस्सों के साथ-साथ चलते हैं। इससे भी यह पता चलता है कि मिथिलांचल के तत्कालीन समाज में अन्धविश्वासों का व्यापक प्रभाव था। जादू, टोना-टोटका आदि के सहारे लोग अपनी शक्ति और सामर्थ्य बढ़ाने

का प्रयास करते थे। हजाम-प्रकरण की कथाओं में तत्कालीन समाज में प्रचलित धूर्तता का संकेत मिलता है। इन सभी कथाओं में गोनू झा का चरित्र ऐसा निष्कपट और साहसी है जिसकी अनायास सराहना करनी पड़ती है कि गोनू झा अपनी ओर से किसी को कष्ट पहुँचाने का प्रयास नहीं करते लेकिन जब इस तरह की कोई चुनौती उनके सामने आती है तब चमत्कारिक बुद्धिकौशल का परिचय देते हैं।

सम्भवतः यही कारण है कि गोनू झा के किस्सों की भरमार है मिथिलांचल में। कुछ शोधकर्ताओं का मानना है कि गोनू झा के जीवनकाल की घटनाओं के साथ ही विभिन्न काल खंडों में गोनू झा के किस्सों में नए किस्से भी जुड़ते गए हैं जिसके कारण पाँच शताब्दियों के बाद भी गोनू झा के किस्से नयापन लिए हमारे सामने आ रहे हैं। आते ही जा रहे हैं। ये किस्से रोचक हैं। मनोरंजक हैं और ज्ञानवर्द्धक भी। लगन, मेहनत, धैर्य, वाक्पटुता अवसर की समझ जैसे कई गुण इन किस्सों में पिरोए गए हैं, जो अनजाने ही पाठकों के मन में घर कर जाते हैं।

इन किस्सों में शामिल गुणों के कारण ही ये किस्से कभी बासी नहीं हुए। तेनालीराम और गोपाल भाँड की कहानियों की तरह नित नूतन, नित नवीन हैं।

ये किस्से, इस संग्रह में कहानियों की शक्ल में शामिल किए गए हैं, इस उम्मीद के साथ कि पाठक इसे पसन्द करेंगे। सम्भवतः पहली बार गोनू झा के किस्से कहनी के शिल्प में ढले हैं।

—अशोक महेश्वरी

अनुक्रम

ठग उन्मूलन अभियान

मिथिला में चोर-उचक्कों और ठगों का कभी बहुत जोर था। चोर-उचक्कों के इस जोर के कारण ही कोई अजनबी न तो मिथिला जाना चाहता था और न वहाँ के लोगों से मेल-जोल बढ़ाने का ही साहस कर पाता था। मिथिलांचल नरेश ने चोरी और ठगी रोकने के कई उपाय किए लेकिन सारे विफल रहे।

एक दिन उन्होंने गोनू झा से कहा–"अब आप ही कोई उपाय करें पंडित जी! राज्य में चोरी और ठगी की घटनाएँ इतनी बढ़ गई हैं कि पड़ोस के राज्यों से कोई मिथिला भ्रमण के लिए आना ही नहीं चाहता। मिथिला की कलात्मक तस्वीरों के लिए पहले यहाँ पर्यटकों की भीड़ लगी रहती थी। मिथिला अपने प्राकृतिक रंग-निर्माण के लिए अपनी प्रसिद्धि के कारण व्यापारियों को भी आकर्षित करता था। मखाने की खेती में यह क्षेत्र अव्वल है लेकिन चोरों और ठगों के उत्पात के कारण अब मखाने के व्यापार पर भी असर पड़ने लगा है। मिथिला की मछलियाँ दूर-दराज तक के खरीददार ले जाया करते थे लेकिन मछलियों की माँग भी कम होती जा रही है। यदि यही हाल रहा तो राजस्व में कमी आएगी और हमें नए कर लगाने होंगे। इससे हमारी प्रजा पर अतिरिक्त आर्थिक दबाव आएगा। यह उचित नहीं होगा। मुझे विश्वास है पंडित जी आप ही कोई ऐसा रास्ता निकालेंगे जिससे मिथिला की प्रजा को इन ठगों-चोरों और लुटेरों से निजात मिल सकेगी।"

गोनू झा मिथिला नरेश की बातों को स्पष्ट आदेश के रूप में लेते थे। प्रखर बुद्धि और त्वरित सूझ के अपने विशिष्ट गुणों के कारण गोनू झा मिथिला नरेश के दरबार में सभी दरबारियों से भिन्न थे। उनकी इस विशेषता के कारण ही मिथिला नरेश उनका सम्मान करते थे। मिथिला नरेश की बातें सुनकर गोनू झा ने कहा–"महाराज! आपका आदेश सिर-आँखों पर। बस, मुझे राज्य के सुरक्षा-प्रहरियों में से कुछ प्रहरियों का चुनाव

कर उनसे मनचाहा काम लेने की सुविधा प्रदान करें।"

महाराज ने गोनू झा को यह सुविधा प्रदान कर दी।

गोनू झा ने सुरक्षा प्रहरियों में से अपनी पसन्द के जवानों का चुनाव किया और उन्हें अपने गाँव में ग्रामीणों जैसे लिबास में बुलवाया। तीन-चार दिनों तक वे उन्हें समझाते रहे कि उन्हें क्या करना है। इसके बाद वे महाराज के पास गए तथा कहा–"महाराज, अब मैं ठगी-चोरी निषेध अभियान पर लग गया हूँ। न तो अगले तीन माह तक मैं दरबार में आऊँगा और न यह बताऊँगा कि मैं और मेरे प्रहरी क्या कर रहे हैं और न यह बात आप किसी भी कारण से मुझसे पूछेंगे।"

महाराज ने स्वीकृति दे दी।

गोनू झा ने इन सुरक्षा प्रहरियों को पर्यटकों के वेश में विभिन्न क्षेत्रों के धर्मशालाओं में ठहर जाने का निर्देश दिया तथा राजकोष से मँगाकर सबको कुछ-कुछ धन भी प्रदान किया। जवानों के चयन में गोनू झा ने एक विशेष नीति अपनाई थी। उन्होंने ऐसे जवानों का चयन किया था जो देखने में मूर्ख लगते थे। तीन दिनों के प्रशिक्षण के दौरान उन्होंने इन जवानों को मूर्खतापूर्ण ढंग से देखने, बोलने आदि की कला भी सिखाई थी।

गोनू झा के गाँव से थोड़ी दूरी पर एक मवेशी मंडी थी जहाँ रविवार को मवेशियों का बाजार लगा करता था। एक सुरक्षा प्रहरी किसान के वेश में उस हाट में भेजा गया। वह दिन भर हाट में घूमता रहा और मूर्खों के से हाव-भाव के साथ मवेशियों के पास जाता, उन्हें निहारता और फिर उसके मालिक से उसकी कीमत पूछता फिर अपनी अंटी से पैसे निकालकर उन्हें सबके सामने गिनने बैठ जाता। फिर कहता कि उसके पास पैसे कम हैं। लगभग चार-पाँच चक्कर वह पूरे हाट का लगा चुका था। अब वह किसी भी मवेशी के पास रुकता तो मवेशी का मालिक उसे दुत्कार कर भगा देता–"जा-जा, आगे बढ़। लेना न देना आ गया फिर मगज चाटने!"

हाट में घूम-घूमकर थक जाने के बाद वह जवान एक जगह पर बैठ गया। उसने महसूस किया कि उसके आस-पास, थोड़ी-थोड़ी दूरी पर चार लोग बैठ गए हैं। चुपचाप! सब की पीठ उसकी तरफ थी। जवान ने फिर अपनी अंटी से पैसों की थैली निकाली और वहाँ बैठकर उन्हें गिनने लगा। पैसे गिनकर उसने थैली में डाले और थैली अपनी अंटी में रखकर वह फिर

से मंडी के चक्कर लगाने लगा। चक्कर लगाते-लगाते उसकी नजर एक छोटे से बछड़े पर पड़ी। वह बछड़े के मालिक से उसका मोल पूछा। पहले तो बछड़े का मालिक उस पर नाराज हुआ मगर जब उसने अपनी अंटी से रुपए निकालकर दिखाए तो उसने उसकी कीमत दो सौ रुपए बताई। मोल-तोल करने के बाद डेढ़ सौ रुपए में बछड़ा खरीदकर वह जवान उस बछड़े को अपने कंधे पर लाद लिया और गोनू झा के गाँव की ओर चलने को हुआ तो जिसने बछड़ा बेचा था, वह उसकी मूर्खता पर हँसते हुए पूछा–''बड़े मजबूत जवान हो! किस गाँव से आए हो?"

जवान ने चलते हुए कहा–"भड़ौरा गाँव है मेरा। भड़वारा जानते हो न? वही।''

इतने में चार लोग उसके पास से लगभग दौड़ते हुए निकल गए। जवान ने देखा, ये वही चार लोग थे जो कुछ देर पहले उसके आस-पास आकर बैठ गए थे। जवान ने उन्हें देखकर अनदेखा कर दिया और धीमी चाल से वह आगे की ओर चल पड़ा। मवेशी मंडी से थोड़ी दूर निकल जाने के बाद एक मोड़ पर उसने देखा कि एक आदमी उसे रुकने का इशारा कर रहा है, मगर वह उस पर बिना ध्यान दिए धीरे-धीरे आगे बढ़ता रहा। उसे इशारा करनेवाला आदमी तेज कदमों से चलकर उसके पास आ गया और कहने लगा–''का गणेशी भाई! नाराज छी की? अतेक आवाज देलौं, इशारो कैलो, अहाँ ध्यानो न देलौं? किऐक?" (क्यों गणेशी भाई, नाराज हैं क्या? इतनी आवाज दी, इशारा भी किया मगर आपने ध्यान ही नहीं दिया, क्यों?)

जवान अपनी धीमी गति से चलता रहा। उस आदमी ने फिर कहा–''की बात छई, बोलवे नहिं करई छी?'' (क्या बात है? बोलते ही नहीं हैं?)

तब जवान ने बिना उसकी ओर देखे कहा–"मेरा नाम गणेशी नहीं, माधो है। माधो! माधव झा! मुकुंद माधव झा!"

"हाँ यौ झा जी। ई बताऊ कि ई बकरा कतेक में भेटल? (हाँ! झा जी। यह बताइए कि यह बकरा कितने में मिला?)

''ई बकरा?''...माधो झुंझलाया और बोला–''तुम्हें यह बकरा दिख रहा है?''

''त आउर का?'' (तो और क्या?)

माधो चलते हुए बोल रहा था–''भाई, इ बकरा नहीं है। बाछा है–बाछा।''

"बाछा? कौन कहता है? अरे बकरा और बाछा में अन्तर नहीं समझता क्या? क्या मेरे पास आँखें नहीं हैं? क्यों मूर्ख बना रहे हो?" वह आदमी अब रोष में बोल रहा था।

माधो ने भी उत्तेजित होकर जवाब दिया–"हाँ, बाछा है, बाछा...बाछा... बाछा...। एक नहीं, सौ बार बाछा।"

उस आदमी ने माधो से भी ऊँची आवाज में कहा, "बकरा-बकरा-बकरा!"

माधो फिर चीखा–"बाछा...बाछा...बाछा!"

ऐसे ही चीखते-चीखते दोनों गाँव के मोड़ तक पहुँच गए। वहाँ उन्हें तीन आदमी दिखे। उनमें से एक ने उन्हें टोका–"अरे! क्यों चीख रहे हो दोनों?"

माधो ने रुआँसा होकर कहा–"यह आदमी मेरे बाछा को बकरा बता रहा है।"

"बाछा?" चौंककर उस टोकनेवाले आदमी ने पूछा–"कहाँ है बाछा?"

माधो ने मासूमियत से जवाब दिया–"मेरे कंधे पर।"

वह आदमी ठठाकर हँस पड़ा। फिर हँसते-हँसते बोला–"अच्छा मजाक कर लेते हो।"

"मजाक? मैं मजाक नहीं कर रहा हूँ। मेरे कंधे पर बाछा है और यह आदमी मुझे तब से तंग कर रहा है–'बाछा नहीं, बकरा है' कह-कहकर मुझे आजिज कर चुका है।"

"अरे भाई! है बकरा तो बाछा कैसे कह दे कोई? अब तुमको बाछा को बकरा कहना हो तो कहो।" उस आदमी ने कहा।

उसकी बात सुनकर माधो ने अपने कंधे से बाछा को उतारा और उसे देखने लगा। फिर बोला–"यह बाछा ही है। क्यों मुझे परेशान कर रहे हो? जाओ, अपना रास्ता देखो।"

अभी ये बातें हो ही रही थीं कि गाँव के मोड़ पर खड़े दो आदमी माधो की तरफ आ गए। माधो ने उन्हें देखा–उसे याद आया–जब वह मंडी में सुस्ताने के लिए बैठा था तब यही चारों उसके आजू-बाजू आकर बैठ गए थे।

उन दोनों ने बाछा को सहलाया, फिर बोले–"वाह! क्या बात है! बहुत मस्त बकरा है तुम्हारा। बोलो, बेचोगे?"

माधो उनकी बात सुनकर हताश-सा दिखने लगा। उनमें से एक ने फिर कहा–"बताओ कितने में बेचोगे? मुझे पसन्द आ गया है। बहुत शानदार बकरा है।"

माधो बारी-बारी से चारों को देख रहा था। उसे चुप देखकर उन चारों में से एक ने कहा–"अरे भाई, तुम तो बाछा खरीदने गए थे। मतलब कि तुम्हें तो बाछा की जरूरत है, बकरे की नहीं। ऐसे में ई बकरा तो तुम्हारे लिए बेकार हुआ न? ऐसे...तुम्हारी मर्जी। तुम्हारे लिए जो फालतू चीज है–उसकी हमें जरूरत है। तुम्हें तो खुश होना चाहिए कि जो चीज तुम्हारे लिए फालतू है उसका खरीददार तुम्हें राह चलते मिल गया। बेचना चाहो तो बेच दो। जितने में लाए हो उतनी रकम तुम्हें हम दे देंगे। बोलो, कितने में खरीदा था?"

माधो ने मायूसी-भरे शब्दों में बोला–"डेढ़ सौ में।"

"डेढ़ सौ यानी एक सौ पचास रुपए। एक सौ पचास रुपए मतलब–150 रुपए। है न भाई?" एक आदमी ने माधो से पूछा।

माधो ने सिर हिलाकर हामी भर दी।

फिर उनमें से एक ने माधो का कन्धा थपथपाकर कहा, "भाई मेरे। एक पाँच शून्य रुपए में एक और पाँच का तो मतलब है मगर हिसाब-किताब में शून्य का तो कोई मानी होता ही नहीं है। बताओ, होता है क्या?"

माधो ने फिर सिर हिलाकर न कहा। उसके चेहरे पर उस समय मूर्खता बरस रही थी।

"तो एक पाँच शून्य में से, शून्य हटा दो तो बचे एक और पाँच यानी एक पर पाँच–पन्द्रह! ये लो पन्द्रह रुपए।" उनमें से एक ने माधो के हाथ में पन्द्रह रुपए रखते हुए कहा–"अब यह बकरा हमारा हुआ।"

माधो हाथ में पन्द्रह रुपए थामे उन लोगों को देखता रहा और वे लोग बाछा लेकर एक साथ मुड़ गए और तेज गति वे वहाँ से जाने लगे।

माधो उन लोगों को जाते हुए देखता रहा। जब वे लोग उसकी आँखों से ओझल हो गए तब माधो ने गोनू झा के गाँव की तरफ अपना रुख किया। उस समय सूरज डूब रहा था। गाँव की पगडंडियों के आस-पास के पेड़ों पर चिड़ियों की चहचहाहट का शोर था। हवा मंथर वेग से बह रही थी। माधो धीरे-धीरे चलते हुए गोनू झा के घर आया। उस समय आसमान में

सितारे टिमटिमाने लगे थे। आसमान में चाँद की मद्धिम रोशनी फैल चुकी थी। चाँदनी रात में गोनू झा अपने दरवाजे पर खटिया रखकर उस पर अधलेटे से पड़े थे। वह माधो को आता देख खटिया से उठ गए और टहलते हुए माधो के पास पहुँच गए। माधो ने उन्हें सारी घटना बता दी। गोनू झा मुस्कुराते हुए माधो की बातें सुनते रहे। फिर उन्होंने माधो का कंधा थपथपाते हुए कहा–"तुमने बहुत बुद्धिमानी से काम किया। ठीक ऐसा ही काम मैं चाहता था। अब अगले हफ्ते हाट के दिन हम लोग अलग-अलग मवेशी मंडी पहुँचेंगे। मुझे विश्वास है, उस दिन ये चारों उस बाछा को बेचने आएँगे। अब सात दिनों तक तुम मस्ती करो।"

माधो के जाने के बाद गोनू झा ने अन्य रंगरूटों को बुलवाया और उनसे जानकारी ली।

वे लोग भी अन्य ग्रामीण मंडियों में इसी तरह ठगी के शिकार हुए थे। गोनू झा मुस्कुराते हुए उनकी बातें सुनते रहे और अगले मंडी के दिन मंडी में ही मिलने की बात कहकर उन लोगों को विदा किया और फिर सोने चले गए।

अपने गाँव के पास लगने वाली मवेशी मंडी में अगले सप्ताह गोनू झा मंडी लगने से पहले ही पहुँच गए और एक पेड़ के नीचे बोरा बिछाकर बैठ गए। उन्हें देखकर कोई कह नहीं सकता था कि वे मिथिला नरेश के दरबार के नामचीन दरबारी हैं। साधारण कृषक के लिबास में गोनू झा ठेठ ग्रामीण लग रहे थे। गोनू झा के मंडी में पहुँच जाने के बाद धीरे-धीरे मवेशी बाजार जमने लगा। दो घंटे में बाजार पूरी तरह सज गया। गोनू झा की आँखें माधो को तलाश रही थीं। एक पेड़ के नीचे बैठा माधो उन्हें दिख गया। वह पोटली से रुपए बार-बार निकाल उन्हें गिनने में लगा हुआ था। लगभग डेढ़-दो घंटे बाद माधो अचानक अपनी जगह से उठा और तेजी से मवेशी मंडी के पूर्वी कोने की ओर जाने लगा। गोनू झा भी उठे और धीमी गति से माधो की तरफ जाने लगे।

माधो चलते हुए जिस जगह पर रुक गया था, उस जगह पर चार आदमी एक सफेद और शानदार बछड़े के साथ खड़े थे। माधो ने उनके पास पहुँचकर बछड़े को सहलाना शुरू किया। शायद उन चारों ने माधो को पहचाना नहीं था या फिर पहचानकर भी अनजान बन रहे थे। माधो को

प्यार से बछड़े को सहलाते देखकर उनमें से एक ने कहा–"क्या बात है, पसन्द आ गया?...पूरे बाजार में ऐसा बाछा तुम्हें देखने को नहीं मिलेगा। बोलो, लेना है?"

माधो ने गर्दन हिलाकर हामी भरी। फिर पूछा–"कितने में दोगे?"

"दो सौ रुपए। एक दाम।" उसने जवाब दिया।

अभी बातों का सिलसिला शुरू ही हुआ था कि गोनू झा वहाँ पहुँच गए और ऊँची आवाज में पूछा–"अरे यह बकरा किसका है?"

चारों के चेहरे का रंग इस सवाल पर उड़ गया। ठीक उसी समय माधो ने कहा–"अरे! लगता है मेरा ही दिमाग खराब हो गया है कि बकरा मुझे बाछा सा दिखता है। पिछले हफ्ते भी मैंने एक बकरा को बाछा समझकर खरीद लिया था।"

गोनू झा ने फिर जोर से, लगभग चीखते हुए पूछा–"अरे बकरे का दाम कौन बताएगा? बता जल्दी!"

गोनू झा की इस आवाज को सुनकर चार-पाँच हट्टे-कट्टे ग्रामीण दौड़कर उस स्थान पर पहुँच गए और बछड़े के साथ आए चारों ठगों के आजू-बाजू में जाकर खड़े हो गए।

गोनू झा के चीखकर पूछने पर उन चारों में से एक ने कहा–"दो सौ का बाछा है हुजूर। यह बकरा नहीं, बाछा है।"

गोनू झा मुस्कुराए, फिर बोले–"जो भी हो, मैं तो बकरा ही कहूँगा..." गोनू झा थोड़ी देर बारी-बारी से उन चारों को देखते रहे फिर मुस्कुराते हुए धीमी आवाज में बोले–"दो सौ दाम बताया न? दो सौ रुपए। है न?"

उन चारों ने गर्दन हिलाकर हामी भरी।

गोनू झा ने अपनी आवाज को और धीमा किया और लगभग फुसफुसाते हुए बोले, "दो सौ रुपए मतलब–200,–है न? और दो सौ रुपए का मतलब दो शून्य शून्य।" इतना कहने के बाद वे उन चारों में से एक के पास पहुँचे और उसके कानों के पास फुसफुसाते हुए बोले–"और हिसाब-किताब में शून्य का कोई मतलब नहीं होता। है न? तो दो शून्य हटे–बच गया दो। यह लो दो रुपए और यह बकरा मेरा हुआ।"

गोनू झा की बात सुनकर चारों आदमी ने भागने की कोशिश की लेकिन उनके आजू-बाजू खड़े लोगों ने उन्हें धर दबोचा और उनकी मुश्कें चढ़ाकर

उन्हें बाँध दिया गया। मंडी में रौनक होने के कारण वहाँ भीड़ लग गई। तब गोनू झा ने भीड़ में शामिल लोगों से पूरा वृत्तान्त कह सुनाया कि कैसे इन लोगों ने माधो को असमंजस में डालकर उसका बाछा पन्द्रह रुपयों में ले गए थे।

फिर गोनू झा ने उन लोगों से जिन्होंने इन चारों की मुश्कें चढ़ा दी थीं, कहा--"जाओ, इन्हें ले जाकर हवालात में बन्द कर दो। कल फिर मुकाम पर तैनात रहो।"

जब ये लोग उन चारों को लेकर जाने लगे तो गोनू झा ने हँसते हुए कहा--"जाओ भाइयो, ये लोग तुम्हें हिसाब-किताब में शून्य का प्रयोग कैसे होता है, बता देंगे।" इसके बाद गोनू झा और माधो वह बाछा लेकर घर आ गए।

दूसरे दिन, दूसरे गाँव की मंडी में छह और तीसरे दिन तीसरे गाँव की मंडी में दस लोगों को इसी तरह गोनू झा की सूझ-बूझ से रंगरूटों ने धर दबोचा। सात दिनों के अभियान में ही पूरे मिथिलांचल में छोटी-बड़ी ठगी करते पचास से अधिक लोग पकड़ में आ गए। इसके बाद उनकी पिटाई कर रंगरूटों ने कुछ और ठगी करनेवालों का नाम-पता हासिल किया और जाल बिछाकर उन्हें ठगी करते रंगे हाथों गिरफ्तार कर लिया।

तीन माह व्यतीत हो गए। गोनू झा के ठग उन्मूलन अभियान को मिथिलांचल में अपार सफलता मिली। तकरीबन पौने दो सौ ठगों को रंगरूटों ने अपनी गिरफ्त में ले लिया।

तीन माह पूरा होते ही गोनू झा मिथिला दरबार में उपस्थित हुए और महाराज को अपनी सफलता का पूरा वृत्तान्त कह सुनाया। महाराज खुश हुए तथा गोनू झा की सफलता से प्रसन्न होकर विशेष दरबार का आयोजन किया। दरबारियों के सामने उन ठगों को पेश किया गया जिन्हें गोनू झा की सूझ-बूझ के कारण पकड़ा गया था। महाराज ने दरबार में गोनू झा की मुक्त कंठ से प्रशंसा की। गोनू झा से जलने वाले दरबारी नाक-भौं सिकोड़ने लगे। काना नाई तो इस घोषणा से इतना व्यथित हुआ कि दरबार से ही बाहर चला गया। महाराज उसे जाते हुए देखते रहे। वे जानते थे कि उनका यह दरबारी गोनू झा से ईर्ष्या करता है।

दरबार समाप्त हो जाने के बाद महाराज, गोनू झा को अपने साथ महल

में लेकर आ गए और उन्हें उचित आसन पर बैठाकर पूछा कि आखिर मिथिला के सभी ठगों को इस तरह दबोचने में उन्हें सफलता कैसे मिली?

गोनू झा मानो इस प्रश्न के लिए तैयार थे। उन्होंने छूटते ही कहा– "महाराज! मैंने आपकी आज्ञा से, सुरक्षा प्रहरियों में से ऐसे जवान छाँटे जो देखने में मूर्ख या बेअक्ल प्रतीत होते थे। इन जवानों को मैंने राजकोष से कुछ रुपए दिलाए जिसकी सहायता से ये जवान ग्रामीण-पर्यटक के रूप में घूम सकते थे और कुछ खरीददारियाँ कर सकते थे। तीन दिनों तक मैंने इन्हें मूर्ख दिखने और मूर्खतापूर्ण आचरण करने का प्रशिक्षण दिया। पूरे मिथिलांचल को मैंने सात क्षेत्रों में बाँटा और इन सात क्षेत्रों के लिए सात केन्द्र स्थापित किए। इन जवानों के साथ ही मैंने गाँवों में लगनेवाली मंडियों में ग्रामीण वेशधारी रंगरूटों को तैनात किया। जवानों को मैंने खुला निर्देश दिया कि जब कोई उन्हें ठगने की कोशिश करे तो वे ऐसा दिखाएँ कि वे उसके झाँसे में आ गए हैं और ठगे जाएँ। रंगरूटों को निर्देश था कि जब कोई जवान ठगा जाए तो वे उसे ठगनेवालों को भनक तक लगे बिना, उसके घर तक पीछा करें। नाम-पता आदि की सूची तैयार कर लें। सच कहें महाराज, मैंने तो अँधेरे में तीर चलाया था जो ठीक निशाने पर लगा।"

गोनू झा की, महराज ने खूब आवभगत की और उन्हें महल के दरवाजे तक छोड़ने आए। गोनू झा को विदा करते समय गद्गद कंठ से महाराज बोले–"तो पंडित जी आज से मिथिलांचल ठग-मुक्त क्षेत्र घोषित किया जा सकता है न!"

गोनू झा ने उन्हें नमस्कार करते हुए कहा–"क्यों नहीं महाराज!"

माघ अमावस्या पर ढेले का टोटका

गोनू झा के गाँव में एक बार चोरों का एक गिरोह सक्रिय हो गया। गोनू झा के घर से भी कुछ सामानों की चोरी हो गई। गोनू झा ने उस दिन ही संकल्प ले लिया कि जब तक वे चोरों को सबक न सिखा दें तब तक चैन की साँस नहीं लेंगे।

माघ का महीना! कड़ाके की ठंड! शाम होते-होते गाँव में धुँध सा छा जाता और सुबह सूर्योदय के घंटों बाद भी घना कोहरा पूरे गाँव पर छाया रहता। लोग शाम होते ही या तो घूरे को घेरकर आग तापने के लिए बैठ जाते या फिर अपनी रजाइयों में दुबक जाते। गाँव की सड़कें प्रायः शाम ढलने के बाद निर्जन सी हो जातीं। चोरों को माघ का महीना अपने लिए करिश्माई महीना लगने लगा था। रोज गाँव के किसी न किसी घर में चोरी होती। रोज चोरों की कारिस्तानी का शिकार हुए घर में कोहराम मचता और जब आवाज गोनू झा तक पहुँचती तो उनका संकल्प और दृढ़ होता जाता और वे विचार-मंथन करने बैठ जाते कि क्या करें कि चोरों को काबू में लिया जा सके।

गोनू झा ने गाँव में हुई चोरियों के बारे में जानकारियाँ जुटाईं तो इस तथ्य का उद्घाटन हुआ कि अधिकांश चोरियाँ रात नौ बजे से ग्यारह बजे के बीच या सुबह ढाई बजे से चार बजे के बीच हुई हैं। गोनू झा ने इसका अर्थ निकाला कि जाड़े की रात में आम तौर पर गाँव के घरों में लोग दरवाजे पर अलाव जलाकर सपरिवार आग तापने के लिए बैठते हैं या फिर घर के किसी कमरे में बोरसी में आग रखकर सपरिवार हाथ सेंकने बैठते हैं। चोर या तो इस समय अपने हाथ की सफाई दिखाते हैं या फिर सुबह में जब बिस्तर गर्म हो जाता है तब रजाइयों में लिपटे लोगों को गहरी नींद आ चुकी होती है, चोर उस समय उनकी नींद का लाभ उठाकर अपने काम को

अंजाम देते हैं।

अब, जब यह रहस्य गोनू झा ने खोज लिया तब प्रायः वे शाम को दरबार से लौटते समय गाँव के किसी स्थान पर लगे अलाव के पास हाथ सेंकने के लिए बैठ जाते। धीरे-धीरे चोरों को पता चल गया कि गोनू झा शाम में घर नहीं लौटते। कई बार तो रात के दस-ग्यारह, यहाँ तक कि बारह बजे तक उनका पता नहीं रहता। फिर क्या था! चोरों ने फिर से गोनू झा के घर को निशाना बना लिया और वहाँ से बड़ा हाथ मारने की तैयारी में जुट गए।

अमावस की रात थी। गोनू झा गाँव के मुखिया के दरवाजे से आग तापकर अलमस्ती में गुनगुनाते हुए अपने घर आए। दरवाजे पर उन्होंने कुछ अटपटी आवाज सुनी तो उन्होंने आवाज की दिशा में देखना शुरू किया। उनके घर के पिछवाड़े बगीचा था जिसमें आम, लीची, कटहल, अमरूद आदि अनेक फलदार वृक्ष लगे हुए थे। और सफाई नहीं कराए जाने के कारण घनी झाड़ियाँ फैली थीं। आहट उन्हीं घनी झाड़ियों की ओर से आ रही थी।

गोनू झा ने एक बड़ा सा रोड़ा उठाकर आवाज की दिशा में निशाना साधकर फेंका तो झाड़ियों में सरसराहट हुई। गोनू झा को समझते देर न लगी कि झाड़ियों में कोई छुपा हुआ है। फिर क्या था! उन्होंने ऊँची आवाज में अपनी पत्नी को आवाज दी। जब पंडिताइन घर से बाहर निकली तब गोनू झा ने कहा–"पंडिताइन! देख, इधर-उधर बहुत ढेला होगा। एक सौ आठ ढेला चुन के लाओ। आज माघ अमावस्या की रात है। आज की मध्य रात्रि तक घर के दक्षिण दिशा में एक सौ आठ ढेले फेंके जाएँ तो घर के लोगों पर यदि किसी ग्रह का दुष्प्रभाव पड़ने वाला हो तो स्वतः दूर हो जाता है। जाओ, देर न करो। थोड़ी ही देर में रात का दूसरा पहर गुजर जानेवाला है।"

पंडिताइन वहाँ से बुदबुदाती हुई गई। कच्ची नींद से जगी थी सो खीज गई थी। पंडिताइन जब एक ढेला लेकर आई तो गोनू झा ने ढेला अपने हाथ में लेते हुए कहा–"अरे भाग्यवान! कुढ़ना बाद में। तुम्हें इस काम का महत्त्व नहीं मालूम इसलिए गुस्सा कर रही हो। जाओ, जितनी जल्दी हो, अँचरा में ढेला भर-भर के यहाँ रखती जाओ, मैं खुद गिन-गिनकर ढेला फेकूँगा। ढेला

फेंकने के समय मंत्र भी पढ़ना होता है। कुछ भी ऐसा मत करना जिससे मुझे गुस्सा आए।''

पंडिताइन झुंझलाती हुई गई और अपने आँचल में कुछ रोड़े लेकर आई। गोनू झा के सामने उन रोड़ों को पटकते हुए बोली—''लोगों का उम्र बढ़ता है तो दिमाग समझदार होता है और एक 'ई' हैं कि उम्र बढ़ने के साथ-साथ बेदिमाग होते जा रहे हैं—सारा ज्ञान खूँटा में टाँग के जोग-टोंग और टोना-टोटका करने में लगे हैं। आधी रात होने को आई और ये हैं कि खाना-पीना त्याग के ग्रह-दशा सुधारने के काम में लगे हुए हैं।''

गोनू झा ने पत्नी की झुंझलाहट पर ध्यान नहीं दिया और अंधेरे में निशाना साध-साधकर ढेला फेंकते रहे।

पत्नी दो-तीन चक्कर ढेला ढोने के बाद हाँफने लगी और बोली—''अब मैं नहीं जाती ढेला चुनने। क्या बेकार के काम में लगे हुए हो! जाओ, हाथ-मुँह धो लो और चल के खाना खा लो। भला ढेला फेंकने से कहीं किसी की ग्रह-दशा सुधरी है!''

गोनू झा ने डपटते हुए कहा, ''शुभ-शुभ बोलो भाग्यवान! तुम तो केवल ढेला ढोने में थक रही हो। आखिर मैं जो कर रहा हूँ वह पूरे घर की भलाई के लिए ही तो कर रहा हूँ।''

पंडिताइन का गुस्सा सातवें आसमान पर जा पहुँचा। वह लगभग फुँकारते हुए बोली—''मैं अब ढेला-रोड़ा नहीं चुनूँगी। तुम्हें ग्रह-दशा सुधारनी है तो खुद जाओ और चुनकर लाओ ढेला-रोड़ा और फेंकते रहो रात भर घर के दक्खिन में।''

गोनू झा भी तेवर में आ गए। एक ढेला हाथ में लेकर निशाना साधते हुए उन्होंने बगीचे में फेंका। ढेला इधर किसी को छप्प से लगा। झाड़ी थोड़ी हिली और शान्त हो गई। गोनू झा की आँखें अब तक अँधेरे में देखने की अभ्यस्त हो चुकी थीं और अपने लक्ष्य पर टिकी थीं। दूसरा ढेला हाथ में तोलते हुए उन्होंने कहा—"जाओ, ढेला लेकर आओ। अब मन्त्र सधने लगा है। कोई विघ्न मत डालो।''

पंडिताइन अड़ी हुई थी कि वह ढेला चुनने के लिए कतई नहीं जाएगी। नौबत यह आई कि गोनू झा निशाना साधकर एक ढेला फेंकते और पत्नी को कोसने लगते—''हे भगवान! यह कैसा कलयुग आ गया कि पत्नी अपने

पति की बात नहीं मानती। पति तो मिथिलांचल की महिलाओं के लिए परमेश्वर होता था...''

पंडिताइन गोनू झा के गुस्से से बेपरवाह अड़ी थी कि वह अब ढेला नहीं चुनेगी। गोनू झा के स्यापा से वह और भड़की और मुँह लगा जवाब देने लगी। दोनों का तू-तू, मैं-मैं धीरे-धीरे चीख-चिल्लाहट में बदलने लगा। गोनू झा चीख रहे थे–"जा'–जा।"

पंडिताइन चीखती–''नहीं जाती। नहीं लाती।''

गोनू झा चीखते–''दे।''

पंडिताइन चीखती–''नहीं देती।''

दोनों की चीख-चिल्लाहट से पड़ोसियों की नींद खुली। वे यह देखने के लिए कि गोनू झा और उसकी पत्नी क्यों चीख रहे हैं–हाथ में लाठी और मशाल लिए अपने घरों से निकल आए। गोनू झा ने देखा कि पास-पड़ोस के लोग उनके घर पहुँच गए हैं तब उन्होंने कहा–"आइए भाइयो। देखिए कलयुग का नजारा। ये मेरी धर्मपत्नी हैं–पतिव्रता नारी। इनको मैंने इधर-उधर से एक सौ आठ ढेला चुनकर लाने को कहा तो चालीस-पचास ढेला लाने के बाद अपना पतिव्रत धर्म त्यागकर पति से मुँह लगाने लगीं और उधर देखिए..." उन्होंने बगीचे की ओर इशारा करते हुए कहा–"वहाँ वह भाई साहब हैं जो चालीस-पचास ढेला खाने के बाद भी एक शब्द नहीं बोले।"

बगीचे में छुपा चोर अब समझ गया था कि गोनू झा ढेला उसी को निशाना साधकर मार रहे थे। वह वहाँ से भागने की कोशिश करने के लिए उठा लेकिन मशाल और लाठी से लैस गोनू के पड़ोसियों के आगे उसकी एक न चली। अन्ततः लोगों ने उसे दबोच लिया। गोनू झा उसके पास आए और उसका चेहरा देखते हुए कहने लगे, अरे! भाई। ढेलों से चोट जरूर लगी होगी। अब जाओ हवालात में। ये लोग तुम्हारी मरहम पट्टी का इन्तजाम कर देंगे।'' चोर को हवालात भेजने के बाद गोनू झा ने अपनी पत्नी का हाथ पकड़ा और बोले, ''ढेला ढोने से हाथ दुख रहा होगा चल दबा दूँ।''

पंडिताइन जो कि इस तरह घटनाक्रमों में आए नाटकीय परिवर्तन से घबरा गई थी, बोली–"न पंडित जी। हाथ नहीं दुख रहा। मैं असल में समझी नहीं थी कि तुम क्या कर रहे हो इसलिए गुस्सा आ गया।''

गोनू झा ने हँसते हुए पत्नी को अपनी बाँहों में भर लिया। बोले–"देर

से माघ के पाला में कठुआती रही हो–चलो, अब गरमा देता हूँ।''

और उनकी पत्नी उनसे छिटकते हुए बोली–''धत्! दरवाजे पर इस तरह का धर-पकड़ कर रहे हो–कोई देख लेगा...तब?''

गोनू झा ने हँसते हुए पंडिताइन को अपने से सटा लिया और उसका कंधा थपथपाते हुए घर की ओर जाते हुए बोले–''चलो, बाहर की ग्रहदशा तो सुधरी–अब भीतर की ग्रह दशा सुधारें।''

घर में प्रवेश करने के बाद गोनू झा ने दरवाजा बन्द किया तब पंडिताइन की आवाज आई–''हाय, इतने निर्दयी न बनो!''

मिथिला से चोरों का सफाया

मिथिलांचल जिस तरह मछली और मखाने के लिए प्रसिद्ध रहा है, कभी यह चोरों के उत्पात के लिए भी उतना ही बदनाम था। मिथिला नरेश चोरों के उत्पात से तंग आ चुके थे। चोरी की घटनाओं में लगातार वृद्धि से राज्य की सुरक्षा-व्यवस्था के आगे सवालिया निशान आ खड़ा हुआ था। बाजार, गली, मुहल्ला, कोई स्थान सुरक्षित नहीं था। किसी ने बाजार में कुछ खरीदा और उस सामान को बगल में रखकर प्याऊ पर पानी पीने लगा। पानी पीकर बगल से सामान उठाने लगा तो देखा, उसका सामान गायब। रोज दरबार में महाराज के सामने कोई न कोई फरियादी अपनी ऐसी ही शिकायत के साथ उपस्थित होता। महाराज को कुछ सूझ नहीं रहा था कि वे चोरी की घटनाओं पर काबू पाने के लिए आखिर कौन सा कदम उठाएँ। अपने खुफिया-तंत्र के शीर्ष अधिकारी से इस प्रसंग में कई बार बातें कर चुके थे लेकिन कोई सार्थक परिणाम सामने नहीं आया था।

एक दिन दरबार के समापन पर, महाराज ने गोनू झा को रोक लिया। सभी दरबारियों के चले जाने के बाद महाराज गोनू झा के साथ राजमहल की फुलवारी की ओर निकल गए। गोनू झा समझ रहे थे कि महाराज किसी गम्भीर समस्या पर विचारमग्न हैं। वे महाराज के साथ मूक बने फुलवारी में टहलते रहे। इसी तरह कुछ समय व्यतीत हुआ। एक स्थान पर महाराज रुके और गोनू झा से बोले–"पंडित जी! मिथिलांचल में चोरों का उत्पात बढ़ता ही जा रहा है जिससे राज्य की बदनामी हो रही है। चोरों का मनोबल लगातार बढ़ रहा है। मेरे निर्देशों के बावजूद राज्य का खुफिया तंत्र पूरे मिथिलांचल में फैले चोरों के संगठित गिरोह का उद्‌भेदन करने में विफल रहा है। आप समझ सकते हैं कि जिस राज्य में प्रजा की जान-माल की सुरक्षा नहीं, उस राज्य के राजा के प्रति प्रजा की निष्ठा की कल्पना भी नहीं

की जा सकती। आपने एक बार मिथिलांचल को ठगों की चपेट से कुशलता पूर्वक उबारा है। अब आप ही कोई ऐसा उपाय करें कि मिथिलांचल से चोरों का आतंक सदा के लिए मिट जाए।''

गोनू झा ने पूरी गम्भीरता से महाराज की बातें सुनीं। कुछ देर सोचते रहे, फिर उन्होंने महाराज से कहा–''महाराज, आपका आदेश-पालन मेरा कर्तव्य है। आपने अभी-अभी कहा है कि पूरे मिथिलांचल में चोरों का संगठित गिरोह सक्रिय है। आप इस निष्कर्ष पर कैसे पहुँचे, कृपा कर बताएँ।''

महाराज ने गोनू झा से मिथिलांचल में हो रही चोरी की घटनाओं के बारे में खुफिया जाँच के निष्कर्षों का जिक्र करते हुए कहा–''अधिकांश चोरी की घटनाएँ एक जैसी हैं। ये घटनाएँ रात के प्रथम प्रहर में या चौथे प्रहर में घटित हो रही हैं। रात के प्रथम प्रहर में आम घरों के पुरुष चौपाल आदि में व्यस्त रहते हैं और महिलाएँ बर्तन-वासन, चूल्हा-चौका में व्यस्त रहती हैं। चोर इसी व्यस्तता का लाभ उठाकर घरों से कीमती चीजें उड़ा लेते हैं। मिथिलांचल के अनेक गाँवों में रात के चौथे प्रहर में भी चोरी की घटनाएँ दर्ज की गई हैं। यह ऐसा समय है जब घरों में लोग गहरी नींद में सोए होते हैं। चोर घर के दरवाजे की कुण्डी न जाने कैसे खोल लेते हैं और घर में प्रवेश कर माल-असबाब उठाकर ले जाते हैं। ये चोरियाँ इतनी चालाकी से की जाती हैं कि किसी के हाथ कोई सुराग नहीं आता कि चोरियाँ कैसे की गईं। चोरों-उच्चकों का मन इतना बढ़ गया है कि अब राज्य के कई इलाकों से राहजनी की घटनाओं की खबर भी आ रही है। यदि अब भी हम सचेत नहीं हुए और प्रजा को चोरों के कहर से निजात दिलाने के लिए ठोस उपाय नहीं किया तो प्रजा का हम पर भरोसा उठ जाएगा।''

महाराज की बात सुनकर गोनू झा गम्भीर हो गए और उन्होंने महाराज से कहा–''महाराज! मुझे सोचने का कुछ मौका दीजिए।''

मगर महाराज ने गोनू झा की बात अनसुनी करते हुए कहा–''पंडित जी! मौका-वौका का वक्त नहीं है। वक्त है कुछ करने का। क्या करेंगे–कैसे करेंगे, यह आप सोचिए। मुझसे अथवा राजकोष से आपको जैसी भी सहायता चाहिए, मिलेगी। आप अभी से चोरों के उत्पात से राज्य को बचाने का काम प्रारम्भ कर दें। मैं अभी महामंत्री से कहकर यह आदेश निर्गत

करवा देता हूँ कि गोनू झा जिस किसी भी अधिकारी से किसी तरह की सहायता माँगें तो उन्हें वह सहायता अविलम्ब मिलनी चाहिए।"

गोनू झा के लिए अब कुछ भी बोलना असंगत था। वे महाराज से आज्ञा लेकर अपने गाँव की ओर चल पड़े।

चलते-चलते गोनू झा सोच रहे थे, इतने बड़े मिथिलांचल में चोरों के संगठित गिरोह का उद्भेदन कोई साधारण बात तो है नहीं। जो काम राज्य का प्रशिक्षित और संगठित खुफिया-तंत्र कर पाने में असमर्थ रहा, उस काम को मैं अकेले कैसे अंजाम दूंगा। महाराज ने कह तो दिया है कि राज्य का कोई भी अधिकारी किसी भी तरह के सहयोग के लिए हमेशा तैयार रहेगा... मगर जब कोई सूत्र हाथ लगे तब न किसी तरह के सहयोग की बात उठेगी?

इसी गुन-धुन में गोनू झा लगे हुए थे कि एक आदमी कुछ लम्बे डग भरता हुआ उनके पास से गुजर गया। इस आदमी ने घुटने के ऊपर धोती बाँध रखी थी लेकिन उसका शरीर नंगा था। उसके शरीर पर शायद तेल लगा हुआ था जो नीम-अँधेरे में चमचमा रहा था।

उस आदमी का यह हुलिया गोनू झा को कुछ अजीब सा लगा। अब तक वह आदमी बाजार जाने वाली राह पर मुड़ गया था। लगभग दो फर्लांग की दूरी पर बाजार था, जहाँ फल, सब्जियाँ, मछली, चावल, दाल, मसाले आदि रोजमर्रे की चीजों की दुकानें थीं। एक-दो दुकानें सुनारों ने भी खोल रखी थीं जो सोने और चाँदी के आभूषण बेचा करते थे।

अचानक गोनू झा के दिमाग में सन्देह पैदा हुआ कि अभी-अभी जो व्यक्ति उनके पास से तेज कदमों से गुजरा है वह चोर हो सकता है। इस संदेह के पैदा होते ही उनके कदम बाजार वाली सड़क की ओर बढ़ गए।

गोनू झा अभी बाजार में प्रवेश भी नहीं कर पाए थे कि अचानक 'पकड़ो-पकड़ो, जाने न पाए' का शोर बाजार की एक दुकान से उभरा। कई लोग बाजार की सड़क पर दौड़ लगाने लगे। एक-दो दुकानदार लाठी लेकर अपनी-अपनी दुकानों से निकल आए। गोनू झा जब उस स्थान पर पहुँचे जहाँ इस तरह का हंगामा हो रहा था। वहाँ गोनू झा को पता चला कि एक आदमी बाजार में तेज कदमों से चलता हुआ आया और एक महिला के गले से सोने की मटरमाला झटककर भागने लगा। महिला के शोर मचाने से एक राहगीर ने उस भागते हुए आदमी को पकड़ना चाहा लेकिन उस आदमी के

शरीर पर इतना अधिक तेल चुपड़ा हुआ था कि वह फिसलकर निकल भागा।

अभी गोनू झा महिला से मटरमाला छीने जाने की घटना के बारे में सुन ही रहे थे कि पूरे बाजार में सनसनी-सी फैल गई। चोरों ने कई दुकानों के गल्ले से सारे पैसे बटोर लिए थे।

गोनू झा को यह समझते देर नहीं लगी कि योजनाबद्ध तरीके से चोरों के संगठित गिरोह के सदस्यों ने बाजार के कई दुकानों में चोरी की घटना को अंजाम देकर वे वहाँ से चलते बने। यह चोरों के बढ़े मनोबल का प्रतीक था। पूरे बाजार में चहल-पहल और सैकड़ों लोगों की आवाजाही के बीच एक चोर, एक महिला के गले से, सोने का आभूषण झटक लेता है। इस अप्रत्याशित घटना से लोगों का ध्यान बँटता है। बाजार में खलबली मचती है। दुकानदारों का भी ध्यान बँटता है। सबके-सब उस महिला के साथ हुए वारदात के बारे में जानने के लिए उत्सुक होते हैं। इस मानवीय कमजोरी का अनुमान चोर-गिरोह के सदस्यों को पहले से था। जैसे ही दुकानदारों का ध्यान बँटता है, घात लगाए चोर बिना अवसर गँवाए दुकानदारों के गल्ले पर हाथ साफ करके, बाजार में मची अफरा-तफरी का लाभ उठाकर आराम से निकल जाते हैं।

गोनू झा बाजार में घूमते हुए हर उस दुकान के पास रुकते हैं जहाँ चोरों ने 'आँख बन्द, डिब्बा गायब' का खेल खेला। उनका दिमाग स्थितियों को समझने और चोरों को सबक सिखाने के उद्‌देश्य से लगातार सक्रिय रहता है...इस उम्मीद में कि कहीं कोई सुराग मिल जाए। चलते-टहलते, लोगों से बतियाते गोनू झा थक गए। बाजार की अफरा-तफरी समाप्त हुई। उस घटना के बाद से जैसे बाजार बेनूर हो गया। अन्ततः थके-हारे गोनू झा अपने घर लौट आए। हमेशा ताजा दम दिखने वाले गोनू झा को हताश और परेशान-सा देखकर वह बेचैन हो गई मगर गोनू झा की गम्भीर मुखमुद्रा देखकर वह कुछ पूछने का साहस नहीं कर पाई। गोनू झा हाथ-मुँह धोकर पीढ़ा पर बैठ गए और पंडिताइन ने भोजन परोस दिया। दो-चार निवाला अनमने ढंग से खाकर गोनू झा उठ गए और बिस्तर पर जाकर लेट गए।

पंडिताइन ने उन्हें देखा मगर गोनू झा के चिन्तन की मुद्रा में कोई परिवर्तन नहीं हुआ।

पंडिताइन को अपनी ओर ममता भरी दृष्टि से ताकते देखकर गोनू झा की तन्द्रा भंग हुई। उन्होंने पंडिताइन से कहा–"दीया बुझा दो और सो जाओ–थक गई होगी। मैं कुछ देर बाद सोऊँगा।" पंडिताइन ने कुछ पूछने के लिए मुँह खोला ही था कि गोनू झा ने मुँह पर उँगली रखकर चुप रहने का संकेत करते हुए कहा–"सो जाओ। बाद में बात करेंगे।"

बेचारी पंडिताइन करती भी क्या? गोनू झा के निर्देश के अनुसार दीया बुझाया और गोनू झा के बगल में आकर सो गई दिन भर की थकी-मांदी होने के कारण पंडिताइन को जल्दी ही नींद आ गई मगर गोनू झा की आँखों में नींद कहाँ? बाजार में घटित हुई क्रमबद्ध चोरी की घटना उनकी चेतना पर आच्छादित थी और महाराज का यह अनुनय कि 'वे कुछ भी करें मगर राज्य में चोरों का सफाया होना चाहिए...' बार-बार उनके दिमाग में कौंध रहा था। अजीब इत्तिफाक की बात थी कि महाराज ने उनसे राज्य में चोरों के उत्पात का जिक्र किया और उसके कुछ देर बाद ही चोरों की आततायी हरकत गोनू झा की आँखों के सामने आ गई। चोरों के उत्पात की समस्या कितनी गम्भीर है, इस बात से गोनू झा काफी उद्वेलित थे लेकिन उन्हें कुछ सूझ नहीं रहा था कि चोरों पर काबू कैसे पाया जाए।

चोरों पर काबू पाने की तरकीबें सोचते-सोचते गोनू झा ने करवटों में रात गुजार दी। सुबह में खिड़की से आती ठंडी हवा के झोंको ने उनके शरीर को सहलाना शुरू किया तब उन्हें नींद आ गई।

चिड़ियों के कलरव के स्वरों से पंडिताइन की नींद खुली। गोनू झा को बेसुध सोया देख पंडिताइन ने समझ लिया कि गोनू झा देर रात तक जगे रहे हैं वरना इस समय तो वे प्रभात फेरी के लिए निकल जाते और शौच-मैदान करके पोखरी में डुबकी लगाकर लौट आते। पंडिताइन ने उन्हें जगाया नहीं और अपनी दिनचर्या में लग गई।

सूरज ने पूरब का कोना छोड़ा। खुली खिड़की से आती धूप की गर्मी के कारण गोनू झा की नींद खुली। उन्होंने खिड़की के पल्लों को सटा दिया और बिस्तर पर पड़े रहे। पंडिताइन ने उन्हें जगा देखकर पूछा–"दरबार नहीं जाना क्या?"

गोनू झा ने कहा–"अभी नहीं। मन थका-सा है। तबीयत ठीक रही तो शाम को महल चला जाऊँगा और महाराज के दर्शन करके लौट आऊँगा।"

पंडिताइन गोनू झा के पास आई और उनके शरीर को तलहथी से स्पर्श कर जानना चाहा कि कहीं उन्हें बुखार तो नहीं है लेकिन शरीर का तापमान सामान्य देखकर वह आश्वस्त हो गई और बोली–"लगता है, हरारत है। बहुत दिन हो गए दरबार से घर करते हुए...ठीक ही है, थोड़ा आराम कर लीजिए।"

गोनू झा पत्नी की बात सुनकर मुस्कुरा दिए। कुछ बोले नहीं।

बिस्तर पर पड़े-पड़े ही गोनू झा को याद आया कि एक बार एक चोर को उन्होंने गच्चा दिया था–घर के तमाम जेवर पेड़ पर टँगे होने की बात कहकर। पेड़ पर ततैये के छत्ते को ही चोर ने जेवर की पोटली समझ लिया और पेड़ पर चढ़कर पोटली झटकने की कोशिश में ततैये के दंश का शिकार हुआ जिससे पेड़ पर वह अपना सन्तुलन बनाए नहीं रख सका और गिर पड़ा। ऊँचाई से गिरने के कारण उसके एक पैर की हड्डी टूट गई। गोनू झा ने पड़ोसियों को बुलाकर पहले तो उसकी धुनाई कराई, बाद में हवालात भिजवा दिया।

इस घटना की याद आते ही गोनू झा बला की फुर्ती से बिस्तर से उठे। नहा-धोकर तैयार हुए और जल्दी-जल्दी जलपान करके तेज कदमों से दरबार की ओर चल दिए।

रास्ते में गोनू झा चोरों को काबू में करने के उपाय के बारे में सोचते रहे।

दरबार में पहुँचकर गोनू झा अपने आसन पर चुपचाप बैठे रहे। सभा की कार्यवाही में उन्होंने कोई रुचि नहीं दिखाई। महाराज ने उन्हें एक-दो बार उचटती निगाहों से देखा भी मगर विचारमग्न देखकर उन्हें टोका नहीं। गोनू झा की मुद्रा देखकर महाराज भाँप गए कि पंडित जी निश्चित रूप से उनसे कुछ परामर्श करना चाहते हैं।

सभा की कार्यवाही के समापन के बाद महाराज अपने कक्ष में चले गए और और एक प्यादे को भेजकर गोनू झा को अपने कक्ष में बुलवा लिया।

महाराज ने गोनू झा को अपने पास बैठाया और पूछा–"क्या बात है पंडित जी, बहुत गम्भीर हैं?"

गोनू झा ने बिना किसी भूमिका के महाराज से कहा–"महाराज! तीन

साल पहले मेरे घर से एक चोर पकड़ा गया था। उसे ग्रामीणों ने हवालात भिजवा दिया था। मैं जानना चाहता हूँ कि वह चोर अब कहाँ है?"

गोनू झा के सवाल से महाराज मन-ही-मन प्रसन्न हुए। उन्हें लगा कि गोनू झा मिथिलांचल को चोरों से निजात दिलाने के काम में जुट गए हैं। मन में यह खयाल आते ही महाराज ने द्वारपाल को आज्ञा दी—"नगर कोतवाल को अविलम्ब मेरे समक्ष उपस्थित होने के लिए कहो।"

थोड़ी ही देर में नगर कोतवाल घबराया-सा महाराज के समक्ष उपस्थित हुआ। वह भयभीत था कि बीती रात उसके क्षेत्र के 'बड़ा बाजार' में चोरों के गिरोह ने मिलकर अभूतपूर्व उत्पात मचाया और दुकानदारों की लाखों की नगदी लेकर चम्पत हो गया...जरूर महाराज उस घटना के बारे में उससे दरियाफ्त करेंगे।

मगर कक्ष में उसके प्रवेश करते ही महाराज ने उससे कहा—"पंडित जी जो पूछें—बताओ। जो कहें—वह करो। अभी से तुम इनके मातहत हो।" यह कहते हुए महाराज कक्ष से बाहर चले गए।

अब गोनू झा के सामने नगर कोतवाल हाथ जोड़े खड़ा था। उसकी भयभीत मुद्रा देखकर गोनू झा ने उससे कहा—"अभी तुम्हें डरने की जरूरत नहीं है, बस जो पूछूँ, सच-सच बताना।" इतना कहकर गोनू झा ने अपनी बात का प्रभाव देखने के लिए कोतवाल को ऊपर से नीचे तक निहारा। उनकी दृष्टि और भंगिमा से कोतवाल भीतर ही भीतर काँप गया।

गोनू झा ने पूछा—"कल रात तुम कहाँ थे?"

थर-थर काँपते हुए कोतवाल ने कहा—"पंडित जी, मुझे माफ करें। अब ऐसी गलती नहीं होगी। कल मैं सुरक्षा प्रहरियों को काम बताकर नौटंकी देखने चला गया था कि 'बड़ा बाजार' में वह कांड हो गया। मुझे अवसर दें। तमाम उचक्कों की नाक में नकेल डालकर आपके कदमों में ला पटकूँगा। मुझे माफ कर दें। फिर कभी काम में ऐसी लापरवाही नहीं करूँगा।"

कोतवाल की बात सुनकर गोनू झा मन-ही-मन मुस्कुराए, लेकिन प्रकट रूप में उन्होंने कहा—"काम में लापरवाही करने वाले लोग तुम्हारी तरह ही लम्बे-चौड़े वादे करते हैं..."

वे कुछ और बोलते कि कोतवाल ने गोनू झा के पाँव पकड़ लिए और गिड़गिड़ाते हुए कहने लगा—"पंडित जी! एक मौका दें। मेरे बाल-बच्चों के

लिए ही सही। फिर कभी कोई लापरवाही नहीं होगी। जीवन-भर आपका ऋणी रहूँगा।''

गोनू झा ऐसा प्रकट कर रहे थे कि वे 'बड़ा बाजार' में हुई शृंखलाबद्ध चोरी के बाबत ही कोतवाल से पूछ-ताछ कर रहे हैं।

गोनू झा की भंगिमा से कोतवाल समझ रहा था कि गोनू झा को मालूम है कि कल वह 'बड़ा बाजार' में सुरक्षा-व्यवस्था का काम अपने मातहतों पर छोड़कर खुद मौज-मस्ती करने के लिए निकल गया था।

कोतवाल को भयभीत देखकर गोनू झा ने उससे कहा—"ठीक है, जो हुआ सो हुआ। अब काम के प्रति थोड़ी भी लापरवाही नहीं होनी चाहिए।''

नगर कोतवाल की जान में जान आ गई। उसे संयत होने का अवसर देने के बाद गोनू झा ने उससे कहा—"तीन साल पहले भड़ौरा स्थित मेरे आवास से एक चोर पकड़ा गया था। उसकी टाँग की हड्डी टूट गई थी। मुझे उसके बारे में जानकारी चाहिए कि अब वह कहाँ है। 'बड़ा बाजार' चूँकि भड़ौरा तहसील में पड़ता है और वह उस इलाके का पुराना खिलाड़ी है, इसलिए तुम्हें कल रात 'बड़ा बाजार' में हुई चोरी की घटना की तफ्तीश में भी उससे कुछ सुराग मिल जाएगा।"

गोनू झा का निर्देश मिलते ही नगर कोतवाल वहाँ से चला गया।

इसके बाद गोनू झा महाराज के कक्ष से बाहर निकल गए लेकिन द्वार पर ही एक प्रहरी ने विनम्रता से अभिवादन करते हुए उनसे कहा—''महाराज फुलवारी में आपकी प्रतीक्षा कर रहे हैं।''

गोनू झा फुलवारी की ओर मुड़ गए। महाराज वहाँ चिन्तित मुद्रा में टहल रहे थे। गोनू झा को देखकर उन्होंने कहा—''कल रात की घटना के बारे में तो आपको जानकारी मिल ही गई होगी?''

गोनू झा ने महाराज से कहा—''संयोग की बात है कि 'बड़ा बाजार' की घटना मेरी आँखों के सामने घटित हुई। मैंने चोरों के संगठित गिरोह की सक्रियता का पता लगाने के लिए अपने ढंग से काम करना शुरू कर दिया है। मुझे विश्वास है कि मैं इस घटना में संलिप्त चोरों को खोज निकालूँगा।''

''केवल इस घटना?'' महाराज ने पूछा।

'महाराज, यह तो शुरुआत होगी। कहीं से तो शुरू करना ही होगा। उद्देश्य तो आपके आदेश का अनुपालन ही है।'' गोनू झा ने उत्तर दिया।

गोनू झा के इस उत्तर से महाराज आश्वस्त हुए।

गोनू झा महाराज से विदा लेकर वापस अपने घर लौट आए।

दूसरे दिन पौ फटते ही कोतवाल गोनू झा के घर पहुँच गया। उस समय न गोनू झा जगे थे और न उनकी पत्नी। थोड़ी देर कोतवाल गोनू झा के दरवाजे के आसपास चहल-कदमी करता रहा। फिर एक पेड़ के नीचे रखी चौकी पर बैठ गया और गोनू झा के जगने की प्रतीक्षा करता रहा।

लगभग घंटे भर बाद गोनू झा जगे। हाथ में लोटा लिए और कंधे पर गमछा रखे गोनू झा शौच के लिए निकले तो दरवाजे पर नगर-कोतवाल को बैठा देखकर उन्होंने समझ लिया कि चोर के बारे में जानकारी कोतवाल को मिल गई है। कोतवाल ने गोनू झा को आते देखा तो चौकी से उठकर खड़ा हो गया और नमस्कार किया। गोनू झा उसे बैठे रहने का इशारा करते हुए वहाँ से शौच के लिए निकल गए।

शौच से निवृत होकर गोनू झा घर पहुँचे। स्नान-ध्यान के बाद नगर कोतवाल को अपने कमरे में बुलवा लिया। और पूछा–"तो पता चल गया उस चोर का?"

कोतवाल ने हर्षित होते हुए बताया–''हाँ, पंडित जी। तीन महीने पहले वह चोर कारागार से मुक्त किया गया है।'

''और कुछ?'' गोनू झा ने पूछा।

''जी, बस इतना ही।'' कोतवाल ने कहा।

कोतवाल का यह उत्तर सुनकर गोनू झा आवेश में आ गए और क्रोधित स्वर में बोले, ''अरे तुम कोतवाल हो या भरभूजे? तुम्हारे इलाके में बिलकुल सुनियोजित ढंग से श्रृंखला-बद्ध चोरी हुई। चोर आनन-फानन में बड़ा-बाजार के बड़े दुकानदारों का सारा माल-असबाब उड़ाकर ले गए। उस घटना के बारे में सुराग खोजने की कोई उत्सुकता तुममें नहीं है?''

नगर कोतवाल गोनू झा को आवेश में पहली बार देख रहा था। अब तक उसके मन में गोनू झा की छवि एक मसखरे की थी। मगर गोनू झा का यह रूप देखकर उसे कुछ सूझ नहीं रहा था कि वह क्या बोले।

गोनू झा ने कहा–''सुनो कोतवाल, मुझे शाम तक पूरी तफ्तीश से

बताओ कि कारागार में उस चोर का आचरण कैसा था, उसके साथ और कौन-कौन लोग बन्द थे, कारागार में उसकी किस-किस कैदी से बातचीत होती थी, उसका आम कैदियों से कैसा व्यवहार था, कारागार से निकलने के बाद वह कहाँ गया, वह मूलतः कहाँ का रहने वला था, कारावास से निकलने के बाद वह क्या-क्या कर रहा है।"

कोतवाल सिर झुकाए गोनू झा की बातें सुनता रहा और जब नमस्कार कर जाने लगा तभी गोनू झा ने उसे टोका–"और सुनो, सादे लिबास में कुछ सिपाहियों को आस-पास के गाँवों के बाजारों में तैनात कर दो। उन्हें यह निर्देश दो कि वे दुकानों के आस-पास की गतिविधियों पर नजर रखें क्योंकि चोरों का मनोबल बढ़ा हुआ है वे कहीं भी इस तरह की घटना को अंजाम दे सकते हैं।"

नगर कोतवाल वहाँ से चला गया।

गोनू झा दरबार गए और महाराज से मिलकर उन्होंने उन्हें सूचना दी कि वे अब कुछ दिनों तक दरबार नहीं आएँगे। और न बताएँगे कि वे क्या कर रहे हैं।

महाराज ने उन्हें स्वीकृति दे दी।

इसके बाद गोनू झा ने उन सुरक्षा-प्रहरियों से सम्पर्क साधा जिनका उपयोग उन्होंने ठग उन्मूलन अभियान के दौरान किया था। कोषागार से उन्हें आवश्यक धन उपलब्ध कराकर गोनू झा ने उनमें से कुछ को मिथिलांचल के विभिन्न क्षेत्रों में छोटी दुकानें खोलकर बैठ जाने को कहा और कुछ को, प्याऊ बनाकर बैठ जाने का निर्देश दिया। उन्होंने उन्हें यह निर्देश भी दिया कि इन कार्यों की व्यवस्था करके दो दिनों के बाद वे उनके आवास पर आ जाएँ।

इस पूरी प्रक्रिया से निबटकर गोनू झा अपने घर लौट आए। बिस्तर पर लेट गए। थोड़े विश्राम के बाद वे गाँव की तरफ निकल गए। अपने पुराने परिचितों से मिलते रहे। गोनू झा को अपने दरवाजे पर आया देख उनसे जलनेवाले भी प्रसन्न हो रहे थे। गाँव में गोनू झा जिससे भी मिले, उसने 'बड़ा बाजार हादसे' का जिक्र उनसे जरूर किया। गोनू झा को समझते देर नहीं लगी कि गाँववाले चोरों की सक्रियता के प्रति सतर्क हैं। वे शाम तक घर वापस आए और बाहर ही चौकी पर बैठे-बैठे नगर कोतवाल के आने की

प्रतीक्षा करने लगे।

शाम ढले नगर कोतवाल आया और गोनू झा को बताया कि उनके आवास से पकड़ा गया चोर कारावास में लंगड़ू उस्ताद के नाम से प्रसिद्ध हो गया था। उसके साथ तीन और अपराधी उसकी कोठरी में रखे गए थे– हरखू, बसावन और विसनाथ। ये तीनों राहजनी के छोटे-मोटे मामले में पकड़े गए थे। कारागार में लंगड़ू उस्ताद की पहचान दो बड़े अपराधियों से भी हुई थी। भोजन के समय ये दोनों उसके आस-पास ही बैठते थे। इनमें से एक लुटेरा ऐसा था जो लूट के दौरान घातक-पैने हथियारों का प्रयोग करता था। सीमान्त क्षेत्र में एक व्यापारी को लूटने के क्रम में वह पकड़ा गया था। तीन माह पहले जब लंगड़ू उस्ताद कारागार से छोड़ा गया, उसके दो हफ्तों के अन्तराल पर ये लोग भी छोड़े गए। चाकूबाज लूटेरा उस दिन ही छोड़ा गया जिस दिन 'बड़ा बाजार' वाली घटना घटित हुई। कोतवाल ने गोनू झा को उन सबों के नाम-पता ठिकाना आदि की सूची भी सौंप दी।

गोनू झा ने नगर कोतवाल की पीठ थपथपाई और कहा–"अब तुमने नगर कोतवाल की तरह काम किया है। जाओ, अपने ढंग से 'बड़ा बाजार कांड' की जाँच शुरू करो। जैसे ही कोई सुराग हाथ लगे, मुझे खबर करना।"

दो दिन शान्ति से गुजरे। कहीं कोई घटना नहीं हुई। गोनू झा इन दो दिनों में गाँव में घूमते रहे और गाँव वालों से कहते रहे कि वे एक बड़ा जलसा करने वाले हैं। महाराज के दरबार में विदूषक बनाए जाने के बाद वे सीधे दरबार के काम से जुड़ गए। गाँव के लोगों से मिल नहीं पाए। अब महाराज से छुट्टी माँगकर वे अपने-लोगों से मिलने-जुलने का काम कर रहे हैं। जल्दी ही गाँव भर को भोज कराएँगे। शुभ मुहूर्त देखने के बाद तिथि की घोषणा करेंगे।

इसी दौरान उनके चुनिंदे सुरक्षा प्रहरी और विशेष प्रशिक्षित रूंगरूट उनके घर आते और अपने काम की जानकारी उन्हें देते। गाँव के लोगों को गोनू झा बताते कि बहुत बड़ा जलसा होगा। महाराज भी इस जलसे में आएँगे।

फिर एक दिन गाँव में अचानक खबर फैली कि दरअसल गोनू झा को अशर्फियों से भरा गागर मिला है–हजारों अशर्फियों से भरा गागर। लक्ष्मी

की इसी अनुकम्पा के कारण गोनू झा जैसे निष्ठावान और सूझ-बूझवाला आदमी महाराज की नजर में कोई दूसरा नहीं है। लक्ष्मी कृपा के कारण ही गोनू झा बड़ा जलसा करने की सोच रहे हैं और महाराज इस जलसे में इसलिए शामिल होंगे कि वे गोनू झा को सिर्फ दरबारी नहीं, अपना मित्र भी मानते हैं। इसके बाद तो हर रोज नई-नई खबरें फैलतीं। गोनू झा के पास रंगरूटों का आना-जाना बढ़ गया।

एक दिन गाँववालों ने देखा, गोनू झा रेशम का कुर्ता-धोती पहने सफेद घोड़े पर सवार होकर कहीं जा रहे हैं। गोनू झा घोड़े पर सवार होकर पड़ोस के गाँव के बाजार में गए और वहाँ एक सादे लिबास में सुरक्षा प्रहरी की दुकान में काफी देर तक ग्राहक के रूप में बैठे। इसी तरह दूसरे दिन दूसरे बाजार में, तीसरे दिन तीसरे बाजार में गोनू झा दुकानदार बने सुरक्षा-प्रहरियों की दुकानों में जाते, बैठते और वापस लौट आते। अचानक ही गोनू झा के रहन-सहन में बदलाव देखा जाने लगा और हफ्ता भर में ही पूरे मिथिलांचल में चर्चा होने लगी कि गोनू झा के पास अकूत दौलत आ गई है।

गोनू झा के दरवाजे पर सफेद, अरबी नस्ल का घोड़ा बँधा था। ऐसा घोड़ा महाराज के घुड़साल में भी नहीं था। फिर एक दिन गोनू झा के घर के सामने वाले खेत में बड़ा सा पंडाल बनने लगा। कनात लगने लगे। मिथिलांचल के विभिन्न बाजारों में तैनात उनके दुकानदारों द्वारा विभिन्न तरह की खरीददारियाँ की गईं और खूबसूरत डिब्बों और थैलियों में इन चीजों को ऐसे रखा गया मानो इनमें कोई बहुमूल्य वस्तु हो! ये डिब्बे गोनू झा के दरवाजे पर रखी चौकी पर रखे जाते जहाँ उनकी फेहरिश्त बनती। फिर इस काम में इतना विलम्ब किया जाता कि घंटों ये चीजें चौकी पर ही पड़ी रहतीं। इस बीच गाँव के लोग उधर से गुजरते और उन चीजों को देखने के लिए गोनू झा के दरवाजे पर मजमा-सा लगा लेते। जब भीड़ बढ़ती तब गोनू झा बाहर निकलते और चीखते—''अरे मूर्खो! दरवाजे पर इन चीजों की प्रदर्शनी लगाना जरूरी है क्या? उठाओ यह सब—मेरी कोठरी में ले जाकर रखो। वहीं हिसाब-किताब किया करो।" फिर ग्रामीणों से बोलते—"अरे भाई लोगो! ये चकमक करते डिब्बे मँगवाए हैं। यहाँ जो जलसा होगा न, उसमें बाहर से कई महत्त्वपूर्ण, नामी-गिरामी लोग भी आएँगे। उन्हें इन डिब्बों में मिठाई दी जाएगी। भेंट के रूप में थैलियों में मिथिलांचल का उपहार—

मखाना भरा जाएगा। जाइए आप लोग, जलसे के दिन तो आप सब यहाँ आमंत्रित हैं ही। जो होगा, वह देख ही लीजिएगा। जाइए, अपने काम-धाम में लगिए।"

...और गाँव के लोग आपस में बतियाते हुए लौटते कि जड़ाऊ थैली में मखाना? अरे उस छोटी थैली में मखाना कितना आएगा? पाव भर भी समा जाए तो गनीमत है। गोनू झा के पास दौलत क्या आ गई कि पूरा गाँव को मूर्ख समझने लगे।

रंगरूटों का दस्ता गोनू झा के निर्देश पर लंगड़ू उस्ताद और उसके साथियों के गाँवों में मटरगश्ती करता रहता था। इन गाँवों में गोनू झा के जलसे की तैयारी, अचानक अशर्फियों का अकूत भंडार मिलने, शानदार कपड़ों में घुड़सवारी करने आदि की खबरें फैल चुकी थीं। चर्चा लंगड़ू उस्ताद के कानों में पड़ी। वह गोनू झा को भूला नहीं था। भूलता भी कैसे। उनके कारण उसे अपनी एक टाँग गँवानी पड़ी और तीन साल कारावास में रहना पड़ा।

लंगड़ू उस्ताद ने अपने साथियों से सम्पर्क साधा और उन सबको गोनू झा के पास जाकर जलसे की तैयारी के सिलसिले में काम माँगने के लिए कहा। गोनू झा के पास जब कुछ अजनबी काम माँगने आए तब गोनू झा ने उन्हें गौर से देखा। ऐसा पहली बार हो रहा था कि कोई उनके पास बाँस-कनात लगाने का काम माँगने आया था। मन-ही-मन गोनू झा ने कुछ विचार किया और उन लोगों को बाँस खड़ा करने के लिए मिट्‌टी खोदने के काम में लगा दिया। इसके थोड़ी ही देर बाद रंगरूटों ने आकर खबर दी कि कल रात से ही लंगड़ू उस्ताद के पाँच साथी अपने घरों से लापता हैं। गोनू झा इस सूचना पर मुस्कुरा दिए और उन रंगरूटों को जहाँ कनात लगाए जाने की व्यवस्था हुई थी उस ओर संकेत करते हुए कहा–"तुम लोग वहाँ मिट्‌टी खोदने के काम में लगे लोगों पर नजर रखो। ध्यान रहे, उनसे कोई बातचीत नहीं करोगे मगर उनकी प्रत्येक हरकत तुम लोगों की नजर में होनी चाहिए।"

सूरज अस्त हो चुका था। गोनू झा मुस्तैदी से कनात लगाने की तैयारियों का जायजा ले रहे थे। एक आदमी, माथे पर पगड़ी बाँधे लंगड़ाता

हुआ गोनू झा के पास आया और नमस्कार करके बोला–"मालिक, सुना है कि आपके यहाँ कोई बड़ा भोज-भात होने वाला है। मैं हलवाई हूँ। यदि भासन-भात बनाने का काम मिल जाता..."

गोनू झा ने उसे देखा और उन्हें समझते देर नहीं लगी कि यह आदमी और कोई नहीं, लंगड़ू उस्ताद ही है। उन्होंने हँसते हुए कहा–"अब मेरे दरवाजे से कोई निराश नहीं लौटेगा। यह बताओ कि दो-ढाई हजार आदमी के लिए छप्पन पकवान बनाने के लिए कितने चूल्हों की जरूरत होगी और यह कितने दिनों में तैयार हो जाएगा?"

लंगड़ू उस्ताद गोनू झा के सवाल से सकपका गया। बोला–"मालिक, कभी इतना बड़ा जलसा के लिए काम नहीं किया है। कैसे बताएँ? भात, दाल, भुजिया, पापड़, अचार, दही, तरकारी, लड्डू, बुनिया बनाने का काम जानते हैं...।"

गोनू झा ने दरियादिली दिखाते हुए कहा–"कोई बात नहीं। आज से तुम पहले छप्पन चूल्हे बनाने के लिए मिट्टी खोदो। अकेले न कर सको तो बाँस के लिए मिट्टी खोदने के काम में लगे लोगों को साथ में ले लो।" फिर उन्होंने बाँस लगाने के काम में लगे लोगों से कहा–"अरे तुम सब सुन लो, यह हलवाई तुम्हें जो कहे, वह करना। काम अच्छा होना चाहिए। मजदूरी के साथ ही भोजन और इनाम दोनों मिलेगा। समझ गए?"

सभी ने हामी भरी।

गोनू झा मुस्कुराते हुए वहाँ से लौट आए। थोड़ी ही देर में लंगड़ू उस्ताद के गाँव में तैनात रूंगरूट भागते हुए गोनू झा के पास पहुँचे।

गोनू झा पहले ही समझ चुके थे कि क्या बताने आए हैं। उन्होंने मुस्कुराते हुए कहा–"तुम्हारा 'असामी' मिट्टी खोदने के काम में लगा है। जाओ, उन पर नजर रखो।"

गोनू झा बहुत खुश थे। उन्हें अपनी कामयाबी का पूरा भरोसा हो गया था। एक रंगरूट को भेजकर उन्होंने नगर कोतवाल को तलब किया। नगर कोतवाल के आने पर उन्होंने निर्देश दिया कि सादे लिबास में आज रात अपने सभी सिपाहियों के साथ वह उनके घर के आस-पास चक्कर लगाता रहे। काम मुस्तैदी से होना चाहिए, और पूरी गोपनीयता बरती जाए।

कोतवाल को निर्देश देकर वे घर में गए और पंडिताइन को सोलह शृंगार करने को कहा। पंडिताइन कुछ बोलती, इससे पहले ही गोनू झा ने कहा कि समय नहीं है सवाल-जवाब करने का। खुद वे कपड़ा बदलने लगे। रेशम का कुर्ता। उसमें नगीने जड़े सोने के बटन। मलमल की धोती। पाँव में जूता।

पंडिताइन भी सज-धजकर तैयार हो गई। उसको कुछ भी समझ में नहीं आ रहा था कि इन दिनों गोनू झा क्या कर रहे हैं और क्यों कर रहे हैं। गोनू झा के तेवर और मुख-मुद्रा से यही लग रहा था कि वे कुछ सुनेंगे नहीं। इसलिए पतिव्रता नारी की तरह पंडिताइन दूसरे आदेश की प्रतीक्षा में खड़ी हो गई।

गोनू झा ने कहा–"हाय! इस रूप को देख लोग गश खा जाएँगे। जरा घूँघट निकाल लो।" खुद हाथ बढ़ाकर उन्होंने पंडिताइन का घूँघट तैयार किया जिसमें पंडिताइन का चेहरा दिखे भी और यह भी लगे कि उन्होंने घूँघट निकाल रखा है। फिर उन्होंने पंडिताइन का हाथ थामा और घर से बाहर आए। बाहर आकर उन्होंने पंडिताइन का हाथ छोड़ा और साथ-साथ चलते हुए वहाँ पहुँचे जहाँ पंडाल बनाने की तैयारी चल रही थी। प्रायः हर मजदूर के पास रुककर गोनू झा पंडिताइन से कुछ-कुछ बताते रहे। गाँव वालों की जब उन दोनों पर नजर पड़ी तब धीरे-धीरे वहाँ भीड़ जुटने लगी। घंटे-डेढ़ घंटे के बाद पंडिताइन को लेकर गोनू झा अपने घर में चले आए।

सूरज ढलने के बाद काम बन्द हुआ। मजदूर और रंगरूट काम बंद कर हाथ-मुँह धोने के लिए तालाब की ओर निकल गए। गोनू झा अपने चुनिन्दा सुरक्षाकर्मियों के साथ अपने घर के बाहर वाले कमरे में चले गए। यह वही कमरा था जिसमें खूबसूरत डिब्बे और थैलियाँ सजाकर रखी गई थीं।

रात को गोनू झा के दरवाजे पर छोटे भोज का दृश्य था। रंगरूट, सुरक्षा प्रहरी और मजदूर के वेश में आए लोग भोजन कर रहे थे।

जब सोने की तैयारी शुरू हुई तब गोनू झा ने लंगड़ाकर चलने वाले हलवाई से कहा–''भाई, तुम ईमानदार, मेहनती और निष्ठावान व्यक्ति लगते हो। जमाना बहुत खराब है। इधर आओ।'' डिब्बे और थैलियों वाले कक्ष में ले जाकर उसे खड़ा किया और कहा–"देखो, इस कक्ष में लाखों का सामान पड़ा है।" दीवार के किनारे एक के ऊपर एक बोरे रखे हुए थे। उन्हें

दिखाते हुए गोनू झा ने लंगड़ू से कहा–"भोज की तैयारी के लिए इन बोरों में चावल, दाल, आलू, प्याज आदि रखा हुआ है। इतने लोगों में तुम ही एक ऐसे आदमी हो जिसे मैं यह दिखा रहा हूँ। तुम बरामदे में सोना और इस कमरे पर नजर रखना। जमाना खराब है। क्या पता, कब किसकी नियत में खोट आ जाए!"

लंगड़ा हलवाई ने गोनू झा की बातें सुनीं तो उसके मन में लड्डू फूटने लगे। उसने कहा–"मालिक, हुक्म हो तो कुछ लोगों को और साथ ले लूँ? लाखों की रखवाली की बात है। हम रात भर जगकर पहरा देंगे। क्या मजा़ल कि चिड़िया भी पर मार सके!"

गोनू झा ने कहा–"जैसा तुम ठीक समझो। वे लोग कैसे हैं, जो तुम्हारे साथ मिट्टी खोदने का काम कर रहे थे?"

"जी, मालिक, बहुत होशियार लोग हैं। अब तो दोस्ती भी हो गई है। कहें तो उन्हें ही बुला लूँ?" लंगड़ा हलवाई ने पूछा।

"हाँ-हाँ, क्यों नहीं! उन्हें ही बुला लो। लेकिन ध्यान रखना, दरवाजे का ताला कमजोर है। एक झटके में खुल जाता है। काम की भीड़ में ताला मँगवाना भूल गया। कल मँगा लूँगा। आज रात की ही बात है।...देखो, तुम पर भरोसा करके यह जिम्मेदारी तुम्हें सौंप रहा हूँ।"

गोनू झा वहाँ से मुस्कुराते हुए अपने घर में चले गए। दो प्रहर रात बीतने तक सन्नाटा छाया रहा। रात का तीसरा प्रहर शुरू हुआ ही गोनू झा के दरवाजे से 'धप्प! धड़ाम!!' जैसी आवाजों के साथ किसी की घुटी-घुटी चीखों की आवाजें आने लगीं। पंडिताइन की नींद खुली और वे गोनू झा को जगाने के उद्देश्य से गोनू झा का कंधा पकड़कर हिलाने लगी। गोनू झा सोए नहीं थे। उन्होंने पंडिताइन को अपनी बाँहों में भर लिया और उसे चूमते हुए कहने लगे–"न जाने कितने दिन से अरमान था कि तुम पहल करो।" पंडिताइन शरमा गई और बोली–"धत्! बाहर सुन नहीं रहे कि कैसी आवाजें आ रही हैं? आप हैं कि दिल्लगी कर रहे हैं।"

गोनू झा उसी तरह पत्नी को आगोश में लिए बोलने लगे–"अरे कोई बात नहीं है–जलसे की तैयारी चल रही है न, तो थोड़ी आवाजें तो आएँगी ही। आओ..."

पंडिताइन उनसे छिटककर दूर हो गई। फिर बोली–"पंडित जी, लग

रहा है कि 'दुअरा' पर मार-पीट हो रही है।"

लेकिन गोनू झा ने फिर पत्नी को बाँहों में भींच लिया और बोले–"तो आओ न, यहाँ भी कुछ उठा-पटक हो जाए।"

पंडिताइन ने उन्हें फिर अपने से झटककर अलग किया। बोली–"आपको कुछ बुझाता नहीं है कि कब क्या करें? बाहर धमाचौकड़ी की आवाजें आ रही हैं। ऐसा लग रहा है कि बहुत से लोग आपस में मारपीट कर रहे हैं और आप हैं कि रसिक बिहारी बने हुए हैं।"

पत्नी की झुंझलाहट का आनन्द लेते हुए गोनू झा बिस्तर से उठे। कुर्ता पहना और बोले–"हाँ, तो भाग्यवान अब अपना आँचल ठीक कर लो। तुम्हें ले ही चलूँ बाहर जलसा दिखाने। अब पौ फटने ही वाला है। गाँव के लोग तमाशा देखने पहुँच गए होंगे। सुबह तक महाराज भी आ ही जाएँगे।"

अभी उनकी बातें खत्म भी नहीं हुई थीं कि दरवाजे पर दस्तक होने लगी। पंडिताइन ने प्रश्नवाचक दृष्टि से गोनू झा की ओर देखा तो गोनू झा मुस्कुराए और बोले–"सिर पर पल्लू रख लो। शुभ मुहूर्त की सूचना आ गई है। हम पति-पत्नी एक साथ निकलेंगे और जलसे के खास मेहमानों का स्वागत करेंगे।"

पंडिताइन कुछ समझ पाती, उससे पहले ही गोनू झा ने उसका एक हाथ अपने हाथ में लिया और दरवाजे की तरफ बढ़ गए।

गोनू झा के दरवाजे पर बड़ी भीड़ थी। गाँव में हल्ला हो गया था कि गोनू झा के घर डाका डालने के लिए डकैतों का गिरोह आया हुआ था जिसको मजदूरों ने पकड़ लिया है। नगर कोतवाल न जाने कहाँ से पूरे दल-बल के साथ वहाँ पहुँच गया और सारे डाकू गिरफ्तार कर लिए गए।

गोनू झा अपनी पत्नी के साथ घर से बाहर आए तो ग्रामीणों में उत्सुकता जगी। वे उनकी ओर आने लगे। गोनू झा ने ऊँची आवाज में कहा–"अरे कोई नहीं है क्या–हमारे गाँव के लोग जलसा का मजा लेने आए हैं और यहाँ रोशनी का इंतजाम तक नहीं है?"

आनन-फानन में कुछ मशालें जला ली गईं। गोनू झा ने कोतवाल को बुलाया और पूछा–"क्यों भाई, नगर कोतवाल, जलसा का उद्घाटन भी हो गया और न हमें खबर दी, न गाँववालों को? महाराज को खबर दी या नहीं?"

कोतवाला बोला—"जी हाँ, हुजूर! महाराज जैसे ही जगेंगे, उन्हें सूचना मिल जाएगी।"

गाँववालों को इशारा करते हुए गोनू झा ने कहा—"आओ भाइयो! जब तक महाराज पहुँचें तब-तक जलसा का मजा ले लो। क्या करें, अचानक शुभ मुहूर्त निकल आया इसलिए आप लोगों के पास बुलावा भेज नहीं पाया। अब इसे ही हमारा सादर आमन्त्रण समझिए।"

गाँववाले गोनू झा और पंडिताइन के पास पहुँच गए।

पंडिताइन कुछ समझ नहीं पा रही थी कि माजरा क्या है? गाँववालों के साथ-साथ वह भी चकित, भरमाई-सी खड़ी रही।

गोनू झा लंगड़ा हलवाई के पास पहुँचे और उसका कंधा थपथपाते हुए कहने लगे—"क्यों भाई, यह तुम्हारा हाथ-पाँव किसने बाँध दिया? कोई बात नहीं, अब तुम्हारा हाथ-पाँव जब खुलेगा, तब भात, दाल, भुजिया, तरकारी बनाने का काम ही करना। मैं इन्तजाम कर दूँगा। गम न करो। जो हुआ, सो हुआ।" बाकी चोरों की ओर इशारा करते हुए उन्होंने कहा—"तुम चाहते थे कि ये लोग तुम्हारे साथ रहें। दोस्ती हो गई थी न! कोई बात नहीं। ऐसा ही इन्तजाम करवा दूँगा कि तुम सब साथ-साथ रहो। रात भर जागकर बातें करते रहना। ठीक है न? यही इच्छा जताई थी न तुमने?"

गोनू झा ने रंगरूटों को इशारे से बुलाया और ग्रामीणों के बैठने का इन्तजाम करने को कहा। दरी-जाजिम आई। बिछाई गई। मशाल की रोशनी में गोनू झा का दरवाजा आलोकित हो रहा था, जैसे वहाँ वाकई कोई जलसा हो रहा हो! गाँव की महिलाएँ भी वहाँ जमा हो गईं। बच्चे भी। गोनू झा बीच-बीच में कह उठते—"भाइयो, उकताना नहीं। यह ऐसा जलसा है, ऐसा तमाशा जैसा तुम लोगों ने कभी देखा न होगा।"

इसी तरह समय बीतता रहा।

पूरब के आकाश में लालिमा छा चुकी थी। पक्षियों की चहचहाहट से दिशाएँ अनुगूँजित होने लगीं। मन्द शीतल समीर के साथ उजास फैलने लगा। मशालें बुझा दी गईं। रंगरूटों ने ग्रामीणों को शर्बत पिलाया। ग्रामीण इस आस में बैठे थे कि सच में वहाँ कोई जलसा होगा और उसके बाद गोनू झा इन 'डकैतों' की खबर लेंगे। महाराज वहाँ खुद पधारनेवाले हैं, यह सुनकर भी गाँव के लोगों की भीड़ जमी हुई थी। दरी-जाजिम बिछ जाने से

उनको सुविधा हो गई थी—बैठने की। अब शर्बत भी बँट रहा था। ग्रामीण उत्सुकता से बँधे बैठे थे। गोनू झा के चुनिन्दा लोग सक्रिय थे। गोनू झा के दरवाजे पर बने चबूतरे पर एक आसन रखा गया। फिर दो छोटे आसन उस बड़े आसन के आजू-बाजू रखे गए। इन आसनों पर मखमल के खोलवाले गद्दे बिछाए गए...।

अब पूरी तरह से उजाला हो चुका था। तभी कुछ रंगरूट दौड़ते हुए आए और गोनू झा के कान में कुछ फुस-फुसाकर लौट गए। गोनू झा ने अपनी-पत्नी की कलाई पकड़ी और ग्रामीणों से कहा—"आओ भाइयो, महाराज पधारनेवाले हैं! एक बार इस खुशी में जयकारा लगाओ।" गोनू झा जयकारा लगाने लगे—"महाराज की..." ग्रामीणों ने ऊँचे स्वर में कहा—"जय हो!"

कुछ देर में ही महाराज की सवारी गोनू झा के दरवाजे पर पहुँची और जयनाद से उनका स्वागत हुआ। मुदित मन से महाराज ने आसन-ग्रहण किया। उनके आजू-बाजू गोनू झा और पंडिताइन बैठे। ग्रामीण भी अपने स्थान पर बैठ गए।

महाराज ने धीरे से कहा—"यह क्या पंडित जी, आपने तो अच्छा मजमा लगा लिया। इतनी भीड़ तो किसी सभा में भी नहीं जुटती। लगता है, पूरा गाँव यहाँ जमा है।"

गोनू झा ने भी धीमे स्वर में कहा—"महाराज! मजमा तो अनायास लग गया है। मैंने तो मिथिलांचल को चोरों के उत्पात से छुटकारा दिलाने के प्रयोजन से अपने ढंग से अभियान चलाया था और मुझे इस अभियान की ऐसी सफलता का भरोसा भी नहीं था लेकिन संयोग कुछ ऐसे जुटते गए कि अपने आप चोरों का एक शातिर गिरोह फंदे में आ गया। जल्दी ही अन्य चोरों की गिरफ्तारी हो जाएगी।"

महाराज ने मुदित मन से पूछा—"मुझे बताइए पंडित जी, क्या हुआ और कैसे हुआ?"

गोनू झा ने कहा—"महाराज, मैं सो रहा था। जो भी कुछ हुआ, वह इन जवानों से मुझे भी पूछना है। यदि आज्ञा दें, तो ग्रामीणों के सामने इन रंगरूटों से सारी कहानी सुनी जाए। इससे ग्रामीणों को भरोसा होगा कि आप प्रजावत्सल हैं और उनकी सुरक्षा के लिए मिथिलांचल की शासन व्यवस्था

चाक-चौबन्द है।"

एक विश्वस्त रंगरूट को गोनू झा ने बुलाया और आज्ञा दी कि वह सारी घटना का विवरण दे।

रंगरूट ने चोरों को जाल में फँसाने के लिए किए गए सभी यत्नों का ब्यौरा दिया फिर बताया कि जिस कमरे में बहुमूल्य सामग्री और लाखों का सामान होने की बात कही गई थी उस कमरे में बोरों में घुसकर रंगरूट बैठे थे। किसी को इस बात की भनक तक नहीं थी। यह बात या तो गोनू झा जानते थे या फिर वही रंगरूट जो बोरे में बन्द थे। आधी रात के बाद चोरों ने दरवाजे का ताला झटका मारकर खोल लिया और कमरे में प्रवेश कर भीतर से कुंडी लगा ली। ये लोग उन डिब्बों को समेटने में लग गए जिनमें कीमती उपहार होने का अंदेशा था। उसी समय बोरों में बन्द सभी रंगरूट झटके से बाहर आए और उन चोरों को दबोच लिया।

महाराज ने मुक्त कंठ से गोनू झा की प्रशंसा की।

गोनू झा ने महाराज से कहा–"महाराज, अब इस कार्य में जिन जवानों के सहयोग से सफलता मिली है, उन्हें अपने हाथों से पुरस्कार प्रदान करें।"

नक्शीदार डिब्बे मँगाए गए और एक-एक रंगरूट और सुरक्षा प्रहरी को वे डिब्बे दिए गए। फिर बारी आई ग्रामीणों की तो उन्हें थैलियाँ भेंट की गईं। सचमुच थैलियों में मखाना और बताशा ही थे। मगर ग्रामीण खुश थे कि महाराज के हाथों उन्हें यह उपहार मिला।

महाराज वहाँ से विदा हुए। नगर कोतवाल सभी चोरों को लेकर हवालात पहुँचा जहाँ से उन्हें कारागार भेज दिया गया। उनसे पूछताछ के आधार पर मिथिलांचल के बाजारों में सक्रिय चोरों के बारे में महत्त्वपूर्ण जानकारियाँ मिलीं जिससे हफ्ते भर में ही बड़े पैमाने पर चोरों की गिरफ्तारी हुई। इस तरह चोरों की गिरफ्तारी होने से अन्य चोर या तो मिथिला से भाग गए या फिर भूमिगत हो गए।

जब महीने-दो महीने तक मिथिला में चोरी की कोई घटना नहीं हुई तब एक दिन महाराज ने दरबार में बताया कि किस तरह गोनू झा की सूझ-बूझ से मिथिला से चोरों का सफाया हो पाया।

गोनू झा के लिए यही बहुत बड़ा पुरस्कार था।

खेत जोत गए चोर

खेत भी तरह-तरह के होते हैं। सब कुछ मिट्टी पर निर्भर है कि किस खेत का क्या नाम होगा और किस तरह की मिट्टी वाले खेत को क्या कहेंगे। गोनू झा के घर के पिछवाड़े में खुली जमीन थी। पथरीली और कंकड़ीली जमीन होने के कारण उसे बंजर परती की संज्ञा दी जाती थी। प्रायः वहाँ अकवन, चिरचिरी, सरकंडे जैसी वनस्पति उग जाती थी, या फिर उग जाती थी कटैया। इस तरह की वनस्पतियों का कोई घरेलू उपयोग नहीं था जिसके कारण इसी तरह के झार झंकार से गोनू झा के घर का पिछवाड़ा भरा हुआ था। पहले गोनू झा अपने घर के अहाते का ध्यान रखते भी थे किन्तु जब से वे मिथिला नरेश के दरबार में विदूषक बनाये गए तब से उन्हें मौका ही नहीं मिलता कि कहाँ क्या करना है।

एक बार महाराज भवसिंह तीर्थाटन के लिए निकले तो गोनू झा को अपने घर पर रहने का अवसर मिला। एक दिन वे अपनी पत्नी के साथ अपने घर के अहाते का परिभ्रमण कर रहे थे कि उनकी नजर घर के पिछवाड़े की खुली जमीन पर पड़ी। उन्होंने अपनी पत्नी से कहा–"तुमने कभी बताया नहीं कि घर के पिछवाड़े में झाड़ियों का जंगल-सा बन चुका है? इस खर-पतवार में तो साँप-बिच्छू, सियार सब की बहार हो जाएगी। चोर-उच्चके यदि इसमें छुप जाएँ तो पता भी लगाना मुश्किल होगा।"

पंडिताइन चुप रही। कुछ बोली नहीं।

गोनू झा ने फिर कहा–"देखो पंडिताइन, इतनी समझदार तो हो ही कि समझ सको कि अपनी सुरक्षा और अपनी हिफाजत के लिए हर व्यक्ति को स्वयं सतर्क रहना चाहिए। ऐसे भी मिथिला के शातिर चोरों और ठगों की मुझसे सीधे-सीधे ठनी हुई है। जो चोर-उचक्के कारावास में कैद हैं, उनके सगे-सम्बन्धी तो होंगे ही। क्या पता, उनमें से कोई ताक लगाए बैठा हो कि

कब मौका मिले कि गोनू झा को सबक सिखाया जाए।...मैं जल्दी ही इस खर-पतवार को साफ करवाऊँगा। जब इस बंजर जमीन पर खर-पतवार पैदा हो सकता है तो कुछ और भी पैदा हो सकता है। पहले मैं पता कर लेता हूँ कि यहाँ पर और क्या-क्या पैदा हो सकता है...”

बात आई-गई हो गई। गोनू झा दूसरे घरेलू कार्यों को निपटाने में लग गए। बंजर को आबाद करने का खयाल उनके दिमाग से ही निकल गया। गाँव में वे इधर-उधर जाते। हमजोलियों से मिलते। दरबार के औपचारिक जीवन से मुक्त, ठेठ अपनी शैली में ठहाकेबाजी करते। कहीं उनके लिए भात-मछली और पकौड़े तले जाते तो कहीं भाँग घोंटा जाता। एक रात, इसी तरह की मटरगश्ती करके भाँग के तरंग में 'नचारी' गाते हुए गोनू झा अपने घर की ओर लौट रहे थे कि उनकी नजर चार-पाँच हिलते-डुलते सायों पर पड़ी। गोनू झा ने सोचा—यह उनका भ्रम हो सकता है क्योंकि उन्होंने भाँग पी रखी है। मगर फिर भी वे आँखें फाड़े अँधेरे में देखते रहे। अन्ततः गोनू झा ठमक गए। उन्हें स्पष्ट भान हुआ कि हिलते-डुलते साए चार-पाँच नहीं, आठ-दस हैं और उनके घर के आस-पास मंडरा रहे हैं। उन्होंने दो सायों को तेजी से अपने घर के पिछवाड़े जाते देखा। गोनू झा जहाँ थे वहीं एक पेड़ की ओट में खड़े होकर इन सायों की गतिविधियाँ देखने लगे। उन्होंने देखा कि शेष रह गए साये दो भागों में बँट गए। प्रत्येक भाग में चार-चार साए थे। तेजी से चार गोनू झा के घर के उत्तर, खुले स्थान में लगाए गए फलदार वृक्षों के बगीचे में घुस गए और चार घर के दक्षिण भाग में लगे आम के बगान में घुस गए।

अब गोनू झा खुद ऐसे लड़खड़ाते हुए चलने लगे मानो बहुत नशे में हों। वे गुनगुनाते भी जा रहे थे। कभी-कभी वे बहुत ऊँची आवाज में गुनगुनाते मगर यह समझ में नहीं आ रहा था कि वे क्या गुनगुना रहे हैं। उनकी नशे में डूबी आवाज रात के सन्नाटे में कुछ ज्यादा ही तेज प्रतीत होती थी। अपने दरवाजे पर वे पहुँचे ही थे कि पंडिताइन हाथ में दीया लिए घर से बाहर निकली। गोनू झा को इस हालत में देखकर पंडिताइन को काठ मार गया। वह समझ नहीं पा रही थी कि पंडित जी आज इतने तरंग में कैसे आ गए। ये तो कभी इतनी भाँग पीते नहीं कि चढ़ जाए। होली में जब सारा गाँव भंगियाया रहता है तब भी पंडित जी पूरे होश में रहते हैं।

पंडिताइन को दीया लिये आते देखकर गोनू झा ने लटपटाती हुई आवाज में कहा, "अरे भाग्यवान, जरा दूरा पर के छोटकी कोठरिया खोल के जितना कुदाल, फावड़ा है सब निकाल लाओ।...अरे नहीं, तुम कोठरी खोल दो, जरूरत का सामान निकालकर मैं ही रखता हूँ।"

पंडिताइन झल्ला गई। अब आधी रात में इनको यह क्या धुन सवार हो गई है? पंडिताइन को विश्वास हो गया था कि गोनू झा इस समय नशे में हैं। इसलिए उसने उनसे कुछ नहीं कहा। चुप-चाप कोठरी खोल दी। इस कोठरी में खेती के उपकरण थे। गोनू ने चार गैंता निकालकर दरवाजे पर रखा। फिर चार कुदाल निकाले। फिर दो फावड़ा। बेंत की चार-पाँच टोकरियाँ भी उन्होंने निकालीं। सारा सामान बाहर रखकर वे दरवाजे पर खुले स्थान पर खड़े हो गए और पत्नी से कहा–"जाओ आधा डोल पानी ले के आओ।"

पंडिताइन मन-ही-मन चिढ़ रही थी। कुछ बोली नहीं। पानी लेकर आ गई।

गोनू झा ने कुल्ला किया। हाथ-पैर धोए। फिर सिर पर दो लोटा पानी डाला और कंधे पर रखे गमछा से सिर पोंछते हुए घर में घुस गए।

डोल-लोटा लेकर उनके पीछे-पीछे पंडिताइन भी घर में घुसकर दरवाजा बन्द कर लिया।

गोनू झा के लिए पंडिताइन ने खाना परोस दिया। उन्हें देखकर समझने की कोशिश करने लगी कि गोनू झा क्या सचमुच नशे में हैं या यूँ ही नशे में होने का स्वाँग कर रहे हैं। अभी पंडिताइन इस उधेड़बुन में थी कि उन्हें महसूस हुआ कि घर के पिछवाड़े की जो खिड़की आँगन से खुलती है वहाँ से कुछ खटर-पटर की आवाजें आ रही हैं।

उसी समय गोनू झा ने पंडिताइन को आवाज लगाई और ऊँची आवाज में बोले–"अरे भाग्यवान! कुदाल-फावड़ा निकालने के लिए तुमने दीया दिखाया है। इसका जो ईनाम तुम्हें कल मिलने वाला है उसकी तुम कल्पना भी नहीं कर सकती हो।"

पंडिताइन उत्सुकता से भरकर आँगन में आ गई और पूछने लगी– "ऐसा क्या?...मुझे तो समझ में नहीं आ रहा है कि रात में कुदाल, गैंता क्यों निकलवा रहे हैं आप। कम से कम पन्द्रह जन के औजार आपने निकलवाए

हैं। क्या होगा इनका?"

"अरे भाग्यवान। कल इस कुदाल-फावड़े से समझो कि अपनी कंगाली जड़ से खुद जाएगी। इतना धन इन औजारों से प्राप्त होने वाला है जिसकी तुम कल्पना नहीं कर सकतीं। मुझे तो बहुत पहले यह कदम उठा लेना चाहिए था मगर अक्ल आती है आते-आते..."

"मुझे कुछ भी समझ में नहीं आ रहा...तुम कैसी पहेलियाँ बुझा रहे हो!" धन की बात सुनकर पंडिताइन की उत्सुकता जग चुकी थी।

गोनू झा ने तपाक से कहा—"पगली! धन-वैभव की बात तुम्हें यहाँ खुले में बताऊँ? इतना तेज नशा नहीं हुआ है अभी कि अपना होश गँवा बैठूँ। तुम मेरी अर्धांगिनी हो। तुम्हें सब बता देना मेरा धर्म है। अग्नि के सात फेरों में लिए जाने वाले सात संकल्पों में एक संकल्प यह भी तो होता है। लेकिन यहाँ नहीं, चलो, कमरे में बताता हूँ।" इतना कहकर गोनू झा मुस्कुराते हुए पत्नी का कंधा पकड़कर कमरे में आ गए और गुनगुनाने लगे।

पंडिताइन कुछ देर तो शान्त रहकर उनके चुप होने की प्रतीक्षा करती रही लेकिन जब उससे नहीं रहा गया तब बोली—"अरे बताओ भी कि किस धन की बात कर रहे थे और उस धन का इन खेती के औजारों से क्या सम्बन्ध है?"

गोनू झा कुछ कहते, उससे पहले ही कमरे की खिड़की के पास खटका हुआ। गोनू झा अभी उस आवाज पर ध्यान दे रहे थे कि पंडिताइन बोली—"अरे कुछ नहीं है। बिल्ली रात-बेरात इसी तरह उछल-कूद के शिकार करती रहती है। तुम बताओ न, क्या बतानेवाले थे?"

गोनू झा चलते हुए खिड़की के पास पहुँच गए और ऊँची आवाज में बोलने लगे—"मेरे पिताजी ने मरने से पहले मुझे बताया था कि पिछवाड़े की जमीन को उन्होंने जान-बूझकर बंजर रख छोड़ा है ताकि किसी को भी इस जमीन में छुपे खजाने का पता न चल सके। इस जमीन में सात स्थानों पर पिताजी ने सोने की मोहरों से भरे घड़े गड़वा रखे हैं। मुझसे उन्होंने कहा था कि जब बहुत जरूरत महसूस हो तब इन खजानों का उपयोग करना। मैंने भी उनके मरने के बाद पिछवाड़े की जमीन पर कुदाल नहीं चलवाई। सोचा, इस दो कट्ठे में बाड़ी न भी लगे तो क्या है? मगर आज भाँग छाँकते समय अचानक मेरे मस्तिष्क में यह विचार कौंधा कि इतना सोना रहते हुए मेरी

पंडिताइन एक पतली सिकड़ी पहनती है। खपरैल घर में रहती है। मुझे अपने धन का वैभवपूर्ण उपयोग करना चाहिए। जानती हो न...सोम का धन शैतान खाता है। तब से ही मैं इन घड़ों को निकलवाने के लिए बेचैन हूँ। खैर, आज नहीं, तो कल सही। कल पौ फटते ही मैं पन्द्रह-बीस मजदूरों को पकड़ लाऊँगा। घंटे-दो घंटे में जमीन के खर-पातर की सफाई और जमीन खोदकर स्वर्ण-मुद्राओं से भरे घड़ों को निकालकर आराम की जिन्दगी!" इसके बाद गोनू झा खूब जोर-जोर से हँसने लगे–"हा...हा...हा! फिर महाराज की चाकरी करने की जरूरत नहीं। नगर सेठों में बैठूँगा। मैं तुम्हें रानी की तरह सजाकर रखूँगा। हा...हा...हा...!" हँसी का अटूट सिलसिला-सा चल पड़ा।

गोनू झा को इस तरह हँसते देख पंडिताइन भयभीत हो गई कि कहीं गोनू झा को भाँग तो नहीं चढ़ गई! वह बेचैन हो गई। और गोनू झा को अनुनय-विनय के साथ बिस्तर पर ले आई। गोनू झा जल्दी ही गहरी नींद में सो गए। पंडिताइन की भी आँखें लग गईं।

सुबह पौ फटने से पहले ही पंडिताइन जग गई। नारी सुलभ जिज्ञासा उसे बेचैन किए थी कि इतना सोना जब घर में आएगा तब वह क्या-क्या करेगी? कई बार उसका मन हुआ कि गोनू झा को जगा ले और उन्हें मजदूर लाने के लिए भेज दे। सबेरा हो जाने के बाद जन कमाने निकल जाते हैं–क्या पता पंडित जी अगर देर से जगें तो कोई मजदूर मिले न मिले। एक की बात रहती तो चलो, कोई बात नहीं थी, जरूरत तो दस-पन्द्रह मजदूरों की है...घंटा भर में दो कट्ठे जमीन की सफाई और कोड़ाई तो दस-पन्द्रह आदमी कर ही लेंगे...हाँ, उस समय खुद भी सतर्क रहना होगा। घड़ा मिलने पर तुरन्त खेत से घड़े को ले आना होगा। किसी को भनक भी न लगे कि उन घड़ों में सोना है।

पंडिताइन की नींद खुली तो फिर दुबारा आँखें नहीं लगीं। गुन-धुन लगा रहा कि सोना घर में आ जाएगा तब वह क्या करेगी।

चिड़ियों की चहचहाहट ने पंडिताइन को बेचैन कर दिया...और वह अपने को रोक नहीं पाई। गोनू झा का कंधा हिलाते हुए धीमे-धीमे आवाज देने लगी–"पंडित जी, जागिए। सबेरा हो गया।"

गोनू झा की नींद खुली। आँखें मलते हुए वे बिस्तर से उठे। कुल्ला

किया। फिर पंडिताइन से पूछने लगे–"अरे भाग्यवान! इतनी जल्दी क्यों जगा दी...?"

"आपको कुछ याद भी रहता है? आपने ही तो कहा था कि सुबह में दस-पन्द्रह मजदूर लाने जाना है, भूल गए?"

"अरे, हाँ!" गोनू झा ने चौंकते हुए कहा–"चलो, तुम भी चलो मेरे साथ।"

"मैं जाऊँ? मजदूर लाने? लोग क्या कहेंगे?" पंडिताइन बोली।

"अरे, बाहर तक तो चलो।" गोनू झा ने पंडिताइन की कलाई पकड़ ली और दरवाजा खोलकर पत्नी के साथ बाहर निकले। बोले–"चलो, जरा पिछवाड़े से हो आएँ।"

वे दोनों पिछवाड़े की ओर गए तो देखा, दस आदमी जमीन की खुदाई करने में लगे हुए हैं। अपने काम में वे लोग इतने तन्मय थे कि गोनू झा और पंडिताइन के पहुँचने का उन्हें पता ही नहीं चला।

गोनू झा ने ताली बजाई। बोले–"वाह, भाइयो, तुम लोगों ने तो रात-भर में जमीन की सूरत ही बदल दी!"

इतना सुनना था कि खेत जोतने में लगे लोग कुदाल-गैंता छोड़कर भागे। मगर वे भाग के जाते कहाँ? सवेरा हो चुका था। लोग शौचादि के लिए घरों से निकल चुके थे। गोनू झा ने चोर-चोर का शोर मचाया...चीखने लगे–"पकड़ो...कोई भागने न पाए!"

गाँववालों ने भागते चोरों में से चार को पकड़ लिया। उनकी जबर्दस्त धुनाई हुई। इस धुनाई के बाद उन्हें कोतवाल के हवाले कर दिया गया।

उनके बयान पर शेष चोर भी पकड़ लिए गए। उनकी पिटाई और पूछताछ से मालूम हुआ कि ये सभी लोग किसी न किसी तरह लंगड़ू उस्ताद से सम्बन्धित हैं। लंगड़ू उस्ताद ने गोनू झा को सबक सिखाने का संकल्प ले रखा है। उसके कहने पर ही ये लोग गोनू झा के घर चोरी करने के इरादे से आए थे। गोनू झा को अपनी पत्नी से खेत में स्वर्ण-मुद्राओं से भरे घड़े होने की बात कहते सुनकर उन लोगों ने उसी को निकालकर ले जाने का मन बना लिया।

कुदाल आदि तो गोनू झा निकालकर गए ही थे...वे अन्त तक यह नहीं समझ पाए कि वे गोनू झा के झाँसे का शिकार हो गए। गोनू झा ने पहले

ही भाँप लिया था कि चोरों ने उनके घर पर घात लगा रखा है। इसके कारण ही उन्होंने खजाने की कहानी पत्नी को सुनाई थी।

हवालात में बन्द चोरों को देखने के लिए गोनू झा जब पहुँचे, उस समय भी वे तरंग में उसी तरह गुनगुना रहे थे...चोरों से उन्होंने कहा–"अरे भाई लोग! तुम लोगों ने मेरी बंजर भूमि की बढ़िया खुदाई की। कारावास की सैर से लौटकर आना तो मेहनताना ले जाना।"

खेत की सिंचाई

शातिर चोरों को हवालात की सैर करवाने के कारण गोनू झा पूरे मिथिलांचल के चोरों की आँखों की किरकिरी बन गए। मिथिला में ठग और चोर गोनू झा से बदला लेने की ताक में रहने लगे। ठगों और चोरों की नाक में नकेल डालने के कारण मिथिला नरेश की दृष्टि में गोनू झा का सम्मान और बढ़ गया।

लंगड़ू उस्ताद के गिरोह के कुछ लोग कारावास से सजा काटकर बाहर आए। कारावास से छूटने से पहले उन्होंने लंगडू उस्ताद के सामने शपथ ली कि जब तक गोनू झा से बदला नहीं ले लेंगे तब तक चैन से नहीं बैठेंगे।

गोनू झा इस स्थिति का अनुमान उस दिन ही लगा चुके थे जिस दिन उनके दरवाजे पर लंगड़ू उस्ताद का गिरोह गिरफ्त में आया था इसलिए उन्होंने कोतवाल को कुछ आवश्यक निर्देश दिए थे।

कोतवाल गोनू झा का अहसानमंद था क्योंकि चोर गिरोह की गिरफ्तारी के बाद गोनू झा की अनुशंसा पर महाराज ने उसकी पगार बढ़ा दी थी। एक तरह से पूरी मिथिला से अपराधियों का सफाया हो चुका था जिसके कारण कोतवाल भी निश्चिन्त था। रसिक प्रवृत्ति का कोतवाल मौज-मस्ती में डूबा रहने लगा।

उन दिनों मिथिला में भाँग और ताड़ी का नशा प्रचलन में था लेकिन रसिक कोतवाल अपने लिए पश्चिम बंगाल से मदिरा मँगाया करता था। उसके कुछ आसामी उसके लिए खास मनोरंजन की व्यवस्था करते थे जिसमें पीना-पिलाना तो होता ही था—रास-रंग के भी अवसर थे। मखाना और मछली के व्यापारी कोतवाल को प्रसन्न रखने के लिए वह सब व्यवस्था करते जिसकी ललक एक रसिक व्यक्ति को रहती है।

कोतवाल अपने आवास के बाहरी कमरे में बैठा था। उसके हाथ में मदिरा थी। सामने थाल में भूनी हुई मछलियाँ रखी थीं। एक मांसल शरीर की बाला ठुमका लगा-लगाकर कुछ गा रही थी।

तभी किसी ने द्वार पर दस्तक दी। कोतवाल ने बुरा-सा मुँह बनाया और झल्लाते हुए उठा। उसने नर्तकी को इशारा किया। नर्तकी पर्दे की ओट में चली गई। कोतवाल कक्ष से बाहर आया। द्वार पर उसका मुख्य मुखबीर खड़ा था। उसने कोतवाल को फुसफुसाते हुए कुछ कहा और वहाँ से वापस चला गया।

कोतवाल वापस अपने कमरे में आया। उसने नर्तकी की ओर हसरत-भरी निगाहों से देखा—उफ! यह उफनाता यौवन...वर्तुल मांसल उरोज...मदभरे होंठ...उसने नर्तकी का रूप-यौवन अपनी आँखों में बसा लेने का प्रयास किया। थोड़ी देर तक उस रूपसी को निहारने के बाद कोतवाल ने कहा—"मुझे अभी निकलना पड़ेगा प्रिये! अभी, और इसी समय..."

नर्तकी ने आँखों की भंगिमा बदली, मानो पूछ रही हो—ऐसी भी क्या जल्दी है? लेकिन कोतवाल ने सिर पर पगड़ी डाली और नर्तकी को कुछ मुद्राएँ थमाते हुए कहा—"जल्दी ही मिलेंगे...इस प्यासी शाम की कसम! अभी तुम्हें जाना ही पड़ेगा।" कहकर कोतवाल कमरे से बाहर निकल गया।

नर्तकी भी मुद्राएँ अपने बटुए में डालते हुए—ठुमकती हुई कमरे से निकल गयी।

कोतवाल तेज गति से कहीं जाने लगा। उसकी मुखमुद्रा गम्भीर थी।

गोनू झा अपने दरवाजे पर टहल रहे थे। शाम ढल चुकी थी लेकिन हल्का उजाला फैला हुआ था। तभी गोनू झा को घोड़े की टापों की आवाज सुनाई पड़ी। उन्होंने मन ही मन सोचा कि इस समय भड़ौरा जैसे गाँव से कौन घुड़सवार गुजर सकता है?

उन दिनों जमींदार, राजा-महाराजा या राजदरबार का कोई ऊँचा ओहदेदार ही घोड़े की सवारी करता था। नगर कोतवाल, सेनापति और रंगरूट प्रमुख को राज्य की ओर से घोड़े मिले हुए थे जिनका उपयोग वे विशेष परिस्थितियों में करते थे।

गोनू झा कुछ सोच पाते, तभी दूर से आते घुड़सवार पर उनकी नजर

पड़ गई। शाम ढल चुकने के कारण नीम-अँधेरे में घुड़सवार की आकृति तो समझ में आ रही थी किन्तु वे उसे पहचान नहीं पा रहे थे। उत्सुकता बनी हुई थी कि घुड़सवार कौन है–इसलिए वे उधर ही देखते रहे। थोड़ी ही देर में घुड़सवार उनके पास ही आकर रुक गया। वह कोई और नहीं नगर कोतवाल था। गोनू झा का अभिवादन करने के बाद कोतवाल ने लंगड़ू उस्ताद के गिरोह के कुछ चोरों के कारावास से मुक्त होने की खबर दी।

गोनू झा ने कोतवाल से कहा–"तीन साल तक तुमने खूब मौज-मस्ती कर ली, अब कर्त्तव्य के प्रति सतर्क और तत्पर हो जाओ। आगे तुम जानते हो कि तुम्हें क्या करना है। कोतवाल वहाँ से चला गया। गोनू झा अपने घर की ओर चल दिए।

इस घटना के कई दिन बीत गए। फिर महीने और साल भी बीता। मिथिलांचल में अमन-चैन रहा। कहीं कोई चोरी की घटना नहीं घटित हुई। एक शाम गोनू झा दरबार से वापस आ रहे थे कि अचानक उनकी नजर चार-पाँच लोगों पर पड़ी। वे सभी हट्टे-कट्टे थे–घुटने के ऊपर धोती समेटकर बाँधे हुए और नंगे बदन। उनके नंगे बदन पर अजीब-सी चमक थी, जैसे तेल चुपड़ा हुआ हो!

गोनू झा इस तरह की अस्वाभाविक बातों को नजरअन्दाज नहीं करते थे। उनका दिमाग तुरन्त सक्रिय हो गया। वे एक पेड़ की ओट में खड़े हो गए और उन लोगों पर नजर रखने लगे।

वे चारों गोनू झा के घर के आस-पास ही चहल-कदमी करते रहे फिर उनमें से तीन उनके बगान की ओर चले गए। एक आदमी उनके घर के आस-पास बना रहा।

गोनू झा को इन चारों का व्यवहार बहुत असामान्य लगा। अन्ततः कुछ सोचकर गोनू झा सामान्य चाल से चलते हुए अपने घर पहुँच गए। थोड़ी देर बाद हाथ में मशाल लिए वे बाहर निकले और मशाल की रोशनी में घर के दरवाजे से लेकर घर तक आने की राह तक वह झुक-झुककर कुछ तलाशते रहे। थोड़ी-थोड़ी देर पर वे कमर सीधी करने के लिए खड़े होते और फिर कुछ खोजने लगते।

थोड़ी देर के बाद एक व्यक्ति उनके पास आया और पूछने लगा, "क्या

खोज रहे हैं पंडित जी?"

"अरे, क्या बताएं भाई! आज ही महाराज ने मुझे सौ स्वर्ण-मुद्राएँ उपहारस्वरूप प्रदान की थीं। उनमें से पाँच स्वर्ण-मुद्राएँ कहीं गिर गईं। मेरी पत्नी इससे इतनी कुपित है कि क्या कहूँ! कहती है, जब तक पाँचों स्वर्ण-मुद्राएँ मिल न जाएँ तब तक मुँह मत दिखाना।"

स्वर्ण-मुद्राओं की बात सुनकर वह व्यक्ति उत्सुक हुआ और गोनू झा के साथ झुककर स्वर्ण-मुद्राएँ खोजने में उनकी मदद करने लगा।

अचानक एक स्थान पर गोनू झा जल्दी से लपके, झुककर एक मुद्रा जमीन से उठाई और बोले–"चलो भाई! एक तो मिला।"

उस व्यक्ति ने देखा, गोनू झा की दो अँगुलियों के बीच एक स्वर्ण-मुद्रा चमचमा रही थी। इसी तरह गोनू झा इधर-उधर मशाल लिए मुद्राएँ तलाशते रहे और एक-एक कर पाँच स्वर्ण-मुद्राएँ उन्हें अपने घर के आस-पास ही मिल गईं। उन्होंने राहत की साँस लेते हुए उस आदमी से कहा–"अरे भाई! तुम्हारा आना बहुत शुभ रहा। मेरी पाँचों स्वर्ण-मुद्राएँ मिल गईं। अब जाकर अपनी पत्नी के सामने इन्हें पटक दूँगा–और कहूँगा–लो, गिन लो, पूरी सौ स्वर्ण-मुद्राएँ। जाओ भाई, तुम भी अपनी राह लो।" इतना कहकर वे अपने घर की ओर चल दिए।

वह व्यक्ति गोनू झा के जाने के बाद उनके बगान में घुस गया जहाँ उसके चार साथी इन्तजार कर रहे थे। गोनू झा के हाथों में चमचमाते सिक्के उसने देखे थे और उसे विश्वास हो गया था कि गोनू झा के घर में अभी सौ सोने के सिक्के हैं। चारों थोड़ी देर तक गुपचुप मंत्रणा करते रहे। फिर उन्होंने देखा कि गोनू झा कहीं जा रहे हैं–शायद बाजार। घंटे भर बाद गोनू झा लौटे।

वे चारों कोई और नहीं, साल भर पहले कारावास से मुक्त हुए लंगड़ू उस्ताद के गिरोह के सदस्य थे। गोनू झा के घर चोरी करके उनसे बदला लेने का संकल्प पूरा करने आए थे। चूंकि चोर पहले भी गोनू झा से गच्चा खा चुके थे इसलिए इस बार वे फूँक-फूँककर कदम रखना चाहते थे। उनके बीच फुसफुसाहटों में ही बात हुई। कोई मानने को तैयार नहीं था कि जिसके पास

स्वर्ण-मुद्राएँ होंगी, वह उसकी चर्चा सरेआम किसी अजनबी के साथ करता फिरेगा।

जब गोनू झा बाजार से लौटकर आए तब वे चारों चोर गोनू झा की खिड़की के पास पहुँचे और भीतर क्या हो रहा है, उसका आहट से लेने लगे। भीतर गोनू झा अपनी पत्नी से कह रहे थे–"अरे भाग्यवान, समझा करो। ये स्वर्ण-मुद्राएँ घर में रखना ठीक नहीं है। मुझ पर विश्वास करो–मैं इन्हें ऐसी जगह रख दूँगा जहाँ से चोर तो क्या, चोर का बाप भी इन्हें नहीं चुरा सकता। जमाना खराब है। कब किसकी नीयत बदल जाए, कौन जानता है–लाओ, थैली मुझे दे दो, मैं इन्हें कुएँ में डाल आता हूँ।"

फिर पंडिताइन की आवाज उभरी–"और जब जरूरत होगी तब आप इसे निकालेंगे कैसे?"

"तुम भी बच्चों जैसी बातें कर रही हो? कुआँ अपने दरवाजे पर है। कोई बाहर का आदमी इससे पानी लेने आता नहीं है। जब जरूरत होगी तो कुएँ का पानी बाहर निकाल लेंगे। कितना समय लगेगा? दो घड़ी, न चार घड़ी। एक पहर, न दोपहर...और क्या? कितने जन लगेंगे? दो जन नहीं, तो चार जन। चलो, बाल्टी अभी ही निकालकर रस्सी समेत कुएँ पर रख देता हूँ। जब तेरी इच्छा हो–मैं रहूँ न रहूँ–तुम भी चाहो तो जन-मजदूर लगाकर कुएँ का पानी निकलवा लेना...लाओ, अब स्वर्ण-मुद्राओं की थैली मुझे दे दो।"

थोड़ी देर बाद एक आवाज उभरी–छपाक! जैसे कोई भारी वस्तु पानी में फेंकी गई हो! चोरों ने आवाज सुनी। अब वे गोनू झा और उनकी पत्नी के सोने का इन्तजार करने लगे।

रात गहरा रही थी। चारों ओर सन्नाटा पसरा हुआ था। कभी-कभी सियार की आवाज इस सन्नाटे को तोड़ती थी। जब चोरों को विश्वास हो गया कि गोनू झा सपत्नीक सो चुके हैं–वे पाँव दबाए कुएँ तक आए। यह देखकर उनकी बाछें खिल गईं कि सचमुच कुएँ पर चार बाल्टियाँ रस्सी सहित रखी हुई हैं। वे पानी खींचने में लग गए। कोई कुछ बोल नहीं रहा था। कुएँ में बाल्टी भी इतनी धीमी गति से डाली जाती कि कोई आवाज नहीं उभरे।

सबेरा होने को आया। चारों चोर तन्मयता से अपने काम में लगे थे।

अचानक उनमें से एक ने कहा–"कुआँ में अब पानी कम ही बचा है। हममें से एक आदमी कुएँ में रस्सी के सहारे उतरकर पानी से वह थैली निकाल सकता है।"

यह विचार आते ही वे इस बहस में पड़ गए कि पानी में कौन उतरेगा। तभी एक साथ कई लोग बागान से निकले और उन चोरों पर झपट पड़े।

बाहर से उठा-पटक की आवाज आने से गोनू झा की नींद खुल गई। उन्होंने पत्नी को जगाया। दोनों उठकर बाहर आए। सामने देखा–कुएँ के पास चारों चोर बँधे पड़े थे। नगर कोतवाल अपने जवानों को कुछ समझा रहा था। गोनू झा पर नजर पड़ते ही उसने उनका अभिवादन किया।

इस बार गोनू झा से पहले उनकी पत्नी बोली–"अरे! इन लोगों को बाँध क्यों दिया? रात भर इन लोगों ने हमारे बगान में पानी पटाया है। ऐसी सिंचाई तो हम पैसा देकर भी नहीं करा पाते। पेड़ों की प्यास बुझानेवालों के साथ ऐसा व्यवहार ठीक नहीं। इन लोगों को ले जाइए और इतनी आवभगत कीजिए कि इनका मेहनताना वसूल हो जाए।"

दरअसल, रात को ही गोनू झा को सन्देह हो गया था कि चोर उनके घर धावा बोल सकते हैं इसलिए बाजार जाकर एक सुरक्षाकर्मी के मार्फत उन्होंने कोतवाल को खबर कर दी थी।

सुरक्षाकर्मी उन्हें पकड़कर ले गए।

चोरों ने तौबा कर ली

गोनू झा और चोरों के बीच आँख-मिचौली बरसों चलती रही। गोनू झा महाराज को वचन दे चुके थे कि उनके रहते मिथिला में चोरों का मनोबल बढ़ने नहीं दिया जाएगा। संयोग ऐसा रहा कि हमेशा चोरों को गोनू झा से मुँह की खानी पड़ी।

दूसरी तरफ चोर बिरादरी के लोग लंगड़ू उस्ताद से वचनबद्ध थे कि जब भी मौका मिलेगा, वे गोनू झा के घर ऐसी चोरी करेंगे जिसे उनके सात पुश्त स्मरण रखेंगे।

घात-प्रतिघात की यह बात गोनू झा समझते थे और हमेशा सतर्क रहते थे।

एक बार की बात है। गोनू झा दरबार से लौटकर अपने दरवाजे पर टहल रहे थे। सतर्क रहने की आदत ने गोनू झा को थोड़ा शंकालु बना दिया था। वे टहलते समय भी इतने चौकन्ने रहते, जितना कि बाज रहता है। अचानक उन्होंने कुत्ते के भौंकने की आवाज सुनी। सोचने लगे, कुत्ता इस समय इस तरह नहीं भूँकता है। उन्होंने ध्यान देकर सुना—यह पड़ोसी मदन झा के कुत्ते के भौंकने की आवाज थी।

मदन झा ने हाल में ही गोनू झा के अहाते के बगल में जमीन खरीदी थी और वहाँ अपना मकान बना लिया था। बहुत शौकीन आदमी था मदन झा। दिलेर और उत्साही भी। उसके आजू-बाजू उसके दो रिश्तेदारों ने भी मकान बनाया था। देर रात उनके घरों की महिलाएँ एक जगह एकत्रित होकर गीत गातीं—'सोना-चकवा' के गीत। पंडिताइन से भी वे काफी हिल-मिल गई थीं। कई बार वे अपने साथ पंडिताइन को भी ले गई थीं गीत गाने।

मदन झा के दोनों सम्बन्धी लखन झा और सुमन झा भी मिलनसार थे।

गोनू झा का सम्मान करते थे। 'घर-प्रवेश' के अवसर पर उन्होंने गोनू झा को विशेष रूप से आमन्त्रित किया था।

कुत्ते के भौंकने की आवाज कभी धीमी पड़ती और फिर कभी तेज हो जाती। गोनू झा सशंकित मन से मदन झा के घर की ओर टहलते हुए बढ़े। उन्होंने एक आदमी को उसी समय उधर से गुजरते हुए देखा। आदमी की चाल उन्हें ठीक नहीं लगी। मदन झा उन्हें अपने दरवाजे पर ही मिल गए। थोड़ी देर तक उनसे इधर-उधर की बातें करके गोनू झा अपने घर की ओर लौटने लगे तभी लखन झा और सुमन झा उन्हें रास्ते में मिल गए। गोनू झा का उन्होंने अभिवादन किया और अनुनय करके गोनू झा को अपने घर ले आए। शर्बत पिलाया। इधर-उधर की बातें होती रहीं। थोड़ी देर के बाद गोनू झा ने उनसे विदा ली। विदा होते-होते उन्होंने कहा–"आजकल गाँव में अजनबी चेहरे फिर दिखने लगे हैं। कहीं फिर से चोर-उचक्कों का उत्पात न शुरू हो जाए। आप लोग भी सावधान रहा करिए। एक समय इस गाँव में चोरों के उत्पात से त्राहि-त्राहि की स्थिति रही है।"

उनसे विदा लेने के बाद गोनू झा के दिमाग में उस आदमी की चाल बार-बार कौंध जाती थी...थोड़ा उचक-उचककर चलता यह हट्टा-कट्टा आदमी...उन्हें लगा कि कहीं उसे देखा है। दिमाग पर जोर डाला तो कुछ याद नहीं आया।

रात को भोजन करने के बाद वे फिर टहलने के लिए निकल गए। अपने दरवाजे से निकलकर वे गाँव की मुख्य सड़क पर आ गए और टहलते हुए मदन झा के घर से थोड़ी दूर आगे तक निकल गए। अचानक मदन झा का कुत्ता जोर-जोर से भौंकने लगा। गोनू झा जहाँ थे वहीं एक पेड़ की ओट में खड़े हो गए और मदन झा के घर की ओर देखने लगे। चाँदनी रात थी इसलिए सब-कुछ साफ दिख रहा था। उन्होंने उचक-उचककर चलने वाले आदमी को सड़क से गुजरते देखा।...थोड़ी दूर चलकर वह आदमी गोनू झा के बगान की ओर मुड़ गया।

गोनू झा घर लौट आए। अपनी पत्नी को बाँहों में भरकर प्यार करने लगे। प्यार करने के उनके नए अन्दाज से पंडिताइन चौंकी। बिस्तर से अलग उनका व्यवहार शालीन होता था लेकिन पंडिताइन को गोनू झा में आया यह परिवर्तन पुलकित कर रहा था...मिथिला की नारी होने के कारण

उनके व्यवहार में सहज संकोच तरंगित होने लगा और वह पति की बाँहों से निकलने का प्रयास करने लगी।

गोनू झा की बाँहों में पंडिताइन थी मगर उनका ध्यान बाहर था। खट्-खट् की आवाज पिछवाड़े की दीवार से आ रही थी। गोनू झा को समझते देर न लगी कि पीछे की दीवार में सेंध लगाई जा रही है। वे पत्नी को बाँहों में लिए बिस्तर पर आ गए और अपनी गर्म साँसों से पंडिताइन के उघड़े अंगों को सहलाने लगे।

गोनू झा से अचानक पंडिताइन ने कहा–"अँगनावाला दरवाजा खुला रह गया है...छोड़िए, बन्द कर आऊँ।"

गोनू झा ने पंडिताइन को अपने सीने से सटा लिया–"छोड़ो भी, रहने दो खुला। अभी तो बहुत कुछ खुलना बाकी है।"

इसी समय एक साया उस दरवाजे से घुटने के बल सरकता हुआ कमरे में आ गया और सरकता हुआ गोनू झा के पलंग के नीचे घुस गया। गोनू झा अपनी पत्नी को बाँहों में समेटे दुलारते रहे। दुलारते हुए बोलने लगे–"पंडिताइन, मैं सोच रहा हूँ कि जब हमारे बच्चे होंगे..."

"धत्!" पंडिताइन ने नारी सुलभ लज्जा के साथ कहा।

"धत् कहती हो! मैं भविष्य के लिए कल्पनाएँ सँजो रहा हूँ। तुम हो कि धत् कह रही हो।" गोनू झा ने थोड़ी तेज आवाज में कहा।

पंडिताइन को अपनी बोली के लिए पछतावा-सा हुआ जिससे रंग में भंग पड़ता लग रहा था। उन्होंने गोनू झा के शरीर पर अपनी एक बाँह रखी और गोनू झा की पीठ सहलाते हुए पूछने लगी, "हाँ...क्या बोल रहे थे... बोलिए न!"

गोनू झा ने फिर कहना शुरू किया–"मैं अपने बेटे का, पहले बेटे का नाम मदन रखूँगा।"

"पहले बेटे का नाम मदन?" पंडिताइन ने उनकी बात दुहराई और लजाते हुए बोली–"इसका मतलब...कि दूसरा बेटा भी होगा?"

"दूसरा क्या, तीसरा भी होगा।" गोनू झा बोले।

"अच्छा, ठीक...लेकिन बच्चों की संख्या बढ़ाने से पहले दूसरे और तीसरे बेटे का नाम भी तो बताओ।"

"हूँ...बताता हूँ भाग्यवान...दूसरे बेटे को मैं लखन बुलाऊँगा...और

तीसरे को ? तीसरे को सुमन।"

अचानक गोनू झा पत्नी को छोड़कर पालथी लगाकर पलंग पर बैठ गए और बोले–"पंडिताइन, कल्पना करो कि एक दिन तीनों बच्चे घर से बाहर खेलने चले जाएँ और इस बीच ही घर में चोर आ जाए तब तुम क्या करोगी?"

पंडिताइन गोनू झा के व्यवहार में आए इस परिवर्तन से खिन्न हो गई। वैसे ही, जैसे किसी प्यासे के होठों के पास से पानी से भरा गिलास हटा लिया जाए। क्षुब्ध होकर बोली–"यह क्या बात हुई? ऐसी घड़ी में यह भी कोई कल्पना करने की बात है?"

गोनू झा बोले–"तुम न करो तो न करो। मैं तो करूँगा।" उन्होंने आँखें बंद की और पुकारने लगे–"लखन! मदन! सुमन! जल्दी आओ हो...लखन, मदन, सुमन दौड़ो...जल्दी आओ...घर में चोर घुसल हो..." पंडिताइन उन्हें चुप रहने को बोलती और गोनू झा पंडिताइन को चिढ़ाते हुए चीख पड़ते–"दौड़ो भाई! जल्दी आओ!"

उनकी आवाज सुनकर उनके पड़ोसी मदन झा, सुमन झा, और लखन झा हाथों में लाठी लिए दौड़े आए और गोनू झा का दरवाजा ठकठकाने लगे। गोनू झा पलंग से उतरे और दरवाजा खोल दिया। घर में तीनों घुसे और पूछा–"कहाँ है चोर?"

गोनू झा ने पलंग के नीचे इशारा कर दिया। फिर तो चोर को वे लोग पलंग के नीचे ही छाँकने लगे और बेदम करके उसे पलंग से बाहर निकाला। चोर हवालात भेजा गया।

इसके बाद फिर किसी चोर ने गोनू झा के घर की ओर आने की हिम्मत नहीं की।

कृतघ्न प्राणी

मिथिला नरेश की जैसे-जैसे उम्र बढ़ रही थी, वैसे-वैसे वे मनमौजी होते जा रहे थे। कई बार तो दरबारी उनके व्यवहार से चकित हो जाते और आपस में बतियाते कि महाराज तो इन दिनों सनकी होते जा रहे हैं। जब देखो तब बेतुकी बातें करने लगते हैं।

एक दिन ऐसे ही मिथिला नरेश दरबार में बहक गए और दरबारियों से पूछा—"आप में से कोई बता सकता है कि संसार का सबसे कृतघ्न प्राणी कौन है?"

दरबारी अटकलें लगाने लगे। एक ने कहा—"शेर महाराज, शेर। शेर से बड़ा कृतघ्न प्राणी भला कौन होगा? बड़े से बड़ा जानवर उससे घबराता है। खरगोश हो या हाथी, सबको चटकर जाता है। एक बार पेट भर जाए तो पन्द्रह दिनों तक हिलता-डुलता नहीं। अघाया हुआ पड़ा रहता है।"

दूसरे ने कहा—''अरे महाराज! यही आदत तो बाघ, चीता, तेंदुआ आदि में भी है। आखिर यह कैसे तय होगा कि इनमें से कौन कृतघ्न है?"

तीसरे ने कहा—"महाराज, सबसे कृतघ्न प्राणी लकड़बग्घा होता है। शरीर से कुछ और सिर से कुछ और दिखता है। छोटे जीवों और कमजोर बच्चों को अपना आहार बनाता है।"

मतलब यह कि दरबार में बतकही का दौर चला तो चलता ही रहा। गोनू झा इन बातों में रुचि नहीं ले रहे थे। उन्हें अनमना देखकर महाराज ने उनसे कहा—"क्या बात है पंडित जी? आप चुप क्यों हैं? आप भी कुछ बताइए।"

गोनू झा ने महाराज से विनीत-स्वरों में कहा—''महाराज! मैं आज नहीं, कल बताऊँगा कि संसार का सबसे कृतघ्न प्राणी कौन होता है।" फिर महाराज से आज्ञा लेकर अपने आसन पर बैठ गए।

दरबार के समापन के बाद गोनू झा अपने घर आए। उन दिनों उनके

घर एक सम्बन्धी आया हुआ था। दूर का सम्बन्ध था, वह भी दामाद का। गोनू झा ने उससे कहा—"मेहमान! कल दरबार चलना। इतने दिन हुए तुम्हें आए, कहीं कुछ देखा नहीं—न मैंने तुम्हें दिखाया। कल तुम्हें दरबार ले चलूँगा। वहाँ काम-काज देखना। शाम को तुम्हें महाराज की फुलवारी दिखाने ले चलूँगा। तरह-तरह के फूल हैं वहाँ। बहुत ही सुन्दर फव्वारा है। उद्यान ऐसा जैसा आस-पास किसी राज्य में नहीं है। एक बार यहाँ अंगदेश के महाराज आए थे तो अधिकांश समय उसी उद्यान में व्यतीत करते थे। उन्हें वहाँ इतनी शान्ति मिलती थी कि कहते थे—यहाँ से जाने का मन ही नहीं करता। वापसी के समय फुलवारी में लगे तरह-तरह के फूलों के बीज अपने साथ लेते गए। देखोगे तो मन हर्षित होगा।"

दूसरे दिन उनका दामाद बन-ठनकर तैयार हुआ। उसने रेशमी धवल वस्त्र धारण किए। युवा और आकर्षक तो वह था ही। गोनू झा के साथ दरबार में पहुँचने के बाद उसने दरबार की शोभा देखी। अभिभूत हुआ।

दरबार में जब महाराज आए तो उन्हें देखकर दरबारी समझ गए कि महाराज आज भी हास-परिहास और बतकही में दिन गुजार देंगे। हुआ भी वैसा ही। देर तक इधर-उधर की बातें होती रहीं। अचानक महाराज की नजर गोनू झा पर पड़ी तो उन्हें स्मरण हो आया कि आज गोनू झा को बताना था कि संसार का सबसे कृतघ्न प्राणी कौन है।

महाराज ने गोनू झा से पूछा—"पंडित जी! आज तो आप बताएँगे कि संसार का सबसे कृतघ्न प्राणी कौन है?"

गोनू झा अपने आसन से उठे और अपने दामाद की ओर इंगित करते हुए कहा—"महाराज! यह युवक, जो मेरे पास बैठा है—मेरा दामाद है। संसार का सबसे कृतघ्न प्राणी दामाद होता है। दामाद को उसका श्वसुर अपनी पुत्री सौंपता है। उसके साथ सौगात के रूप में उसकी आवश्यकता को ध्यान में रखते हुए हर तरह की वस्तु देता है। यथा सामर्थ्य धन भी देता है। मगर दामाद कभी सन्तुष्ट नहीं होता। उसकी इच्छा रहती है कि ससुराल से उसे और धन मिले। वह कभी यह नहीं सोचता कि उसकी पत्नी बनकर उसके घर में आई कन्या ने उससे सम्बन्ध बनाने के लिए अपना सब कुछ छोड़ा है—माता-पिता, भाई-बहन, सगे-सम्बन्धी, सहेली-मित्र—सब कुछ, फिर भी दामाद तो दामाद है—उसकी लोलुप दृष्टि ससुराल के धन पर बनी रहती है।"

महाराज ने जब गोनू झा की बातें सुनीं तो तैश में आ गए और बोले–"सच कहते हैं पंडित जी, ऐसे प्राणी को कृतघ्न तो क्या, कृतघ्नतम् प्राणी कहेंगे।" उन्होंने तुरन्त आज्ञा दी–"इस अधम प्राणी को कारागार में डाल दिया जाए।"

गोनू झा ने विनम्रता से कहा–"महाराज! यह ठीक है कि दामाद को मैंने कृतघ्न कहा, लेकिन महाराज! हम सभी किसी न किसी के दामाद हैं। हम सबमें यह दुर्गुण मौजूद है। सोच के देखें महाराज, तो आपको मेरी बात ठीक लगेगी। हम सभी अपनी पत्नियों को अपनी जागीर समझते हैं। कभी यह नहीं सोचते कि उसे भी अपने बचपन के दिनों की स्मृति हो आती होगी। उसका भी जी करता होगा अपने सगे-सम्बन्धियों से मिलने का।...मैंने यह तो कहा नहीं कि मेरा दामाद ही कृतघ्न प्राणी है।"

दामाद, जिसके हलक तक आ गए थे–प्राण और जो भरे दरबार में अपने को अपमानित हुआ महसूस कर रहा था–अब थोड़ा संयत हुआ। महाराज को भी बात समझ में आ गई।

दरबार के समापन के बाद गोनू झा अपने दामाद को लेकर महाराज के पास पहुँचे और बोले–''महाराज, मैं मेहमान को फुलवारी घुमाने लाया हूँ।''

महाराज बोले–"पंडित जी! आप इस तरह की औपचारिकताओं से ऊपर हैं। यह फुलवारी आप की ही है।"

"अरे मैं तो भूल ही गया था–आपका दामाद। मेरा भी तो कुछ होता है।" उन्होंने अपने गले से मोतियों की माला उतारकर गोनू झा के दामाद के गले में डाल दी और बोले–''पुत्र! यह तो तुम्हारा अधिकार है। इसे धारण करो। इससे तुम कृतघ्न नहीं हो जाओगे। पंडित जी ने तो उस प्रथा पर चोट की है जिससे बेटी के बाप को अपना सबकुछ लुटाकर दामाद की लोलुपता की तुष्टि करनी पड़ती है।"

गोनू झा के दामाद ने जब महाराज के चरण छुए तब महाराज ने उसे अपने गले से लगा लिया।

बाद में गोनू झा ने अपने दामाद को महराज की फुलवारी घुमाई और अपने घर की ओर चल पड़े।

उनका दामाद गद्गद मन से गोनू झा के साथ चल रहा था।

राख की कीमत में महल

गोनू झा के जीवन में ऐसा नहीं कि कठिनाइयाँ नहीं आईं...आईं और लगातार आती रहीं। कभी ठगों के रूप में, तो कभी काना नाई के रूप में, कभी चोरों के रूप में, कभी भाई भोनू के रूप में। अनवरत परेशानियों से घिरे रहकर भी गोनू झा ने अपना हौसला बनाए रखा। उनके चरित्र की एक विशेषता यह भी थी कि वे अपने विरोधियों से भी मुस्कुराकर मिलते थे... इस उम्मीद के साथ कि कभी तो यह व्यक्ति वास्तविकताओं को समझेगा कि ईर्ष्या से कभी विकास नहीं होता। विकास के लिए आवश्यक है प्रयास करते रहना, अपना हौसला बनाए रखना। अपने इस विवेक के बूते ही वे मिथिला नरेश के दरबार तक पहुँचे। अपनी निष्ठा, ईमानदारी, कार्यकुशलता और हाजिरजवाबी के कारण ही वे महाराज के सबसे विश्वसनीय व्यक्ति बन गए। कभी कंगालों-सा जीवन गुजारनेवाले गोनू झा अब अपने गाँव ही नहीं, अपनी तहसील के सबसे सम्पन्न व्यक्ति थे। उन्होंने अपने रहने के लिए एक ऐसी कोठी बनवाई जिसे देखकर लोगों को अचम्भा होता था। इतना आकर्षक भवन आस-पास तो क्या, दूर-दराज तक किसी के पास नहीं था।

गोनू झा की दिन दूनी रात चौगुनी, तरक्की देखकर उनसे जलनेवाले लोग उन्हें चोट पहुँचाने की कोशिश करते, मगर गोनू झा की तीक्ष्ण बुद्धि के आगे किसी की कुछ नहीं चलती थी। कोई तिकड़म काम नहीं आता था।

एक बार गोनू झा किसी काम से मिथिला से बाहर गए हुए थे। उनसे ईर्ष्या भाव रखनेवाले ग्रामीणों ने मौका देखा और एक रात उनके भवन में आग लगा दी।

गोनू झा जब वापस लौटे तो भवन का भग्नावशेष या कहें कि भस्मावशेष देखा। उनके लिए यह एक अचम्भित कर देनेवाला दृश्य था। वे

अपने भवन की हालत देखकर द्रवित हो उठे लेकिन उन्होंने अपने मन को दृढ़ किया। गाँव के लोग उन्हें सान्त्वना देने के लिए आए। गोनू झा सबसे मुस्कुराते हुए मिले, जैसे कुछ हुआ ही न हो!

कुछ देर के बाद गोनू झा बाजार गए। वहाँ से उन्होंने कुछ बोरे खरीदे। दो मजदूर साथ में ही लेते आए। गोनू झा ने घर के जलकर राख हुए हिस्सों को समेटना शुरू किया फिर मजदूरों से उन्हें बोरों में भरवाया। बोरों के मुँह पर चमकीले कागज लगवाकर बोरों का मुँह बन्द करवाया। इस तरह कुल बारह बोरों में राख भरकर वे फिर बाहर निकल पड़े और एक बैलगाड़ी किराए पर लेकर लौटे। उन्होंने बोरों को बैलगाड़ी पर लदवाया और गाँव से बाहर जाने वाली राह पर बैलगाड़ी लेकर चल पड़े। बैलगाड़ी वे स्वयं चला रहे थे।

गाँव के कुछ लोगों ने उनसे पूछा भी कि घर के राख को बोरे में बन्द कर आप कहाँ जा रहे हैं पंडित जी? गोनू झा ने उन्हें इतना ही कहा–"शुभ मुहूर्त निकला जा रहा है–लौटूँगा तब बताऊँगा।"

गोनू झा को ऐसे जाते देख गाँव के लोग चकित थे।...सभी आपस में बात कर रहे थे–"कैसा जीवट वाला आदमी है! इतनी भव्य हवेली खाक बन गई मगर उसके मुँह पर मलाल का भाव तक नहीं आया।" वे गोनू झा की बैलगाड़ी को जाता हुआ देखते रहे जब तक कि वह ओझल न हो गई।

बैलगाड़ी हाँकते हुए गोनू झा बड़ा बाजार पहुँचे। वहाँ उन्होंने एक बड़ा-सा दर्पण खरीदा। एक कंघी। सेठों जैसे कुछ परिधान और एक शानदार पगड़ी खरीदकर वे भोजनालय में गए। भोजन किया और कुछ पकवान खरीदकर उसे अपने साथ लिए बैलगाड़ी के पास आए। सारे सामान को बैलगाड़ी पर रखकर वे फिर से बैलगाड़ी चलाने लगे। वे बस चले जा रहे थे। कहाँ, वे नहीं जानते थे। क्या करेंगे, इस बात का भी उन्हें बोध न था।

रास्ते में एक स्थान पर उन्हें तालाब दिखा। तालाब के पास अच्छी हरी-हरी घास थी–दूर तक। उन्होंने बैलों को गाड़ी से हटाया और उन्हें चरने के लिए छोड़ दिया। खुद तालाब में घुस गए। स्नान करने के बाद सेठ वाला परिधान निकालकर पहना। सिर पर पगड़ी डाली। दर्पण में खुद को

निहारकर सन्तुष्ट हुए–हाँ, अब वे कोई अमीर व्यापारी लग रहे थे। बैलों को देखा तो वे बैठकर पगुरा रहे थे। मतलब साफ था कि बैलों को जितना चरना था, चर चुके थे। अब बैठकर सुस्ता रहे हैं। उन्होंने बैलों को पुचकारकर उठाया और उन्हें तालाब में ले जाकर पानी पिलाया। बैल तृप्त हुए तब उन्हें बैलगाड़ी में जोतकर गोनू झा अनाम मंजिल की ओर बढ़ने लगे।

शाम ढलने को आई। गोनू झा को लगा कि रात में सफर जारी रखना उचित नहीं होगा तो उन्होंने तय कर लिया कि अब रास्ते में जैसे ही कोई गाँव आएगा–वे विश्राम करने के लिए स्थान की व्यवस्था कर लेंगे।

थोड़ी ही देर में एक गाँव आ गया और उन्होंने गाँव की ओर बैलगाड़ी मोड़ दी।

राह में उन्हें एक ग्रामीण मिला तो उन्होंने बैलगाड़ी उसके पास रोकी और बैलगाड़ी से उतरकर उससे विश्राम करने के लिए उचित स्थान के बारे में पूछने लगे। उस ग्रामीण ने उनकी वेश-भूषा से समझ लिया कि यह व्यक्ति कोई बड़ा व्यापारी है। उसने सहर्ष कहा–"बंधु, यहाँ कोई धर्मशाला आदि नहीं है। आप चाहें तो हमारे अतिथि हो जाएँ।"

गोनू झा ने प्रसन्नता के साथ उस व्यक्ति का आतिथ्य स्वीकार कर लिया। उसे अपनी बैलगाड़ी में बैठाकर उसके घर पहुँचे। उस व्यक्ति ने गोनू झा के लिए अपने घर का बाहरी कमरा खुलवा दिया। बैलों को अपने मवेशियों के बीच बाँधकर उनके लिए चारा की व्यवस्था कर दी।

रात्रि विश्राम के बाद दूसरे दिन तड़के ही गोनू झा जगे। अपने आतिथ्य दाता से उन्होंने विदा लेने से पहले यह जानकारी प्राप्त की कि आस-पास कोई बाजार लगता है जहाँ कीमती वस्तुओं की खरीद-फरोख्त होती है। आतिथ्य दाता ने उन्हें बताया था कि पास में ही फूलपुर बाजार है। वहाँ हर तरह की कीमती वस्तुएँ मिलती हैं।

गोनू झा वहाँ से फूलपुर बाजार की ओर चल पड़े। यह बाजार नजदीक ही था। दोपहर बाद वे वहाँ पहुँच गए। बाजार के मालिक से उन्होंने अपनी दुकान लगाने के लिए भूमि किराए पर ली। पन्द्रह दिनों का किराया उन्होंने पेशगी दिया। बाजार में अभी रौनक नहीं थी। पन्द्रह दिनों के बाद से बाजार शुरू होकर अगले तीन महीने तक लगा रहना था। बाजार के बारे में जमीन के मालिक ने गोनू झा को बताया कि बाजार शुरू होने पर मेले जैसी रौनक

हो जाती है। दूर-दराज के सेठ-साहूकार आते हैं। बाजार के दौरान खेल-तमाशों का भी आयोजन होता है।

गोनू झा ने कनात तानकर अपनी दुकान का घेरा बना लिया और उसमें उन्होंने बैलगाड़ी से राख झड़ती बोरियाँ उतारकर करीने से रखवा लिया। शाम ढलने को आई। गोनू झा की दुकान के ठीक सामने एक बहुत बड़ी दुकान का खाका तैयार हो रहा था। गोनू झा उस दुकान की तरफ देख रहे थे। अब तक दुकान का मालिक नजर नहीं आया था।

शाम ढलने के बाद, गोनू झा को दो आदमी ऐसे दिखे जो दूर से शानदार व्यक्तित्व का मालिक नजर आ रहे थे। दोनों गोनू झा के सामने की दुकान तक गए और वहीं पालथी मारकर बैठ गए। गोनू झा ने अनुमान लगाया कि यही दोनों उस दुकान के मालिक हो सकते हैं।

थोड़ी ही देर बाद कई बैलगाड़ियों पर ढेरों सामान उस दुकान पर आया और उतारा जाने लगा। गोनू झा थकान महसूस कर रहे थे, इसलिए वे जहाँ थे वहीं सो गए। न कुछ खाया, न पिया। रात कट गई। दूसरे दिन सुबह वे शौच आदि से निवृत होकर लौटे ही थे कि देखा, सामने वाली दुकान से वे दोनों शानदार व्यक्ति उनकी दुकान पर आकर उन बोरों को देख रहे हैं।

गोनू झा ने भी सेठ का लिबास धारण कर रखा था। मूँछें तनी थीं। शानदार पगड़ी उनके सिर की शोभा बढ़ा रही थी। अपनी दुकान के समाने खड़े व्यापारियों से वे बहुत भद्रता से मिले। गोनू झा का व्यक्तित्व प्रभावशाली तो था ही, जल्दी ही वे दोनों व्यापारी उनसे घुल-मिल गए। गोनू झा ने उनसे अपना परिचय प्रवाल भस्म, मुक्ता भस्म विक्रेता के रूप में दिया। स्वर्ण भस्म, रजत भस्म आदि भी मेल के लिए अपने पास रखने की बात कही। वे व्यापारी इन भस्मों का नाम सुन चुके थे मगर देखा नहीं था। गोनू झा ने उन्हें एक बोरा खोलकर उसमें से एक चुटकी राख निकाली, हल्की चम्पई आभा वाली खुरदुरी सी राख को उन्होंने प्रवाल भस्म बताया। दोनों व्यापारी उनसे प्रभावित तो थे ही, प्रवाल भस्म देखने के बाद गोनू झा पर मुग्ध हो गए। पूछने लगे–''भाई साहब ! प्रवाल का मतलब मूंगा ही होता है न?"

गोनू झा ने कहा–"जी हाँ, भाई साहब।"

वे और उत्सुक हुए और पूछा–"तब तो यह सब बहुत कीमती होगा?''

गोनू झा उन्हें देखकर मुस्कुराए और बोले–"क्या करिएगा दाम जानकर?

बस, यह समझिए कि बहुत कीमती भस्म है यह और प्राणदायिनी शक्ति से लैस हैं। आयुर्वेदाचार्य इनमें से चुटकी भर भस्म के उपयोग से किसी की डूबती साँसें लौटा सकते हैं। जीवन रक्षा के अलावा इन भस्मों से वाजीकरण की खास दवाएँ तैयार की जाती हैं। आयुर्वेद के अच्छे जानकार ही इन भस्मों का उपयोग करते हैं। मेरे अधिकांश ग्राहक किसी न किसी राज्य के राज-वैद्य ही हैं। सामान्य चिकित्सकों के पास इतना पैसा ही नहीं होता कि इन भस्मों की खरीदकर सकें। मैं तोला में तो भस्म नहीं ही बेचता हूँ। इसलिए छोटे ग्राहक मेरी दुकान से दूर ही रहते हैं।"

वे दोनों व्यापारी गोनू झा की बातों में आ गए और मान लिया कि बोरों में करोड़ों का सामान है। वे गोनू झा को मालदार व्यापारी तो समझ ही रहे थे और ऐसा आदमी भी जिसका सम्बन्ध कई राज-दरबारों से हो सकता है। राज-वैद्य होने का मतलब तो राजा का खास आदमी होता है। भोग-विलास के लिए आम तौर पर राजा-महाराजा ही वाजीकरण की औषधियों का सेवन करते हैं। आम लोगों के पास इतना धन ही कहाँ होता है कि वे इस तरह की औषधियों का उपयोग करें। कमाकर पेट भर लें, अपना और अपने परिवार का, यही उनकी अधिकतम महात्वाकांक्षा होती है। वे दोनों गोनू झा से आग्रह करने लगे– "चलिए, हमारे साथ, हमारी दुकान पर। हमारे साथ भोजन ग्रहण कीजिए।"

मगर, गोनू झा ने शालीनता से इनकार कर दिया, यह कहकर बन्धु, "अभी तक मेरे आदमी यहाँ नहीं पहुँचे हैं। दो अश्वरोही कुछ बहुमूल्य वस्तुएँ लेकर आनेवाले थे। सम्भवतः वे राह भटक गए हैं। जब तक वे आ न जाएँ, मैं इस दुकान से हिल भी नहीं सकता। शौच-कर्म तो विवशता होती है वरना मैं उसके लिए भी नहीं जाता।"

अन्ततः दोनों व्यापारियों ने अपने आदमियों से गोनू झा की दुकान पर ही भोजन मँगा लिया और आग्रहपूर्वक गोनू झा को अपने साथ बैठाकर भोजन किया। रात भर के भूखे गोनू झा सुस्वादु भोजन करके तृप्त हुए।

शाम तक इन दोनों व्यापारियों की दुकान में सामान पहुँचाकर वे सारे लोग लौट गए। वहाँ अब तीन आदमी ही रह गए–एक गोनू झा और दोनों-व्यापारी। रात गहराने से पहले ही दोनों व्यापारियों ने पुनः गोनू झा से अपने साथ भोजन कर लेने का आग्रह किया। गोनू झा ने उनका आमंत्रण स्वीकार

कर लिया।

भोजन करने के बाद गोनू झा ने अपनी दुकान के आगे कुछ बुदबुदाते हुए एक चाकू से मिट्टी पर लकीर खींची फिर उनके बुदबुदाने का स्वर कुछ तेज हुआ जिससे प्रकट हुआ कि वे कोई मंत्र पढ़ रहे हैं।

जब उनका मंत्रोच्चार पूरा हो गया तब उनसे उन दोनों व्यापारियों में से एक ने पूछा–"भाई! आपने यह रेखा क्यों खींची?"

गोनू झा ने उत्तर दिया–"बन्धु, मैं सोने की तैयारी कर रहा हूँ। यह सामान्य रेखा नहीं है। इसे अग्निरेखा कहते हैं। इस रेखा को वही लाँघ सकता है जो सरल मन का व्यक्ति होगा, अन्यथा नहीं। अब मैं रात को निश्चिन्त होकर सो सकूँगा।"

उन दोनों व्यापारियों ने भी वहीं रात गुजारने की इच्छा जताई। उनमें से एक वहाँ से गया और बिस्तर लेकर आ गया। सोने से पहले दोनों गोनू झा से इधर-उधर की बातें करते रहे। गोनू झा को उनकी बातों से मालूम हुआ कि ये लोग महल बनाने के काम में आने वाले पत्थर, संगमरमर के तरासे गए चौखंड, महल की सज्जा के काम आने वाले सामान आदि के व्यापारी हैं। एक खेप माल आज ही आया है, दूसरा खेप बाजार शुरू होने के दिन तक पहुँचेगा। चौबीस बैलगाड़ियों पर अभी भी माल कसा पड़ा है। उस दिन ही खोला जाएगा जब बाजार का उद्घाटन होगा। बहुत से अमीर लोग बैलगाड़ी सहित सामान खरीदकर ले जाते हैं–इसलिए ही बैलगाड़ियों पर माल लदा रहने दिया गया है।

इन बातों का सूत्र वे गोनू झा को थमाकर यह जानना चाहते थे कि इन बोरियों में कसे गए भस्म की वास्तविक कीमत क्या होगी? उन लोगों ने जब भी पूछा, गोनू झा उसे टाल गए। अन्त में गोनू झा ने रहस्य उगलने के अन्दाज में कहा–"आप दोनों सरल हृदय के सज्जन हैं इसलिए बता रहा हूँ। इन बोरों में ढाई करोड़ के औषधीय गुणोंवाला भस्म भरा हुआ है..."

थोड़ी देर के बाद गोनू झा गहरी नींद में सो गए।

भस्म की कीमत जानकर उन दोनों व्यापारियों की नींद हवा हो चुकी थी। वे दोनों व्यापारी रिश्ते में भाई थे। एक ने धीरे से कहा–"भइया, हम चाहें तो रातों-रात करोड़पति बन सकते हैं।"

दूसरे ने कहा–"अरे, चुप रह। अग्निरेखा वाली बात भूल गए?"

दोनों थोड़ी देर चुप रहे, फिर एक ने कहा–"भइया, हिम्मत से काम लो–मैं देखता हूँ कि रेखा के पार जा सकता हूँ या नहीं। मैं सरल हूँ और अब तक जीवन में किसी को कोई कष्ट नहीं..."

वह कुछ आगे बोलता कि उसके भाई ने उसके मुँह पर अपनी हथेली रख दी। धीरे से फुसफुसाते हुए बोला–"जो सोच रहे हो–कर के देखने में कोई बुराई नहीं...मगर सावधानी से।"

उनमें से एक उठा और धीरे-धीरे चलता हुआ 'अग्निरेखा' के पार पहुँच गया। वहीं से उसने हवा में हाथ उछाला और खुशी जताई। उसका भाई भी उठा और अपने छोटे भाई के पास पहुँच गया। दोनों भाई खुशी से फूले नहीं समा रहे थे।

दोनों ने एक-एक बोरी अपनी पीठ पर डाली और गोनू झा की बैलगाड़ी पर रख आए। इसी तरह सारी बोरियाँ उन्होंने बैलगाड़ी में लादीं और गाड़ी में बैलों को जोतकर वहाँ से निकल गए।

दूसरे दिन सूरज की किरणें आँखों पर पड़ने के कारण गोनू झा की नींद खुली। वे उठकर बैठ गए। अपने पास दोनों व्यापारियों को नहीं देखकर उन्होंने सोचा कि दोनों ही शौच के लिए गए होंगे। इसके बाद उनकी नजर अपनी दुकान पर पड़ी तब उन्होंने पाया कि उनकी दुकान पूरी तरह खाली है। अनायास ही गोनू झा की हँसी फूट पड़ी। अकेले ही गोनू झा देर तक हँसते रहे।

इसके बाद गोनू झा सामान्य ढंग से उठे। बिस्तर लपेटा। शौच आदि से निवृत हुए। व्यापारियों की बैलगाड़ियों में बैल जोता। दो दर्जन बैलगाड़ियाँ और चार दर्जन बैल। बैलगाड़ियों पर लदा महल बनाने और सजाने का सामान। गोनू झा ने अपनी मूँछों पर ताव दिया और बैलगाड़ियों का काफिला लेकर अपने गाँव के लिए कूच किया।

जब गोनू झा इन बैलगाड़ियों पर लदे सामान के साथ अपने गाँव पहुँचे तब गाँववालों की आँखें विस्मय से फैल गईं। गोनू झा से लोगों ने पूछा–"पंडित जी! इतना सारा सामान कहाँ से ले आए?"

गोनू झा ने उत्तर दिया–"मेरे घर की राख की बिक्री से जो धन हासिल हुआ, उससे ही यह सब खरीदकर लाया हूँ। आज ही, शुभ मुहूर्त देखकर मकान बनवाने का काम शुरू करवा दूँगा।"

कुछ ही दिनों में गोनू झा का भव्य महल वहीं बना जहाँ कभी उनका पुराना मकान जला दिया गया था। इसके बाद गाँव में यह चर्चा फैल गई कि गोनू झा पर देवी की विशेष कृपा है जिसके कारण कोई उनका बाल भी बाँका नहीं कर सकता।

समान वितरण व्यवस्था

एक दिन मिथिला नरेश के दरबार में एक साधु आया। नरेश ने उनकी आवभगत की। श्रद्धा से कर जोड़े। आशीष ग्रहण किया।

साधु ने बताया कि वह चारों धाम का भ्रमण करके लौटा है। मिथिला में अपने यजमानों को प्रसाद बाँटता हुआ महाराज के पास उन्हें और उनके दरबारियों को प्रसाद देने की इच्छा से वह वहाँ आया है। प्रसाद वितरण तक ही वह वहाँ रुकेगा, उसके बाद विदा हो जाएगा। साधु ने महाराज को अपनी थैली से निकालकर चार बताशे दिए और कहा–"राजन्! ये चार बताशे, चारों धाम के प्रसाद हैं। इनका समान वितरण यहाँ दरबारियों के बीच होना चाहिए। हाँ, ध्यान रहे कि प्रसाद सबसे पहले आप ही ग्रहण करेंगे।"

महाराज विस्मित भाव से अपनी तलहथी पर पड़े चार बतासों को थोड़ी देर तक देखते रहे फिर उन्होंने अपने दरबारियों की तरफ देखा। उनकी समझ में नहीं आ रहा था कि इन चार बताशों का सभी दरबारियों के बीच समान वितरण कैसे हो सकता है? अन्ततः उन्होंने एक वृद्ध दरबारी को बुलाकर चारों बताशे दिए और बोले–"आप बुजुर्ग हैं। आप ही इन बताशों का समान विवरण करें।"

वह दरबारी कुछ कह नहीं पाया। उसकी भी स्थिति महाराज जैसी ही थी। जिस तरह महाराज की समझ में कुछ नहीं आया था, उसी तरह इस वृद्ध दरबारी की समझ में कुछ नहीं आया कि आखिर कैसे इन चार बताशों को सभी दरबारियों के बीच बराबर-बराबर बाँटा जाए?

थोड़ी देर मौन रहने के बाद साहस करके उस वृद्ध दरबारी ने महाराज से कहा–"महाराज! मुझे ऐसी युक्ति स्मरण नहीं जिससे इन चार बताशों को सभी दरबारियों में बराबर-बराबर बाँटा जा सके। महाराज, मुझे क्षमा करें

और यह कार्य किसी अन्य को सौंप दें।"

महाराज ने कई दरबारियों को बुलाया लेकिन उनमें से कोई भी दरबारी इस काम के लिए राजी नहीं हुआ।

दरबार में बैठा काना नाई, जो गोनू झा से बैर भाव रखता था, हठात् अपने आसन से उठा और महाराज से कहने लगा–"महाराज! यह कार्य इस दरबार में केवल एक ही व्यक्ति कर सकता है–वह और कोई नहीं, हमारे दरबार के सबसे गुणी व्यक्ति गोनू झा जी हैं। आप यह कार्य उन्हें सौंपे... फिर कोई समस्या नहीं रहेगी।"

महाराज काना नाई की कुटिलता भाँप गए। गोनू झा ने भी समझ लिया कि काना नाई ने इस कार्य को असम्भव मानकर उन्हें नीचा दिखाने के लिए उनके नाम का प्रस्ताव किया है। इस बात को भाँपते ही गोनू झा के होंठों पर मुस्कान तैर गई।

महाराज ने गोनू झा की तरफ देखा ही था कि गोनू झा अपने आसन से उठ गए और मुस्कुराते हुए बोले–"जी हाँ, महाराज मैं इस प्रसाद का सभी दरबारियों में समान वितरण करूँगा। आप आदेश दें।"

महाराज ने उन्हें बुलाकर बताशे दे दिए। गोनू झा ने श्रद्धापूर्वक अपनी 'अँजुरी' में बताशे लिए और महाराज से विनीत स्वरों में बोले–"महाराज! कृपा कर एक 'माठ' (मिट्टी का बड़ा घड़ा) जल, दरबार में उपस्थित लोगों की गणना के बराबर मिट्टी के कुल्हड़, एक बोतल गुलाब जल और एक पसेरी चीनी की व्यवस्था यथाशीघ्र करवा दें।"

गोनू झा की माँग तत्काल पूरी करने का निर्देश महाराज ने दे दिया। थोड़ी ही देर में सारी वस्तुएँ दरबार में आ गईं। गोनू झा ने चीनी पानी से भरे माठ में डाल दिया। फिर उसमें गुलाब जल की बोतल खोलकर सारा गुलाब जल उड़ेल दिया। फिर उन्होंने एक करछुल की माँग की। करछुल भी आया। एक आदमी को गोनू झा ने माठ के पानी में डाले गए चीनी को हिलाकर पानी में घुलाने का निर्देश दिया। दरबारीगण आँखें फाड़े सारी गतिविधियाँ देख रहे थे। किसी की भी समझ में नहीं आ रहा था कि गोनू झा आखिर करना क्या चाहते हैं।

थोड़ी देर तक दरबारियों की विस्मित निगाहों का गोनू झा आनन्द उठाते रहे। अन्त में उन्होंने अपने हाथ से चारों बताशे को एक-एक कर

पानी में डाल दिया और ऊँची आवाज में बोले–''महाराज! अब यह पूरा माठ बताशे के शर्बत से भरा हुआ है और शर्बत, केवल शर्बत न माना जाए। यह चारों धाम का प्रसाद है।" अपने दोनों हाथों में एक-एक कुल्हड़ शर्बत लेकर गोनू झा महाराज के पास आए और बोले–"साधु महाराज की आज्ञा के अनुसार सबसे पहले प्रसाद आप ग्रहण करें।" दूसरा कुल्हड़ उन्होंने साधु की ओर बढ़ाया और बोले–"आप इस राज्य के शुभ की कामना रखते हैं तभी महाराज को प्रसाद देने के लिए पधारे। आप हमारे अतिथि हैं–देवता समान। इसलिए यह प्रसाद आप भी ग्रहण करें।''

इसके बाद समस्त दरबारियों में कुल्हड़ में शर्बत बाँटा गया। गोनू झा ने भी शर्बत पीया।

अभी शर्बत पीने-पिलाने का दौर चल ही रहा था कि साधु अपने आसन से उठ खड़ा हुआ और बोला–''राजन! जिस राज्य में ऐसा गुणी आदमी मौजूद है उस राज्य में हमेशा श्रीवृद्धि होती रहेगी।"

साधु आशीष देता हुआ वहाँ से चला गया।

दरबारी मुक्त कंठ से गोनू झा की प्रशंसा कर रहे थे और काना नाई जल-भुनकर खाक हुआ जा रहा था।

दूध से भागने वाली बिल्ली

मिथिला में एक बार चूहों की संख्या इतनी बढ़ गई कि लोगों का जीना हराम हो गया। चूहे खेत-खलिहान में उत्पात मचाते। धान की कोठियों में बिल बनाते। चौका में उछल-कूद करते। राजमहल भी चूहों के आमद का शिकार हो गया था। एक रात चूहे ने महाराज की पगड़ी कुतर डाली और सुबह जब महाराज ने अपनी पगड़ी की हालत देखी तो उन्हें बहुत गुस्सा आया।

उसी दिन महाराज ने बड़ी तादाद में बिल्लियाँ मँगाईं। अपने राज्य के समस्त परिवार को एक-एक बिल्ली पालने का हुक्म दिया। गरीब प्रजा इस फरमान के विरुद्ध खड़ी हो गई। दरबार में इस समस्या पर विचार-विमर्श हुआ। महराज की चिन्ता का विषय था कि मिथिला के लोग मृदुभाषी होते हैं। विरोध या व्रिदोह से उनका कोई सम्बन्ध नहीं है फिर बिल्ली पालने के राजाज्ञा का उल्लंघन करने पर वे कैसे आमादा हो गए?

निष्कर्ष निकला कि लोग अपना और अपने परिवार का भरण-पोषण बहुत मुश्किल से कर पाते हैं। ऐसे में वे बिल्ली पालने के लिए दूध कहाँ से लाएँगे?

मूल बात महाराज को भी समझ में आ गई और उन्होंने नया फरमान जारी किया कि जिन लोगों को बिल्लियाँ दी गई हैं, वे उन बिल्लियों के लालन-पालन के लिए राज्य-गौशाला से एक-एक गाय ले जाएँ।

प्रजा तक जब यह बात पहुँची तो उनमें खुशी की लहर दौड़ गई। महाराज को प्रजावत्सल कहा जाने लगा। महाराज ने खुद अपनी देख-रेख में गायों का वितरण किया। प्रत्येक ऐसे व्यक्ति को, जिसे वे गाय की रस्सी थमाते, यह निर्देश भी देते कि बिल्ली को दूध देने में कोई कमी नहीं होनी चाहिए। अगले साल राज्य में बिल्लियों की प्रतियोगिता कराई जाएगी। जिसकी बिल्ली बहुत मजबूत होगी, मोटी और सुन्दर, उस व्यक्ति को

पारितोषिक प्रदान किया जाएगा। इसके विपरीत जिस व्यक्ति की बिल्ली कमजोर होगी उसे दंडित किया जाएगा।

गोनू झा को भी बिल्ली दी गई थी। गोनू झा भी अपने साथ गाय लेकर घर पहुँचे। शाम को गाय दूहकर उन्होंने भरी बाल्टी अपनी पत्नी को थमाई और कहा कि एक कटोरा दूध खूब गर्म करके लाओ।

पंडिताइन ने दूध उबालकर कटोरा में भरा और आँचल से कटोरा पकड़े हुए गोनू झा के पास आई और उनके पास कटोरा रख दिया।

गोनू झा बिल्ली के बच्चे को गोद में लिए बैठे थे। दूध की गन्ध पाकर बिल्ली के बच्चे ने उनकी गोद से निकलने की कोशिश की। गोनू झा ने बिल्ली के बच्चे का सिर अपनी अँगुलियों से पकड़ लिया और बोले–"दूध पीओ।" इतना कहकर उन्होंने बिल्ली के बच्चे का मुँह दूध से भरे कटोरे में सटा दिया। बिल्ली गर्म दूध होने के कारण छटपटाकर गोनू झा के हाथ से निकलने की कोशिश करने लगी। गोनू झा ने बिल्ली के बच्चे को पुचकारकर शान्त किया और फिर 'दूध पीओ' कहकर उसका मुँह गर्म दूध में डुबोकर निकाल लिया। इस बार बिल्ली का बच्चा अपनी पूरी ताकत से गोनू झा के हाथ से निकलने की कोशिश करने लगा। उसके पंजों से गोनू झा के हाथ में कई स्थानों पर खरोंचे भी आ गईं। गोनू झा ने बिल्ली के बच्चे को अपने हाथ से निकल जाने दिया।

एक हफ्ते तक गोनू झा अपने ढंग से बिल्ली के बच्चे को दूध पिलाने के लिए खूब गर्म दूध मँगाते और वही क्रिया दुहराते। स्थिति यह हो गई कि बिल्ली का बच्चा 'दूध' शब्द सुनते ही डरकर दुबक जाता। दूध की कटोरी पड़ी रहती मगर उसकी ओर देखता तक नहीं।

थोड़े ही दिनों में गोनू झा ने अपनी बिल्ली को चूहों के शिकार के लिए प्रेरित करना शुरू किया। स्थिति यह हुई कि चूहा देखते ही गोनू झा की बिल्ली उस पर झपट पड़ती और अपने पंजों में दबोचकर उसके साथ खिलवाड़ करती और अन्ततः उससे अपनी क्षुधापूर्ति करती। दूध की ओर जाना तो दूर, उसकी ओर देखना तक इस बिल्ली को गँवारा न था।

गोनू झा रोज गाय का दूध पीते। दही खाते। मलाई खाते। दूध के तरह-तरह के पकवान उनके घर में बनते रहते थे।

दूसरी तरफ गाँव के लोगों में होड़-सी मची थी कि किसकी बिल्ली

ज्यादा दमदार दिखती है। अपनी बिल्ली के साज-सँवार में ये लोग जितना ध्यान दे रहे थे, कभी उतना ध्यान अपने बच्चों की परवरिश पर भी इन लोगों ने नहीं दिया था।

गाँव में प्रायः चर्चा होती रहती थी कि अमुक व्यक्ति की बिल्ली बहुत सुन्दर है। अमुक की बिल्ली के म्याऊँ बोलने का अन्दाज बहुत प्यारा है। अमुक की बिल्ली बड़ी ढीठ है तो अमुक की बिल्ली बड़ी चपल है।

लोग अपनी बिल्ली को नहला-धुलाकर घंटों उसके रोओं को तरह-तरह का उपक्रम करके चमकाने में लगे रहते। उनमें से कुछ तो अपनी बिल्ली को नहलाने के बाद कंघी करने में लगते।

दूध को गाढ़ा होने तक उबाला जाता ताकि बिल्ली जो दूध पीए, वह ज्यादा पौष्टिक हो। कहने का तात्पर्य यह कि लोग अपना कम और बिल्लियों का खयाल ज्यादा रख रहे थे।

ग्रामीणों में इस बात की खुशी थी कि गोनू झा की बिल्ली पिलपिलही है। बीमार-सी दिखती है। लोग फुसफुसाकर आपस में बातें भी करते थे कि गोनू झा खुद गाय का दूध पी जाते हैं, बिल्ली बेचारी तो इधर-उधर मुँह मारकर गुजारा करती है। ग्रामीणों को विश्वास था कि इस बार गोनू झा इस बिल्ली वाले मसले पर जरूर राजदण्ड के भागी बनेंगे।

इसी तरह एक साल बीत गया।

एक दिन महाराज ने मुनादी करा दी कि शरद पूर्णिमा के दिन सभी ग्रामीण अपनी-अपनी बिल्ली के साथ राज-उद्यान में उपस्थित हों।

देखते-देखते शरद पूर्णिमा का दिन भी आ गया। राज-उद्यान में ग्रामीण अपनी बिल्लियों के साथ उपस्थित हुए। महाराज ने ग्रामीणों के पास जा-जाकर उनकी बिल्लियाँ देखीं। सहलाईं। प्यार किया और आगे बढ़ते गए। उन्हें प्रसन्नता हो रही थी कि उनके राज्य में अब बिल्लियों की कमी नहीं है। राज्य से चूहों का सफाया होना निश्चित है।

गोनू झा सबसे अलग अपनी बिल्ली के साथ एक किनारे खड़े थे। जब महाराज उनके पास पहुँचे तो चौंक गए–"अरे, यह क्या पंडित जी! बिल्ली बीमार है क्या?" उन्होंने गोनू झा से पूछा।

"नहीं, महाराज! बिल्ली स्वस्थ है, मगर यह दूध नहीं पीती।"

गोनू झा का यह उत्तर सुनकर महाराज तैश में आ गए। तुरन्त एक

कटोरी दूध मँगाई। दूध देखते ही गोनू झा की बिल्ली गोनू झा की गोद से जबरन छटपटाकर निकली और छलाँग लगाकर दूसरी ओर महाराज के बैठने के लिए रखे आसन के पास जाकर छुप गई। महाराज को विश्वास हो गया कि गोनू झा की बिल्ली दूध नहीं पीती।

दूसरे ही क्षण गोनू झा ने महाराज से कहा–''महाराज! मेरी बिल्ली में वे तमाम गुण हैं जो एक बिल्ली में होने चाहिए। यह चूहे का शिकार करने में बहुत कुशल है। इतनी कुशल कि यहाँ उसके मुकाबले में कोई बिल्ली नहीं है। महाराज! मेरी विनती है कि आप सभी सज्जनों से अपनी बिल्ली छोड़ देने के लिए कहें। मेरे पास एक पिंजड़े में कई चूहे बन्द हैं, मैं उन्हें खोलता हूँ।''

महाराज ने सबको बिल्लियाँ छोड़ देने के लिए कहा। सबकी बिल्ली जमीन पर रखी गई। गोनू झा ने चूहेदानी का मुँह खोल दिया। सभी देखते रह गए। बिजली जैसी तेजी से गोनू झा की बिल्ली ने ताबड़-तोड़ सारे चूहे मार डाले। अन्य लोगों की बिल्लियाँ दूध से अघाई; अपने स्थान पर अलसाई हुई पड़ी रहीं।

गोनू झा ने कहा–''महाराज! राज्यहित में यही है कि बिल्ली ऐसी हो जो चूहों को मार सके।''

महाराज गोनू झा के तर्क से प्रसन्न हो गए और उस वर्ष बिल्ली पालन का पारितोषिक गोनू झा को ही प्राप्त हुआ।

गोनू की बहादुरी

गोनू झा की शादी हुई। मिथिलांचल में ब्राह्मणों के विवाह का आनन्द ही कुछ और है। ऐसे भी रामायण काल से ही मिथिला को 'प्रेम की नगरी' की संज्ञा दी जाती है। लोग मानते हैं कि वह 'पुष्प वाटिका' यहीं थी जहाँ सहेलियों के झुंड में सीता सुन्दरी को भगवान राम ने पहली बार देखा था। मिथिला के किसी गाँव में विवाह हो और दूल्हा गाँव भर की किशोरियों की ठिठोली से बचा रह जाए, ऐसा हो ही नहीं सकता। आम तौर पर जमाई (दामाद) को ससुराल में कम से कम सवा महीने तक रोकने की प्रथा वहाँ प्राचीन काल से ही चली आ रही है।

गोनू झा को भी सिन्दूर-दान के बाद ससुराल में रोक लिया गया। ससुराल में उन्हें किसी तरह की असुविधा न हो इस बात का खासा खयाल रखा जाता। दिन भर पत्नी की सहेलियाँ नव वर-वधू को घेरे रहतीं। रात को वधू की मामी, भाभी आदि की चुहलबाजी शुरू हो जाती। बेचारे गोनू झा जिन्दगी भर पुरुषों के साथ रहे थे। महिलाओं के साथ बातचीत करने में झेंप-झेंप जाते। गाँव में वधू पक्ष के सम्बन्धियों के घर से उनके लिए तरह-तरह के सुस्वादु पकवान बनकर आते लेकिन हँसी-ठिठोली के बीच गोनू झा सही ढंग से भोजन नहीं कर पाते। संकोचवश दो-चार निवाला मुँह में रखते और पानी पीकर उठ जाते। पत्नी अभी किशोरी ही थी। गोनू झा की खुराक के बारे में उसे कोई अन्दाज नहीं था इसलिए वह कुछ बोलती नहीं थी। अपने घर में होने के कारण उसमें कोई संकोच का भाव नहीं था इसलिए वह अपनी सहजता में भोजन करती, सहेलियों की छेड़-छाड़ का आनन्द उठाती।

गोनू झा के लिए एक-एक दिन पहाड़-सा होने लगा। वे समझ नहीं पा रहे थे कि इस तरह सवा महीना ससुराल में अधपेटा रहकर कैसे जी पाएँगे?

गोनू झा को विवाह के बाद जब सुसराल में रोका गया था तब उनके 'टहल-टिकोला' के लिए उनके गाँव का एक गरीब ब्राह्मण युवक भी वहाँ रुक गया था जिसका नाम था मंगर झा। लोग उसे मंगरुवा पुकारते थे। मंगलवार को उसका जन्म हुआ था जिसके कारण पंडित ने उसका नामकरण 'मंगल' किया था और लोक-प्रचलन में उसका नाम मंगल से मंगर और मंगर से मंगरुआ हो गया था।

गोनू झा भी कोई धनी परिवार से नहीं थे। उनका बचपन बेहद गरीबी में बीता था। विवाह के समय में उन्हें आर्थिक-संकटों से गुजरना पड़ रहा था।

ससुराल पक्ष भी धनी नहीं था मगर उनकी अपेक्षा ससुरालवालों की आर्थिक स्थिति अच्छी थी। ससुर के दरवाजे पर गाय-भैंस-बकरी आदि दुधारू मवेशी थे। खेत-पथार भी था। न उधो का लेना, न माधो का देना वाली हैसियत थी। कई गाँवों में ससुर की रिश्तेदारियाँ थीं। मिथिलांचल की परम्परा के अनुसार ससुर के प्रत्येक सम्बन्ध के घर से विदाई के लिए तरह-तरह की चीजें आ रही थीं जिनको रखने के लिए घर के दरवाजे पर बाँस गाड़कर, बाँस की चचरी से उसकी घेरा बंदी कर दी गई थी। कहीं से कुछ आता—एक चचरी खोल दी जाती और सामान उसमें रख दिया जाता। कहीं से खाजा भरी चंगेरी, तो कहीं से बालूशाही, कहीं से मखाने की चंगेरी, तो कहीं से लड्डू की चंगेरी। ऐसे पकवान जो महीनों खराब न हों, उस अस्थायी रूप से बनाए गए कमरे में एकत्रित हो रहे थे जिसकी गमक से पूरा दरवाजा मँहमँह करने लगा था।

एक दिन गोनू झा किसी बहाने पत्नी की सहेलियों के बीच से उठकर घर के दरवाजे पर आने में कामयाब हो गए। उन्होंने दरवाजे पर एक चटाई पर लेटे हुए मँगरुआ को देखा तो उसे जगाया। दरवाजे पर पकवानों की खुशबू से उनकी भूख जाग गई। वे बेचैन हो गए। मँगरुआ ने देखा कि गोनू झा कुछ मायूस दिख रहे हैं तो उसने इसका कारण पूछा। गोनू झा ने मँगरुआ से बताया—"दिन भर पत्नी की सहेलियाँ घेरे रहती हैं और रात को भाभी और मामियाँ। उनके सामने संकोचवश ठीक से भोजन नहीं कर पाता। अधपेटा रह जाना पड़ता है। अभी तो सात-आठ दिन ही हुए हैं—सवा महीना कैसे कटेगा, यही सोचते-सोचते जी हलकान हो गया है।"

मँगरुआ ने उन्हें समझाया—"कोई बात नहीं है गोनू! तुम रात को 'दिशा मैदान' के बहाने उठकर बाहर आ जाना। मैं इस 'कोठरी' की एक चचरी हटा दूँगा। तुम भीतर जाकर जी भर के, जो चाहो, खा लेना। फिर तुम चचरी हटाकर बाहर आ जाना और जाकर सो जाना। लोगों को कानों-कान खबर तक नहीं होगी।"

गोनू झा को मँगरुआ की सलाह पसन्द आ गई। लगभग मध्यरात्रि में वे घर से बाहर आए—मँगरुआ को जगाया। मँगरुआ ने चचरी खोली। गोनू झा भीतर घुस गए और एक चंगेरी का ढक्कन खोलकर उसमें टटोल-टोलकर पकवानों का अन्दाजा करने लगे। अँधेरा होने के कारण अन्दाज से ही उन्होंने बालूशाही निकाली और खाने लगे। फिर उन्होंने टटोलकर खाजा निकाला और खा लिया। इसी तरह वे बारी-बारी से चंगेरियों का ढक्कन खोलते, किसी से ठेकुआ निकालकर खाते तो किसी से कसाढ़। जब उनका पेट अच्छी तरह भर गया तब वे बाहर आने के लिए चचरी हटाने की कोशिश करने लगे मगर चचरी नहीं खुली।

चचरी में कुछ छेद बना दिए गए थे जिनमें कीलें घुस जाती थीं तो चचरी बंद हो जाती थी। मंगरुआ और उनको इस बात का पता नहीं था। गोनू झा ने जब कमरे में घुसकर चचरी बंद की थी तो यह चचरी कीलों में फँस गई थी और गोनू झा समझ नहीं पा रहे थे कि यह चचरी खुलेगी कैसे?

थोड़ी देर तक गोनू झा प्रयास करते रहे मगर जब चचरी नहीं खुली तब वह धीरे-धीरे चचरी को थपथपाने लगे ताकि इस हल्की आहट से मँगरुआ उठ जाए और आकर चचरी उठा दे। मगर मँगरुआ को नींद आ गई थी इसलिए वह चचरी थपथपाये जाने से जगा नहीं।

गोनू झा की बेचैनी बढ़ती जा रही थी। उन्हें समझ में नहीं आ रहा था कि करें भी तो क्या करें? यदि इसी तरह बंद रह गए तो सुबह में ससुराल वालों के सामने उनकी भद्‌द पिट जाएगी। मुँह दिखाने के लायक भी नहीं रहेंगे। इसी बेचैनी में वे मँगरुआ को आवाज लगाने लगे—"रे, खींच! अरे खींच! खोल...रे...खोल!"

मगर मँगरुआ के खरार्टे थमने का नाम ही नहीं ले रहे थे।

चचरी पीटे जाने और 'खोल...खींच' की आवाज से ससुराल के लोगों

की नींद खुली। उन्हें लगा कि कोई चोर 'कोठरी' में घुस आया है। वे बाहर निकले। मँगरुआ भी जग गया। लोगों ने विचारना शुरू किया कि कोठरी में कौन घुसे? चोरों का क्या भरोसा, कहीं कोई गुप्ती-भुजाली लेकर न बैठा हो? कौन जोखिम ले?

गोनू झा ने बाहर हो रही खट-पट की आवाज से समझा कि मँगरुआ जाग गया है तो फिर दबी आवाज में बोले—"रे खींच—जल्दी कर!"

मगर तभी उन्हें किसी की आवाज सुनाई पड़ी..."अरे पंडित जी, रात भर ऐसे ही मुँह बाए खड़े रहिएगा कि चोर को पकड़िएगा?"

दरअसल बोलनेवाला यह व्यक्ति गोनू झा के ससुर के किसी सम्बन्धी का नौकर था जो 'पुछारी' लेकर आया हुआ था और उनके घर के लोगों से ठीक तरह से परिचित नहीं था। उसने कहा—"हटिए आप लोग! मैं घुसता हूँ, अकेले। आप लोग बस इतना ध्यान रखिए कि वह यदि मेरी पकड़ में नहीं आए और बाहर निकलकर भागने लगे तो उसे बाहर निकलते ही दबोच लें!"

गोनू झा ने जब यह सुना तो उनके पाँव के नीचे से जमीन ही खिसक गई। वे एक बड़े माठ के पीछे दुबककर खड़े हो गए। माठ के सिरे पर एक कथरी दही पड़ी हुई थी। पता नहीं गोनू झा को क्या सूझा कि उन्होंने कथरी उठाकर अपने दोनों हाथों में रख ली।

जैसे ही चचरी खोलकर वह आदमी 'कोठरी' में घुसा, गोनू झा ने वह कथरी उसके सिर पर दे मारी। कथरी टूट गई और वह आदमी सिर से कंधे तक मलाई की छह-छह परतोंवाली दही से पुत गया। गोनू झा ने उस व्यक्ति को दबोच लिया और चिल्लाने लगे—"जल्दी लालटेन लाओ, मैंने 'खींचो-खोलो' को पकड़ लिया।"

वह व्यक्ति इस अचानक हमले से इतना घबरा गया था कि उसे कुछ समझ में नहीं आया कि अँधरे में उसके सिर पर क्या टूटा और चेहरे की क्या हालत हो रही है।

गोनू झा की आवाज सुनकर ससुराल के लोग कोठरी में घुसे और उस व्यक्ति को घसीटकर बाहर लाए और फिर हुई उसकी जबर्दस्त धुनाई।

गोनू झा ने बाद में उसे छुड़ा दिया और उसे एक कोने में ले जाकर कहा—"बस, यहाँ से भाग जाओ, इसी में तुम्हारी भलाई है।"

वह आदमी सकते में तो था ही, वहाँ से भाग निकला। सोचा–'जान बची तो लाखों पाए!' और गोनू झा अपनी मस्त चाल में चलते हुए आए।

ससुराल के लोग उन्हें मुग्ध नजरों से देख रहे थे। उनकी आँखों में प्रशंसा का भाव था कि कितने बहादुर हैं हमारे मेहमान!

गोनू झा को 'मृत्यु दंड'

गोलू झा के वाक्‌चातुर्य और बुद्धि-कौशल पर मुग्ध थे मिथिला नरेश! कोई भी उलझन आए, गोनू झा उसे चुटकियों में सुलझा लेते। राज्य की मर्यादा, राज्य के मान-सम्मान, दरबार की गरिमा, सत्ता के आदर्श, पड़ोसी राज्यों से कूटनीतिक सम्बन्ध, सीमान्त क्षेत्रों की गतिविधियों पर नज़र, कलाकारों को प्रोत्साहन यानी ऐसा वह सबकुछ, जो राज्य-धर्म के निर्वाह के लिए जरूरी हो, गोनू झा का ध्यान उन सभी बातों पर लगा रहता था। उनकी इस बहुआयामी प्रतिभा के कायल थे मिथिला नरेश और उनकी इसी बहुआयामी प्रतिभा से जलते थे मिथिला-दरबार के दरबारी।

अपनी कार्यकुशलता और बुद्धि-लाघव के कारण मिथिला नरेश के दरबार में गोनू झा न केवल नरेश द्वारा प्रशंसित होते रहते थे बल्कि प्रायः किसी न किसी कारण से उन्हें पुरस्कृत भी किया जाता था। इस तरह मिलने वाले पुरस्कारों से गोनू झा के सम्मान में तो वृद्धि होती ही थी, उनकी आर्थिक स्थिति में भी लगातार सुधार हो रहा था। दरबारियों के उनसे जलने का कारण यही था। दरबारी सोचते—कहाँ दो जून रोटी के लिए तरसनेवाला गरीब ब्राह्मण 'गोनू झा' और कहाँ मिथिला नरेश के दरबार में बहुप्रशंसित दरबारी गोनू झा! ऐसे अनेक अवसर उस दरबार में आ चुके थे जब सभी दरबारियों ने मिलकर गोनू झा को नीचा दिखाने की कोशिश की थी। मगर, गोनू झा अपनी बुद्धि के बल से उन सब पर भारी पड़े थे। इसलिए गोनू झा से ईर्ष्या रखनेवाले दरबारी उनसे सीधी टक्कर लेने की बजाय उन्हें किसी साजिश के तहत महाराज की नजर से गिराने के अवसर की ताक में लगे रहते थे।

एक बार की बात है—अंग देश के महाराज ने मिथिला नरेश को संदेश भेजा कि वे मिथिला-भ्रमण हेतु आना चाहते हैं। मिथिला नरेश इस संदेश से

प्रसन्न हुए और अंग नरेश को संदेश भेज दिया कि उनके स्वागत के लिए मिथिला उनकी राह देख रही है। आम-लीची से भरे मिथिला के बाग, रोहू, कतला, बचवा, पुघता, आसर, बामी, गइंचा जैसी मछलियों से भरे तालाब, कमल और मखानों से सुवासित मिथिला के सरोवर, कनेर, गुलाब आदि विविध पुष्पों से सजी मिथिला की फुलवारियाँ उनकी बेताबी से प्रतीक्षा कर रही हैं।

अंग देश मिथिला का मित्र राज्य है। वहाँ के नरेश के आगमन पर राज्य में उनके स्वागत में कैसे आयोजन होना चाहिए—यह ध्यान में रखकर महाराज ने विशेष दरबार लगाया और सभी दरबारियों से राय ली गई और तय हुआ कि मिथिलांचल में प्रवेश के समय सीमान्त क्षेत्र पर स्वयं मिथिला नरेश 'अंग नरेश' का स्वागत करने के लिए उपस्थित रहेंगे। उनके साथ होंगे मिथिला नरेश और मिथिला दरबार के विशिष्ट दरबारीगण। गाजे-बाजे के साथ अंग नरेश का स्वागत होगा। सीमान्त क्षेत्र से लेकर राजमहल तक पुष्पों से आच्छादित तोरण द्वारों की शृंखला होगी तथा पूरी राह में, मार्ग के दोनों किनारों पर सुन्दर वस्त्रों में सजे-धजे मिथिलांचल वासी पंक्तिबद्ध होकर अंग नरेश के आगमन को प्रतीक्षा करेंगे। सम्पूर्ण मार्ग सुवासित पर्ण-पुष्पों से आच्छादित रहेगा। जब अंग नरेश इस मार्ग से गुजरेंगे तब मिथिलावासी मिथिला और अंग देश की मैत्री का गुणगान करेंगे और दोनों राज्यों के लिए जयघोष करेंगे।

राजमहल में भी तरह-तरह के रंगारंगा कार्यक्रमों के आयोजनों की सूची तैयार हुई। नृत्य, गीत, संगीत, नाटक के अलावा कुश्ती, कबड्डी, खोखो, मल्लयुद्ध आदि के आयोजनों को भी सूची में स्थान मिला।

मिथिला नरेश ने अंग देश के राजा की आगवानी के लिए विशिष्ट दरबारियों की सूची तैयार करवाई लेकिन इस सूची में गोनू झा को स्थान नहीं मिला। सभी दरबारी खुश हुए। उन्हें लगा कि गोनू झा की औकात ही क्या है? है तो भांड ही न! चाटुकारिता करके महाराज का मुँहलगा बन गया है और अपने को महाविद्वान समझता है। महाराज गुणों को समझते हैं, तब ही तो इस विशेष अवसर पर गोनू झा को अपने से दूर रखा है। आखिर राज्यों के बीच कूटनीतिक सम्बन्धों का सवाल है। इसमें भांड का क्या काम!

गोनू झा को स्वागतकर्ताओं को सूची में शामिल नहीं किए जाने से दरबारी मन ही मन बहुत खुश थे। उनमें कुछ दरबारी ऐसे भी थे जो यह कयास लगा रहे थे कि महाराज किसी बात से, गोनू झा से अवश्य नाराज हैं। अगर ऐसा नहीं होता तो महाराज उन्हें अवश्य अंग नरेश के स्वागत के लिए अपने साथ लेकर जाते। दरबारी इसी गुन-धुन में लगे थे कि मिथिला नरेश ने घोषणा की कि राज्य में अंग नरेश के आगमन से लेकर प्रस्थान तक की सभी तैयारियों का जिम्मा गोनू झा को सौंपा जाता है। उन्हें यह अधिकार भी दिया जाता है कि इन तैयारियों के लिए आवश्यक धन वे राज्य कोषागार से प्राप्त कर सकेंगे किन्तु उन्हें प्रत्येक व्यय का ब्यौरा कोषागार को देना होगा। उनसे राज्य यह अपेक्षा रखता है कि ये तैयारियाँ आकर्षक, मनोरंजक और निर्दोष हों। गोनू झा स्वयं अनुभवी और जिम्मेदार हैं इसलिए उन्हें यह बताने की आवश्यकता नहीं कि यह दो मित्र राष्ट्रों के बीच आपसी तालमेल और समझ की बुनियाद को मजबूत करने का अवसर भी है।

दरबारियों के कान खड़े थे। महाराज की घोषणा का एक-एक शब्द उन्होंने गौर से सुना। दरबार के समापन के बाद गोनू झा के विरोधी दरबारी आपसी मंत्रणा के लिए एक स्थान पर एकत्रित हुए। उनका हृदय झूम रहा था। बाछें खिली हुई थीं।

एक दरबारी ने दूसरे उम्रदराज और अनुभवी दरबारी से पूछा–''आज राजदरबार में महाराज द्वारा की गई घोषणा का आप क्या अर्थ निकालते हैं? राजा की भाषा में गोनू झा के प्रति कहीं आत्मीयता लक्षित नहीं हो पाई।''

बाकी दरबारी भी उत्सुक हो उठे। तब एक अनुभवी दरबारी ने कहा–''राजा की भाषा समझना कभी आसान नहीं होता। इसीलिए यह किंवदन्ती प्रचलित है–राजा के अगारी और घोड़ा के पछारी मत जाना। समझे कुछ?''

दो-तीन दरबारी एक साथ पूछ बैठे–"क्या मतलब? जरा ठीक से समझाइए।'' उनके स्वरों में आवेश, उत्तेजना और उत्सुकता के मिले-जुले भाव थे और आँखों में थी तीव्र व्यग्रता।

अनुभवी दरबारी ने मुस्कुराते हुए कहा–"समझो, गोनू झा के दिन लद गए। वह अपने को 'तीस मार खाँ' समझता था। राजा का चापलूसी करता रहता था। जितने कम समय में वह राजा का मुँहलगा बन गया और राजा के आगे-पीछे करने लगा–समझो उसका अन्त आ गया। शायद गोनू झा

पहला आदमी होगा जो बहुत कम समय में राजा का चहेता बना और उससे भी कम समय में राजदरबार से बाहर हुआ।''

वहाँ खड़े सभी दरबारी खुश हो गए। उनमें से एक ने कहा–''मतलब कि लोहा गरम है। बस, चोट करने की जरूरत है! यह अवसर हाथ से जाना नहीं चाहिए। महाराज ने गोनू को अंग-राज के आगमन से लेकर प्रस्थान तक की तैयारियों का जिम्मा सौंपा है तथा सांकेतिक शब्दों में यह चेतावनी भी दे दी है कि तैयारियाँ त्रुटिहीन होनी चाहिए। हम लोग मिलकर कुछ ऐसा करें कि 'अंग-राज' के आगमन के दिन ही स्वागत की तैयारियों में कोई ऐसा खोट प्रकट हो जाए जिससे महाराज को बहुत बुरा लगे और यदि ऐसा हो जाता है तब गोनू झा, महाराज का कोपभाजन बनने से बचे नहीं रह सकेंगे। जब उस खोट के लिए दरबार में कोई बात उठेगी तब हम लोग एक साथ मिलकर उसे अक्षम्य अपराध की संज्ञा देंगे और उसके लिए गोनू झा को कठोर से कठोर दंड दिए जाने की माँग करेंगे। बोलो भाइयो, आप सबकी क्या राय है? इस तरह साँप भी मरेगा और लाठी भी नहीं टूटेगी।''

सबने हामी भर दी। उनकी मंत्रणा अभी समाप्त नहीं हुई थी। मूल प्रश्न खड़ा था–आखिर ऐसा क्या किया जाए जिससे अंग-राज के आगमन के दिन ही कुछ ऐसा हो जाए जिससे महाराज कुपित हो जाएँ और गोनू झा दंडित किए जा सके।

दरबारियों में एक 'काना नाई' भी था जो बरसों से गोनू झा से खार खाए बैठा था। उसने सुझाव दिया–''बात बहुत आसान है। यदि हम सभी साथ हैं तो गोनू झा इस बार मुँह की खाएँगे। यह बात सत्य है कि 'अकेला चना भाड़ नहीं फोड़ता' और गोनू झा इस बार नितान्त अकेले पड़ गए हैं और उनके जिम्मे ऐसा काम है जिसमें थोड़ा-सा भी खोट सीधे झलक जानेवाला है–छुपनेवाला नहीं! मेरी सलाह है कि सीमान्त क्षेत्र से राजमहल के बीच 'खजूर वन्नी' के पास सड़क संकरी और बदहाल है। यदि हम लोग वहाँ मजदूरों को कुछ पैसों का लोभ देकर उस सड़क में गड्ढे करवाकर उसको कीचड़ से भरवा दें और उस कीचड़ पर फूलों की मोटी परत बिछवा दें तो बात आसान हो जाएगी। उधर से महाराज अंग नरेश के साथ रथ पर ही गुजरेंगे। हो सकता है कि रथ में जुते घोड़ों के टापों से कीचड़ उछले और महाराज और उनके अतिथि को 'कीच-स्नात' कर दे और यह भी हो सकता

है कि रथ कीचड़ में फँस जाए! होने को तो यह भी हो सकता है कि अचानक गड्ढे में पाँव पड़ने से घोड़ा ही गिर जाए!”

सभी इस सलाह से उछल पड़े और काना नाई की सलाह को सर्वस्वीकृति मिल गई।

गोनू झा बड़ी लगन से अंग नरेश के आगमन से लेकर विदाई तक के कार्यक्रमों का निर्धारण करके उनके आयोजनों की तैयारियों में जुट गए। वे स्वयं घोड़े पर सवार होकर आगवानी-बिन्दु से लेकर महल तक का चक्कर लगाते। यह देखते कि तोरण द्वारों के मध्य की दूरी एक फर्लांग से अधिक न हो। मुख्य मार्ग के अगल-बगल नरेशों के स्वागत के लिए खड़े रहने वाले लोगों की सुविधा के लिए जगह-जगह पर प्याऊ की व्यवस्था; राज्य की ओर से इन लोगों के लिए दही, छाछ व जलपान का प्रबंध; तोरण द्वारों के मध्य की दूरी को रंग-बिरंगे पताकों से सजाने का कार्य–एक-एक काम को बारीकी से देखते गोनू झा समझ रहे थे कि महाराज ने उन्हें यह काम इसलिए सौंपा है कि यही कार्य सबसे महत्त्वपूर्ण था। राज्य भर के कलाकारों को आमंत्रण भेजना, विद्वानों के स्वागत-सम्मान समारोहों की योजना बनाना, उनसे सम्पर्क करना और राज्य के वरिष्ठ विद्वानों से इस आयोजन को सफल बनाने के लिए सलाह लेना–गोनू झा इन कार्यों में व्यस्त थे। न दिन को चैन, न रात को विश्राम। एक ही धुन में रमे थे गोनू झा कि उन्हें जो जिम्मेदारी सौंपी गई है, वे उसे खूबी के साथ अंजाम दे पाएँ।

अंग नरेश के आने की घड़ी नजदीक आ चुकी थी। गोनू झा मुख्य मार्ग की सज्जा का निरीक्षण और अवलोकन कर चुके थे। मिथिला नरेश भी मुख्य मार्ग का जायजा ले चुके थे और इस अभूतपूर्व सज्जा की मन ही मन प्रशंसा कर चुके थे। उन्होंने महल में पहुँचने के बाद महारानी से कहा भी था कि गोनू झा जैसा विलक्षण व्यक्ति सदियों में कभी जनमता होगा। उन्होंने मन ही मन तय कर लिया था कि अंग नरेश की विदाई के बाद वे गोनू झा को उनकी विशिष्ट कार्यशैली के लिए राज्य की ओर से सम्मान देंगे।

मिथिला के सीमान्त क्षेत्र में मिथिला नरेश अपने दरबारियों के साथ

खड़े थे। अंग नरेश के आगमन की प्रतीक्षा थी। तभी घोड़ों के टापों की आवाज ने उनका ध्यान आकर्षित किया। थोड़ी ही देर में अंग नरेश अपने सुरक्षाकर्मियों के बीच घोड़े पर सवार आते दिखे। जब वे लोग सीमांत क्षेत्र पर पहुँचे तो मिथिला नरेश के दरबारियों ने जयघोष कर अंग नरेश का स्वागत किया। अंग नरेश घोड़े से उतरे और मिथिला नरेश ने उन्हें गले से लगा लिया। फूलों से सजे रथ पर अंग नरेश के साथ मिथिला नरेश बैठे। गाजे-बाजे बजने लगे। मिथिलांचलवासियों की जयघोष से दिशाएँ गूँज उठीं। अंग नरेश ने इतने भव्य स्वागत की कल्पना नहीं की थी। वे प्रफुल्लित मन से मिथिला नरेश से मिथिला के जन-जीवन की बातें करने लगे। रथ चला। धीमी गति से। दोनों नरेश रथ पर खड़े होकर प्रजाजनों का अभिवादन स्वीकारने लगे।

जगह-जगह रंग-बिरंगे कपड़ों से सजे-धजे नर-नारियों की जयघोष करती कतार को देखकर अंग नरेश ने सोचा–कितने खुशहाल हैं–मिथिला के वासी! ऐसा आह्लाद, ऐसी उमंग और ऐसा उत्साह अंग नरेश ने अपने राज्य में किसी अतिथि के लिए नहीं देखा था। रंगों की चमक-दमक, पुष्प-गुच्छों से आच्छादित तोरण द्वारों से उठनेवाली सुगन्ध ने अंग नरेश पर जादुई प्रभाव डाला था और वे राह की थकान भूल, मुग्ध होकर राजमहल जाने वाली राह की सज्जा और प्रसन्नचित्त मिथिलावासियों को देख रहे थे कि अचानक एक धचके के साथ रथ के पीछे का दोनों पहिया कीचड़ में फँस गया और घोड़ों के टापों से उछले कीचड़ से रथ के फूल लथ-पथ हो गए।

मिथिला नरेश इस आसन्न व्यवधान से चौंक पड़े। रथ-चालक ने बहुत कोशिश की मगर घोड़े रथ को खींच नहीं पाए। रथ का एक पहिया बुरी तरह एक गड्ढे में फँसा हुआ था। अन्ततः महाराज के सुरक्षाकर्मियों ने रथ को कंधे के सहारे उठाया और फिर मुख्यमार्ग पर रथ लाया गया। रथ की सफाई की गई। घोड़े बदले गए। रथ महल की ओर चला। महाराज इस व्यवधान से क्षुब्ध हो उठे, मगर समय को ध्यान में रखते हुए शान्त रहे। उनकी समझ में नहीं आ रहा था कि राह में यदि गड्ढा था तो उसे भरा क्यों नहीं गया? और राह में उस गड्ढे में इतना कीचड़ कहाँ से आ गया? बरसात का मौसम नहीं कि राह में कीचड़ हो! 'खजूर वन्नी' का इलाका ऐसे

भी जन-शून्य स्थान है। वहाँ नाले भी नहीं हैं! किसी के द्वारा लगातार पानी बहाने की भी सम्भावना नहीं है! सबसे बड़ा सवाल उनके मन में यह उठ रहा था कि कीचड़ को फूलों से ऐसे किसने ढँका कि वह शेष राह जैसा ही दिखे? आखिर ऐसा करने वाले की मंशा क्या रही होगी? उन्होंने अंग नरेश से इस व्यवधान के लिए खेद जताया और अंग नरेश ने उन्हें आश्वस्त किया कि के इस घटना को महत्त्व नहीं दे रहे।

राजमहल में पहुँचने के बाद अंग नरेश के लिए भव्य रूप से सजाए गए कक्ष में उन्हें ले जाया गया और इसके बाद एक से बढ़कर एक भव्य और मनोरंजक कार्यक्रमों की शृंखला शुरू हुई। लगभग एक माह के प्रवास पर आए अंग नरेश के लिए एक से बढ़कर एक, यादगार कार्यक्रमों की प्रस्तुति हुई। मिथिलावासियों के लिए भी यह अवसर अपने सांस्कृतिक धरोहरों को उजागर करने वाला था।

भोजन, मनोरंजन और विश्राम की निर्दोष तैयारियों की सराहना मन ही मन मिथिला नरेश भी कर रहे थे लेकिन उनके मन में अंग नरेश के आगमन के दिन की घटना शूल की तरह चुभा रही थी। वे समझ नहीं पा रहे थे कि इतनी अच्छी व्यवस्था में वह दोष कैसे उत्पन्न हो गया?

एक भव्य आयोजन के बाद अंग नरेश की विदाई की घड़ी आई। महाराज स्वयं उनके साथ सीमान्त तक गए। भावभीनी विदाई के बाद एक दिन शान्तिपूर्वक बीता। दूसरे दिन दरबार में महामंत्री ने प्रस्ताव रखा कि अंग नरेश के आगमन से लेकर प्रस्थान तक के कार्यक्रमों की समीक्षा होनी चाहिए। दरबारी मानो इस पल की प्रतीक्षा ही कर रहे थे। सबने एक स्वर में स्वीकृति दे दी। महाराज गम्भीर मुद्रा में दरबारियों को देख रहे थे।

समीक्षा-मीमांसा में एक से बढ़कर एक आयोजनों की एक स्वर में सराहना हुई। जब अंग नरेश की अगवानी की तैयारियों की समीक्षा शुरू हुई तो पूरे दरबार में फुसफुसाहटें तेज हो गईं।

मिथिला नरेश ने दरबारियों में आए इस परिवर्तन पर गौर किया। उनका मन पहले से ही आशंकित था। अब उनकी यह आशंका बलवती हो गई कि निश्चित रूप से मुख्यमार्ग में गड्ढा खोदा गया, उसमें कीचड़ भरकर फूलों से उसे छुपाया गया, वरना इस प्रस्ताव पर दरबारियों में ऐसी खलबली

पैदा नहीं होती।

महाराज ने महामंत्री को इशारा किया। महामंत्री ने आसन से उठकर अभियोग सुनाया–"अंग नरेश की अगवानी के दिन रथ का पहिया कीचड़ में फँस जाने की घटना के लिए गोनू झा को दोषी माना जाता है। चूँकि यह दायित्व गोनू झा का था कि नरेश की यात्रा सीमांत क्षेत्र से लेकर राजमहल तक निर्विघ्न और निर्बाध सम्पन्न हो और यह कार्य राजकीय महत्त्व का था इसलिए उनका दोष अक्षम्य है। अंग नरेश हमारे लिए विशेष महत्त्व रखते हैं। उनका मिथिला आगमन दोनों राज्यों के मैत्री सम्बन्धों को प्रगाढ़ करने के लिए था इसलिए इस महत्त्वपूर्ण कार्य की जिम्मेदारी गोनू झा को सौंपी गई थी कि वे प्रज्ञा सम्पन्न प्राणी हैं और इस कार्य के महत्त्व को समझते हैं मगर मार्ग में जो व्यवधान उपस्थित हुआ, उससे गोनू झा के कार्य के प्रति लापरवाही और उदासीनता दोनों प्रकट हुई। यह लापरवाही मिथिला के हित में कदापि नहीं कही जाएगी और इसके लिए मेरी गुजारिश है कि महाराज मिथिला नरेश, गोनू झा को कड़ा से कड़ा दंड दें ताकि भविष्य में कोई भी व्यक्ति ऐसा आचरण करने का साहस नहीं कर सके जिसमें दो राज्यों के मधुर सम्बन्ध प्रभावित होने के आसार नजर आते हों। मेरी समझ में यह घटना छोटी नहीं है और यह प्रकारांतर से राजद्रोह की प्रकृति का संकेत देती है जिसके लिए राज्य के विधान में 'मृत्युदंड' निर्धारित है।"

दरबारियों ने जब प्रधानमंत्री की बातें सुनीं तो वे प्रसन्न हो उठे। एक हर्ष ध्वनि–समवेत–उठी और महाराज ने दरबारियों की मुखमुद्रा से समझ लिया कि गोनू झा को मृत्युदंड की पेशकश से वे सभी प्रसन्न हैं। महाराज ने गोनू झा की ओर देखा–गोनू झा शान्त थे। उनके चेहरे पर भय का कोई भाव नहीं था। महाराज अपने आसन से उठे और दरबारियों से पूछा–"आप सबकी क्या राय है?"

दरबारी एक स्वर से चीख पड़े–"प्रधानमंत्री महोदय का निर्णय विधान-सम्मत है। गोनू झा दंड के भागी हैं और उन्हें कड़ी सजा मिलनी चाहिए।"

महाराज ने गोनू झा की ओर देखा और गम्भीर मुद्रा में बोले–"पंडित जी! आप कुछ कहना चाहते हैं?"

गोनू झा ने कहा–"महाराज! प्रधानमंत्री महोदय की न्याय-व्यवस्था से मैं सहमत हूँ। मैं उस दिन की घटना के लिए जिम्मेदार हूँ और स्वीकार

करता हूँ कि उस गफलत के कारण कुछ भी ऐसा घटित हो सकता था जिससे दो मित्र राज्यों के सम्बन्धों में कटुता आ सकती थी। अपना अपराध स्वीकार करते हुए मैं अपने लिए कठोर से कठोर दंड दिए जाने की पेशकश करता हूँ।"

महाराज गोनू झा के चेहरे को देख रहे थे। गोनू झा की मुख-मुद्रा शान्त और निर्दोष थी और उनके मुँह से निकलने वाला प्रत्येक शब्द संतुलित ध्वनि के साथ दरबार में अनुगूँजित हो रहा था। महाराज ने दरबारियों की ओर देखा–सभी दरबारी प्रसन्नमुद्रा में बैठे थे तथा महाराज द्वारा दंड सुनाए जाने की प्रतीक्षा में थे। महाराज के पास दंड देने की शक्ति थी और दंड मुक्त करने का अधिकार भी। महाराज इतना भाँप चुके थे कि दरबारी गोनू झा को दंडित करवाना चाह रहे हैं और वे यह भी समझ चुके थे कि गोनू झा निर्दोष हैं, उन्हें किसी षड्यंत्र के तहत अपराधी के रूप में दरबार में खड़ा करने का माहौल तैयार किया गया है। मन ही मन कुछ निश्चय कर महाराज ने हठात् ऊँची आवाज में दो पंक्तियों में अपना फैसला सुनाया–"गोनू झा! आप राजद्रोह के दोषी हैं। मैं आपको मृत्युदंड देने का निर्णय सुनाता हूँ।"

महाराज की आवाज सुनकर दरबार में हर्ष-ध्वनि हुई। प्रसन्न मुद्रा में दरबारियों ने मन ही मन सोचा–'निकल गया कांटा।'

गोनू झा शान्त थे।

तभी महाराज ने पूछा–"गोनू झा! आपकी कोई अन्तिम इच्छा हो तो कहें! हम उसे अवश्य पूरी करेंगे।"

गोनू झा ने कहा–"महाराज! आपका दंड शिरोधार्य! मैं फाँसी पर लटकने को तैयार हूँ। राजाज्ञा का पालन मेरा धर्म है। मैंने जो अपराध किया है, उसकी सजा मुझे मिलनी ही चाहिए।"

मिथिला नरेश मुस्कुराए और सहज भाव से पूछा–"पंडित जी! मैंने आपसे आपकी अन्तिम इच्छा पूछी है।"

गोनू झा ने उसी तरह शान्त स्वर में कहा–"महाराज, मेरी एक ही अभिलाषा है कि मैं आपके परपोते को गोद में खेलाऊँ।"

महाराज मुस्कुराए और उन्होंने घोषणा की कि मेरे पुत्र के पुत्र के पुत्र के अवतरण तक यदि गोनू झा जीवित रहते हैं तो मृत्युदण्ड के भागी होंगे।

दरबारी एक-दूसरे का मुँह ताकने लगे। तभी उनके कानों में महाराज

की गुरु-गम्भीर वाणी गूँजी–"आप सभी दरबारी ध्यान देंगे! आपस में स्पर्धा होनी चाहिए लेकिन, वह रचनात्मक होनी चाहिए। किसी को नुकसान पहुँचाने के उद्देश्य से किया जानेवाला कर्म कभी भी हितकर नहीं होता। मुझे विश्वास है कि आप लोग मेरी बातें समझ गए होंगे''।

महाराज ने दरबारियों की ओर देखा–सबके चेहरे लटक चुके थे। महाराज ने मुस्कुराते हुए अपने गले से मोतियों की माला उतारी और गोनू झा के आसन के पास पहुँचकर वह माला उनके गले में डालते हुए कहा, ''पंडित जी! आप इसी 'दंड' के योग्य हैं!"

गोनू झा श्रद्धानत होकर अपने आसन से उठ खड़े हुए और मिथिला नरेश ने उन्हें अपने गले से लगा लिया।

गुलाब की सुगन्ध

मिथिला के लोग पाक-कला में निपुण होते हैं। तीज-त्योहारों पर तो प्रायः हर घर में तरह-तरह के पकवान बनते हैं। आम दिनों का भोजन भी सुस्वादु होता है। रंगों से मिथिलांचल के लोगों का खास लगाव है। कला-प्रेमी ऐसे कि अपनी चित्रकारी में प्राकृतिक रंगों का ही उपयोग प्राचीन काल से करते आ रहे हैं। सुगन्ध-प्रेमी भी हैं मिथिलावासी। प्रायः हर घर के अहाते में बेला, चमेली, कचनार, जूही, कनक, कटेली चम्पा, रातरानी जैसे पुष्पों के पौधे मिल ही जाएँगे।

एक दिन मिथिला नरेश अपनी पुष्पवाटिका में टहल रहे थे। उनके साथ थे उनके मंत्री। किसी कारणवश गोनू झा महाराज से मिलने आए तो महाराज ने उनको भी पुष्पवाटिका में ही बुला लिया।

महाराज अपने मंत्री से कुछ बातें करते रहे, कुछ निर्देश देते रहे। गोनू झा उन दोनों के साथ टहलते रहे। मंत्री मन ही मन खुश हो रहा था कि महाराज गोनू झा को महत्त्व नहीं दे रहे हैं। मंत्री को निर्देश दे चुकने के बाद महाराज अचानक मंत्री से कहने लगे—"मंत्री जी, इस पुष्पवाटिका में मैं जब कभी आता हूँ तो मुग्ध हो जाता हूँ। जिस पौधे के पास जाओ, उसी पौधे से एक विशेष सुगंध का अहसास मन में भर जाता है। लेकिन मुझे इन सभी फूलों में गुलाब अधिक पसन्द है। देखने में भी सुन्दर और सुगन्ध ऐसी कि म्लान मन को भी आनन्दित कर दे। क्या ऐसा कोई उपाय है कि मैं जिस पौधे के पास जाऊँ, वहाँ से मुझे गुलाब की सुगन्ध ही मिले?"

मंत्री ने जब महाराज की बातें सुनीं तो वह अवाक् रह गया। उसकी समझ में नहीं आया कि वह महाराज को क्या उत्तर दे। भला कचनार से गुलाब की सुगन्ध कैसे आ सकती है? कोई भी फूल अपना ही सुवास देगा। महाराज को यह क्या सूझी? अचानक मंत्री को आई बला को टालने की

तरकीब सूझ गई। उसने तुरन्त महाराज से कहा—"महाराज! गोनू झा के रहते हुए इस प्रश्न का उत्तर मैं दूँ, उचित नहीं लगता!"

महाराज समझ गए कि मंत्री उन्हें कोई उपाय बताने की स्थिति में नहीं है, इसलिए वह बात टाल रहा है। वे मन ही मन मुस्कुराए और फिर गोनू झा की ओर देखा।

गोनू झा ने एक पल भी गँवाए बिना कहा—"महाराज! शाम ढल रही है। आपको ठंड लग सकती है। मैं तुरन्त आपका दुशाला लेकर आता हूँ," और महाराज की स्वीकृति के बिना ही मुड़े और महल की ओर चले गए।

महाराज मंत्री के साथ पुष्पवाटिका में टहलते रहे, जैसे पहले टहल रहे थे।

थोड़ी ही देर में गोनू झा मंद-मंद मुस्कुराते हुए वहाँ आए। महाराज के पास रुके और सम्मानपूर्वक दुशाला उनके कंधों पर फैलाकर डाल दिया। महाराज ने दुशाले के एक छोर को खुद सीने से लपेटते हुए दूसरे छोर को अपने कंधे पर रख लिया। उस समय महाराज गुलाबों के बीच ही थे। गुलाब की सुंगध से सराबोर!

थोड़ी देर वहाँ टहलते रहे महाराज और उसके बाद दूसरे फूलों की ओर बढ़ते हुए उन्होंने गोनू झा से पूछा—"पंडित जी! क्या कोई उपाय है कि मैं जिन फूलों के पास जाऊँ उनसे गुलाब की सुगंध ही आए?"

गोनू झा मुस्कुराए और बोले—"उत्तर मिल जाएगा महाराज!"

थोड़ी देर में ही वे लोग पुष्पवाटिका के ऐसे छोर पर पहुँच गए जहाँ बेला-जूही-चमेली जैसे श्वेत पुष्पों की निराली छटा बिखरी हुई थी मगर महाराज को वहाँ भी गुलाब की सुगन्ध मिल रही थी। भीनी-भीनी सुगंध! महाराज ने मंत्री से पूछा—"इन फूलों से कैसी सुगन्ध आ रही है?"

मंत्री ने कहा—"बेला-जूही की मिली-जुली सुगन्ध!"

महाराज ने गोनू झा से भी वही सवाल दुहराया।

गोनू झा महाराज के पूछने का अर्थ समझ गए। उन्होंने कहा—"महाराज, फूलों में तो वही सुगन्ध है जो नैसर्गिक रूप से उनमें विद्यमान है लेकिन आप जहाँ कहीं भी जाएँगे वहाँ आपको गुलाब की भीनी सुगन्ध मिलेगी। आपने आज्ञा दी थी कि मैं कुछ ऐसा उपाय बताऊँ कि आप इस पुष्पवाटिका में जहाँ कहीं भी जाएँ, आपको गुलाब की सुगन्ध मिले। मैंने वह उपाय कर

दिखाया है।"

अब तक मंत्री गोनू झा को इसी उपाय के मामले में मुँह लटकाए देखने की उम्मीद कर रहा था लेकिन गोनू झा की बातें सुनकर उसके चेहरे का रंग उतर गया।

महाराज ने पूछा–"क्या सच आपने ऐसा कुछ किया है? मैं अब भी गुलाब की सुगन्ध का अनुभव कर रहा हूँ।"

गोनू झा ने मुस्कुराते हुए कहा–"मैंने कुछ नहीं किया है। बस, थोड़ा-सा गुलाब का इत्र आपके दुशाले पर लगा दिया है।"

बात ऐसे बनी

गोनू झा का पड़ोसी था–राम खेलौना। ब्राह्मण कुल में जन्मा था किन्तु आचरण से शूद्र। उसके पिता ने उसे पढ़ाने-लिखाने की बड़ी कोशिश की किन्तु वह गुरुकुल आने के स्थान पर गाछी में इस पेड़ से उस पेड़ चढ़ता-उतरता रहता। गाँव में उसके जैसे और भी बच्चे थे। लहेरागीरी करने, धमाचौकड़ी करने, धींगामस्ती करने में पूरा दिन गुजार देता। इसी तरह वह बड़ा हुआ था। न तो खेत-खलिहानी का काम जानता था और न गाय-गोरू का लालन-पालन। जब तक उसके पिता जीवित रहे तब तक उसे भोजन की चिन्ता नहीं करनी पड़ी, लेकिन पिता की मृत्यु के बाद वह दाने-दाने के लिए मोहताज हो गया। उसकी हालत पर तरस खाकर गाँव के लोगों ने उसकी मदद भी की लेकिन कोई कितने दिनों तक किसी की मदद कर सकता है!

एक बार बारिश नहीं होने के कारण गाँव में सूखा पड़ा तो राम खेलौना की हालत और खराब हो गई। संयोग की बात थी कि उन्हीं दिनों गोनू झा का हरवाहा विपता बीमार पड़ गया। पहले हल्का बुखार हुआ। ठीक तरह से दवा-दारू नहीं कराने के कारण बुखार ने अपना स्वभाव बदला। वैद्य ने बताया कि उसे मियादी बुखार है। कम से कम इक्कीस दिन लगेंगे। बुखार ठीक होने के बाद भी परहेज से रहना होगा और अधिक शारीरिक श्रम नहीं करना होगा। नीरोग होने के बाद जब वह फिर से तन्दुरुस्ती हासिल कर ले, तब चाहे जो करे।

विपता के बीमार होने से गोनू झा की परेशानी बढ़ गई थी। एक ओर तो दरबार जाना पड़ता था सही समय पर, दूसरी ओर उनके बथान में बँधी गाय-बछड़ों-बैलों की देखभाल थी। खेत की तमाई-निराई का अलग झंझट था। गोनू झा का भाई भोनू झा मनमौजी था। मन आया तो किसी काम में

हाथ बँटा दिया नहीं, तो अपनी मस्ती में गाँव में मटरगश्ती करता फिरता। पंडिताइन बथान के काम में गोनू झा का हाथ जरूर बँटा देती थी मगर गाय-बछड़ों के लिए कुट्टी काटना, घास काटना, सानी-पानी तैयार करना, गाय-बछड़ों को नहलाना, दूध दूहना, गोबर से गोइठा थापना—बथान से जुड़े इतने काम थे कि अकेले पंडिताइन सँभाल ही नहीं सकती थी। आखिर घर का काम भी तो उसी पर निर्भर था। वह सुबह में सबसे पहले जागती, नहा-धोकर पूजा करती। वह जब जलपान तैयार कर रही होती तब जाकर कहीं गोनू झा की नींद खुलती। फिर शुरू होती बात-बात पर पंडिताइन की पुकार! गोनू झा अढ़ाते, पंडिताइन उसे पूरा करती। गोनू झा के दरबार जाने तक पंडिताइन को दम मारने की फुर्सत नहीं मिलती। फिर घर में कुटाई-पिसाई, गन्दे कपड़ों की धुलाई, चौका-बर्तन—समय कैसे गुजर जाता, पता ही नहीं चलता। विपता था तो बथान की जिम्मेदारी से गोनू झा और पंडिताइन मुक्त थे। खेत-खलिहान की भी उन लोगों को चिन्ता नहीं करनी पड़ती थी। अभी दो दिन से विपता नहीं आ रहा था, तो गोनू झा के बथान-घर, खेत-खलिहान सबके काम आधे-अधूरे ही हो पाते। पंडिताइन कहती—विपता था तो पता ही नहीं चलता था कि काम कैसे हो गया। ठीक ही कहा गया है कि आदमी के नहीं रहने पर ही उसके गुणों की पहचान हो पाती है।

घर में बढ़ती परेशानी और सूखे के असर से पैदा हुए चारा के अभाव से गोनू झा परेशान हो गए। पता नहीं विपता कहाँ से हरी-हरी घास लेकर आता था! उसने कभी सूखा का रोना नहीं रोया।

उधर सूखे की मार ने राम खेलौना को भी त्रस्त कर रखा था। पहले गाँव के लोग तरस खाकर उसे रोटी-तरकारी खिला भी देते थे लेकिन सूखे की आफत ने लोगों का जीना मुहाल कर दिया था। ऐसे में वे खुद अपनी रोटी के लिए दूसरों का मुँह ताकने पर मजबूर थे। गरज यह कि राम खेलौना का भी जीना मुहाल हो रहा था।

एक दिन शाम को गोनू झा दरबार से लौट रहे थे तो उन्हें राह में राम खेलौना मिल गया। उन्होंने सोचा कि क्यों न राम खेलौना को बथान के काम में लगा दिया जाए! जब तक विपता स्वस्थ होकर आएगा, तब तक राम खेलौना बथान का काम सँभाल लेगा। विपता के आने पर देखेंगे कि राम खेलौना को कौन सा काम दें। उन्होंने राम खेलौना को रोका, पास

बुलाया, उसका कुशल-क्षेम पूछा और जब राम खेलौना ने अपनी बदहाली का रोना रोया तो गोनू झा ने उसे बथान का काम सँभालने के लिए कहा। बदले में दो जून खाना के अलावा कुछ पैसा देने की भी बात हुई।

राम खेलौना जो जीवन भर लहेरा की तरह रहा था, पहली बार जीवन में गम्भीर होकर काम करने की कोशिश में जुट गया। एक तो पंडिताइन का स्वभाव; दूसरा गोनू झा का व्यवहार उसे इतना अच्छा लगने लगा कि उसके काम टालने, अहमक की तरह जीने और दूसरों से माँग-चाँगकर खाने की प्रवृति में आमूल-चूल परिवर्तन हो गया और दो-तीन दिनों में ही उसने बथान का काम सँभाल लिया। गोनू झा निश्चिन्त हुए। पंडिताइन ने संतोष की साँस ली।

विपता का बुखार एक महीने से ज्यादा रहा। उन दिनों व्याधिग्रस्त व्यक्ति को बुखार रहते, भोजन कदापि नहीं दिया जाता था। बुखार उतरने के बाद भी विपता की हालत जर्जर थी। किसी का सहारा लेकर बिस्तर से उठता और कोई सहारा देता तो बिस्तर पर लेट पाता। आठ-दस कदम चलता कि हाँफने लगता। गोनू झा, जब भी समय मिलता, उसे देखने चले जाते। उसके पथ्य की व्यवस्था करते और लौट आते। विपता की हालत ऐसी नहीं थी कि दो-तीन महीने से पहले ठीक हो जाए।

बथान का काम राम खेलौना ने सँभाल लिया था। इसलिए गोनू झा चाहते थे कि विपता पूरी तरह ठीक हो जाए तब ही काम पर लौटे।

उधर राम खेलौना का मन पूरी तरह काम में रम गया था। उसे लगता कि काम ही क्या है? दो घंटे सुबह और दो घंटे शाम मन लगा के काम कर लिया जाए तो पूरे दिन मटरगश्ती की छुट्टी। मटरगश्ती करते हुए जहाँ हरी घास दिख जाए—गढ़ लिया और लौट आए। दिन में भी भर पेट भोजन और रात में भी पेटभर भोजन। खाना कहाँ से आएगा, इसकी कोई चिन्ता नहीं। अब किसी से रोटी माँगने की कल्पना से भी शर्म आती राम खेलौना को। महीने भर में ही गोनू झा और पंडिताइन के साथ रहते हुए राम खेलौना के सोचने का तरीका बदल गया था। उसका स्वाभिमान जाग गया था।

गोनू झा ने भी देखा कि राम खेलौना पूरी तरह बदल गया है। उन्होंने सोचा कि विपता आ जाए तो उसे बथान के काम में लगा देंगे और राम खेलौना को खेत-खलिहान की जिम्मेदारी सौंप देंगे। लड़का मेहनती है, जल्दी

सीख जाएगा खेत-खलिहान का काम भी। विपता अभी बीमारी से उठा है, उसे खेत-पथार का काम देना ठीक नहीं होगा।

जब विपता पूरी तरह स्वस्थ होकर गोनू झा के घर आया तब गोनू झा ने राम खेलौना से खेत का काम सँभालने और बथान का काम विपता को सौंप देने को कहा तो राम खेलौना के पाँव के नीचे से मिट्टी खिसकती महसूस हुई। वह बथान के काम में पूरी तरह निपुण हो गया था। अपना काम पूरे मनोयोग से करता था। पंडिताइन को चाची-चाची कहता था लेकिन माँ की तरह सम्मान देता था। उसे समझ में नहीं आया कि उससे कहाँ भूल हो गई कि गोनू झा उसे बथान के काम से हटाकर खेत-पथार का काम सँभालने को कह रहे हैं। उस समय तो वह चुप रहा मगर दूसरे दिन उसने गोनू झा से कहा कि वह खेत का काम नहीं करेगा। उसे मेहनताने के रूप में गोनू झा एक गाय दे दें तो वह उसकी सेवा करते हुए अपनी रोटी भी जुटा लेगा और गाय की सेवा का लाभ भी उसे मिलेगा। आखिर ब्राह्मण कोई निखिद काम तो कर नहीं सकता न!

गोनू झा ने उसे बहुत समझाने की कोशिश की मगर वह अपनी जिद पर अड़ा रहा। गोनू झा उसे खेती-किसानी का महत्त्व समझाते रहे :

'उत्तम खेती, मध्यम वान
निकृष्ट चाकरी, भीख निदान।'

लेकिन राम खेलौना क्षुब्ध था। उसे बस इतना लग रहा था कि गोनू झा बथान के काम से उसे अकारण हटा रहे हैं और खेत में बैल की तरह जोत रहे हैं। वह अपने को तिरस्कृत महसूस कर रहा था और इस कारण क्षुब्ध था।

गोनू झा उसके मनोभाव को अच्छी तरह समझ रहे थे। उसमें आए सकारात्मक बदलाव से वे प्रभावित भी थे, लेकिन विपता को काम देना जरूरी था। दस साल का था विपता तब से उनके घर टहल-टिकोला में लगा था। बिलकुल घर के सदस्य की तरह हो गया था विपता।

जब राम खेलौना की जिद बनी रही तब गोनू झा ने उससे कहा—"ठीक है, तब गाय नहीं, एक बछिया ले जाओ। जाओ, बथान में चुन लो।"

राम खेलौना बोला—"बछिया! मतलब गाय की बच्ची? हम ले के क्या करेंगे?"

तब गोनू झा ने कहा–"यदि तुम्हें बछिया इसलिए नहीं चाहिए कि वह गाय की बच्ची है तो बथान में जाओ और जिस गाय की बच्ची न हो, उसे ले जाओ।"

राम खेलौना के साथ गोनू झा बथान में आए और राम खेलौना से बोले–"जाओ, चुन लो।"

राम खेलौना ने एक सुन्दर-सी गाय की पीठ पर हाथ रखा तो गोनू झा ने पूछा, ''क्या यह ऊँट की बच्ची है?''

राम खेलौना को बात समझ में आ गई। जो भी गायें थीं, सभी तो कभी बछिया ही थीं। उदास होकर राम खेलौना बथान में एक से दूसरी गाय के पास जाता और उसे प्यार से सहलाता। गाय उसे चाटती।

गोनू झा ने देखा कि बथान की सारी गायें राम खेलौना के स्पर्श से पुलकित हो जाती थीं। उन्होंने राम खेलौना से कहा–"मैंने तुम्हें यह थोड़े ही न कहा था कि तुम बथान में आओ ही नहीं! अरे पगले, विपता बीमारी से उठा है। खेत नहीं जा सकता, इसलिए खेत की बात तुम्हें कही थी।"

राम खेलौना के चेहरे से उदासी के भाव हट गए। उसके चेहरे की रंगत लौट आई और उसने एक गाय का सिर सहलाते-सहलाते उसे चूम लिया।

गोनू झा मुस्कुराते हुए बथान से बाहर निकल गए। राम खेलौना भी उनके पीछे-पीछे आया और बोला–"पहले सामने वाले खेत में हाथ लगाते हैं पंडित जी!"

गोनू झा मुस्कुराए और उसका कंधा थपथपाते हुए बोले–''तुम्हारा काम है–जैसे करो! मैं उसमें दखल नहीं दूँगा! अपनी गाय-बछिया पर भी नजर रखना!"

राम खेलौना को मानो सारा जहाँ मिल गया। गोनू झा वहाँ से चले गए और राम खेलौना बथान में एक गाय की पीठ सहलाने लगा।

पंडिताइन का सहारा

जब कोई साधारण व्यक्ति असाधारण सफलता अर्जित कर लेता है तब एक ओर तो उसके प्रशंसकों की बाढ़-सी आ जाती है तो दूसरी तरफ उससे ईर्ष्या करने वालों की संख्या भी बढ़ जाती है।

गोनू झा जब मिथिला नरेश के दरबार के विदूषक नियुक्त हुए तब आम दरबारियों को यह अनुमान भी नहीं था कि मिथिला नरेश गोनू झा से इतना प्रभावित हो जाएँगे कि वे प्रत्येक समस्या पर उनसे सलाह-मशविरा करने लगेंगे। कुछ ही दिनों में गोनू झा ने अपनी मेधा के बूते महाराज के हृदय में अपना स्थान बना लिया और सारे समय में उनकी राय हर मुश्किल की दवा बनने लगी। एक तरह से गोनू झा सभी दरबारियों पर भारी पड़ने लगे जिससे दरबारी उनसे जलने लगे और हमेशा ऐसे अवसर की तलाश में रहने लगे कि कोई मौका मिले तो वे गोनू झा को महाराज की नजरों से गिरा दें।

एक बार की बात है—मिथिला नरेश बीमार पड़े। उनकी चिकित्सा होती रही, लेकिन बीमारी ठीक होने में वक्त लगा। महाराज बहुत कमजोर और दुबले हो गए। अधिक देर तक बैठने से वे थक जाते। दरबार में वे आते तो थोड़ी देर बैठते, महामंत्री को कुछ निर्देश देते, फिर आराम करने महल में चले जाते।

एक दिन गोनू से बैर रखने वाले दरबारियों ने आपस में मंत्रणा की कि महाराज अभी स्वास्थ्य लाभ कर रहे हैं। उनकी स्मरणशक्ति लम्बी बीमारी से क्षीण हो गई है। सामयिक बुद्धि भी मलिन पड़ गई है। महाराज अपनी बीमारी के कारण थोड़ा वहमी भी हो गए हैं। ऐसे में यदि महाराज को कोई ऐसा सुझाव दिया जाए जिसे पूरा करना टेढ़ी हो, आसान तो कतई नहीं हो और किसी तरह वह मुश्किल-सा काम गोनू झा के मत्थे मढ़वा दिया जाए तो समझो कि गोनू झा की मिट्टी पलीद होनी ही है।

इस तरह गोनू झा के विरुद्ध षड्यंत्र का बीजारोपण हो गया। धूर्त दरबारियों ने आपस में विचार किया कि महाराज से कहा जाए कि यदि वे प्रतिदिन शेर का एक गिलास दूध पीएँ तो शीघ्र हट्टे-कट्टे हो जाएँगे। जब एक दरबारी महाराज को यह सुझाव दे, तो दूसरे दरबारी उसकी हाँ में हाँ मिलाएँ। और जब महाराज इस सुझाव से प्रभावित हो जाएँ तो उनसे कहा जाए कि शेर के दूध का इंतजाम इस दरबार में केवल गोनू झा ही कर सकते हैं क्योंकि पूरे दरबार में उन जैसी सूझ-बूझ वाला व्यक्ति कोई नहीं है।

दूसरे ही दिन जब महाराज दरबार में आए तब मंत्रणा के अनुरूप दरबारियों ने अपनी तिकड़मी योजना को अमल में लाना शुरू कर दिया। महाराज अपने आसन पर बैठे ही थे कि एक दरबारी ने अपने आसन से उठकर कहा–"महाराज, आप अपने स्वास्थ्य पर ध्यान दें, दवा-दारू ठीक से कराएँ...क्षमा करें महाराज! मैं छोटी मुँह बड़ी बात कर रहा हूँ! मगर क्या करूँ, आपकी यह हालत मुझसे देखी नहीं जाती। आप दिनोदिन कमजोर होते जा रहे हैं।"

उसका बोलना बन्द हुआ तो दूसरे दरबारी ने कहा–"माफ करें महाराज! हमारे बंधु ने ठीक ही कहा है। मैं रोज सोचता था कि आपको अपने स्वास्थ्य पर ध्यान देने के लिए कहूँ, मगर साहस नहीं कर पाता था। इधर मैं आपको जब भी देखता हूँ तो तरह-तरह की आशंकाएँ मन में आने लगती हैं। परमपिता परमात्मा आपको हर व्याधि से मुक्ति दिलाएँ! मगर महाराज! क्या आपने ध्यान नहीं दिया कि इधर आपका चेहरा लगातार पीला पड़ता जा रहा है?"

इसके बाद तीसरा दरबारी खड़ा हुआ और बोलने लगा–"महाराज! आप प्रजा-पालक हैं। हमारे पालनहार हैं। मिथिला की आत्मा हैं। यदि आपको कुछ हो गया तो पूरी मिथिला अनाथ हो जाएगी।" फिर उसने दरबारियों से ऊँची आवाज में कहा–"भाइयो, यदि आप में से कोई अच्छी सेहत पाने का कोई नुस्खा जानता हो तो वह महाराज को अवश्य बताएँ।"

संयोग की बात थी कि उस दिन गोनू झा तब तक दरबार में नहीं पहुँचे थे जिसके कारण दरबारियों को अपना जाल फैलाना आसान हो गया था।

तीसरे दरबारी का आह्वान सुनने के बाद थोड़ी देर तक दरबार में सन्नाटा-सा छाया रहा।

सब को चुप देखकर महाराज ने स्वयं कहा–"बताइए! आप लोगों के पास कोई जानकारी हो तो आवश्य बताइए!''

तब दरबार का सबसे स्वस्थ कारिंदा बोला–''महाराज, मैं भी एक बार बहुत बीमार हो गया था। वैद्य की चिकित्सा का मेरे रोग पर कोई असर नहीं हुआ तब मेरे शिकारी मामा ने मेरे लिए शेर के दूध की व्यवस्था की। बाघ का मांस घिसकर शेर के दूध में सुबह-शाम चटाया गया जिससे मैं फिर से सेहतमंद हो गया।''

महाराज में एक अजीब-सी उत्सुकता पैदा हो गई। उन्होंने पूछा–''मगर शेर का दूध और बाघ का मांस आएगा कहाँ से?''

तभी एक दरबारी ने कहा–''महाराज! यह काम तो कोई सूझ-बूझवाला आदमी ही कर सकता है।''

दूसरे ने कहा–''दरबार में गोनू झा से अधिक सूझ-बूझ वाला व्यक्ति और कोई नहीं है।''

महाराज को भी यह बात ठीक लगी। वे गोनू झा की प्रतीक्षा करने लगे।

गोनू झा जैसे ही दरबार में आए, वैसे ही महाराज ने उन्हें आज्ञा दी–''पंडित जी, मेरे लिए प्रतिदिन एक गिलास शेर के दूध की व्यवस्था करें और हो सके तो थोड़े से बाघ के मांस की भी।''

गोनू झा अचरज में पड़ गए और कुछ कहना चाहा मगर महाराज ने उन्हें कहा–''अगर-मगर कुछ भी नहीं, यह व्यवस्था आपको करनी ही पड़ेगी।"

गोनू झा चुप रह गए। कहते भी क्या? दरबार से लौटकर घर आए तो अनमने से रहे। पंडिताइन ने उन्हें चिन्तित देखकर पूछा कि आखिर बात क्या है, तो उन्होंने पूरी बात बता दी। पंडिताइन ने उन्हें कहा कि वे चिन्तित नहीं हों। सामान्य रहें। आज रात में ही वह खुद इस समस्या का निदान कर देगी। गोनू झा ने पूछा भी कि मगर कैसे? तो पंडिताइन ने उन्हें कहा कि इसकी चिन्ता वे नहीं करें कि कैसे, बस कल से प्रसन्नचित्त होकर समय पर दरबार जाएँ। इसके बाद गोनू झा को भोजन करा लेने के बाद पंडिताइन एक थापी और गंदे कपड़ों की एक पोटली लेकर महाराज के सरोवर पर पहुँच गई। महाराज के कमरे के निकट पड़ने वाले सरोवर के पाट पर बैठकर

वह जोर-जोर से कपड़ा थापी से पीटने लगी। थापी की आवाज से महाराज की नींद खुल गई और उन्होंने पंडिताइन को पकड़वाकर अपने पास बुलवा लिया। पंडिताइन को देख महाराज अचरज में पड़ गए और पूछा–"क्या बात है? इतनी रात को आप राज-सरोवर में कपड़ा धो रही हैं?"

पंडिताइन ने जवाब दिया–"महाराज! दरबार से लौटते ही पंडित जी ने एक बच्चा जना है। उनकी तीमारदारी के बाद गंदे कपड़े धोने इस समय यहाँ आ गईं।"

महाराज चकराए–''अरे! क्या बोल रही हैं आप? मर्द भी कहीं बच्चा देता है? असम्भव।"

तपाक पंडिताइन ने कहा–''जब शेर दूध दे सकता है, तो मर्द बच्चा क्यों नहीं पैदा कर सकता?''

पंडिताइन की बात सुनकर महाराज लज्जित हुए।

दूसरे दिन दरबार में उन दरबारियों की शामत आ गई जिन्होंने शेर के दूध की सलाह दी थी। उनकी हालत देखकर गोनू झा मन ही मन हँस रहे थे।

अन्धों की सूची में महाराज

गोनू झा के साथ एक दिन मिथिला नरेश अपने बाग में टहल रहे थे। उन्होंने यूँ ही गोनू झा से पूछा कि देखना और दृष्टि-सम्पन्न होना एक ही बात है या अलग-अलग अर्थ रखते हैं?

गोनू झा में बातें करने की अद्‌भुत सूझ थी। उन्होंने कहा–"महाराज, देखना एक क्रिया भर है, जैसे आप मुझे देख रहे हैं किन्तु दृष्टि में सूझ भी होती है जिससे भविष्य के लिए मार्गदर्शन मिल सकता है।"

मिथिला नरेश को गोनू झा की बात पसन्द आई। उन्होंने गोनू झा से फिर पूछा–"मिथिला में दृष्टि-सम्पन्न कितने लोग होंगे?"

गोनू झा ने तत्परता से कहा–"महाराज! दृष्टिवान् व्यक्ति विरल होते हैं। आसानी से मिलते कहाँ हैं?"

लेकिन महाराज का जिज्ञासु भाव बना रहा। उन्होंने पूछा–"फिर भी, कुछ तो होंगे?"

गोनू झा ने महाराज से कहा–"मुझे कुछ दिनों की मोहलत दें तो मैं आपको ठीक-ठीक बता सकूँगा कि मिथिला में दृष्टि-सम्पन्न हैं भी या नहीं।"

महाराज शान्त हो गए। दूसरे दिन महाराज घोड़े पर सवार होकर गोनू झा के गाँववाले मार्ग से गुजर रहे थे। उन्होंने एक अजीब माजरा देखा। उन्होंने देखा कि सड़क के बीचोबीच कुछ लोग एक व्यक्ति को घेरे खड़े हैं। वे घोड़े से उतरकर भीड़ में गए यह देखने कि आखिर वहाँ हो क्या रहा है। भीड़ में शामिल होते ही उन्होंने पूछा–"यहाँ क्या हो रहा है? मार्ग अवरुद्ध क्यों है?"

तभी भीड़ के बीच में बैठे व्यक्ति ने उनसे कहा–"अपना नाम बताओ।"

महाराज ने देखा–नाम बताने के लिए कहने वाला व्यक्ति कोई और

नहीं, गोनू झा हैं जो सड़क के मध्य में एक खाट बुनने में लगे हैं और पास में ही एक कॉपी रखी है। जैसे ही उनसे कोई कुछ पूछता है, वैसे ही वे उससे उसका नाम पूछकर उस कॉपी में दर्ज कर लेते हैं।

मिथिला नरेश को कुछ समझ में नहीं आया कि आखिर गोनू झा यह क्या कर रहे हैं। उन्होंने गोनू झा से पूछ ही लिया–"यह क्या पंडित जी? आप यहाँ–इस हाल में, बीच सड़क पर बैठकर यह क्या कर रहे हैं?"

उनकी ओर देखकर गोनू झा ने कॉपी उठाई और उसमें कुछ लिखने लगे।

महाराज ने फिर पूछा–"अरे पंडित जी, कुछ तो बोलिए–यह क्या लिख रहे हैं?"

गोनू झा अपने स्थान से उठे और महाराज के कान में धीरे से फुसफुसाए–"खाते में आपका नाम दर्ज कर रहा था।"

"खाते में? किस तरह के खाते में?" महाराज ने पूछा।

गोनू झा बोले–"आपने ही तो मिथिला के दृष्टि-सम्पन्न लोगों की संख्या बताने को कहा है, तो मैंने अपने गाँव से ही पड़ताल आरम्भ कर दी है। जल्दी ही पूरे मिथिला का आँकड़ा तैयार हो जाएगा।"

महाराज ने जिज्ञासावश पूछा–"आपने खाते में मेरा नाम दर्ज किया है, वह कैसा खाता है? मैं कुछ समझ नहीं पाया?"

गोनू झा ने कहा–"महाराज, यह खाता दृष्टिहीनों का है। इसमें उन्हीं लोगों का नाम शामिल है जिन्होंने मुझे खाट बुनते देखकर भी पूछा–आप क्या कर रहे हैं? और क्षमा करें महाराज, आप भी अपवाद नहीं हैं।"

महाराज को गोनू झा के कहने का अर्थ समझ में आ गया और उन्होंने गोनू झा से कहा–"बस, पंडित जी! अब मुझे अपने प्रश्न का उत्तर मिल गया। अब आप यह खाता–पोथी बंद करें और अपनी सामान्य दिनचर्या में लगें।"

महाराज की बातें सुनकर गोनू झा अनायास ही मुस्कुरा दिए।

असम्भव हुआ सम्भव

मिथिला नरेश के दरबार में जब कभी कोई काम नहीं रहता या महाराज मनोरंजन की इच्छा प्रकट करते तो सारी औपचारिकताएँ समाप्त हो जातीं और दरबारियों को मनचाहा कहने-सुनने की छूट मिल जाती।

मिथिला नरेश के दरबार में एक दरबारी थे पलटू झा। गोनू झा से पुराने और महाराज के मुँहलगे। गोनू झा के दरबार में बढ़ते रसूख से वे भीतर ही भीतर जलते थे लेकिन प्रकट रूप से गोनू झा की सराहना करते। उनके बारे में दरबार में भी यह आम राय थी कि पलटू झा से सलामत दूर की अच्छी। न इनकी दोस्ती अच्छी, न इनकी दुश्मनी अच्छी।...बड़े घाघ माने जाते थे पलटू झा। दोमुँहा साँप के नाम से दरबारी उनकी पीठ पीछे चर्चा करते। गोनू झा की मेधा से भी दरबारियों को चिढ़ होती थी जिसके बूते सभी पुराने दरबारियों को पीछे छोड़ते गोनू झा महाराज के चहेते बन गए थे। कोई भी महीना ऐसा नहीं जाता जब किसी न किसी कारण से महाराज दरबार में उनकी खास चर्चा करते और यह चर्चा क्या होती? बस वही, गोनू झा के बुद्धिकौशल की सराहना। मतलब यह कि गोनू झा और पलटू झा की चर्चा किसी न किसी कारण से दरबारियों के बीच होती ही रहती थी। उनके बीच यह भी चर्चा होती कि यदि किसी बात पर गोनू झा और पलटू झा के बीच भिड़ंत हो जाए तो किसका पलड़ा भारी रहेगा? कौन जीतेगा? लेकिन गोनू झा और पलटू झा एक दूसरे से भिड़ने की बजाय ऐसी किसी सम्भावना के पनपते ही कन्नी काट जाते। ठीक ही कहते हैं कि समान सूझवाले ज्ञानी परस्पर विरोधी विचारों के होते हुए भी आपस में जूझते नहीं बल्कि अपने काम में, अपनी धुन में लगे रहते हैं और निर्णय लोगों पर छोड़ते हैं।

लेकिन एक दिन वह अवसर आ ही गया जब पलटू झा की एक चुनौती गोनू झा को स्वीकार करनी पड़ गई।

हुआ यह कि मिथिला नरेश उस दिन दरबार में पहुँचते ही चुटकुलों, किस्सों-कहानियों की बातें छेड़ बैठे। दरबारी मस्त हो गए। समझ गए, आज महाराज मनोरंजन करना चाहते हैं। ऐसे दिन, दरबारियों को अपने हुनर के प्रदर्शन का अवसर मिल जाया करता था। इधर-उधर की बातें होती रहीं। दरबार में हँसी-ठिठोली का वातावरण बन गया। दरबारी औपचारिकताएँ सरक गईं। तभी किसी बात पर पलटू झा ने तंज कसा–"अरे भाइयो! हम सभी गोनू झा की बुद्धिमानी की चर्चा करते रहते हैं लेकिन यदि गोनू झा सुराही में कोंहरा भर लाएँ तो मैं उनकी बुद्धि का लोहा मान लूँ!"

बात बहुत सामान्य ढंग से कही गई थी लेकिन उसे सुनते ही दरबारी हँसने लगे। गोनू झा को यह बात चुभ सी गई। वे मुस्कुराते हुए अपने आसन से उठे और महाराज से बोले–"महाराज! मैं सुराही में कोंहरा भर सकता हूँ यदि आप कहें...!"

महाराज को लगा कि अब गोनू झा अपनी बुद्धि के घमंड में शेखी बघार रहे हैं। उन्हें लगा कि गोनू झा को अपने पद की गरिमा का ध्यान रखकर ही कुछ बोलना चाहिए...बड़बोलेपन से बचना चाहिए।

मिथिला नरेश ने उन्हें टोका–"पंडित जी! कोंहरा–कोंहरा होता है, पानी या आटा नहीं है कि आप सुराही में भर लें!"

गोनू झा उसी तरह मुस्कुराते हुए बोले–"महाराज! कोंहरा हम उपजाते हैं! कोंहरे की प्रकृति हम जानते हैं, तब ही यह कह रहे हैं कि यदि आप आदेश करें तो सुराही में कोंहरा भरकर दिखा दूँ!"

गोनू झा और महाराज के बीच के वार्तालाप सुनकर दरबार में खामोशी छा गई। पलटू झा ने तो यूँ मजाक-मजाक में वह बात कह दी थी और दरबार में वही बात एक संजीदा मोड़ पर पहुँच चुकी थी...यह सब देखकर वे भी सकते में आ गए। महाराज को गोनू झा की बातें अच्छी नहीं लगीं। उन्हें लगा कि गोनू झा दंभ में आकर वह बात कह रहे हैं–जो असम्भ है आज। वह कल भी असम्भ ही रहेगा : भला सुराही के छोटे से मुँह से कोंहरा कैसे घुस सकता है सुराही में...? 'न भूतो न भविष्यति!' ऐसा हो ही नहीं सकता। महाराज ने सोचा। उन्होंने गोनू झा पर गम्भीर दृष्टि डाली तो देखा कि गोनू झा अब भी मुस्कुरा रहे हैं। गोनू झा की मुस्कान से महाराज उद्वेलित हो उठे। उनके मन में विचार उठा–यह कुटिल मुस्कान! गोनू झा

को उनके दंभ की सजा मिलनी चाहिए।

उन्होंने गोनू झा से गम्भीर स्वर में पूछा–"तो पंडित जी! आप अब भी कह रहे हैं कि सुराही में कोंहरा भरा जा सकता है?"

दरबारीगण महाराज की गम्भीरता से सन्नाटे में आ गए लेकिन वे मन ही मन खुश थे कि गोनू झा अब महाराज का कोपभाजन बनने वाले हैं। गोनू झा अपनी उसी सहजता में बोले–"जी हाँ, महाराज! अभी कोंहरा फलने का मौसम भी है। मुझे तीन माह का अवसर दें, तो मैं यह काम करके दिखा दूँ।"

महाराज ने उनकी बातों को गम्भीरता से लिया तथा घोषणा की कि आज से ठीक तीन माह बाद गोनू झा दरबार में कोंहरे से भरी सुराही प्रस्तुत करेंगे! यदि वे नहीं कर पाएँगे तो दंड के भागी होंगे। इस गम्भीर घोषणा के बाद उस दिन महाराज दरबार से उठ गए। दरबारी मन ही मन खुश थे, गोनू झा पर सामत आने वाली है...।

दूसरे दिन से दरबार सामान्य ढंग से चलने लगा। गोनू झा भी सामान्य और सहज थे। पलटू झा और अन्य दरबारी उनके चेहरे पर कोई चिन्ता की रेखा नहीं देखकर असमंजस में थे, फिर भी उन्हें लग रहा था कि तीन माह बाद गोनू झा निश्चित रूप से दंडित होंगे...सुराही में कोई कोंहरा डाल सकता है भला!

देखते-देखते तीन महीने बीत गए। दरबार में किसी दरबारी ने महाराज को याद दिलाया–"महाराज, आज ठीक तीन महीने पूरे हो गए। आज गोनू झा हम लोगों को सुराही में कोंहरा भरकर दिखाने वाले थे।"

महाराज को तीन महीने पहले की घटना याद हो आई और उन्होंने गोनू झा से पूछा–"क्यों पंडित जी?"

महाराज आगे कुछ बोल पाते कि गोनू झा ने अपने आसन से उठकर पूरी विनम्रता के साथ कहा–"एक सुराही में कोंहरे की बात थी महाराज! मुझे याद है। एक की जगह मैं दरबार में दस बड़ी सुराहियों में भरे कोंहरे प्रस्तुत करने जा रहा हूँ। एक महाराज के लिए भेंटस्वरूप! एक भाई पलटू झा के लिए भेंटस्वरूप। शेष कोहरेवाली सुराही महाराज की इच्छा पर विशेष प्रयोजनों के लिए सुरक्षित रखी जा सकती है या किसी विशेष अवसर पर किसी मेहमान को उपहारस्वरूप भेंट में दी जा सकती है!

महाराज गोनू झा के उत्तर से चकित हो गए और उत्सुकतावश उन्होंने पूछा–"लेकिन कब?"

गोनू झा ने कहा–"महाराज! बैलगाड़ी में दस सुराहियाँ लादे हमारे आदमी पहुँचनेवाले ही होंगे।"

दरबार में सनसनी पैदा हो गई। सभी दरबारी एक दूसरे को चकित दृष्टि से देख रहे थे। कोई विश्वास नहीं कर पाया कि ऐसा भी हो सकता है।

थोड़ी ही देर में द्वारपाल ने आकर सूचना दी कि गोनू झा के घर से एक बैलगाड़ी आई है जिस पर सुराही लदी हैं तथा उस बैलगाड़ी के साथ आए लोग सुराहियाँ दरबार में लाना चाहते हैं।

महाराज ने उन्हें दरबार में प्रवेश करने की इजाजत दे दी।

थोड़ी ही देर बाद सभी दरबारियों ने देखा, दस आदमी अपने कंधों पर सुराही उठाए दरबार में पहुँचे। महाराज के पास आकर उन्होंने सुराहियाँ रख दीं तथा उन्हें प्रणाम कर दरबार से बाहर हो गए।

गोनू झा अपने आसन से उठे और सबसे बड़ी सुराही को पूरी ताकत से उठाकर धीरे-धीरे चलते हुए महाराज के पास आए और उसे महाराज के आसन के पास रखते हुए बोले–"महाराज, यह सबसे बड़ा कोंहरा आपके लिए।"

महाराज ने महसूस किया कि गोनू झा का दम फूल रहा है–शायद भार उठाने के कारण।

महाराज ने सुराही को देखा–सुराही के मुँह के पास कोंहरे की बेल का कटा हुआ हिस्सा था। महाराज ने उसे छूकर देखा–अभी ताजा था। उन्होंने उसे खींचने की कोशिश की तो वह बेल सुराही से थोड़ा सा खिंचा लेकिन उसके बाद सुराही हिलने लगी। महाराज ने सुराही का मुँह पकड़कर एक हाथ से उठाने की कोशिश की तो उन्हें लगा कि सुराही को उठाना आसान नहीं है।

तभी एक सुराही गोनू झा, पलटू झा के आसन तक ले गए और बोले–"पलटू भाई, यह आपके लिए।"

दरबार में साँस साधे लोग यह कौतुक देख रहे थे। किसी ने कहा कि यह कोई घनचक्कर है। तब गोनू झा ने सभी दरबारियों को आमंत्रित किया

कि वे आएं और सुराहियों को ठीक से देख लें कि इनमें कोंहरे भरे हैं या नहीं!

बारी-बारी से सभी ने सुराही का मुआयना किया। कहीं कोई चालाकी नजर नहीं आई। मगर एक दरबारी ने शंका जताई कि यह कैसे पता चलेगा कि सुराही में कोंहरा ही है?

तभी गोनू झा ने हँसते हुए कहा–"ऐसे!" यह कहते हुए उन्होंने एक सुराही उठाई और उसे दीवार से टकरा दिया। सुराही चकनाचूर हो गई और उसके भीतर से सुराही की आकृति का कोंहरा निकल आया।

सभी के सभी चकित हुए। मगर उपहास करने के लिए बेताब दरबारियों में से किसी की हिम्मत नहीं हुई कि वे पूछ सकें कि आखिर गोनू झा ने यह अजूबा कैसे अंजाम दिया।

महाराज ने दरबार में गोनू झा के इस करिश्मे की मुक्त-कंठ से सराहना की। दरबार के समापन के बाद महाराज ने गोनू झा को अपने पास बैठाया और कहा–"सच बात तो यह है पंडित जी कि मुझे विश्वास नहीं था कि आप सचमुच सुराही में कोंहरा भर के दिखा सकते हैं। मैं सोच रहा था कि आप दंभ में आकर इस तरह की बात कर रहे हैं।"

गोनू झा के होंठों पर सरल स्मित तैर गई और उन्होंने कहा–"महाराज! मुझे इसका भान है–अन्यथा आप दरबार में मुझे दंडित करने की घोषणा नहीं करते!"

महाराज चुप रहे। थोड़ी देर के बाद उन्होंने पूछा–"पंडित जी, मुझे अभी भी समझ में नहीं आया कि आपने यह करिश्मा कैसे कर दिखाया?"

गोनू झा ने महाराज को बताया–"महाराज! मेरे दरवाजे पर कोंहरे की लतर पहले से ही लगी हुई थी। कोंहरा पक जाने के बाद लम्बे अरसे तक सड़ता नहीं और न सूखकर खराब होता है। इसलिए हम लोग भविष्य की जरूरत को देखते हुए कोंहरा सहेजते हैं। जब मुझे सुराही में कोंहरा भरने की आज्ञा मिली तो मैंने घर पहुँचकर देखा, कोंहरों की लताओं में बीस 'बतिया' निकल चुके थे। मैंने दूसरे दिन ही बीस सुराहियाँ मँगवाईं और लता को नरमी से मोड़कर बतिया सहित सुराही में डाल दिया। तीन महीने तक मैंने कोंहरे की जड़ और लता की सतर्कता के साथ सेवा की। जरूरत के मुताबिक पानी और खाद देता रहा। बीस में से पन्द्रह बतिया कोंहरे के रूप

में विकसित हो गईं और पाँच मुरझाकर सूख गईं। पन्द्रह में से दस कोंहरे श्रीमान के दरबार में प्रस्तुत कर मैं राजदंड का भागी बनने से बच पाया।"

गोनू झा की बातें सुनकर मिथिला नरेश के चेहरे पर एक सलज्ज मुस्कान आई और उन्होंने गोनू झा से कहा–"पंडित जी, आपकी मेधा की जितनी तारीफ की जाए, कम है।"

अथ कनौसी कथा

गोनू झा का हास-परिहास और अपने कारनामों से लोगों को शिक्षा देने की प्रकृति केवल मिथिला नरेश के दरबार तक सीमित नहीं थी। वे अपनी कारगुजारियों से अपने सगे-सम्बन्धियों और इष्ट-मित्रों को भी सबक देते रहते थे। एक बार उनकी चपेट में उनकी पत्नी भी आ गई।

हुआ यूँ कि एक दिन, शाम ढले गोनू झा एक भोज में शरीक होने के लिए घर से निकलने की तैयारी कर रहे थे। गुलाबी रंग से रंगी धोती, रेशम का कुर्ता पहनकर लट्ठे का गमछा कंधे पर रख गोनू झा आइने के सामने खड़े होकर अपने को निहारते हुए अपनी मूँछें सँवार रहे थे तभी उनके कमरे में उनकी पत्नी आ गई। गोनू झा को इस तरह सजते-सँवरते देखकर पंडिताइन ने दिल्लगी की–"लग रहा है कि किसी को रिझाने की तैयारी हो रही है!"

गोनू झा मुस्कुराए और कहा–"ठीक समझी, जरा कनौसी निकाल के ले आओ (कान में पुरुषों द्वारा पहना जानेवाला एक जेवर), कान सूना लग रहा है!"

पंडिताइन ने कहा–"अरे पंडित जी, भोज-भात से रात बे-रात लौटना होगा। गाँव में चोर-उचक्कों की कमी नहीं है। कनौसी पहनने की क्या जरूरत है...आधा भरी सोने की कनौसी है। जमाना खराब है। कहीं किसी उचक्के की नजर खराब हो गई तो?"

गोनू झा को पंडिताइन की यह शंका अच्छी नहीं लगी। उन्होंने चीढ़ते हुए कहा–"जाकर कनौसी लाओ! अब तो कनौसी पहनकर ही जाऊँगा! और हमेशा पहने रहूँगा! तुम्हें मेरी नहीं, आधा तोले सोने की फिक्र है। यही तुम्हारा मेरे प्रति स्नेह है? तुम्हें यह चिन्ता नहीं कि रात के अँधरे में कहीं मुझे दरबार से लौटते समय साँप-बिच्छू न डस ले, चिन्ता है आधा तोले सोने की?"

पंडिताइन ठगी-सी रह गई। उसने सोचा भी नहीं था कि गोनू झा उसकी सलाह का ऐसा अर्थ निकालेंगे। उसने लाड़-भरे स्वरों में गोनू झा से कहा–"आपकी चिंता क्यों नहीं है? साँप-बिच्छू डसे आपके दुश्मन को! आप रहेंगे तो बहुत सोना आ जाएगा। सोना आपसे बढ़के कैसे हो सकता है कि मैं सोने की चिन्ता करूँ–यह लीजिए कनौसी–पहन लीजिए! मैंने तो यूँ ही आपको सचेत करने के लिए कहा था कि दिन-दुनिया ठीक नहीं..."

गोनू झा ने बीच में ही पंडिताइन की बात काटते हुए कहा–"हाँ-हाँ! समझ गया...अब तुम्हें दिखा के मानूँगा कि तुम्हें मेरी चिन्ता है या कनौसी की!"

गोनू झा की आवाज में तल्खी भाँपकर पंडिताइन चुप रह गई। गोनू झा ने अपने कानों में कनौसी डाली और चल पड़े भोज खाने! देर रात सकुशल लौट आए।

आम रातों की तरह उस रात पंडिताइन सोई नहीं, जागकर गोनू झा की प्रतीक्षा करती रही। पंडिताइन की मंशा थी कि वह गोनू झा को दिखाए कि वाकई वह गोनू झा की चिन्ता करती है।

मगर गोनू झा तो गोनू झा थे। उन्होंने कमरे में प्रवेश करते ही कहा–"लो, देख लो, दोनों कान में कनौसियाँ सुरक्षित हैं! अब जाओ और चैन से सो जाओ!"

पंडिताइन गोनू झा की बात सुनकर भौचक रह गई। कहाँ तो वह अपना पति-प्रेम प्रदर्शित करने के लिए 'जागरण-मंत्र' का सहारा लिया था और कहाँ उसकी चेष्टा गोनू झा की दृष्टि में 'कनौसी-प्रेम' बनकर उभरा! बेचारी पंडिताइन से कुछ भी कहते नहीं बना और वह जाकर सो गई।

कुछ दिन ऐसे ही बीत गए। गोनू झा प्रायः अपनी पत्नी को, कहीं से भी लौटकर यह कहते हुए छेड़ते–देख लो, 'कनौसी' सुरक्षित है। बेचारी पंडिताइन उनके कटाक्ष से मर्माहत होती और अपने को मन ही मन कोसती कि न जाने किस मुहूर्त में उसके मुँह से कनौसी वाली बात निकल पड़ी!

एक दिन, सुबह में गोनू झा बिस्तर से नहीं उठे। पंडिताइन उन्हें जगाने आई तो पाया कि उनका शरीर अकड़ा हुआ है। बहुत प्रयत्न करने के बाद भी जब गोनू झा नहीं जगे तब वह बिलख-बिलखकर विलाप करने लगी। आस-पास के लोग जुटे। सबने गोनू झा के अकड़े पड़े शरीर का अवलोकन

किया और सबने मान लिया कि गोनू झा गोलोकवासी हो गए। द्रवित कर देने वाले क्रंदन से गोनू झा के अन्तिम संस्कार की तैयारी जल्दी करने की जरूरत बताई और रोनेवालों को समझाया कि दुनिया में जो भी आया है उसे एक न एक दिन जाना ही पड़ता है। कोई पहले जाता है, तो कोई बाद में!"

अन्तिम संस्कार के लिए ले जाने के पहले मृतक के शरीर का स्नान कराने और चन्दनादि का लेपन करने की जब रीति निभाई जा रही थी तब बिलखती, विलापती, सुबकती पंडिताइन भी वहीं थी। जब स्नान के बाद गोनू झा के शरीर पर कफन डाला जाने लगा तब पंडिताइन सुबकती हुई बोली–"अरे देखो, उनके कान में अभी भी कनौसी है–उसे खोल के दे दो!"

पंडिताइन के मुँह से ये बातें निकली ही थी कि अचानक एक झटके के साथ गोनू झा उठ के बैठ गए और उन्हें नहलानेवाले चकित और किंकर्तव्यमूढ़ से हो गए।

गोनू झा ने बैठे-बैठे ही हाँक लगाई–"क्यों पंडिताइन, 'कनौसी' चाहिए?"

और पंडिताइन का आह्लादित हो रहा मन उमंग और उल्लास प्रकट करने का अवसर दे, उससे पहले ही गोनू झा की बात से वह शर्म से गड़ी-सी जा रही थी।

जब गोनू झा को अहसास हुआ कि परिहास का परिणाम उनके दाम्पत्य जीवन को प्रभावित भी कर सकता है तब उन्होंने हँसते हुए कहा–"अरे पंडिताइन, शरीर नाशवान है, मिट जाता है। पदार्थ अविनाशी है, टिका रहता है। चाहे जिस रूप में टिके! तुमने कुछ भी अनुचित नहीं किया, न अनुचित कहा–मैं तो मजाक कर रहा था..."

पंडिताइन गोनू झा से लिपटकर फूट-फूटकर रो पड़ी।

कर्म ही पूजा है

एक बार मिथिलांचल में भयंकर सूखा पड़ा। अनावृष्टि और अकाल से त्रस्त मिथिलावासियों के लिए अनाज का दाना तक मयस्सर होना कठिन हो गया। अनावृष्टि के कारण पेड़-पत्ते मुर्झा गए। लोग त्राहि-त्राहि करने लगे।

मिथिला नरेश ने अपनी प्रजा के लिए राज-गोदाम के दरवाजे खुलवा दिये मगर उन्हें चिन्ता सताने लगी कि राज्य के अनाज भंडार को रीतते देर नहीं लगेगी। तब क्या होगा, जब यह अनाज भंडार भी खाली हो जाएगा? मिथिलांचल के विभिन्न इलाकों से साहूकारों और अनाज विक्रेताओं द्वारा लोगों के दोहन की सूचनाओं से भी वे विकल थे मगर कुछ भी कर पाने की स्थिति में नहीं थे। पूरे मिथिलांचल की प्रजा और मवेशियों की हालत खराब थी और लोग पलायन के लिए विवश हो रहे थे। इस स्थिति को देखकर मिथिला नरेश ने मुनादी कराई कि कोई भी व्यक्ति किसी सार्थक अनुष्ठान से बारिश कराने की योग्यता रखता हो तो वह सामने आए और अनुष्ठान का आयोजन राजहित में करे।

इस मुनादी के एक-दो दिन बाद ही मिथिला नरेश के दरबार में एक हट्टा-कट्टा साधू पहुँचा। उसने अपने ललाट पर एक टीका तो लगा ही रखा था साथ ही चंदन के बीस ठोपे से अपने ललाट को आच्छादित कर रखा था। उसने महाराज को बताया कि वह एक सिद्ध पुरुष है और हिमालय की एक कंदरा में बीस वर्षों तक कठोर तपस्या उसने की है। वह उनचास पवन सहित समस्त मेघों को आमंत्रित करने में समर्थ है, यदि यज्ञ-अनुष्ठान की उचित व्यवस्था और साधन मिल जाए—तब!

अन्धे को क्या चाहिए—दो आँखें! महाराज साधू की वाणी से प्रभावित हुए और उसका भरपूर सम्मान करते हुए यज्ञ-अनुष्ठान के लिए उसके द्वारा बताई गई समिधा की व्यवस्था करा दी।

अनन-फानन में यज्ञ की तैयारियाँ हो गईं।

राजमहल के सामने के खुले मैदान में यज्ञ-मंडप बनाया गया। आस-पास के गाँवों में इस सिद्ध पुरुष की चर्चा होने लगी। कोई कहता–'बीस-ठोप-बाबा' बड़े चमत्कारी हैं, तो कोई कहता–ऐसा सिद्ध पुरुष लाखों वर्षों के बाद धरती पर आता है!

यह घटना उस समय की है जब गोनू झा किसी प्रयोजन से मिथिलांचल के बाहर गए हुए थे। जब वे अपने गाँव लौटे तब उन्होंने सुना कि मिथिलांचल में वर्षा कराने के लिए महाराज ने 'मेघ यज्ञ' कराने की व्यवस्था की है तथा हिमालय की कंदरा से तपस्या करके सिद्धि प्राप्त 'बीस-ठोप-बाबा' यह यज्ञ करवा रहे हैं। यह सुनते ही गोनू झा बेचैन हो गए। उन्हें इस बात का अहसास हुआ कि मेघ यज्ञ कराने वाला व्यक्ति ढोंगी होगा–विश्वसनीय नहीं।

वैसे भी गोनू झा कर्मनिष्ठ व्यक्ति थे। साधु, गंडा, ताबीज आदि में विश्वास नहीं करते थे। ढोंगी साधुओं की कलई खोलने में उन्हें बड़ा मजा आता था। गोनू झा अपने स्तर पर सक्रिय हो गए तथा 'बीस-ठोप-बाबा' के बारे में तरह-तरह की जानकारियाँ उन्होंने प्राप्त कीं। मसलन, वे कैसे दिखते हैं, क्या पहनते हैं, कैसे बोलते हैं, कैसे चलते हैं आदि।

दूसरे दिन, शाम ढलने को थी। यज्ञस्थल पर मिथिलावासियों की भीड़ थी और हवन-कुंड में आहुतियाँ डाली जा रही थीं। मंत्र घोष हो रहा था। तभी लोगों की भीड़ चीड़ता हुआ नाटे कद का एक स्थूलकाय साधू यज्ञ-स्थल पर पहुँचा और गरजती-गुर्राती सी आवाज में बोला–"यह अशुद्ध मंत्रों का घोष क्यों हो रहा है? इससे दिशाएँ प्रकंपित हो रही हैं और अग्नि कुपित! यदि अशुद्ध मंत्रोच्चार होता रहा तो अनिष्ट की आशंका को टालना सम्भव नहीं होगा!"

हठात् मंत्रोच्चार बंद हो गया। एक तेजस्वी साधू को यूँ गुरुगम्भीर वाणी में बोलता सुन मिथिलांचल के धर्मभीरु लोग सहम गए। सबको जैसे काठ मार गया!

यज्ञ कराने वाले साधु ने यज्ञ में पहुँची इस बाधा और दिव्य-सा दिख रहे साधु को देख थोड़ा अचम्भित हुआ क्योंकि उसे यह विश्वास ही नहीं हो रहा था कि मिथिला नरेश की अनुमति से आरम्भ किए गए अनुष्ठान में

कोई अड़चन भी डाल सकता है। यज्ञ में भाग ले रहे लोगों की हालत देखकर उसने तुरन्त महसूस किया कि यदि वह चुप रहा तो उसके 'प्रभाव' को ठेस पहुँचेगी इसलिए वेदी से उठते हुए उसने कुपित होकर कहा–"तू कौन है? कैसे कहता है कि अशुद्ध मंत्रोच्चार हो रहा है?"

तेजस्वी-सा दिखने वाले साधू ने ऊँची आवाज में कहा–"मूर्ख, मुझे नहीं पहचानता? मैं हिमालय के शीर्ष पर 'इन्द्र-आराधना' में शत वर्षों में शत कोटि इंद्रोपासन मंत्र का जप करनेवाला मैं शत-ठोप-महाराज हूँ? मुझसे प्रसन्न होकर इन्द्र भगवान ने मुझे एक ऐसा बाँस प्रदान किया है जिसके हिलाने से वर्षा होने लगती है और तू पूछ रहा है कि मैं कौन होता हूँ अशुद्ध मंत्रघोष का विरोध करनेवाला?"

यज्ञकर्ता साधू इस उत्तर से भीतर ही भीतर डर गया लेकिन लोगों के सामने अपनी प्रतिष्ठा बचाए रखने के लिए उसने कहा–"इस तरह का बाँस तू रखता कहाँ है?"

तेजस्वी दिखनेवाले साधू ने कुपित होकर कहा–"तुम जैसे ढोंगी साधुओं के मुँह में–दिखाऊँ?"

इतना सुनना था कि वह साधू शान्त हो गया और यज्ञस्थल से पीछे की ओर बढ़ने लगा।

जब लोगों ने उसे टोका–बाबा, किधर चले? तब उसने कहा–जरा मैदान जाना है–लघुशंका के लिए! कुछ लोग उसके पीछे-पीछे चले लेकिन अँधेरे का लाभ उठाकर वह साधू किसी झाड़ी में जा छुपा। लोग निराश लौट आए।

उधर यज्ञस्थल का नजारा बदला हुआ था। तेजस्वी अपना गेरुवा लबादा उतार चुका था और दाढ़ी, मूँछें और जटा-जूट निकालकर यज्ञ-मंडप के पास रख दिया। लोगों ने देखा–अरे यह तो अपने गोनू पंडित हैं!

गोनू झा ने ठहाका लगाते हुए लोगों से कहा–"देख लिया न ढोंगी साधू का हाल! अरे भाइयो, ऐसे ढोंगियों से बच के रहना सीखो। यदि वह सिद्ध पुरुष होता तो क्यों महाराज और आप लोगों से दान-दक्षिणा और चढ़ावा की बात करता? समझा करो भाई! जाओ, अपने-अपने काम में लगो। समझो, कर्म ही पूजा है।

उपदेशी को सबक

गोनू झा एक दिन मिथिला बाजार में चहल-कदमी कर रहे थे। वहाँ एक सेठ एक भारी बक्सा लिए बैठा था और बार-बार मजदूरों को बुलाता और उनसे कुछ बातें करता और मजदूर गर्दन हिलाते हुए या हाथ को इनकार की मुद्रा में हिलाते हुए वहाँ से चले जाते।

काफी देर तक बाजार चौक पर यह नजारा देखने के बाद गोनू झा ने सोचा–चलो, चल के देखें कि माजरा क्या है? वैसे वे इतना समझ चुके थे कि सेठ वह बक्सा उठवाकर कहीं ले जाना चाहता है मगर मजदूर कम मेहनताना के कारण इनकार करके वहाँ से चले जा रहे हैं।

गोनू झा सेठ के पास पहुँचे और सेठ से पूछा–''क्या बात है सेठ जी, आप बहुत देर से यहाँ परेशान हाल बैठे हैं?''

सेठ ने कहा–''हाँ, भाई! मुझे एक मजदूर चाहिए जो यह बक्सा उठाकर यहाँ से तीन कोस की दूरी पर जो गाँव है, वहाँ पहुँचा दे।''

गोनू झा ने कहा–''मैं भी यहाँ काम की तलाश में आया हूँ–चलिए, मैं ही पहुँचा दूँ! बोलिए मजूरी क्या देंगे?''

सेठ मुस्कुराया, बोला–''मेरे पास देने के लिए तीन अनमोल उपदेश हैं जो मैं हर एक कोस पर तुम्हें एक-एक कर दूँगा!''

गोनू झा ने कहा–''यानी पैसा-रुपया कुछ नहीं? खाना-खुराकी भी नहीं? सिर्फ उपदेश?''

सेठ ने कहा–''तीन अनमोल उपदेश, जिससे तुम्हारा जीवन बदल जाएगा।''

गोनू झा ने मजदूर की तरह ही हाव-भाव बनाते हुए कहा–''सो तो ठीक है, मगर उपदेश हर आधा कोस पर दीजिए!''

सेठ ने कहा–''ठीक है मगर तीसरा और अन्तिम उपदेश सुनने के बाद

तुम्हें तीन कोस चलकर मुझे उस गाँव तक पहुँचाने का वादा करना होगा!"

गोनू झा ने वादा कर लिया। गोनू झा मन ही मन सोच रहे थे कि उपदेश लेना बुरा नहीं है। हो सकता है कि कोई काम की बात सुनने को मिल जाए और यदि सेठ ने ठगने की कोशिश की तो उसे सबक सिखाकर ही लौटूँगा...।

जब गोनू झा बक्सा उठाने के लिए झुके तो सेठ ने कहा–"अहा! जरा सावधानी से! इसमें बेहद नाजुक चीजें हैं!"

गोनू झा ने सावधानीपूर्वक सिर पर बक्सा उठा लिया। आधा कोस चले तो सेठ से कहा–"सेठ जी, पहला उपदेश दे दीजिए।"

"ऐसे आदमी पर भरोसा न करना जो कहे कि केवल अपना पेट भरने से अच्छा है भूखा रह जाना।" सेठ ने उपदेश दिया।

गोनू झा को सेठ की बात पसन्द आई।

जब गोनू झा दूसरे आधे कोस में प्रवेश कर गए तब दूसरा उपदेश सुनने की बेचैनी होने लगी। उन्होंने सेठ से दूसरा उपदेश देने को कहा।

सेठ ने दूसरा उपदेश सुनाया–"ऐसा आदमी विश्वसनीय नहीं जो कहे, घोड़े पर सवार होने से अच्छा है पैदल चलना!"

गोनू झा यह सुनकर शान्त रह गए। बात ठीक भी थी कि जब घोड़ा हो तो कोई पैदल क्यों चले?

तीसरे अधकोसी में प्रवेश के बाद गोनू झा ने सेठ से कई बार कहा कि उपदेश सुनाए मगर सेठ टालता गया। जब गन्तव्य की दूरी महज दो फर्लांग बची तो गोनू झा रुक गए और बोले–"अब तीसरा और अन्तिम उपदेश दे दीजिए सेठ जी वरना अब एक कदम आगे नहीं बढ़ाऊँगा! यदि आप यह सोच रहे हैं कि उपेदश सुनने के बाद मैं यह बक्सा आपके स्थान तक नहीं पहुचाऊँगा तो यह बात मन से निकाल दीजिए। मैं ब्राह्मण हूँ और झूठा वादा नहीं करता हूँ।"

विवश होकर सेठ ने तीसरा उपदेश सुनाया–"उस आदमी पर भरोसा न करना जो कहे कि संसार में तुमसे भी बड़ा कोई मूर्ख होगा!"

गोनू झा को बात समझ में आ गई कि सेठ उससे मुफ्त में बक्सा ढुलवा कर उन्हें संसार का सबसे बड़ा मूर्ख भी बता रहा है। मगर वे चुपचाप चलते रहे।

जब सेठ का घर आ गया तब उसने गोनू झा से कहा–“बक्सा यहाँ रख दो!”

सेठ की बात पूरी भी नहीं हुई थी कि गोनू झा ने बक्सा सिर से ही धरती पर पटक दिया ‘धड़ाम–चनन्–चनाक–छन!’ की आवाज बक्सा गिरते ही पैदा हुई।

सेठ चीखा–“अरे मैंने तुम्हें सावधानी बरतने को कहा था!”

गोनू झा ने कहा–“सेठ जी! भूलिए मत! आपने मुझे सावधानी से बक्सा उठाने के लिए कहा था–रखने के लिए नहीं।”

सेठ वहीं सिर पकड़कर बैठ गया क्योंकि बक्से में काँच से बनी चीजें रखी थीं और गोनू झा अपने होंठों पर विजयी मुस्कान लिए वहाँ से लौट आए।

आतिशबाजी का सामान

मिथिला नरेश का दरबार लगा हुआ था। सभा में गोनू झा भी उपस्थित थे। एक व्यक्ति एक छोटे संदूक के साथ दरबार में आया तथा उसने महाराज से बताया कि वह एक व्यापारी है।

महाराज ने पूछा कि वह क्या बेचने आया है तब उस व्यापारी ने बड़े नाटकीय ढंग से कहा :

"दूर देश से आया हूँ
लेकर अद्‌भूत उपहार
बिना जड़ का पेड़ उगा दूँ
दंग हो जाए संसार
आग फूलों सा खिले,
ऐसा कर सकता हूँ चमत्कार!"

महाराज सहित सभी सभासद उसके इन दावों से प्रभावित हुए। व्यापारी ने उसी नाटकीयता से कहा—"यदि दरबार में बैठा कोई भी आदमी यह बता दे कि वह महाराज के लिए अपनी संदूकची में क्या उपहार लाया है तो वह उस व्यक्ति की गुलामी करने को तैयार है और यदि सभा का कोई भी व्यक्ति अनुमान लगाने में सफल होता है तो वह महाराज के ईनाम पाने का हकदार होगा।"

सभा में सन्नाटा छा गया! महाराज भी नहीं समझ पा रहे थे कि आखिर इस संदूकची में ऐसा क्या है जो यह व्यापारी ऐसे दावे कर रहा है। दरबारियों में भी खुसर-पुसुर होने लगा—'आग का फूल' और 'बिना जड़ का पेड़' न किसी ने देखा था, न सोचा था।

गोनू झा थोड़ी देर तक अपने आसन पर मौन बैठे रहे मगर जब महाराज ने उन्हें आशा-भरी नजरों से देखा तो वे अपने आसन से उठे और बोले—

“महाराज! मैं बिना संदूकची खोले यह बता सकता हूँ, इसमें आपके लिए क्या उपहार लाया गया है। लेकिन मेरी एक शर्त व्यापारी महोदय को माननी होगी। शर्त यह है कि आज रात वे संदूकची के साथ मेरे आवास पर मेरा आतिथ्य स्वीकारें। यदि मैंने कल सुबह उनको सही उत्तर दे दिया तो वे अपने देश जाकर मिथिलावासियों की प्रज्ञाशीलता की चर्चा करेंगे, उन्हें मेरी गुलामी नहीं करनी होगी। मैं विश्वास दिलाता हूँ कि 'सन्दूकची' के साथ कोई छेड़-छाड़ नहीं होगी। आप चाहें तो चार प्रहरी तैनात करवा दें और उनकी निगरानी में संदूकची रखवा दें।

व्यापारी गोनू झा की शर्त मान गया और गोनू झा के साथ उनके आवास पर रात्रि-विश्राम के लिए आ गया।

गोनू झा ने व्यापारी की खूब खातिरदारी की। तरह-तरह के पकवान खिलाए।

रात्रि-भोजन के बाद गोनू झा व्यापारी के साथ टहलने निकले। संदूकची प्रहरियों की सुरक्षा में थी। टहलते-टहलते गोनू झा ने व्यापारी के साथ इधर-उधर की बातें छेड़ दीं। बातें करते-करते गोनू झा ने व्यापारी से पूछा–“आप जो बिना जड़ के पेड़ उगाते हैं उसमें पानी भी पटाते हैं?”

व्यापारी तरंग में था, बहुत अभिमान से बोला–“पानी नहीं, आग!”

“दिन में ही इस पेड़ में फूल लगते हैं या रात में भी?” गोनू झा ने पूछा।

“रात में तो उस पेड़ और उसके फूलों का आकर्षण हजार गुना बढ़ जाता है।” शेखी बघारते हुए व्यापारी बोला।

बातचीत करते हुए गोनू झा घर की ओर लौट पड़े। अपने कक्ष में ही उन्होंने व्यापारी के सोने का प्रबन्ध कराया था तथा बाहर के ओसारे पर प्रहरियों की निगरानी में संदूकची रखी गई थी।

गोनू झा खाट पर जाते ही चैन की नींद सो गए मगर व्यापारी जागता रहा कि कहीं गोनू झा उठकर संदूकची का रहस्य जानने की कोशिश न करें।

दूसरे दिन दरबार में पहुँचने पर महाराज ने गोनू झा से पूछा–“क्यों पंडित जी, संदूकची में क्या है–बताएँगे आप?”

गोनू झा अपने आसन से उठकर सभी दरबारियों को बारी-बारी से देखने लगे। दरबारियों को लगा कि गोनू झा फँस चुके हैं और उनको कोई उत्तर नहीं सूझ रहा है। दरबार में फुसफुसाहटें शुरू हुईं कि गोनू झा ने ऊँचे

स्वर में कहा–"महाराज, व्यापारी महोदय आपके लिए आतिशबाजी का सामान उपहारस्वरूप लेकर आए हैं। अनार, फुलझड़ियों और आसमान में जाकर फटने वाली आतिशबाजियों से इनकी संदूकची भरी हुई है।"

महाराज ने व्यापारी से पूछा–"क्या गोनू झा ठीक कह रहे हैं?"

व्यापारी, जो आश्चर्य से गोनू झा को देख रहा था, बोला–"जी हाँ, महाराज! गोनू झा ने ठीक कहा है।"

महाराज ने गोनू झा को उपहार दिए और व्यापारी को नसीहत दी कि अभिमान करना ठीक नहीं होता है।

व्यापारी लज्जित हुआ और गोनू झा के पास आकर बैठ गया। सभा विसर्जित होने के बाद वह गोनू झा के साथ ही दरबार से बाहर आया। उसने साथ चलते हुए गोनू झा से पूछा–"आपने कैसे जाना कि संदूकची में आतिशबाजी का सामान ही है?"

गोनू झा मुस्कुराते हुए बोले–"रात में भोजन के बाद जब आपने बताया कि पेड़ सींचने के लिए पानी नहीं, आग का उपयोग करते हैं आप और जो पेड़ आप उगाते हैं उसके फूलों की खूबसूरती रात को हजार गुना बढ़ जाती है, तो मेरे लिए यह समझना आसान हो गया कि संदूकची में आतिशबाजी की चीजें ही रखी हुई हैं।"

नहले पर दहला

एक शाम गोनू झा अपने तालाब के पास टहल रहे थे। मंद-मंद बयार बह रही थी। गाँव के घरों से धुआँ उठने लगा था। पनिहारिनें कुओं से पानी लेकर अपने घरों की ओर जा रही थीं। कभी-कभी कुछ हलवाहे अपने हल और बैल के साथ खेतों से निकलकर पगडंडियों से गुजरते दिख पड़ते थे। तालाब के पास से जब वे गुजरते तो बैलों के गले में बँधी घुँघरुओं की पट्टी से मधुर ध्वनि निकलती और पेड़ों के झुरमुट में बैठी चिड़ियों की चहचहाहट के साथ मिलकर एक संगीत मिश्रित शोर पैदा करती।

शाम का यह मंजर बहुत मनभावन था। गोनू झा शाम के इस सौन्दर्य को निहारते हुए कुछ गुनगुना रहे थे। तभी दूर से आते युवराज को देखकर गोनू झा की तन्द्रा भंग हुई। वे चकित से देख रहे थे कि महाराज का किशोर पुत्र उनकी तरफ ही तेज-तेज चलते हुए आ रहा है।

गोनू झा के लिए यह अप्रत्याशित था कि महाराज का बेटा गाँव की पगडंडियों से पाँव पैदल चलता हुआ इस तालाब तक आए मगर यह सच था–थोड़ी ही देर में राजा का बेटा उनके सामने खड़ा था...। गोनू झा ने उसकी ओर देखा। युवराज हाँफ-सा रहा था। तेज चलने के कारण उसकी साँसें फूल गई थीं। युवराज ने गोनू झा के पास पहुँचकर उन्हें नमस्कार किया।

गोनू झा ने युवराज की ओर देखकर मुस्कुराते हुए पूछा–"क्या बात है युवराज, गाँव की सैर के लिए निकले हो?"

युवराज ने अपनी साँसों पर काबू पाते हुए कहा–"पंडित जी, मुझे कोई सच सा लगनेवाला ऐसा झूठ बताइए जिससे बड़ा कोई दूसरा झूठ नहीं हो।"

युवराज की बात सुनकर गोनू झा हत्प्रभ रह गए–"अरे!...ऐसा क्या है युवराज? अचानक आपको यह क्या सूझी कि एक झूठ की तलाश में गाँव

चले आए?'' गोनू झा ने पूछा। हालाँकि गोनू झा समझ चुके थे कि जरूर कोई ऐसी घटना हो गई है जिससे युवराज परेशान हैं और खुद चलकर उनके पास आए हैं।

युवराज ने उनकी ओर अनुनय-भरी दृष्टि से देखा और कहा–''बस, पंडित जी, मुझे आप कोई ऐसा झूठ बताइए जिसकी कोई काट नहीं हो।''

गोनू झा ने युवराज की बेकली भाँप ली और उसका कंधा थपथपाते हुए बोले, ''युवराज! आपको झूठ सुनना है तो मैं जरूर सुनाऊँगा। लेकिन यदि आप मुझे बता दें कि आप यह झूठ क्यों सुनना चाहते हैं, तो शायद मैं आपके लिए ज्यादा अनुकूल झूठ बता पाऊँ।...आइए, घर चलते हैं। वहीं बैठकर बातचीत करते हैं और आपकी जरूरत समझकर कोई झूठ भी आपको बता दूँगा।''

गोनू झा अपने साथ युवराज को लेकर अपने घर आ गए। पत्नी को आवाज देकर युवराज के लिए मिठाई और लस्सी मँगवाई।

जलपान से निवृत होकर युवराज ने फिर गोनू झा से कहा–''पंडित जी, शाम ढल रही है। महल में मेरे न होने से वहाँ सभी चिन्तित होंगे। कृपया मुझे कोई झूठ सुना दें, ऐसा झूठ, जिससे बड़ा झूठ कोई दूसरा मुझे नहीं सुना सके!''

गोनू झा ने कहा–''युवराज! पहले आप मुझे बताएँ कि आप ऐसा झूठ क्यों सुनना चाहते हैं? मुझे पूरी बात बताइए–तभी मैं आपकी कोई सहायता कर सकूँगा।''

युवराज ने गोनू झा को बताना शुरू किया–''पंडित जी! आज सुबह मैं दीवान और नगर-सेठ के पुत्रों के साथ बाजार गया था। वे दोनों मेरे मित्र हैं और सहपाठी भी। हम तीनों बाजार में मटरगश्ती करते हुए इधर-उधर की बातचीत कर रहे थे। थोड़ी देर में ही बातें झूठ पर टिक गईं। सभी तरह-तरह की झूठी गप्पें हाँकते और हँसते। इसी तरह बात-बात में हम तीनों बहुत जोश में आ गए और हममें बाजी लग गई कि जो सबसे बड़ा झूठ बोलेगा, उसे सौ स्वर्ण-मुद्राएँ मिलेंगी।'' इतना कहकर युवराज चुप हो गया।

युवराज की मुखमुद्रा देखकर गोनू झा को यह बात समझ में आ गई कि बात यहीं खत्म नहीं हुई है। उन्होंने युवराज से कहा–''युवराज! आप चुप

हो गए! आगे क्या हुआ, बताइए, नहीं तो मैं आपकी मदद नहीं कर पाऊँगा।''

युवराज ने झिझकते हुए कहना शुरू किया–''पंडित जी! इसके बाद दीवान-पुत्र ने सबसे पहले झूठ सुनाना शुरू कर दिया। उसने कहा–'आज से सौ साल पहले मेरे परदादा यहाँ के राजा थे।...और आज जो मिथिला नरेश हैं, उनके परदादा बहुत गरीब थे–निर्धन! इधर-उधर टहल-टिकोला करते उनकी जिन्दगी गुजर रही थी। एक दिन वे मेरे परदादा के पास आए जिससे कि राजकोष से उनकी परवरिश के लिए एक निश्चित रकम वेतन के रूप में मिल सके। मेरे परदादा को उन पर दया आ गई और उन्होंने उन्हें हुक्का भरने के काम पर अपनी निजी चाकरी के लिए रख लिया...'''

युवराज ने आगे बताया–''क्या कहूँ पंडित जी, उसकी गप्प सुनते ही मेरी मति मारी गई और मुझे गुस्सा आ गया।...और मैं गुस्से में बोल पड़ा–झूठ! बिलकुल झूठ...ऐसा हो ही नहीं सकता! 'मिथिला नरेश का 'वंश-वृक्ष' (वह दस्तावेज जिसमें वंश का उल्लेख रहता है कि वर्तमान नरेश के पिता कौन थे, उनके पिता के पिता, पितामह के पिता, परपितामह के पिता, वृद्ध परपितामह के पिता...यानी सुदूर अतीत से लेकर वर्तमान तक का पूर्वजीय ब्यौरा) राज महल में उपलब्ध है। चाहो तो देख लो...' मेरा ऐसा कहना था कि दीवान के बेटे ने तपाक से कहा–'मैंने कब कहा कि मैं सच कह रहा हूँ? अरे यार! बात तो झूठ की थी। लो, मैंने सुना दी सबसे बड़ी झूठ! अब निकालो सौ स्वर्ण-मुद्राएँ।' और चूँकि मैं शर्त हार गया था, इसलिए मैंने दीवान पुत्र को सौ स्वर्ण-मुद्राएँ दे दीं।''

गोनू झा पूरी तन्मयता से युवराज की बातें सुन रहे थे। उन्होंने युवराज की ओर देखते हुए पूछा–''फिर क्या हुआ युवराज?''

युवराज ने फिर कहना शुरू किया–''पंडित जी! इसके बाद नगर-सेठ के पुत्र ने कहना शुरू किया–'एक बार की बात है...राज्य में भयंकर बाढ़ आई हुई थी। सारे खेत-खलिहान डूब गए थे। गाँव के लोग जीवन-रक्षा के लिए पलायन कर गए। यही हाल नगर का था। नगरवासी भी बाढ़ की विनाशलीला से बचने के लिए सुरक्षित स्थानों पर आ चुके थे। नगर में केवल मेरा परिवार बचा रह गया था या फिर महाराज का। चूँकि मेरा परिवार व्यापार से धन अर्जन करता है इसलिए हमारे पास अनाज का अकूत भंडार था, जो हमारे

भवन के सबसे ऊपरी तल्ले पर रखा गया था कि यदि बाढ़ का पानी हमारे भवन में प्रवेश करे तो अनाज को कोई क्षति न पहुँचे। बाढ़ के कारण, राजभवन के छोटे कर्मचारी और खिदमतगार भाग चुके थे। एक दिन बाढ़ का पानी राजभवन में घुस ही गया और देखते-देखते राजभवन का अन्न-भंडार पानी में डूब गया...। इसके बाद राजभवन के लोग भूख से बिलबिलाने लगे तब महाराज स्वयं मेरे पिता के पास आए और अपना अंग-वस्त्रम उनके सामने फैलाकर विनती की कि सेठ जी! दया करके हमारे महल में कुछ अनाज की बोरियाँ भिजवा दीजिए! भगवान आपको मदद करेगा...! ठीक वैसे ही बोल रहे थे महाराज, जैसे भिखमंगे भीख माँगने के लिए बोलते हैं... गुहार लगाते हैं।' बस, पंडित जी! इतना सुनते ही मुझे क्रोध आ गया और मैं नगर सेठ के बेटे पर टूट पड़ा। उसका गला दबाते हुए मैं चीखने लगा– 'शर्म नहीं आती तुम्हें...महाराज के प्रति ऐसा झूठा बकवास करते हुए! तुम्हारे पिता जैसे हजार व्यापारी मिलकर भी मिथिला नरेश की सम्पदा की बराबरी नहीं कर सकते।'

"...इसके बाद पंडित जी! नगर-सेठ के पुत्र ने विनम्रतापूर्वक अपना गला छुड़ाते हुए कहा–'क्रोधित न हो युवराज! बात तो झूठ कहने की थी! मुझे खुशी है कि मैंने आपको सबसे बड़ा झूठ सुना दिया–अब आप अंटी ढीला करें! आप शर्त हार गए...इसलिए निकालिए सौ स्वर्ण-मुद्राएँ।' " युवराज ने कहा और लम्बी साँस ली, फिर गोनू झा की ओर देखकर कहा– "बस, पंडित जी! शर्त के अनुसार मैंने सौ स्वर्ण-मुद्राएँ दे दीं और उन्हें यह कहकर वापस आ गया कि शाम होने को है, मैं अपनी तरफ से झूठ कल सुनाऊँगा।

"...इसके बाद पंडित जी, मैं आपको खोजता हुआ तालाब के पास पहुँच गया। मैं मुश्किल में हूँ पंडित जी, क्योंकि वे दो सौ स्वर्ण-मुद्राएँ राजकोष के हैं। यदि इन्हें कोषागार में नहीं डाला गया तो मैं किसी को मुँह दिखाने के काबिल नहीं रह पाऊँगा। पंडित जी! बस, आप ही मेरी मदद कर सकते हैं।" इतना कहकर युवराज सिसकने लगा।

गोनू झा अपने स्थान से उठे और उसकी पीठ थपथपाते हुए बोले– "शान्त हो जाएँ युवराज! अभी आप घर जाएँ। विश्राम करें। कल मैं आपके साथ वेश बदलकर चलूँगा और मैं झूठ सुनाऊँगा–उन्हें! आपके दो सौ स्वर्ण-

मुद्राओं के स्थान पर उनसे चार सौ स्वर्ण-मुद्राएँ दिलवाऊँगा। आप चिन्ता न करें। हाँ, कल जब मैं आपके साथ चलूँ तो आप अपने मित्रों से मेरा परिचय यह कहते हुए कराएँ कि ये मेरे मामा हैं...यह सब कहते हुए आप बिलकुल नहीं घबराएँ...बाकी मैं सँभाल लूँगा।"

युवराज आश्वस्त होकर गोनू झा के घर से राजमहल वापस लौट गया।

दूसरे दिन गोनू झा के साथ युवराज बाजार पहुँचा। थोड़ी ही देर में दीवान का पुत्र और नगर-सेठ का पुत्र भी वहाँ पहुँच गए। दोनों मन ही मन प्रसन्न थे कि कल तो युवराज से सौ-सौ स्वर्ण-मुद्राएँ दोनों ने जीत ली थीं, शायद आज भी कुछ लक्ष्मी-कृपा हो जाए।

युवराज अपने मित्रों के साथ बाजार के मध्य में बने चबूतरे तक आया जहाँ बाजार में आए लोग आवश्यकता पड़ने पर विश्राम करते थे। इसके बाद उसने अपने मित्रों का परिचय अपने मामा बने गोनू झा से कराया। युवराज के मित्र उतावले हो रहे थे कि युवराज सफल नहीं होगा और उन्हें फिर सौ-दो सौ स्वर्ण-मुद्राएँ बैठे-बिठाये हाथ लग जाएँगी इसलिए बिना 'मामा' पर ध्यान दिए ही दोनों ने युवराज से कहा–"युवराज! अब सुनाओ सबसे बड़ा झूठ।"

युवराज ने अपने मित्रों से कहा–"क्यों न हम इस झूठ-प्रतियोगिता में मामाजी को भी शामिल कर लें?"

दीवानपुत्र और नगर-सेठ के पुत्र ने गोनू झा पर दृष्टि डाली। गोनू झा ने अपना वेश बिलकुल गँवारों की तरह बना रखा था। दोनों ने गोनू झा को देखकर सोचा–'यह तो निपट गँवार लग रहा है...यह भला क्या झूठ सुनाएगा! शामिल होने दो...इसकी गाँठ से भी कुछ स्वर्ण-मुद्राएँ मिल जाएँगी।' फिर दोनों ने लगभग एक साथ कहा–"कोई बात नहीं युवराज, इन्हें भी शामिल कर लो मगर शर्त इन्हें बता दो कि सबसे बड़ा झूठ यदि ये नहीं बोल पाए तो इन्हें दो-दो सौ स्वर्ण-मुद्राएँ देनी पड़ेंगी।"

युवराज ने चौंककर पूछा–"दो-दो सौ स्वर्ण-मुद्राएँ? क्यों? कल तो शर्त सौ स्वर्ण-मुद्राओं पर ही लगी थी...?"

युवराज के दोनों मित्र मुस्कुराए और बोले–"कल की बात कल गई, आज तो यही शर्त लगेगी।"

युवराज कुछ कहता कि उससे पहले युवराज के मामा बने गोनू झा ने

कहा–"मुझे आप लोगों की शर्त मंजूर है! अब आप लोग बताएँ, पहले कौन झूठ सुनाएगा?"

युवराज को भरोसा हो चुका था कि अब कमान गोनू झा के हाथों में आ चुकी है–इसलिए युवराज चुप रहा। उसके दोनों मित्र बोल पड़े–"लगभग एक साथ ही–आप युवराज के मामा हैं तो हमारे लिए भी आप मामा ही हैं–आप ही पहले सुनाएँ–झूठ! लेकिन याद रहे–झूठ ऐसा हो जिसका तोड़ न हो, वरना आप याद रखें, दो-दो सौ स्वर्ण-मुद्राएँ..."

उनकी बात पूरी होती, उससे पहले ही गोनू झा ने अपनी जेब से एक थैली निकाली और उनके सामने थैली खोलते हुए उन्हें दिखाया–"यह देखिए! एक सहस्त्र स्वर्ण-मुद्राएँ हैं थैली में–मैं तो ठहरा गँवार आदमी! थैली मैं युवराज को थमा देता हूँ। यदि मैं झूठ न सुना सकूँ तब युवराज तत्काल आप दोनों को दो-दो सौ स्वर्ण-मुद्राएँ इस थैली से निकालकर दे देंगे–ठीक है न!"

दोनों मित्र प्रसन्न हो गए और स्वीकृति में अपना सिर हिलाया और बोले–"ठीक है।"

गोनू झा ने कहना शुरू किया, "मेरे दादा के पास एक घोड़ा था। दस गज ऊँचा घोड़ा! मेरे दादा के गाँव में एकमात्र ऐसी जगह थी जहाँ यह घोड़ा बाँधा जा सकता था।" इतना कहने पर गोनू झा चुप हो गए तब दोनों मित्रों ने उत्सुकता दिखाई और पूछा–"कौन-सी जगह थी वह?"

"वह जगह थी गाँव के तीन सौ साल पुराने वट-वृक्ष की छतनार डालियों के नीचे क्योंकि हमारे इलाके में आम घरों की ऊँचाई दो गज होती थी और पेड़ आदि भी, बहुत हुए तो तीन-चार गज ऊँचे–बस! और घोड़ा दस गज का!"

"किस्सागोई में माहिर गोनू झा अपने चेहरे के हाव-भाव के साथ अपने कहने के अन्दाज में भी उतार-चढ़ाव लाते थे जिसके कारण सभी मुग्ध भाव से उनकी कहानी सुन रहे थे।

"...कुछ दिनों में ही घोड़े के शरीर पर एक वट वृक्ष पैदा हो गया। घोड़े की पीठ पर उगे वट वृक्ष की डालें तीन-चार मील तक आकाश में फैल गईं। मेरे दादा जी ने उन डालों पर बाँस की चचड़ी बनवाई–मजबूत चचड़ी पर दस फीट मिट्टी डलवा दी–इस तरह दादाजी ने घोड़े की पीठ पर उगे वट

वृक्ष को तीन मील लम्बे और तीन मील चौड़े समतल भूतल के रूप में बदल लिया और वे उस पर खेती करने लगे। सिंचाई की आकाशी व्यवस्था थी। मतलब कि जहाँ कहीं भी पानी बरसता, दादा जी घोड़े को वहाँ ले जाते–घोड़े के साथ-साथ खेत भी वर्षा वाले स्थान पर पहुँच जाता और खेत में लगी फसलों की सिंचाई हो जाती।...''

इतना कहकर गोनू झा चुप हो गए और सुर्ती निकालकर अपनी हथेली पर अँगूठे से रगड़ने लगे। सभी युवक उनकी इस अजीबो-गरीब कहानी दिलचस्पी से सुन रहे थे। उन्हें चुप देखकर वे पूछने लगे–''फिर क्या हुआ मामा जी?''

गोनू झा ने सुर्ती अपने होंठों में दबाते हुए कहा–''एक बार दादाजी के राज्य में भयानक सूखा पड़ा। खेत में बीज ठरप गए...दूर-दूर तक हरियाली झुलस गई। पेड़ ठूँठ बन गए। लोग त्राहि-त्राहि करने लगे लेकिन घोड़े की पीठ पर उगे वट-वृक्ष पर बने खेत की फसलें लहलहा रही थीं। जहाँ कहीं भी बरसात होती, दादाजी घोड़े की पीठ पर सवार होकर घोड़ा को वहाँ ले जाते! सारे राज्य में अनाज-भंडार रिक्त हो गए लेकिन हमारे दादाजी का अनाज भंडार अनाज से ठसाठस भरा हुआ था।

''...सूखे के कारण जो तबाही पैदा हुई थी उससे नगर-सेठ के दादा और दीवान जी के दादा भी प्रभावित हुए थे। एक दिन वे दोनों मेरे दादाजी के पास आकर रोने लगे...और बताने लगे कि उनका परिवार अनाज के अभाव में भूखों मर रहा है। उनका रुदन सुनकर मेरे दादाजी को दया आ गई और उन्होंने दीवान के दादा को एक हजार मन गेहूँ, एक हजार मन चावल और पाँच सौ मन दाल देकर उसका कागज बनवा लिया कि जब उनके पास इतना अनाज हो जाएगा तब वे मेरे दादाजी को वह अनाज वापस कर देंगे। मेरे दादाजी ने नगर-सेठ के दादाजी को भी इतना ही अनाज दिया और उसके दस्तावेज बनाकर उनसे अँगूठे का निशान लगवा लिया कि जब उन्हें उनका अनाज वापस मिल जाएगा तब वे दस्तावेज नष्ट कर देंगे। तब से हमारी दो पीढ़ी गुजर गई और अब वह दस्तावेज मेरे पास आया है–नगर-सेठ और दीवान ने अब तक हमारे दादा जी का अनाज वापस नहीं किया है।"

दीवान और नगर-सेठ के पुत्रों ने जब गोनू झा की 'कथा' सुनी तो वे

युवराज की तरफ देखते हुए बोले–"कसम से! यह आदमी झूठा है। ऐसा कभी नहीं हुआ...भला दस गज का भी घोड़ा हो सकता है...? कपोल-कल्पित बातें कहकर तुम्हारे मामा हमारा अपमान कर रहे हैं...।"

गोनू झा हँस पड़े–"यदि मेरी बातें झूठ हैं तो निकालो दो-दो सौ स्वर्ण-मुद्राएँ, नहीं तो मैं निकालता हूँ तुम्हारे दादाजी के दस्तावेज!"

दोनों झेंप गए! वे शर्त हार चुके थे। दो-दो सौ स्वर्ण-मुद्राएँ देना उनके वश की बात नहीं थी इसलिए दोनों ही युवराज के सामने गिड़गिड़ाने लगे! युवराज का दिल भी अपने मित्रों की बेबसी पर पिघल गया और उसने गोनू झा से कहा–"जाने दीजिए मामा जी!"

गोनू झा ने मुस्कुराते हुए कहा–"जाने तो दूँगा युवराज, यदि ये दोनों आपकी स्वर्ण-मुद्राएँ लौटा दें और यह संकल्प लें कि भविष्य में इस तरह की शर्तें वे किसी के साथ भी नहीं लगाएँगे–तब।"

नगर-सेठ और दीवान के पुत्र ने युवराज से जीती गई रकम युवराज को लौटा दी और गोनू झा के सामने हाथ जोड़कर बोले–"मामाजी, अब कभी हम इस तरह की शर्तें नहीं लगाएँगे...हमें क्षमा करें। हम आपको वचन देते हैं कि भविष्य में धन-प्राप्ति के लिए उचित मार्ग ही तलाशेंगे। इसके लिए शर्त लगाने या जुआ खेलने की कल्पना भी नहीं करेंगे।"

उनकी बात सुनकर गोनू झा खुश हुए और तीनों युवकों को मिठाई की दुकान में ले जाकर अपनी ओर से जी भरकर मिठाई खिलाई और खुद भी जी भर के मिठाइयाँ खाईं। फिर वे लोग अपने घर वापस आ गए।

गोनू झा की नियुक्ति

पूरे मिथिलांचल के नौजवानों में खलबली मची हुई थी। प्रायः हर बेरोजगार नौजवान उस प्रतियोगिता की तैयारी में जुटा हुआ था जो महाराज के दरबार में एक माह बाद आयोजित होने वाली थी। महाराज ने पूरे राज्य में मुनादी करा दी थी कि उन्हें एक ऐसे सहयोगी की आवश्यकता है जो रसिक भी हो और विलक्षण बुद्धि का भी। राज्यस्तरीय प्रतियोगिता अगले माह पूर्णिमा के दिन राजदरबार में होगी।

मिथिला के नौजवानों में इस प्रतियोगिता में भाग लेने का उत्साह था। क्या पता, कहीं वे प्रतियोगिता में सफल होकर महाराज के सहयोगी बन जाएँ! फिर तो मजा ही आ जाएगा...राज दरबार में जगह मिलेगी और महाराज का खास सहयोगी होने से समाज में प्रतिष्ठा भी बढ़ेगी।

नियत समय पर राजदरबार में प्रतियोगिता आरम्भ हुई। हजारों की संख्या में प्रतियोगिता में भाग लेने के लिए युवक वहाँ जमा हुए। महाराज ने युवकों के उमड़ते सैलाब को देखकर प्रतियोगिता का स्थान राजदरबार के स्थान पर राजमहल के बाहर के मैदान में बदल दिया।

मैदान में जब सभी प्रतियोगी एकत्रित हुए तब महाराज उनके बीच पहुँचे। मैदान के मध्य में उनके लिए चारों ओर से खुला हुआ मंच तैयार किया गया था। महाराज मंच पर पहुँचे और अपना आसन ग्रहण किया। प्रतियोगिता आरम्भ होने की घोषणा हुई।

महाराज अपने आसन से उठे। उन्होंने ऊँची आवाज में कहा–"जैसा कि आप सभी जानते हैं कि मुझे एक ऐसे सहयोगी की आवश्यकता है जो विलक्षण बुद्धि का हो। प्रतियोगी युवाओं की बुद्धि की परीक्षा के लिए इस पद के लिए मैंने एक शर्त रखी है कि मेरा सहयोगी वही बन सकता है जो आकाश में महल का निर्माण-कार्य करने या कराने में समर्थ हो। इस कार्य

के लिए उसे राजकोष से मुँहमाँगी रकम और इच्छित वस्तुएँ उपलब्ध करा दी जाएँगी।''

मैदान में सन्नाटा-सा छा गया। हजारों की संख्या में उपस्थित युवाओं को जैसे काठ मार गया! भला आकाश में भी कोई महल बना सकता है? प्रतियोगी मन ही मन विचार करने लगे–जरूर महाराज का दिमाग खराब हो गया है...यह कोई शर्त हुई...! अरे नौकरी देने की मंशा नहीं थी तो मुनादी क्यों कराई...? लेकिन कुछ भी बोलने की हिम्मत उनमें नहीं थी। सभी अपने-अपने स्थान पर खड़े थे–बगलें झाँकते हुए। कुछ युवक जो मैदान के किनारे खड़े थे, वे वहाँ से खिसकने लगे।

तभी भीड़ से एक युवक रास्ता बनाता हुआ मंच के पास पहुँचा। उस युवक ने कहा–''महाराज की जय हो! महाराज, यदि आज्ञा दें तो मैं 'आकाश महल' बनाने का कार्य कर सकता हूँ किन्तु इस कार्य का आरम्भ कराने में मुझे चार माह का समय चाहिए।''

महाराज चौंक पड़े। चौंक पड़े मैदान में खड़े हजारों प्रतियोगी युवक। सभी की आँखें मंच के पास खड़े युवक पर टिकी हुई थीं...और मंच के पास खड़ा वह युवक मुस्कुरा रहा था–आत्मविश्वास से भरा हुआ।

महाराज अपने आसन से फिर उठे और मंच के किनारे तक चलकर आए। उन्होंने उस युवक को करीब से देखा। मंच के पास खड़ा युवक उन्हें आत्मविश्वासी लगा।

उस युवक की आँखों में एक विशेष किस्म की चमक थी जिसे देखकर महाराज को लगा कि जरूर यह युवक अन्य प्रतियोगियों से भिन्न है। उन्होंने युवक से पूछा–''युवक! क्या तुम विश्वासपूर्वक कह सकते हो कि आकाश में महल बना लोगे...?''

''जी हाँ, महाराज!'' युवक ने संक्षिप्त उत्तर दिया।

''तुम्हारा नाम क्या है युवक?'' महाराज ने पूछा।

''गोनू झा।'' युवक ने फिर संक्षिप्त उत्तर दिया।

महाराज उसके साहस से प्रसन्न थे। उन्हें लग रहा था कि उन्हें जैसे सहयोगी की जरूरत है, वह मिल गया है। अपने मन में उठते विचारों को नियंत्रित रखते हुए महाराज ने गोनू झा से पूछा–''अच्छा, गोनू झा! यदि पाँचवें महीने की पूर्णिमा से तुम्हें आकाश-महल के निर्माण की प्रक्रिया

प्रारम्भ करने के लिए कहा जाए तो क्या तुम यह कार्यारम्भ कर सकोगे?"

"अवश्य महाराज!" गोनू झा ने उत्तर दिया।

महाराज ने कहा–"ठीक है!" और वे अपने आसन पर बैठ गए।

इसके थोड़ी ही देर बाद मंच से घोषणा हुई–"चार माह बाद! पाँचवें महीने की पूर्णिमा के दिन, इसी प्रांगण में गोनू झा नामक यह मेधावी प्रतियोगी 'आकाश-महल' का निर्माण-कार्य प्रारम्भ करेगा। इस अवसर पर सभी आमंत्रित हैं।"

इस घोषणा के बाद सभी प्रतियोगी अपने-अपने घरों को लौट गए। राज्य भर में गोनू झा नाम के उस युवक की चर्चा होने लगी। सबको लग रहा था कि यह युवक भी सिरफिरा है। जैसे महाराज ने आकाश महल के निर्माण की शर्त रखकर अपने सनकी होने का परिचय दिया है, वैसे ही गोनू झा नाम के युवक ने इस शर्त को पूरा करने की बात कहकर अपनी जान जोखिम में डाल ली है। निश्चित रूप से वह युवक इस शर्त को पूरा नहीं कर पाएगा और महाराज उसे कठोर दंड देंगे।

इसी तरह की चर्चा में चार माह बीत गए...और पाँचवें माह की पूर्णिमा भी आ गई। राजमहल के सामने के मैदान में हजारों नर-नारी उपस्थित हो गए। प्रतियोगिता में भाग लेने आए युवक भी यह देखने के लिए उस मैदान में फिर जुटे कि गोनू झा नाम का वह युवक वहाँ आता है या नहीं और यदि वह आता है तो 'आकाश-महल' का निर्माण कैसे शुरू कराता है। सबको देखकर आश्चर्य हुआ कि गोनू झा पहले से ही मंच के पास एक आसन पर विराजमान है।

महाराज आए। आसन पर बैठने से पहले ही वे मंच के किनारे पहुँचे। उन्हें देखकर गोनू झा अपने आसन से उठे और उनका अभिवादन किया। महाराज ने पूछा–"क्यों गोनू झा! 'आकाश-महल' के निर्माण की प्रक्रिया प्रारम्भ कराने के लिए तैयार हो?"

"जी हाँ, महाराज, यदि आप आज्ञा दें...मेरे मजदूर, राजमिस्तरी सभी उचित स्थान पर प्रतीक्षा कर रहे हैं। आपकी आज्ञा मिलते ही काम शुरू हो जाएगा।" उन्होंने एक लम्बी सूची महाराज के सामने प्रस्तुत की और कहा– "महाराज, इस सूची में महल-निर्माण के लिए आवश्यक सामग्री परिमाण सहित दर्ज है।" फिर उन्होंने एक बड़ा-सा कागज महाराज के हाथों में सौंपा

और कहा, "और महाराज, यह प्रस्तावित 'आकाश-महल' का नक्शा है।"

महाराज ने कहा–"ठीक है गोनू झा...अब तुम आकाश-महल का निर्माण-कार्य आरम्भ कराओ!"

गोनू झा ने अपने हाथ में एक हरे रंग की झंडी ले रखी थी। उन्होंने झंडी खोली। आसमान की ओर हाथ ऊँचा किया और जोर-जोर से झंडी हिलाने लगे। महाराज और मैदान में खड़े लोग गोनू झा को अचरज-भरी दृष्टि से देख रहे थे। गोनू झा अपना हाथ उसी तरह उठाए हुए मैदान में इधर-उधर भाग रहे थे और जोर-जोर से झंडी हिला रहे थे। उन्हें ऐसा करते देख मैदान में खड़े लोगों की हँसी छूट गई। वे हँसने लगे कि तभी आसमान से आवाजें आने लगी–'अरे! तैयार हो जाओ! महल-निर्माण का काम शुरू करो!' यह आवाज लोगों ने साफ सुनी। वे आसमान की तरफ देखने लगे। उनकी समझ में कुछ नहीं आ रहा था। फिर उन लोगों ने सुना–आकाश से ही आवाज आ रही थीं–'ईंटें लाओ! मसाला तैयार करो! पानी लाओ!' इस बार इस तरह की आवाज आकाश में कई दिशाओं से आती प्रतीत हो रही थी। आवाज का शोर बढ़ रहा था, जैसे बोलने वालों की संख्या बढ़ती जा रही हो! महाराज भी उस आवाज से चकित थे और आसमान की ओर देख रहे थे।

तभी गोनू झा ने आवाज दी–"महाराज, हमारे मजदूर और मिस्तरी काम पर तैनात हैं। कृपया सूची के मुताबिक निर्माण-सामग्री उन तक पहुँचाने का प्रबंध करें।

महाराज समझ गए कि सचमुच विलक्षण बुद्धि वाले व्यक्ति से उनका पाला पड़ा है। वे बोले–"गोनू झा! तुमने शर्त पूरी कर दिखाई है इसलिए हम तुम्हें अपना विशेष सहयोगी नियुक्त करते हैं। अभी तुम अपने मजदूरों और मिस्तरियों को वापस ले जाओ। तुम्हारी सूची के मुताबिक सामग्री का प्रबन्ध होने पर हम आकाश-महल का कार्यारम्भ कराएँगे! अभी रहने दो।"

महाराज की बात सुनते ही गोनू झा ने हरी झंडी लपेटकर रख दी और अपने पास से एक दूसरी झंडी निकाली जो लाल रंग की थी। इस झंडी को निकालकर पहले की भाँति ही हवा में लहराते हुए गोनू झा दौड़ने लगे। थोड़ी ही देर में आसमान से 'ईंटें लाओ, मसाला तैयार करो, काम में लगो' आदि आवाजें आनी बंद हो गईं। मैदान में एकत्रित लोग वापस लौट गए।

महाराज ने गोनू झा को दरबार में बुलाया। उनकी नियुक्ति हुई। महाराज के पास बैठने के लिए उनका आसन लगाया गया। महाराज ने उन्हें उनके आसन पर बैठने की आज्ञा दी। दरबार की कार्यवाही चली फिर दरबार विसर्जित हुआ।

जब गोनू झा उठने लगे तब स्नेहपूर्वक महाराज ने उनका हाथ थामते हुए कहा–"जाने से पहले एक बात बताइए गोनू झा कि आकाश से जो आवाजें आ रही थीं, वे आवाजें कैसे आ रही थीं? ऐसा प्रतीत हो रहा था कि हर दिशा से मजदूर आवाज लगा रहे हैं...!"

गोनू झा विनम्रता से बोले–"महाराज, वे आवाजें मजदूरों की नहीं, पहाड़ी मैना और तोतों की थी जिन्हें मैंने चार महीने में प्रशिक्षित किया था। यहाँ पहुँचकर उन्हें हवा में छोड़ दिया था–वे आस-पास के पेड़ों पर बैठे थे। हरा झंडा देखकर बोलते थे और लाल झंडा देखकर चुप हो जाते थे।"

महाराज उनकी बात सुनकर हँस पड़े और देर तक हँसते रहे।

गोनू झा हुए पराजित

बसुआ यानी बासुदेव। गोनू झा के टहल-टिकोला में लगा रहने वाला उनके गाँव का एक किशोर। बसुआ, जिसका अपना सगा कोई नहीं था। गाँव में उसकी एक छोटी-सी झोंपड़ी थी। गोनू झा के खेत के पास। बसुआ दिन भर इधर-उधर रहता। किसी ने कुछ करने को कहा, कर दिया। अलमस्त था बसुआ। न दिन की फिक्र, न रात की चिन्ता। जब थक जाता तो चला आता अपनी झोंपड़ी में। उसे झोंपड़ी कहने की बजाय उसका रैन बसैरा कहें तो ज्यादा ठीक होगा—बसुआ मस्त-मलंग की तरह पड़ा रहता। न उधो का देना, न माधो का लेना! निश्चिन्त रहता बसुआ। किसी की उसे परवाह नहीं थी। न कोई छोटा-मोटा, न कोई बड़ा। उसकी नजर में सब बराबर! कोई बच्चा भी उसे किसी काम के लिए कहता तो वह 'जी मालिक' कहकर उसका काम कर देता। कहीं से दो जून रोटी मिल गई तो खा लिया और चला आया अपनी झोंपड़ी में। यही थी बसुआ की दिनचर्या।

एक दिन गोनू झा का हरवाहा बीमार पड़ गया। गोनू झा को अपना खेत तैयार करना था। वे सोचने लगे—अब क्या करें! अचानक खेत की मुँडेर पर उन्हें बसुआ दिख गया। वे खुश हो गए। उन्हें लगा कि बसुआ उनका कहना नहीं टालेगा। इसलिए उन्होंने बसुआ को आवाज दी—''बसुआ—ओ बसुआ!''

बसुआ ने उनकी आवाज सुनी तो वहीं से चिल्लाया—"पाँव लागन मालिक!" और दौड़ता हुआ गोनू झा के पास पहुँच गया।

गोनू झा ने कहा—''बसुआ, दो-चार दिन तू मेरा खेत जोत दे! हरवाहा बीमार पड़ गया है। वह ठीक हो जाएगा तब तक भले ही किसी और काम में लग जाना!''

बसुआ मान गया। गोनू झा के घर से हल और बैल ले आया और खेत

की जोताई में लग गया।

गोनू झा दरबार के लिए तैयार होकर अपने खेत की ओर से ही दरबार के लिए निकले। उन्होंने देखा, बसुआ तन्मयता के साथ खेत जोतने में लगा हुआ है। मन ही मन खुश होते हुए गोनू झा ने बसुआ को आवाज दी–''ओ बसुआ! जरा इधर आ!''

बसुआ खेत के बीच से ही चिल्लाया–''आया मालिक!'' और दौड़ता हुआ गोनू झा के पास पहुँचा और हाँफते हुए पूछा–''जी, मालिक?''

गोनू झा ने बसुआ से कहा–''देख बसुआ!...मन लगा के खेत जोतना! अपना काम समझ के–जितना कर सको, करना। शाम को दरबार से लौट-कर तुम्हें हलवा खिलाऊँगा!''

बसुआ खुश हो गया और बोला–''जी, मालिक!''

इसके बाद गोनू झा दरबार चले गए और बसुआ पूरे उमंग के साथ खेत जोतने में लग गया। जब थोड़ी थकान होती, बसुआ गाने लगता–''मालिक आएँगे! हलवा लाएँगे! मैं तो जी भर के हलुआ खाऊँगा...मस्त होके सोने जाऊँगा...!''

दरबार से लौटते समय भी गोनू झा खेत वाली राह से ही आए। उन्होंने देखा, बसुआ खेत जोतने में जुटा हुआ है। उन्हें देखकर आश्चर्य हुआ कि जितना खेत उनका हरवाहा सात दिनों में जोतता, उससे कहीं अधिक खेत बसुआ एक दिन में ही जोत चुका था...। गोनू झा घर लौटे। वे अपने साथ बाजार से ही थोड़ा हलवा खरीदकर खेत की ओर आए थे।

खेत पहुँचकर उन्होंने बसुआ को आवाज दी–''ओ बसुआ! आ! बहुत हो गया! अब कल जोतना! चला आ! हाथ-मुँह धो ले। थक गया होगा। तुम्हें भूख भी लगी होगी। जल्दी आ...मैं तुम्हारे लिए हलवा ले के आया हूँ।''

बसुआ ने दूर से ही देखा–गोनू झा के हाथों में बड़ा सा बर्तन देखकर वह बहुत खुश हुआ और कुएँ पर पहुँचकर हाथ-पाँव धोया, कुल्ला-गरारी किया और झूमते हुए गोनू झा की ओर चला–गाते-गाते–''जी भर के हलुवा खाऊँगा! तब मैं सोने जाऊँगा...!''

जब वह गोनू झा के पास पहुँचा तब तक गोनू झा ने उसकी ओर वह बर्तन बढ़ा दिया जो उनके हाथ में था। बर्तन जैसे ही बसुआ ने पकड़ा तो

उसके वजन से ही बसुआ को लगा कि बर्तन खाली है। बसुआ ने जब बर्तन में झाँका तो उसका सारा उत्साह फीका पड़ गया और उसके मुँह से निकला–"यह क्या मालिक! आपने तो मुझसे कहा था कि आप मुझे हलवा खिलाएँगे, मगर...।"

गोनू झा ने बसुआ को बीच में ही टोकते हुए कहा–"हलुवा ही तो है..."

बसुआ ने कहा–"मगर मालिक! इतना ही? इससे मेरा पेट कहाँ भरेगा?"

गोनू झा ने कहा–"देखो, मैंने तुझे कहा था कि हलवा खिलाऊँगा तो हलवा ले आया तुम्हारे लिए...मैंने यह तो नहीं कहा था कि भर पेट हलवा खिलाऊँगा? अब ज्यादा बक-बक मत कर। जो है सो खा ले।"

बसुआ ने रुआँसा होकर गोनू झा की ओर देखा और कहा–"जी, मालिक।" बसुआ ने हलवा खा लिया और कुएँ पर जाकर पानी पिया फिर बर्तन धोकर गोनू झा को लौटा दिया।

गोनू झा बर्तन लेकर जब घर की ओर लौटने लगे तब उन्होंने बसुआ से कहा–"कल मैं घर से सीधे दरबार चला जाऊँगा। शाम को जब दरबार से लौटूँगा तब तुम्हारे लिए कुछ मजेदार चटपटी चीजें लेता आऊँगा–जी भर के खाना! हाँ, देख, सुबह से खेत जोतने में जरूर लग जाना!"

बसुआ ने कहा–"जी, मालिक!"

गोनू झा चले गए।

बसुआ हल-बैल लेकर बथान पर पहुँचा आया। फिर अपनी झोंपड़ी में पहुँचा। उसके पेट में चूहे दौड़ रहे थे। खलबली मची हुई थी। लोटा भर पानी पीकर किसी तरह बसुआ ने रात बिताई। रात को ही उसने सोच लिया था कि गोनू झा को वह जरूर मजा चखाएगा।

दूसरी तरफ, गोनू झा बसुआ के काम से खुश थे। उन्होंने सोचा–बेचारा बसुआ! दिन भर काम में जुटा रहा...उम्मीद से ज्यादा खेत जोत दिया लेकिन उसे आज अधपेटा रहना पड़ गया। खैर! कल उसके लिए कचौड़ी-जलेबी लेकर आऊँगा...इतना कि उसका पेट भर जाए!"

दूसरे दिन शाम को खेत पर जब गोनू झा हाथ में कचौड़ी, जलेबी से भरा बर्तन लेकर पहुँचे तो देखा, बसुआ एक ही जगह हल-बैल चलाए जा रहा है। दिन भर में वह कट्ठा भर जमीन भर नहीं जोत पाया है। हाँ,

जितनी जमीन जोता है उतनी जमीन की मिट्टी चूड़ होकर पाउडर की तरह महीन हो चुकी है। गोनू झा को कुछ समझ में नहीं आया कि बसुआ एक ही जगह हल क्यों चलाए जा रहा है? उन्होंने क्रोध में आवाज दी–''ओए बसुआ, इधर आ!''

बसुआ उनकी ओर देखा और चिल्लाकर बोला–''आया मालिक!''

बसुआ हल-बैल छोड़कर गोनू झा के पास आने से पहले कुएँ पर गया और हाथ-पैर धोकर गोनू झा के पास पहुँचा और बोला–''लाइए मालिक, मजेदार और चटपटी चीजें! भूख लगी है–खा तो लूँ!''

गोनू झा ने हाथ का बर्तन बसुआ की ओर बढ़ा दिया। बसुआ बर्तन में जलेबी-कचौड़ी देखकर बहुत खुश हुआ और वहीं पालथी मारकर बैठ गया और खाने लगा।

गोनू झा उसे खाता देखकर मन ही मन खीज रहे थे। जब बसुआ खा चुका और बर्तन धोकर उन्हें थमाने लगा तब गोनू झा ने बर्तन लेते हुए बसुआ से पूछा–''बसुआ! आज दिन भर में तू कट्ठा भर जमीन भी नहीं जोत पाया! ऐसे ही जोताई होती है?''

बसुआ ने गोनू झा की आवाज से उत्पन्न आवेश को महसूस किया और तड़ककर बोला–''मालिक! आप नाराज क्यों होते हैं? मैंने तो कहा था, खेत जोतूँगा सो जोत रहा था। मैंने यह थोड़े ही कहा था कि सारा खेत जोत दूँगा?''

गोनू झा को तुरन्त हलवा वाली बात याद आ गई, और उनका आवेश जाता रहा। बसुआ ने उन्हें अहसास करा दिया था कि दूसरों को गच्चा देने वाले को खुद भी गच्चा खाना पड़ सकता है। बसुआ की मस्त-मलंग आवाज से गोनू झा हँस दिए और बोले–''बसुआ...सच में तुम बहुत अच्छे इन्सान हो। कल मुझसे गलती हो गई थी, अब ऐसा कभी नहीं होगा–मैं सदैव इस बात का ध्यान रखूँगा!''

बसुआ हँस दिया–मस्त हँसी और हल-बैल लेकर बथान की ओर चल पड़ा।

गोनू झा उसे मस्त चाल में जाते हुए देखते रहे।

पेड़ पर जेवर

गोनू झा अपनी तीव्र बुद्धि के कारण न केवल मिथिला में प्रसिद्ध थे बल्कि उनकी प्रसिद्धि दूर-दराज तक पहुँच गई थी। उनके वाणी-चातुर्य की सराहना मिथिला नरेश कई बार भरे दरबार में कर चुके थे। गोनू झा के कारनामों की चर्चा नमक-मिर्च लगाकर, उनसे जलने वाले भी लोगों से करते रहते थे। गोनू झा ने अपनी अक्लमन्दी के नए कीर्तिमान स्थापित किए थे। उन कीर्तिमानों में एक था गाँव में चोरी की घटनाओं पर अंकुश लगाना। अपनी बुद्धि के बूते गोनू झा ने गाँव में सक्रिय चोर-गिरोह को न केवल पकड़वाया था बल्कि उन्हें सजा भी दिलाई थी।

सजा काट रहे चोर संकल्प ले चुके थे कि सजा की अवधि पूरी होने के बाद जैसे ही वे कारागार से बाहर आएंगे, वैसे ही गोनू झा को मजा चखा देंगे। चोरों की सजा की अवधि भी पूरी हुई और वे कारागार से बाहर भी आ गए। अपने संकल्प के अनुरूप कारागार से निकलकर वे सीधे गोनू झा के आवास की ओर गए और गोनू झा के मकान के आस-पास मँडराने लगे।

सूरज डूब चुका था। नीम अँधेरा फैला हुआ था। चोरों के सरदार ने अपने साथियों को बुलाकर कहा–"तुम लोग घर जाओ। आज मैं अकेले ही गोनू झा के घर में चोरी करूँगा। जो कुछ भी हाथ लगेगा, उसमें तुम सभी को बराबर का हिस्सा मिलेगा।"

चोरों में से एक ने कुछ कहने के लिए मुँह खोला ही था कि चोरों के सरदार ने कहा–"कोई अगर-मगर करने की जरूरत नहीं। गोनू झा मेरा शिकार है, उससे मुझे अकेले निपटने दो। तुम लोग अपने-अपने घर जाओ। अपने बाल-बच्चों से मिलो। मुझे अकेला छोड़ दो ताकि मैं गोनू झा से निपटने के लिए कोई तरकीब सोच सकूँ। गोनू झा को अपने तिकड़मी दिमाग का बड़ा गुरूर हो गया है, मैं उसे ऐसा सबक सिखाना चाहता हूँ कि

वह जिन्दगी भर याद रखे और अपने दिमाग पर इतराना भूल जाए।''

बात सरदार की थी। किसी दूसरे चोर को कुछ भी बोलने की हिम्मत नहीं हुई। सरदार को अकेला छोड़कर शेष सभी चोर अपने-अपने घर की ओर चल दिए।

चोरों का सरदार गोनू झा के घर की चहारदीवारी के पास चहलकदमी करने लगा। उसने अपने कंधे पर लटक रहा गमछा हाथ में ले लिया और अपने माथे पर लपेट लिया—पगड़ी की तरह। और फिर वहीं टहलने लगा।

गोनू झा दरबार से निकलकर बाजार होते हुए लौट रहे थे। हाथ में एक झोला था जिसमें उन्होंने कुछ सब्जी-भाजी खरीदकर रख ली थी। उनकी पत्नी ने सुबह ही कहा था—''शाम को सब्जी लेते आइएगा। नहीं तो रात को खाने में सब्जी नहीं मिलेगी। अचार-मुरब्बा से ही काम चलाना पड़ेगा...फिर मुझसे कुछ मत कहिएगा।''

गोनू झा जब अपने अहाते की तरफ मुड़ने लगे तो चोरों का सरदार निश्चिन्त भाव से चलता हुआ उनके पास आ गया और बोला—''राम-राम पंडित जी!''

गोनू झा ने उसकी तरफ देखा तो पहचान नहीं पाए कि यह आदमी कौन है, फिर भी औपचारिकतावश उन्होंने जवाब दिया—''राम राम!''

चोरों के सरदार ने कहा—''पंडित जी! आप तो मुझे नहीं पहचानते होंगे लेकिन मैं आपको अच्छी तरह जानता हूँ। आपके पड़ोस के गाँव से आपकी कीर्ति सुनकर आया हूँ। मेरे गाँव में चोरों ने उत्पात मचा रखा है। मैंने सुना है कि आपने अपने गाँव से चोरों का सफाया करा दिया। मुझे कोई तरकीब सुझाइए कि अपने घर में चोरी नहीं होने दूँ और अपने गाँव वालों को भी चोरों के प्रकोप से बचने की तरकीबें सुझा सकूँ।''

गोनू झा ने जैसे ही चोर की बातें सुनीं तो उनका दिमाग तेज गति से काम करने लगा। आज ही दरबार में उन्होंने चर्चा सुनी थी कि उन्होंने जिन चोरों को पकड़वाया था, आज वे सभी कारागार से रिहा हो गए। इस अजनबी का इस तरह अचानक मिलना और चोरों से बचने की तरकीब पूछना उन्हें सामान्य नहीं लगा। मन में उमड़ रहे सन्देह पर काबू पाने की कोशिश करते हुए गोनू झा ने कहा—''अरे भाई! पड़ोस के गाँव से आए हो तो पड़ोसी हुए। आयँ! हुए कि नहीं? तब बताओ, क्या यह पड़ोसी का

व्यवहार है कि दरवाजे पर खड़ा होकर बात करे? आयँ, बोलो! ...तरकीब भी बताएँगे और चोर का इलाज भी। लेकिन पहले तुम चलो। एक आध गिलास दूध-मठ्ठा जो भी घर में होगा, उससे तुम्हारा अतिथि-सत्कार करने दो।"

चोरों का सरदार बहुत खुश हुआ। उसे लगा कि मनमाँगी मुराद मिल गई है। उसने गोनू झा से कहा–"जैसी आपकी आज्ञा पंडित जी! मेरे जैसा आदमी आपकी बात टालने की हिम्मत भी नहीं कर सकता।"

बात यह थी कि अँधेरा फैल चुका था– गोनू झा उस व्यक्ति को अपने घर ले जाना चाहते थे कि वहाँ लालटेन की रोशनी में उसे अच्छी तरह देख सकें। उनको लग रहा था कि यह व्यक्ति उनके साथ जितने सीधे-सच्चे व्यक्ति की तरह व्यवहार कर रहा है वैसा वस्तुतः वह है नहीं। दाल में जरूर कुछ काला है।

दूसरी तरफ चोरों के सरदार को लग रहा था कि गोनू झा उसके झाँसे में आ चुके हैं। अब जब वह उनके घर जा ही रहा है तो इससे यह फायदा अवश्य मिल जाएगा कि घर में कहाँ क्या सामान रखा हुआ है, उसका अन्दाज तो निश्चय ही आसानी से लग जाएगा।

गोनू झा अपने बैठक में चोरों के सरदार के साथ पहुँचे और उसे आसन पर बैठाया तथा पंडिताइन को आवाज देकर लस्सी बनाने को कहा। लस्सी आ गई तब गोनू झा ने लस्सी का लोटा थमाते हुए कहा, "लो भाई, लस्सी पियो और अब बताओ कि मुझसे क्या चाहते हो?"

ऐसा कहते हुए गोनू झा ने लालटेन की बत्ती तेज की और चोरों के सरदार की ओर देखने लगे। गोनू झा को ऐसा लगा कि इस व्यक्ति को उन्होंने कहीं देखा है। मगर उन्हें याद नहीं आ रहा था कि कहाँ और कब।

चोरों के सरदार ने पुनः अपनी वही बात दुहराई और घर में इधर-उधर देखते हुए लस्सी पीले लगा।

अचानक गोनू झा को याद आया–अरे! यह तो वही आदमी है जिसको उन्होंने अपने घर में पलंग के नीचे चोरी की मंशा से छुपे रहने पर, एक रात पड़ोसियों को बहुत चालाकी से पुकारकर पकड़वाया था। बस, फिर क्या था! उन्होंने क्षण भर में समझ लिया कि यह चोर उनसे बदला लेने के इरादे से ही आया है। उन्होंने इस बात को प्रकट नहीं होने दिया और कहा–

"अच्छा हुआ भाई–तुम यहाँ आ गए! मुझे लगता है कि भगवान ने ही तुम्हें मेरी मदद के लिए भेजा है। तुम्हारी मदद तो बाद में होगी, मेरी तो समझो कि हो गई।"

चोरों का सरदार गोनू झा की बात सुनकर चकरा गया–"अरे! यह क्या कह रहे हैं पंडित जी आप? मैंने क्या मदद कर दी आपकी?"

गोनू झा मुस्कुराते हुए बोले–"अरे भाई! इतनी-सी बात भी नहीं समझे? सचमुच तुम बड़े भोले हो! अरे, जब चोरों का उत्पात पड़ोस के गाँव में हो रहा है तो क्या चोर जिन्दगी भर उसी गाँव में चोरी करेंगे? एक-दो दिन में किसी दूसरे गाँव में जाएँगे कि नहीं? पड़ोस के गाँव से निकलकर वे इस गाँव में भी तो आ सकते हैं! बोलो–है कि नहीं?

चोरों के सरदार ने हामी भर दी। वह मन ही मन इस बात पर प्रसन्न हो रहा था कि गोनू झा उसे 'भोला' समझ रहे हैं।

गोनू झा ने कहा–"चोरों से बचाव का सबसे सीधा और सरल तरीका है कि घर की कीमती चीजों को एक जगह एकत्रित करके उसकी थैली बना लो और उसे ऐसी जगह रखो जिसके बारे में कोई सोच भी नहीं सके कि ऐसी जगह पर कोई कीमती वस्तु, नकदी और जेवरात आदि भी रख सकता है। मैं तो आज ही अपने घर की तमाम चीजें एकत्रित कर ऐसे ही किसी सुरक्षित स्थान पर रख आऊँगा। न रहेगा बाँस, न बजेगी बाँसुरी!..." थोड़ी देर की चुपी के बाद उन्होंने कहा–"तुम्हारे घर के आस-पास कोई पेड़ तो होगा? अपने घर की कीमती वस्तुएँ एक थैली में रखकर पेड़ की किसी डाल में अच्छी तरह बाँध दो और पेड़ की कुछ पतली टहनियाँ खींच-मचोड़कर उस पर इस तरह झुका दो कि किसी की नजर भी वहाँ पड़े तो थैली उसे दिखाई न पड़े।"

चोरों का सरदार बहुत खुश हुआ।

गोनू झा ने कहा–"चलो भइया! अब तुम भी अपने गाँव का रास्ता लो। रात गहरा रही है। अँधेरे में रास्ता सूझता नहीं है। जितनी जल्दी हो अपने घर पहुँचो। ऐसा न हो कि तुम यहाँ चोरी से बचने की तरकीब सीखते रहो और उधर चोर तुम्हारे घर पर हाथ की सफाई दिखा दें।"

चोरों का सरदार आसन से उठा और गोनू झा को नमस्कार कर वहाँ से चल दिया।

गोनू झा की आँखें उसकी पीठ से चिपकी रहीं। वे समझ रहे थे कि चोर कहीं जाएगा नहीं।

और हुआ भी ऐसा ही। गोनू झा के मकान से सटे जो गली थी, चोर उसमें मुड़ गया। यह गली गोनू झा के मकान के पिछवाड़े तक जाती थी। गोनू झा के मकान के पिछवाड़े में आम-लीची का बगान था। इस बगान में अमरूद, करौंदा, नीबू आदि के पेड़ थे। गली मकान से इतनी सटी हुई थी कि घर में होनेवाली बातें कोई भी गली से गुजरने वाला व्यक्ति सुन सकता था। दरअसल यह गोनू झा की निजी गली थी जो बगान में पहुँचने के लिए बनाई गई थी। स्थिति को भाँप चुकने के बाद गोनू झा ने ऊँची आवाज में अपनी पत्नी से कहा–"जानती हो पंडिताइन! यह जो भला आदमी आया था वह बता रहा था कि पड़ोस के गाँव में चोरों का उत्पात शुरू हो गया है। निकालो अपने जेवर, सारे के सारे और देखो मेरे बक्से में जितनी भी नकदी है, उसे भी। सब लाओ, जल्दी से। अभी मैं उन्हें बगीचे में ले जाऊँगा और सुरक्षित स्थान देखकर छुपा आऊँगा। चोरों का क्या भरोसा! आज उस गाँव में तो कल इस गाँव का रुख करेंगे ही।"

पंडिताइन चकित होकर बाहर आई और कुछ पूछने को उद्यत हुई तो गोनू झा ने उसे चुप रहने का इशारा किया।

चोर कहीं गया नहीं था। गली में गोनू झा के कमरे की खिड़की के पास दुबककर कमरे में होने वाली बातें सुन रहा था। इस बात का अहसास गोनू झा को भी था। गोनू झा अपनी जगह से उठे और चीखकर पूछा–"पंडिताइन वह बड़का चद्दर कहाँ है? खोज रहे हैं तो मिलबे नहीं करता है? अरे भगवान, सामान तो ठीक से रखा करो कि जरूरत पड़ने पर तुरन्त मिल जाए।"

पंडिताइन उनकी बात सुनकर खीझ उठी और तड़ककर बोली–"यह अचानक आपको क्या हो गया? इतना काहे गरज रहे हैं? कौन चद्दर चाहिए?"

गोनू झा उसी तरह गुस्से में झल्लाते हुए ऊँची आवाज में बोले–"सारी रामायण पढ़ गए और सीता किसकी जोरू? अब हम तुमसे कुछ नहीं बताएँगे। मुझे करने दो, जो कर रहा हूँ। बस, अब कुछ बोलना नहीं!"

चोरों के सरदार ने घर में खट्-पट् की आवाजें सुनीं। तकरीबन एक घंटे

तक यह खटाक-पटाक रुक-रुककर होता रहा। फिर गोनू झा एक बड़ी-सी पोटली सिर पर उठाए आते दिखे। चोरों का सरदार दीवार से चिपककर साँस रोके खड़ा रहा। गोनू झा सीधे बगीचे में गए। चोरों का सरदार वहीं से बगीचे की आहट लेने लगा। उसने डाल टूटने की आवाज सुनी। पत्ते निचोड़े जाने की आवाजें सुनीं। फिर ऐसी आवाज भी सुनी जैसे कोई किसी ऊँची जगह से छलाँग लगाने से पैदा होती है। उसने मन ही मन अनुमान लगाया कि गोनू झा के सिर पर जो बड़ी-सी पोटली थी, उसमें गोनू झा के घर के कीमती सामान, जेवर व नकदी रहे होंगे जिसे लेकर गोनू झा बगीचे के किसी पेड़ पर चढ़े और किसी डाल पर बाँधकर पेड़ से नीचे उतरने के लिए पेड़ की किसी निचली डाल से उन्होंने छलाँग लगा दी। और अब वे गली की ओर आ रहे होंगे। चोर तेजी से गली के बाहर निकल आया। चोर का अनुमान सही था। थोड़ी ही देर में गोनू झा बगीचे से गली में आए और उससे गुजरकर अपने घर में घुसे और दरवाजा बंद कर लिया।

गोनू झा के बगीचे में एक आम के पेड़ पर मधुमक्खियों का एक बड़ा-सा छत्ता था जिसके बारे में गोनू झा को पहले से पता था। उन्होंने अपने सिर पर जो पोटली रखी थी उसमें घर का कचड़ा भरा था जिसे गोनू झा बगीचे के एक कोने पर बने गड्ढे में फेंक आए थे। अपने कमरे में आकर वे जोर से बोले–"अरे पंडिताइन, अब काहे को मुँह फुलाए बैठी हो? अरे तुम्हें तो इस गोनू झा को धन्यवाद देना चाहिए जो तुम्हारे जेवर को सुरक्षित स्थान पर रख आया है।" आवाज इतनी ऊँची थी कि चोरों के सरदार के कान तक आसानी से पहुँच गई। निस्तब्ध रात थी। अगर कोई आवाज थी तो झींगुरों की–झन झन झन झन! बस! गोनू जानते थे कि अब क्या होनेवाला है। वे मुस्कुराते हुए अपने बिस्तर पर आए और लालटेन की बत्ती धीमी की और लेट गए।

तीन पहर रात गुजर चुकी थी कि बगीचे से बहुत जोरों से आवाज हुई– 'धप्प!' और इसके साथ ही कोई जोर से चीखा–"बाप रे! बचाओ।"

गोनू झा समझ गए कि क्या हुआ है। उन्होंने पंडिताइन को जगाया। हाथ में लाठी और रस्सी ली। पंडिताइन से कहा कि वे लालटेन लेकर साथ चलें। पंडिताइन के साथ जब गोनू झा बगीचे में पहुँचे तो माजरा देखकर मुस्कुराए बिना नहीं रह पाए। चोर जमीन पर सरकने की कोशिश करता जा

रहा था और बेचैनी से बिलबिला रहा था। गोनू झा को समझते देर न लगी कि यह चोर पेड़ पर चढ़ा और मधुमक्खियों के छत्ते को जेवर की पोटली समझकर उसे नोंचने लगा। जाहिर है कि मधुमक्खियों ने उस पर हमला बोल दिया। मधुमक्खियों के डंक के कारण चोर पेड़ से गिर पड़ा और शायद पेड़ से गिरने के कारण उसका पैर टूट गया है जिसके कारण वह घिसट रहा है। मघुमक्खियों का क्रोध भी शान्त नहीं हुआ है और चोर उनके डंक से अब भी आहत हो रहा है।

गोनू झा ने बगीचे की जमीन पर पड़े सूखे पत्तों को समेटकर एकत्रित किया और उसमें आग लगा दी जिससे धुआँ उठने लगा और थोड़ी ही देर में मधुमक्खियाँ वहाँ से गायब हो गईं। फिर गोनू झा ने पड़ोसियों को आवाज दी। लोग जगे और बगीचे में पहुँचे। गोनू झा ने उन्हें सारा वाकया बताया। फिर क्या था, लोगों ने चोर को कब्जे में ले लिया। चोर के एक पैर की हड्डी टूट गई थी इसलिए लोगों ने उसकी पिटाई नहीं की। चोर को हवालात भेजने से पहले गोनू झा ने चोरों के सरदार से कहा–"क्यों भाई? मैंने तुमसे कहा था न कि चोर का इलाज भी बताऊँगा। कैसा रहा इलाज?...जय राम जी की!"

भाई को सीख

"देख भोनू! मैं तुम्हारा बड़ा भाई हूँ। तुम्हारा भला ही सोचूँगा। यह घर हमारा है–हम लोगों का है। घर की बात घर में रहने दे।...तुम्हें हो क्या गया है? तुम तो बचपन से ही मेरे लाड़-प्यार में रहे हो! भला बताओ, मैं तुमसे अलग कैसे हो जाऊँ; या तुमको अलग कैसे हो जाने दूँ?...ईश्वर ने ही हमें एक घर में रहने के लिए भेजा है। ऐसा न होता तो बताओ–हम एक घर में क्यों पैदा हुए होते? यदि हम अलग-अलग रहने की सोचें, घर को बाँटने की सोचें, तो यह ईश्वरीय इच्छा का अनादर करना होगा न? इतनी-सी बात भी नहीं समझ सकते कि आपस में लड़ना-झगड़ना नहीं चाहिए? और मान लो कि किसी बात के लिए रंजिश भी हो गई तो हम आपस में अपनी समस्याएँ मिल-बैठकर सुलझा सकते हैं! इसके लिए पड़ोसियों और पंचों को न्योतने की बात तो होनी ही नहीं चाहिए!"

गोनू झा अपने छोटे भाई, भोनू झा को समझा रहे थे। शाम का समय था। हवा मंथर गति से बह रही थी। गर्मी का मौसम होने के कारण उमस थी। गोनू झा अभी-अभी दरबार से लौटे थे। पसीने से तरबतर थे। दरबार से लौटते समय उन्होंने सोचा था कि घर पहुँचते ही वे भोनू झा को बोलेंगे कि कुएँ से चार डोल पानी खींच दो कि जी भर नहा लूँ। दरबार में आज इतने पेचीदे मसलों पर चर्चा हुई थी कि दिन भर वे उसमें ही उलझे रह गए थे। गर्मी और उमस के कारण बेचैनी थी। दिन भर तनावपूर्ण कार्यों को निपटाने में लगे रहने के कारण उनका सिर फटा जा रहा था। घर में कुछ दिनों से और कोई नहीं था, सिर्फ गोनू झा और भोनू झा ही थे।

अभी गोनू झा अपने घर की ओर मुड़े ही थे कि दरवाजे पर ही भोनू झा दिख गए। उन्होंने दूर से ही कहा, "अरे भोनू! भाई, जरा कुएँ पर चल। चार डोल पानी खींच दे। बहुत थक गया हूँ। नहा लूँ तो शायद कुछ ठीक लगे।"

गोनू झा सहज-भ्रातृत्व के स्नेह से भरे हुए थे और प्रायः यूँ ही किसी काम के लिए भोनू झा को कह दिया करते थे और भोनू झा भी गोनू झा के स्नेह का आदर करते हुए बेहिचक उनका काम कर दिया करता था। लेकिन उस शाम भोनू झा क्रोध से भरा था...जैसे ही उसने गोनू झा की बात सुनी वैसे ही उत्तेजित होकर गोनू झा को जवाब दिया–"थक गए हैं तो मैं क्या करूँ? भगवान ने हाथ-पैर दिया है...हट्टे-कट्टे हो, चार डोल पानी नहीं खींच सकते? और नहीं खींच सकते तो रख लो कोई टलहवा...पैसे की तो कमी नहीं है। महाराज के दरबार में इनामों की बरसात ही होती रहती है आप पर! टहल-टिकोला करने के लिए आदमी तो रख ही सकते हैं आप!..."

गोनू झा को जैसे अपने कानों पर विश्वास नहीं हुआ। वे जहाँ थे वहीं थम से गए। भोनू झा ने कभी उनसे खुलकर बात नहीं की थी और आज वही भोनू झा उन पर व्यंग्य बाणों की बौछार कर रहा था। वे भोनू झा की आवाज में उभरी तल्खी से आहत हो उठे। लेकिन उन्होंने अपने को संयत रखा और धीरे-धीरे चलते हुए वे भोनू झा के पास आए और उसके कंधे पर प्यार से हाथ रखते हुए कहा–"अरे भोनू...क्या हो गया है तुझे ? भैया से ऐसे बात कर रहे हो...?"

मगर उनके स्नेहिल शब्दों का असर भोनू झा पर नहीं हुआ। अपना कंधा झटकाकर उसने गोनू झा के हाथ को वहाँ से हटाया और बोला–"रहने दीजिए...भैया-तइया! यही सब कहकर आप मुझे नौकरों जैसा खटाते हैं... अब मैं आपके साथ नहीं रहूँगा।"

गोनू झा की इच्छा हुई कि वे अपने भाई को एक चाँटा जड़ दें लेकिन उसके आवेश को देखते हुए वे शान्त रहे। गोनू झा ने यह भी महसूस किया कि भोनू झा की आँखों में लाल डोरे पड़े हुए हैं और उसकी आँखें चढ़ी हुई हैं। इसका मतलब उन्हें साफ समझ में आया कि भोनू झा नशे में है। गोनू झा ने सोचा कि अभी भोनू झा से बातें करना उचित नहीं है। नशे में आदमी कई बार उचित-अनुचित का खयाल नहीं रख पाता है। इस खयाल से ही उन्होंने भोनू झा से कहा–"ठीक है भोनू! तू जा, खा-पी के सो जा। मैं खुद ही कुएँ से पानी निकालकर नहा लूँगा!"

उनका इतना कहना था कि भोनू झा फिर तड़क गया और बोला–"मैं

खाऊँ न खाऊँ, सोऊँ या कुछ और करूँ, आपको इससे कोई मतलब नहीं होना चाहिए। महाराज के दरबार में ही आपकी ये बातें असर दिखाएँगी। मुझ पर नहीं! मैं अब आपकी चिकनी-चुपड़ी बातों में नहीं आनेवाला।''

गोनू झा से भोनू की यह धृष्टता सही नहीं गई और उन्होंने उसके गाल पर एक तमाचा जड़ दिया। इस तमाचे ने आग में घी का काम किया।...और भोनू तैश में आकर चीख पड़ा–''आपने मुझे चाँटा मारा! इस चाँटे को मैं हमेशा याद रखूँगा। अब देखिए, इस घर में क्या होता है।''

गोनू झा ने उसकी बातें अनसुनी कर देने में ही भलाई समझी। वे अपने कमरे में चले गए। भोनू की बातों से गोनू झा आहत थे। उन्होंने न तो स्नान किया और न ही कुछ खाया। देर रात तक गुमसुम से अपने बिस्तर पर पड़े रहे। रह-रहकर उनके कलेजे से हूक-सी उठती रही। वे अपने छोटे भाई भोनू को बहुत प्यार करते थे। वे चाहते थे कि भोनू झा पढ़-लिखकर कुछ अच्छा करे, मगर भोनू झा को गाँव में अपनी चौकड़ी के साथ मटरगश्ती करने में ही आनन्द आता था...। गोनू झा बिस्तर पर पड़े-पड़े सोचते रहे कि इन दिनों भोनू में जो बदलाव आया है वह घर के लिए और खुद भोनू झा के लिए ठीक नहीं है। उनके मन में सवाल उठ रहा था कि आखिर भोनू झा उनसे मुँह लगने की और उनको चेतावनी देने की हिमाकत कैसे कर बैठा?...जब उनके दिमाग में यह बात कौंधी कि भोनू झा नशे में था तब वे और भी बेचैन हो गए...उन्हें इस बात पर भी आश्चर्य हो रहा था कि आखिर भोनू झा नशे में उनके सामने आने की हिम्मत कैसे कर बैठा?... इसके बाद गोनू झा ने फिर सोचा–भले ही भोनू झा पढ़ने-लिखने में मन नहीं लगा पाया और इधर-उधर मटरगश्ती करने में लगा रहा...मगर वह दिल का बुरा नहीं है। गाँव में ऐसे भी कौन पढ़ने-लिखने में लगा रहना चाहता है? जिसके पास खेत-पथार, गाय-बैल है वह उसके बूते ही जी लेने का विचार रखता है।...इसी तरह के गुन-धुन में गोनू झा देर तक लगे रहे। अचानक उनके दिमाग में एक बात कौंधी कि जरूर किसी ने भोनू झा को उनके विरुद्ध भड़काया है। मन में यह विचार उठते ही गोनू झा बिस्तर पर ही पालथी मारके बैठ गए। वे अब सामान्य दिख रहे थे। भोनू झा के विरुद्ध उनके मन का आक्रोश समाप्त हो गया। वे चैतन्य होकर सोचने लगे कि यदि भोनू झा को किसी ने भड़काया है तो वह आदमी कौन हो सकता है?

दिमाग में यह सवाल पैदा होते ही गोनू झा याद करने लगे कि भोनू झा इन दिनों किन लोगों के साथ घूमता-फिरता है और किसकी संगति में ज्यादा रहता है। उनके दिमाग में भोनू झा के मित्रों की छवि कौंधने लगी। मुनेसर, गोनौरा, परमेसर, रूपलाल–वे बारी-बारी से भोनू झा के मित्रों को याद करने लगे।

रूपलाल की याद आते ही उनके दिमाग में मानो एक धमाका हुआ। गोनू झा को लगा कि भोनू झा को भड़काने में रूपलाल का हाथ हो सकता है। रूपलाल गोनू झा के बचपन का साथी था। जब तक गोनू झा की नियुक्ति राजदरबार में नहीं हुई थी तब तक गोनू झा उसके साथ अपना खाली समय बिताते थे। खूब अड्डेबाजी होती। रूपलाल के साथ गोनू झा हिलना-मिलना राजदरबार में नियुक्ति के बाद से कम होता गया।

महाराज के चहेते दरबारी होने के कारण गोनू झा के जिम्मे बहुत से ऐसे काम रहते थे जिसके बारे में महाराज को आशंका रहती थी कि यदि किसी दूसरे को वह काम सौंपा गया तो गोपनीयता बरकरार नहीं रहेगी या रहेगी भी तो काम दुरुस्त नहीं होगा। महाराज के चहेते होने के कारण गोनू झा का रुतबा बढ़ गया था। प्रायः कहीं न कहीं से, कोई न कोई गोनू झा से किसी तरह का परामर्श लेने उनके घर आता ही रहता था। रूपलाल चूँकि उनका पड़ोसी था इसलिए वह यह सब कुछ देखता रहता था।

रूपलाल को महाराज के दरबार में किसी कारणवश आना पड़ा। उस दिन महाराज के पास दूसरे राज्य से कुछ मेहमान आए हुए थे जिसके कारण महाराज ने गोनू झा को अपने साथ ही रहने का आदेश दे रखा था। जब रूपलाल दरबार पहुँचा तो गोनू झा से मिलने की इच्छा व्यक्त की। उसका संदेश गोनू झा तक पहुँचा और गोनू झा अपनी व्यस्तता के बावजूद महाराज से समय लेकर रूपलाल से मुलाकात की। हाल-चाल पूछा और दरबार में आने का कारण पूछा। रूपलाल जिस काम से वहाँ आया था उसकी जानकारी लेकर गोनू झा ने रूपलाल को उस काम से सम्बन्धित कर्मचारी से मिला दिया। गोनू झा ने उस कर्मचारी को यह भी बता दिया कि रूपलाल उसके बाल सखा हैं। उनके काम में विलम्ब नहीं होना चाहिए! इसके तुरन्त बाद गोनू झा ने रूपलाल से अपनी विवशता बताते हुए विदा ले ली और महाराज के पास चले गए।

रूपलाल को उम्मीद थी कि बाल सखा होने के कारण गोनू झा उसके साथ दरबार में उसका काम हो जाने तक जरूर रहेंगे। जब गोनू झा वहाँ से आनन-फानन में चले गए तब रूपलाल को यह बात बुरी लगी। दरबार में रूपलाल का काम तो होना ही था क्योंकि कर्मचारी के लिए इतना ही काफी था कि गोनू झा ने खुद उसके पास आकर वह काम यथाशीघ्र कर देने की सिफारिश की थी। अपना काम कराकर रूपलाल जब गाँव वापस आया तब उसने अपने मित्रों से यह कहना शुरू कर दिया कि गोनू झा को घमंड हो गया है। राजदरबार में अपने वाक्चार्तुय से उसने महाराज का मन क्या फेर लिया कि बचपन के मित्रों को भी वह हिकारत की दृष्टि से देखता है। गाँव में कोई भी बात जंगल की आग की तरह फैलती है।

अपने घमंडी होने की चर्चा गोनू झा तक भी पहुँची। गोनू झा को समझते देर नहीं लगी कि इस चर्चा के पीछे रूपलाल ही है। सच्चाई यह थी—गोनू झा की तरक्की और शाही रुतबे से उसके बचपन के मित्र जलने लगे थे। पड़ोसी होने के कारण रूपलाल गोनू झा के ऐश्वर्य में हो रही वृद्धि को बहुत करीब से देख रहा था। गोनू झा के प्रति उसकी ईर्ष्या का यह प्रमुख कारण था। इस चर्चा पर गोनू झा ने ध्यान नहीं दिया। उन्होंने सोचा कि जब कभी भी रूपलाल से मुलाकात होगी वे उसे समझा लेंगे।

एक दिन बाजार में, रूपलाल उन्हें दिखा भी लेकिन संयोग ऐसा था कि गोनू झा उस दिन भी हड़बड़ी में थे लेकिन जब उन्होंने रूपलाल को नमस्कार किया तो रूपलाल ने नमस्कार का जवाब देने की बजाय अपना मुँह दूसरी तरफ फेर लिया और लम्बे-लम्बे डग भरता हुआ दूसरी तरफ चला गया। गोनू झा ने समझा कि उनका मित्र उनसे रूठा हुआ है। वे मन ही मन मुस्कुराए और सोचा, रूपलाल अब तक वही किशोर मन वाला बना हुआ है। छोटी-छोटी बात पर तुनक जाना और रूठ जाना तो उसके बचपन का स्वभाव रहा है...अब किसी दिन उसके घर जाना ही पड़ेगा ताकि उसके मन की भड़ास निकल जाए। मन में यदि कोई ग्रन्थि बनी रह जाए तो मित्रता के लिए ठीक नहीं होती। सम्बन्धों में दरार आने का महत्त्वपूर्ण कारण यही ग्रंथियाँ हैं जो छोटी-मोटी गफलतों के कारण पैदा होती हैं। लेकिन गोनू झा की व्यस्तता बनी रही और वे रूपलाल के घर नहीं जा सके। इधर दो-तीन महीने में उन्होंने अपने भाई भोनू को रूपलाल के साथ कई बार देखा।

उन्होंने इस पर ध्यान नहीं दिया। उन्हें लगा कि गाँव के लखैरों के साथ मटरगश्ती करने से तो अच्छा है कि भोनू झा अब रूपलाल के साथ समय बिता रहा है। रूपलाल समझदार आदमी है। उनके बचपन का मित्र है। वह भोनू झा को कुछ अच्छी बातें ही सिखाएगा...।

...अतीत और वर्तमान का विश्लेषण करते-करते गोनू झा को नींद आने लगी, तो वे लेट गए और सोचते-सोचते सो गए।

सुबह में उनकी नींद दरवाजा खटखटाए जाने से खुली। दरवाजा खोला तो देखा कि ग्राम पंचायत का मुलाजिम दरवाजे पर खड़ा है।

उन्होंने उससे पूछा—"क्या बात है मंगरुआ?"

उसने जवाब दिया—"आपके भाई भोनू झा ने पंचायत बुलाई है। आप तैयार होकर पंचायत के लिए रूपलाल जी के दरवाजे पर पहुँच जाइए।"

गोनू झा को जैसे झटका लगा—कहाँ वे सोच रहे थे कि अपने भाई भोनू झा को समझा लेंगे और कहाँ वह पंचायत बुला रहा है! वे समझ नहीं पा रहे थे कि आखिर विवाद क्या है? भोनू पंचायत क्यों कराना चाहता है? दोनों भाइयों के बीच कोई द्वंद्व तो है ही नहीं! फिर उन्होंने सोचा—पंचायत की सूचना मिल गई है तो उन्हें जाना पड़ेगा ही। भींगे मन से गोनू झा ने स्नान-ध्यान किया और रूपलाल के घर पहुँचे।

घर के बाहर ही उन्हें भोनू झा दिख गए जो पंचायत में आनेवाले लोगों को नमस्कार कर उनकी आगवानी कर रहा था।

गोनू झा के मन में अभी भी भोनू झा के प्रति कोई दुराव नहीं था। वे सोच रहे थे कि भोनू झा जो कुछ भी कर रहा है, वह नासमझी है—बचपना है, इससे ज्यादा कुछ नहीं। वे भोनू झा के पास रुक गए और भोनू से कहा—"यह क्या तमाशा कर रहे हो भोनू ?"

...मगर भोनू के दिमाग पर मानो शैतान का वास हो गया था। वह बिगड़ैल साँढ़ की तरह फुँफकारते हुए बोला—"आपको जो भी कहना है—पंचों के सामने कहिएगा। मुझसे लल्लो-चप्पो करने की जरूरत नहीं! मैं आपको अच्छी तरह समझ चुका हूँ। आप मुझे 'टलहवा' बनाकर ही रखेंगे—ये लाओ...वो लाओ...ये कर दो...वो कर दो...ऐसा न करना और वैसा न करना—अब यह सब बंद! मैं आपसे मुक्ति चाहता हूँ। मैं आपके साथ नहीं रहूँगा—हर्गिज नहीं! आज घर का बँटवारा होकर रहेगा...बहुत करा ली

चाकरी आपने–भाई बनकर!"

गोनू झा के पास अब कोई चारा नहीं रहा तो वे रूपलाल के दरवाजे की ओर बढ़ते हुए बोले–"भोनू, घर की बात घर में सुलझे तो उत्तम। घर की बात बाहर आते ही घर की प्रतिष्ठा धूमिल हो जाती है।"

भोनू झा ने उनकी बात अनसुनी कर दी और अपना मुँह दूसरी तरफ फेर लिया।

पंचायत की व्यवस्था रूपलाल के दरवाजे पर थी। सिर पर बड़ी-सी रेशमी पगड़ी बाँधे मूँछों पर ताव देते हुए रूपलाल ने गोनू झा को देखा और मुस्कुराते हुए बोला–"आइए पंडित जी! विराजिए!"

लोगों को बैठने के लिए दरी-जाजिम बिछी हुई थी। गोनू झा स्थितिप्रज्ञ की मुद्रा में निःसंकोच एक किनारे बैठ गए। पंचायत में भोनू झा ने जिन लोगों को बुलाया था, उनमें से अधिकांश लोग गोनू झा के पुराने साथी थे और गोनू झा की ख्याति से ईर्ष्या करने लगे थे। गोनू झा ने निश्चय कर लिया था कि भोनू झा को अब वे रोके-टोकेंगे नहीं और भोनू झा जो चाहेगा, वह होने देंगे। उन्हें विश्वास था कि एक दिन ऐसा अवसर जरूर आएगा जब भोनू को अहसास होगा कि उसने गलती की है। आखिर वह उनका छोटा भाई है–गैर थोड़े ही है?

पंचायत शुरू हुई और पंचों के सामने भोनू झा ने एकसूत्री प्रस्ताव रखा–"मैं अपने बड़े भाई, गोनू झा के साथ नहीं रहना चाहता हूँ, इसलिए हमारे घर-जमीन और सभी चल-अचल सम्पत्ति का बँटवारा हो जाना चाहिए।"

पंच बने रूपलाल ने गोनू झा की ओर देखते हुए कहा–"क्यों गोनू जी! आपका क्या कहना है?"

गोनू झा ने संक्षिप्त उत्तर दिया–"जैसा भोनू चाहे!"

घर के बँटवारे की जब बात उठी तब भी गोनू झा से पूछा गया–"वे घर के किस हिस्से में रहना चाहेंगे?"

गोनू झा ने फिर संक्षिप्त उत्तर दिया–"भोनू जहाँ रहना चाहे, रहे और मेरे लिए जिधर जगह दे दे, मैं उधर रह लूँगा।"

गोनू झा ने तय कर लिया था कि पंचायत में वे कुछ भी ऐसा नहीं होने

देंगे जिससे दोनों भाइयों का विवाद बढ़े। भोनू झा की इच्छा अनुसार घर के सामने का हिस्सा उसे दिया गया। गोनू झा के हिस्से में घर के पीछे बना भंडार घर आया। सारे सामान बँट गए। बड़ा सन्दूक भोनू झा के हिस्से, घर की खानदानी तिजोरी भोनू झा के हिस्से। गोनू झा समझ रहे थे कि पंच बने रूपलाल द्वारा यह जो एकपक्षीय निर्णय हो रहा है, उसका सीधा उद्देश्य है कि गोनू झा उत्तेजित हों और भोनू से झगड़ पड़ें मगर गोनू झा अपने निर्णय पर अडिग रहे। अब उलझन घर के एकमात्र कम्बल और भैंस को लेकर पैदा हो रही थी। पंच बने रूपलाल ने कहा–"भाई, भैंस तो काटकर बाँटी नहीं जा सकती। गोनू झा अपने घर के ही नहीं, गाँव की भी पहचान बन गए हैं...और किसी की भी पहचान उसके चेहरे से होती है...इसलिए भैंस के सिर से पेट तक का हिस्सा गोनू झा के हिस्से। रही कम्बल की बात, तो गोनू झा बड़े भाई हैं। बड़ा भाई होने के कारण उनको मौका मिलना चाहिए। दिन में कम्बल गोनू झा के जिम्मे रहेगा और बाद में, रात को कम्बल भोनू झा के जिम्मे।"

गोनू झा ने बिना किसी आपत्ति के सिर झुकाकर पंच का फैसला सुना और अपनी सहमति जताकर वहीं से दरबार चले गए।

शाम को लौटे और भंडार घर में जाकर अपनी धोती ओढ़कर सो गए। कम्बल तो भोनू के हिस्से में था–रात को! पहले दोनों भाई एक ही कम्बल में मजे से सोते थे।

सुबह में बिस्तर छोड़ने के बाद गोनू झा ने भैंस को 'सानी-पानी' दिया और भोनू झा दूध दूहने बैठा। अब यह रोज का क्रम था। भैंस को खिलाने का काम गोनू झा करते और दूहने और उपलों के लिए गोबर जमा करने का काम भोनू करता। लेकिन इसका मलाल गोनू झा को नहीं था। वे घर के बँटवारे को अपनी उपलब्धि समझ रहे थे।

कुछ दिन ऐसे ही गुजर गए। गोनू झा ने एक दिन विचार किया कि अब यदि भोनू झा को सबक नहीं सिखाया गया तब भोनू झा को बहकने से रोकना असम्भव हो जाएगा। इस निर्णय के साथ वे भैंस को सानी-पानी देकर एक सोंटा हाथ में लेकर भैंस के पास खड़े हो गए। जैसे ही भोनू झा दूध दूहने के लिए बैठा वैसे ही गोनू झा ने भैंस के सिर पर दो चार सोंटे जड़ दिए–सट्टाक...सट्टाक...सट्टाक!

भैंस अपनी जगह से इधर-उधर हुई और भोनू झा के हाथ से बर्तन गिर गया। दूध जमीन पर गिर गया। शाम को भी गोनू झा ने कम्बल पानी में धो खंगालकर भोनू झा के लिए छोड़ दिया। अब वे ऐसा रोज करने लगे।

गोनू झा सुबह-शाम भैंस के दूध से वंचित रहने लगा और गीले कम्बल के कारण रात को ठिठुरने लगा। भोनू झा का पारा फिर चढ़ने लगा। उसने फिर पंचायत बुलाने की ठान ली। उसने रूपलाल से मिलकर उसे अपनी व्यथा-कथा सुनाई और गोनू झा से खार खाये बैठा रूपलाल जैसे मनचाहा अवसर पा गया—गोनू झा को एक बार और नीचा दिखाने का अवसर!

आनन-फानन में गोनू झा को पंचायत की सूचना भेजी गई और पंचायत में शामिल होने का फरमान भेज दिया गया।

गोनू झा पंचायत में हाजिर हुए। पंचों के सामने भोनू झा ने अपनी व्यथा-कथा दुहराई। पंचों ने एक स्वर में कहा कि गोनू झा अपने भाई भोनू झा को अप्रत्यक्ष रूप से प्रताड़ित कर रहे हैं और उन्हें ऐसा नहीं करना चाहिए।

गोनू झा तो पहले से तैयार बैठे थे, उन्होंने पंचों से कहा—"पिछली पंचायत में पंचों ने जो आदेश दिया वे उसका अक्षरशः पालन कर रहे हैं और उन पर कोई आरोप नहीं बनता। कम्बल के उपयोग का अधिकार उन्हें दिन में प्राप्त है तथा भैंस के शरीर का सिर से पेट तक का भाग उनके अधिकार में है। कम्बल उपयोग में लाए जाने के बाद गंदा होता ही है तो गंदे कम्बल को धोना उनका कर्तव्य है। अब उनके पास कम्बल धोने के लिए शाम को ही समय मिलता है तो शाम को ही कम्बल धोना उनकी विवशता है। इसमें भोनू को प्रताड़ित करने की मंशा नहीं। रही भैंस की बात तो पंचों के निर्देश के अनुसार भैंस के सिर से पेट तक की व्यवस्था वे करते हैं। भैंस को समय पर सानी-पानी लगाने का काम वे पंचायत के बाद से नियमित रूप से कर रहे हैं। रही भैंस को सोंटा मारने की बात तो उन्हें अपराधी तब ही कहा जाएगा जब वे भैंस के पीछे के हिस्से पर प्रहार करेंगे। भैंस को खिलाने और दुलारने का हक यदि उनको प्राप्त है तो भैंस को जरूरत पड़ने पर पीटने का हक भी उन्हें है। भला, गाँव का कौन ऐसा व्यक्ति है जो अपने मवेशियों को सोंटा नहीं मारता...? अब भी यदि मेरी बात आप लोगों की समझ में नहीं आयी है तब आप सब लोग इस बात के लिए तैयार हो जाएँ कि इस

पंचायत के निर्णय पर विवाद अब महाराज के दरबार में होगा और वहाँ से जो फैसला होगा वह मुझे भी मान्य होगा और आप लोगों के लिए भी मान्य होना ही है क्योंकि महाराज तो महाराज ही हैं...''

गोनू झा की बात सुनकर पंचायत में सन्नाटा छा गया। रूपलाल जैसे आसमान से गिरा और भोनू झा को तो मानो साँप सूँघ गया। गोनू झा पंचायत से उठकर चले आए। उनके पीछे-पीछे पंचायत में शामिल लोग भी उठ गए। उनमें से कुछ गोनू झा के पीछे-पीछे उनके घर तक आ गए और गोनू झा की चिरौरी करने लगे—भाई गोनू, तुम तो समझदार आदमी हो...घर की बात दरबार तक न जाए तो अच्छा! भोनू को बोल-बतियाकर समझा लो कि वो रूपलाल के चक्कर में न पड़े। सारे विवाद की जड़ में रूपलाल है। वही भोनू झा को नशा कराता है और उसके कान भरता है। हम लोग अब तुम्हारे घर के झगड़े में नहीं पड़ेंगे।'' ऐसा कह के वे लोग गोनू झा से विदा लेकर चले गए।

गोनू झा ने उन लोगों से कुछ नहीं कहा। बस, उनकी ओर देखकर मुस्कुराते रहे।

उधर रूपलाल के दरवाजे पर केवल रूपलाल और भोनू झा बच गए। रूपलाल ने समझ लिया कि अब बाजी उसके हाथ से निकल चुकी है। गोनू झा यदि महाराज के दरबार में शिकायत कर दे तो...? इस सवाल के मन में उठने से रूपलाल सिहर सा गया। उसे यह अहसास तो था ही कि गोनू झा को नीचा दिखाने के लिए ईर्ष्यावश उसने भोनू झा को बहकाया है...गोनू झा की तनी भृकुटियों से उसे यह संदेश मिल गया था कि यदि अब उसने भोनू झा को भड़काया तो अंजाम बुरा होगा। उसके दरवाजे से गाँव वालों के उठकर चले जाने से भी रूपलाल समझ गया था कि गाँव वालों ने भी उसका साथ छोड़ दिया है। अन्ततः रूपलाल ने भोनू झा से कहा—''भाई भोनू, जो होना था, हो चुका। अब गोनू झा से बिगाड़कर रहने में भलाई नहीं है। तुम जाओ और अपने घर का फैसला आपस में ही मिल-बैठकर कर लो... ।''

भोनू झा ने देखा कि अब वह पूरी तरह से अकेला पड़ चुका है। मन ही मन पछताते हुए भोनू झा घर लौटा। दरवाजे पर ही उसे गोनू झा दिख गए। भोनू झा दौड़कर गोनू झा के पास पहुँचा और हाथ जोड़कर उनसे

माफी माँगने लगा–"भैया, मेरी धृष्टता को क्षमा कर दो...मैंने आपको बहुत कष्ट पहुँचाया है।"

अपने भाई के मुँह से ये बातें सुनते ही गोनू झा की आँखें छलछला आईं। उन्होंने भोनू झा को कलेजे से लगाते हुए कहा–"भोनू! तू मेरा भाई है...मेरा जो कुछ भी है, वह सब तेरा है–यह घर, जमीन, भैंस सब तो पुरखों से आया है–इस पर मैं क्या दावा करूँ? तू जैसे चाह, वैसे इसका उपयोग कर...मगर इतना ध्यान रख कि घर की बात घर में ही रहे, नहीं तो वह कहावत चरितार्थ होती है–'घर फूटे तो गँवार लूटे...' रूपलाल जैसा मित्र अमित्र हो गया और उसकी बद्‌दिमागी के कारण हमारा भ्रातृत्व प्रभावित हुआ, यह तो हमारे लिए कलंक की बात है–है न?" गोनू झा उसे सहलाते रहे।

आँसुओं की धारा में भोनू झा के मन का मैल निकल गया। जब वह शान्त हुआ तब गोनू झा भंडार-घर की ओर जाने लगे, मगर भोनू झा ने उनके पाँव पकड़ लिए और कहा–"भइया, अब मुझे माफ कर दें। अब आप वहाँ नहीं सोएँगे। भंडार घर–भंडार-घर ही रहेगा। मैं आपके पास सोऊँगा–एक ही कम्बल में, जैसे पहले हम दोनों भाई सोते थे।"

गोनू झा ने भोनू झा को अपने आलिंगन में ले लिया और उसका माथा चूमते हुए कहा-"जैसा तू चाहे भोनू! वैसा ही करूँगा...बस, जा, कुएँ से चार डोल पानी निकाल–मैं जरा नहा लूँ।"

और भोनू झा कुएँ की ओर चल पड़ा–प्रफुलित मन से।

गोनू झा उसे कुएँ की ओर जाते हुए देखते रहे। उनका मन हलका हो चुका था। आँखों में खुशी की चमक थी। अनायास ही उनकी आँखें भर आईं।

चार पंक्तियों में रामायण

गोनू झा अभी जगे ही थे कि चार नवयुवक उनके घर पहुँचे और गोनू झा के दरवाजे पर दस्तक दी।

गोनू झा मन ही मन भुनभुनाये—न जाने कौन आ गया, इतने सबेरे!...बिस्तर से उतरकर उन्होंने दरवाजा खोला तो देखा, दरवाजे पर चार अजनबी युवक खड़े हैं। देखने से बदहवास से लग रहे युवकों पर गोनू झा ने प्रश्नसूचक दृष्टि डाली और पूछा—"क्या बात है?"

चारों युवकों में से एक युवक ने कहा—"हमें पंडित जी से मिलना है।"

गोनू झा ने पूछा—"पंडित जी मतलब—गोनू झा?"

युवक ने कहा—"जी हाँ, जी हाँ!"

गोनू झा ने कहा—"मैं ही गोनू झा हूँ, कहिए, क्या काम है मुझसे?"

इतना सुनना था कि चारों युवक दण्डवत् की मुद्रा में आ गए।

उनके इस अभिवादन से गोनू झा ने इतना तो अवश्य भाँप लिया कि ये युवक उनसे कोई सहायता लेने आए हैं। उन्होंने युवकों को अपने कमरे में बुला लिया और उन्हें बैठने के लिए कहकर, पूछा—"यदि मैं स्नान-ध्यान से निवृत होकर आप लोगों से बातें करूँ तो...?"

युवकों ने विनम्रता से कहा—"जी हाँ, पंडित जी! हम लोग प्रतीक्षा कर लेंगे। आप स्नान-ध्यान से निवृत हो लें।"

थोड़ी देर बाद ही स्नान-ध्यान से निवृत होकर गोनू झा ने युवकों से पूछा—"बताओ भाई! क्या बात है? कहाँ से आए हो और मुझसे क्या चाहते हो?"

युवकों ने उन्हें बताया—"पंडित जी—हम चारों कवि हैं। हम सबके माता-पिता हम लोगों को निखट्टू समझते हैं। हम लोगों ने सुना था कि मिथिला नरेश कवियों का सम्मान करते हैं। इसलिए हम चारों ने मिलकर

एक कविता बनाई और मिथिला नरेश को सुनाने के लिए दरबार में गए। महाराज ने हमें मिलने का अवसर तो दे दिया मगर कविता सुनने के बाद हमें डाँटकर भगा दिया। हम बेहद अपमानित होकर वहाँ से लौट आए। हम लोगों को एक दरबारी ने बताया कि आप भी कवि हैं...और जैसी कविता आप करते हैं, वैसी ही कविता हमने भी की है। आपकी कविता सुनकर आपको महाराज ने पुरस्कृत किया था जबकि हमारी कविता सुनकर उन्होंने हमें भाग जाने को कहा। उसी दरबारी ने हमें बताया कि आप ही हमारी कविता का 'भाव' समझ सकते हैं और महाराज को हमारी कविता के गूढ़ार्थ समझा सकते हैं।"

गोनू झा ने युवकों की बात ध्यान से सुनी। जब दरबारी का प्रसंग आया तो वे उत्सुक हुए कि आखिर महाराज के किस दरबारी ने उनके बारे में इन युवकों को जानकारी दी कि वे भी उनके जैसी ही कविता करते हैं? अपनी उत्सुकता शान्त करने के लिए उन्होंने युवकों से पूछा–"वह दरबारी कौन था?"

युवकों ने बताया–"हमने तो उसका नाम नहीं पूछा–हाँ, वह विचित्र ढंग से पगड़ी बाँधे हुए था। पगड़ी से उसकी एक आँख छुपी हुई थी।"

गोनू झा समझ गए कि इन युवकों को 'काना नाई' ने उनके पास भेजा है। काना नाई महाराज के दरबार में था और उन महत्त्वाकांक्षी दरबारियों की चौकड़ी में शामिल था जो गोनू झा से मिलते थे तथा उन्हें नीचा दिखाने का कोई अवसर नहीं खोना नहीं चाहते थे। गोनू झा समझ गए कि जरूर इन युवकों की कविता में कोई ऐसी बात है जो अशोभनीय है अन्यथा काना नाई उन्हें इस तरह उत्प्रेरित कर उनके पास नहीं भेजता। उन्होंने युवकों से कहा–"मुझे तुम लोग विस्तार से बताओ कि तुम लोगों ने मिलकर कविता कैसे लिखी और तुम्हारी कविता क्या है?"

युवकों में से एक ने कहा–"पंडित जी, अब तो कविता पढ़ने का हौसला भी जाता रहा। कहाँ हमने सोचा था कि कविता सुनाने के बाद महाराज से जो ईनाम मिलेगा उसे ले जाकर अपने माता-पिता को देंगे ताकि वे समझ सकें कि हम भी कुछ कर सकते हैं, हम निखट्टू नहीं हैं, हमारी भी कोई पहचान है..."

गोनू झा ने उसे बीच में ही टोककर कहा–"यह सब रहने दो...कविता सुनाओ!"

तब युवकों में से एक ने कहा–"पंडित जी। जब हम लोग महाराज के दरबार के लिए अपने गाँव से निकले तो रास्ते में एक गूलर का पेड़ मिला और मैंने एक गूलर पेड़ से टूटकर गिरते देखा तब कविता की पहली पंक्ति बनाई–

पककर गूलर गिर गयो।"

दूसरे युवक ने कहा–"और पंडित जी, मैंने राह में एक पीपल के पेड़ से पत्ते तोड़कर ले जाती एक महिला को उसी समय देखा तो अनायास ही मेरे मुँह से यह पंक्ति निकली :

लायो पीपर नारी।"

तीसरे युवक ने कहा–"पंडित जी! मैंने जामुन का एक पेड़ देखा जिस पर अनगिनत जामुन फले हुए थे तो मैंने कविता की तीसरी पंक्ति बनाई–

जामुन अन्त न पाइयो।"

अब चौथे युवक की बारी थी। उसने गोनू झा से कहा–"हम लोग थोड़ी दूर और बढ़े तो देखा कि कुछ बच्चे खेलते-खेलते झगड़ने लगे तब मैंने कविता की अन्तिम पंक्ति जोड़ी :

बरबस ठानो रारी।"

और इस तरह उनकी कविता पूरी हुई :

'पक कर गुलर गिर गयो,
लायो पीपर नारी।
जामुन अन्त न पाइयो,
बरबस ठानो रारी।'

गोनू झा समझ गए कि काना नाई ने उनका उपहास उड़ाने के लिए ही इन युवकों को उनके पास भेज दिया है। उन्होंने मन ही मन सोचा कि ऐसे तो ये युवक मूर्ख हैं किन्तु उनके मन में अपने माता-पिता को प्रसन्न करने की इच्छा है। इस इच्छा के कारण ही वे महाराज के दरबार में कविता सुनाने चले गए। दूसरी तरफ कानानाई उनसे जलता है तथा उनका मजाक उड़ाने के लिए इन युवकों को उनके पास जाने के लिए प्रेरित किया है। उन्होंने मन में ठान लिया कि वे इन युवकों को महाराज से पुरस्कार दिलाकर ही रहेंगे।

वे अपने साथ उन युवकों को लेकर दरबार में पहुँचे। महाराज ने जब दरबार में युवकों को देखा तो वे आग-बबूला हो गए और डाँटते हुए बोले–

"अरे! तुम लोग फिर यहाँ आ गए?"

गोनू झा ने विनम्रतापूर्वक हस्तक्षेप किया–"महाराज! इन कवियों को मैं लेकर आया हूँ। आपके पास।" जिस समय गोनू झा यह बात कह रहे थे, उस समय उनकी दृष्टि काना नाई पर टिकी हुई थी। गोनू झा ने मुस्कुराते हुए फिर कहा–"महाराज! मैं तो इन युवकों की चौपाई सुनकर विस्मित-सा रह गया। मुझे आश्चर्य है कि इतनी कम उम्र में इन युवकों ने चार पंक्तियों में 'सम्पूर्ण रामायण!' की रचना कैसे कर ली!"

अब महाराज के चौंकने की बारी थी। महाराज के मुँह से निकला–"सम्पूर्ण रामायण?"

"जी हाँ, महाराज! सम्पूर्ण रामायण! यदि आप अनुमति दें तो मैं इन युवकों की लघु किन्तु महानतम रचना आपको सुनवाऊँ?" गोनू झा ने महाराज से कहा।

महाराज ने अनुमति दे दी। पूरे दरबार में उत्सुकता पैदा हो चुकी थी। युवकों ने बारी-बारी से अपनी-अपनी 'रचना' दरबार में सुनाई :

'पक कर गुलर गिर गयो'
'लायो पीपर नारी'
'जामुन अन्त न पाइयो'
'बरबस ठानो रारी।'

महाराज की समझ में कुछ नहीं आया तब उन्होंने गोनू झा की ओर देखा।

गोनू झा समझ गए कि महाराज उनसे कह रहे हैं कि क्या बकवास कविता है!

गोनू झा ने मुखर स्वरों में कहा–"महाराज! ये पंक्तियाँ सामान्य नहीं हैं...इनसे गूढ़तम बातें ध्वनित हो रही हैं। यह तो राम-रावण के युद्ध से लेकर उसके परिणाम तक को रेखांकित करनेवाली रचना है। 'पक कर गूलर गिर गयो।' वस्तुतः रावण की पत्नी मंदोदरी का विलाप है–करुण रस का ऐसा वर्णन किसी अन्य पंक्ति में कहाँ? इस पंक्ति में कवि कहता है कि सम्पूर्ण सोने की लंका, जो रावण के अभिमान का प्रतीक थी, पके गूलर की तरह धराशयी हो गई। 'लायो पी-पर-नारी।' मंदोदरी के रूदन में यह ध्वनित होता है कि पी यानी मंदोदरी का पिया...पति, अर्थात् रावण, पर-नारी

अर्थात् राम की पत्नी सीता को ले आया जिसके कारण लंका का विनाश हुआ। 'जा-मन, अन्त न पाइयो' में भगवान श्रीराम का यशोगान है कि हे मन! राम तो भगवान हैं—अनंत हैं। उनके सामर्थ्य को भला कैसे जाना जा सकता है...? और महाराज! कविता की अंतिम पंक्ति का अर्थ तो अब बिलकुल साफ हो गया कि मंदोदरी विलाप करते हुए कहती है कि जिस परमेश्वर राम के मन की शक्ति की थाह कोई नहीं ले सकता उससे उसके पति रावण ने बरबस दुश्मनी मोल ले ली जिसका नतीजा हुआ कि वह आज अपने समस्त ऐश्वर्य के साथ ध्वस्त हो गया।"

महाराज उस कविता से तो नहीं, बल्कि गोनू झा द्वारा की गई विद्वतापूर्ण विवेचना से प्रभावित हुए। उन्होंने यह भी समझ लिया कि गोनू झा इन युवकों की मदद करना चाहते हैं। इसका अर्थ है कि उन्होंने इन युवकों में कोई अच्छी बात जरूर देखी है, अन्यथा वे इन्हें लेकर दरबार में नहीं आते। ऐसा विचार कर महाराज ने युवकों को इनाम दिया।

इनाम पाकर चारों युवक प्रसन्न हुए और दरबार से विदा होते समय इन युवकों ने जब गोनू झा का चरण स्पर्श किया तब गोनू झा ने आशीष देने की शैली में कहा—"जाओ, इनाम में मिली धनराशि अपने माता-पिता को देकर प्रसन्न करो। अब घर जाकर कुछ काम की बातें सीखो। कविता से रोजी-रोटी नहीं मिलती।"

युवकों के जाने के बाद गोनू झा ने काना नाई की तरफ भरपूर दृष्टि डाली और मुस्कुराते हुए अपने आसन पर विराजमान हो गए।

जैसे को तैसा

बात उन दिनों की है जब गोनू झा मिथिला नरेश के दरबारी नहीं थे। उनके दिन अभाव में गुजर रहे थे। उनके साथ उनका छोटा भाई भी था। दोनों के लिए भोजन-वसन जुटाना गोनू झा के लिए मुश्किल हो रहा था। गाँव में रोजगार नहीं। एक बार सूखा पड़ा तो खेत-पथार सभी सूख गए। जिधर भी दृष्टि जाती फटी बिबाइयों वाली बंजर धरती ही दिखती। ब्राह्मण होते हुए भी गोनू झा ने विप्र-वृति नहीं अपनाई थी कि कहीं माँगकर खा लें और अपने भाई भोनू झा में भी यह वृति नहीं पनपने दी थी। चाहते तो वे भी 'पोथी-पतरा' लेकर जन्म कुण्डली बनाते या घर-घर जाकर पूजा कराते और जजमनका से मिले 'सीधा' से अपना और अपने भाई का पेट सुख से पाल लेते किन्तु बचपन से ही स्वाभिमानी गोनू झा को किसी के आगे हाथ फैलाना गँवारा नहीं था।

एक दिन ऐसी नौबत आ गई कि घर में एक भी दाना नहीं बचा। गोनू झा को चिन्ता हुई कि आखिर वे भोनू झा को खिलाएँ तो क्या? वे खुद तो एक-दो दिन उपवास कर सकते थे किन्तु भोनू झा भोजन-भट्ट थे। भूख लगी नहीं कि बेहाल हो जाते। गोनू झा सबकुछ देख सकते थे मगर भोनू झा को भूख से बिलबिलाते हुए नहीं देख सकते थे। उन्होंने सोचा—पास के कस्बे में जाकर कोई काम कर लूँ, शाम तक कुछ न कुछ मेहनताना तो मिल ही जाएगा। भोनू झा को घर पर ही रहने की नसीहत देकर वे पास के गाँव की ओर चल पड़े।

गोनू झा ने कभी मजदूरी नहीं की थी। रास्ते में वे सोचते जा रहे थे कि आखिर कस्बे में वे किसके पास जाएँगे और क्या काम माँगेंगे? घर से चलते समय उन्होंने सोचा था कि कुछ भी कर लेंगे मगर अब उनकी समझ में नहीं आ रहा था कि आखिर करेंगे भी तो क्या? कस्बे में पहुँचकर वे

इधर-उधर भटकते रहे मगर उन्हें यह नहीं सूझ रहा था कि किसके पास जाकर वे काम माँगें और क्या काम माँगें? कस्बे में भटकते-भटकते वे थक से गए। मानसिक रूप से बोझिल और विचारशून्य! कुछ भी समझ में नहीं आ रहा था कि करें भी तो क्या करें? थकान के कारण बुरा हाल था। जेठ की सुलगती झुलसती हवा और तपती धूप से परेशान, पसीने से तरबतर, गोनू झा को लगा कि यदि वे इस तरह भटकते रहे तो लू की चपेट में आ ही जाएँगे। उन्होंने आस-पास ऐसी जगह के लिए दृष्टि घुमाई जहाँ दो घड़ी के लिए वे बैठ जाएँ। प्यास से कंठ खुश्क हो रहा था और गर्मी से मन व्याकुल। उनकी नजर एक हलवाई की दुकान पर पड़ी। वे उस दुकान में चले गए। दुकान में मिठाइयों को देखकर उनकी अँतड़ियाँ कुलबुलाने लगीं। दुकान में पीढ़े पर वे बैठे और हलवाई उनके पास पानी लेकर आ गया। गोनू झा ने थोड़ा सुस्ता लेने के बाद भर छाँक पानी पीया।

हलवाई ने उनसे पूछा–"क्यों भइया? क्या खाओगे?"

गोनू झा ने अपनी तोंद सहला रहे हलवाई की ओर देखा और बहुत संकोच से बोले–"भाई! मुझे खाना भी है और डेढ़-दो सेर मिठाई भी लेकर जाना है मगर मेरे पास पैसे नहीं हैं। तुम चाहो तो मैं तुम्हें अपनी अँगूठी दे देता हूँ। मैं दो-तीन दिनों में आकर तुम्हें पैसे दे जाऊँगा और अपनी अँगूठी ले जाऊँगा।" गोनू झा ने अपने दाएँ हाथ की अनामिका से एक चाँदी का छल्ला निकालकर हलवाई की ओर बढ़ाया और फिर कहा–"मैं पड़ोस के गाँव का हूँ...मेरा विश्वास करो।"

हलवाई ने अँगूठी अपने हाथ में लेकर देखी। उसकी आँखों में काइयाँपन उभर आया। उसने गोनू झा से कहा–"भाई, लगता है कि तुम भूखे हो। भूखे को खाना खिलाना धरम है इसलिए मैं तुम्हें खिलाऊँगा–जितनी खा सको, खा लो...और डेढ़ सेर क्या, दो सेर मिठाई ले जाओ लेकिन यह मत सोचना कि इस चार आना भर के चाँदी के छल्ले के लिए तुम्हें ये मिठाइयाँ खिलाई हैं...पड़ोस गाँव से आए हो, इस नाते हमारे मेहमान ही हुए। और मेहमान का सत्कार भला कोई कैसे नहीं करेगा?"

गोनू झा ने मन ही मन सोचा कि कितना काइयाँ आदमी है यह! आठ आना भर चाँदी की अँगूठी को यह चार आना भर कह रहा है! वे कुछ बोले नहीं। भर पेट जलेबी और कचौड़ी खाई। फिर रसगुल्ले और कुछ पंतुआ भी

खाए। हलवाई ने उन्हें दो सेर मिठाइयाँ भी तौलकर मिट्टी की हंडी में डालकर दे दी। गोनू झा ने कुछ कचौड़ी और जलेबी भी भोनू के लिए बँधवाया। मन ही मन गोनू झा ने सोचा कि कहीं से कुछ पैसों का जुगाड़ करके वे हलवाई के पैसे दे जाएँगे और अपनी अँगूठी ले जाएँगे। गोनू झा मन ही मन बहुत प्रसन्न थे कि चलो, भोनू की भूख मिटाने की व्यवस्था हो गई।

मगर दो-तीन दिन में पैसे का इंतजाम गोनू झा नहीं कर पाए। दो-तीन माह में भी नहीं। गाँव के एक धनी किसान के बच्चों को पढ़ाने का काम उन्हें मिल गया था, सो किसी तरह वे अपना और अपने भाई का पेट पाल रहे थे।

संयोग यह हुआ कि इसके कुछ माह बाद अच्छी बारिश हुई। अच्छी फसल के कारण गाँव में खुशहाली आई। गोनू झा की माली हालत में सुधार हुआ। वे एक दिन उस हलवाई के पास गए और उसकी मिठाइयों के पैसे चुकाकर अँगूठी की माँग की मगर हलवाई ने उनसे पैसे लेने और उन्हें पहचानने से इनकार कर दिया। गोनू झा मन मसोसते हुए वापस आ गए।

कहते हैं कि नियति के रंग-ढंग निराले होते हैं। संयोगों की रचना भी नियति ही करती है। संयोगवश गोनू झा के गाँव में एक बार फिर अकाल पड़ा। भोनू की परवरिश को लेकर गोनू झा फिर परेशान हो गए। और एक दिन फिर भोनू को साथ लेकर उसी कस्बे में काम की खोज के लिए पहुँचे।

दिन चढ़ने पर भोनू झा भूख से बिलबिलाने लगा और गोनू झा से बार-बार कुछ खिलाने के लिए कहने लगा। जब दोनों भाई उसी हलवाई की दुकानवाली राह पर पहुँचे तो अतीत की स्मृतियाँ गोनू झा के दिमाग में कौंध गईं और उन्होंने तुरन्त फैसला कर लिया कि हलवाई को सबक सिखाने का यही मौका है। भोनू झा को अँगूठी वाली घटना की कोई जानकारी नहीं थी। उन्होंने भोनू झा से कहा–"हम दोनों भाई भर पेट मिठाई खा सकते हैं। इस हलवाई की दुकान में जो कुछ भी पसन्द आए, तुम जाकर खाओ। मैं थोड़ी देर बाद आऊँगा। तुमसे अलग बैठूँगा। तुम दुकान में अजनबी की तरह रहना। भूलकर भी न मेरी तरफ देखना और न बात करना। जो खाना है, खा-पीकर चल देना। दुकानदार से डरना मत। दुकानदार तुम पर चिल्लाए तो कहना कि तुम खाने से पहले ही पैसे दे चुके हो। दुकानदार तुमसे झगड़े,

तुम अपनी बात पर डटे रहना। इसके बाद मैं सब सँभाल लूँगा।"

भोनू झा सशंकित मन से हलवाई की दुकान में गया और कचौड़ी, तरकारी, जलेबी, दही और रसगुल्ले मँगाकर उन पर टूट पड़ा।

जब भोनू झा का खाना लगभग समाप्त होने को था तब दुकान में गोनू झा आए। उन्होंने भी अपने लिए कचौड़ी-जलेबी, रसगुल्ले और दही मँगाई और खाने में मग्न हो गए। अभी उन्होंने चार कचौड़ियाँ ही खाईं थी कि भोनू झा की आवाज उनके कानों से टकराई–'मैं तो खाने से पहले ही पैसा दे चुका हूँ।' थोड़ी ही देर में हलवाई और भोनू झा के बीच में जबरदस्त तू-तू, मैं-मैं होने लगी। भोनू झा पूरी तरह से डटा हुआ था और गोनू झा खाने में लगे हुए थे। दुकान में झगड़ा होते देख राहगीर दुकान के पास जमा हो गए। हल्ला-हंगामा के कारण बाजार की चौकसी करनेवाला सिपाही दुकान में पहुँच गया और दुकानदार से पूछने लगा कि क्या बात हुई है? हलवाई कुछ बोले, उससे पहले ही भोनू झा ने उस सिपाही से कहा–"इस दुकानदार ने खाना देने से पहले मुझसे पैसे ले लिए। अब मैं जा रहा हूँ तो यह दुबारा पैसे माँग रहा है।"

दुकानदार इस सफेद झूठ से उत्तेजित हो गया और आवेश में बोला, "सिपाही जी, यह सरासर झूठ बोल रहा है।"

भोनू झा ने सिपाही से कहा–"मैं अगर झूठ बोल रहा हूँ तो आप उस आदमी से पूछिए जो वहाँ खाना खा रहा है। जिस समय मैं पैसे दे रहा था उस समय ही यह आदमी यहाँ आया था।"

सिपाही ने गोनू झा की तरफ देखा। वे खाकर हाथ-मुँह धो रहे थे। सिपाही ने गोनू झा को आवाज दी तो गोनू झा फूट-फूटकर रोते हुए सिपाही के पास पहुँचे। सिपाही ने कहा–"अरे तुम क्यों रो रहे हो? मैं तुम्हें कुछ नहीं करूँगा भाई! डरो मत।"

गोनू झा ने सुबकते हुए कहा–"मैं आपसे नहीं, इस हलवाई से डर रहा हूँ। खाना देने से पहले इसने मुझसे भी पूरी फेहरिश्त ली कि मैं क्या-क्या खाऊँगा और जब मैंने इससे कहा कि भाई, पहले खा तो लेने दो–फिर पैसे ले लेना तब इसने कहा कि इस दुकान का दस्तूर यही है–पहले पैसा, तब सामान। कोई खाकर चल देगा तो मैं क्या करूँगा? यह भाई जी ठीक ही कह रहे हैं–पैसा चुकाकर जब ये खाना खाने बैठे, उसी समय तो यह हलवाई

पैसा गिनते हुए मुझसे हुज्जत कर रहा था।''

हलवाई गोनू झा की बातें सुनकर हत्प्रभ रह गया। ''अरे! क्या बोल रहे हो भाई? क्यों झूठ बोलकर मुझे फँसा रहे हो?'' उसने गोनू झा से कहा।

मगर गोनू झा ने सिपाही का हाथ पकड़ते हुए कहा—''आप ही इन्साफ करिए माई-बाप! यह दुकानदार तो मुझे भी झूठा कह रहा है!''

फिर क्या था! सिपाही ने 'तड़ाक' एक बेंत हलवाई की पीठ पर लगाई और कहा—''बंद कर अपनी जुबान। ये दोनों शरीफ आदमी हैं। हम भी आदमी पहचानते हैं। तुम बेकार का प्रपंच रचकर ग्राहकों को लुटते हो। मैं तुम्हें हवालात की सैर कराकर रहूँगा।'' सिपाही ने गोनू झा और भोनू झा को दुकान से जाने को कह दिया और हलवाई से उलझता रहा।

गोनू झा समझ चुके थे कि यह सिपाही भी हलवाई से अपना 'चढ़ावा' वसूल कर ही उसे छोड़ेगा।

गोनू झा ने रास्ते में भोनू झा को 'अँगूठी' वाली घटना बता दी ताकि भोनू झा के मन में इस घटना का बुरा प्रभाव नहीं पड़े।

भोनू झा भी समझ गया कि उसके भैया ने हलवाई को सबक सिखाने के लिए तेरहम-विधा का इस्तेमाल किया।

बौराये भोनू का बचाव

भोनू झा गोनू झा के छोटे भाई थे। बड़े भाई के प्रति सम्मान भाव की कमी नहीं थी भोनू में, लेकिन उसे मलाल इस बात का था कि लोग जिस तरह गोनू झा को मानते और जानते हैं, उस तरह उसे नहीं। जो आता है—वह गोनू झा से मिलने। जो भी पूछता है गोनू झा के बारे में पूछता है। कोई यदि भोनू झा से बात भी करता तो उसमें भी कहीं न कहीं गोनू झा की चर्चा आ ही जाती है। भोनू झा को लगा कि गोनू झा को यह सम्मान महज इसलिए प्राप्त है कि गोनू महाराज के दरबार में जाते हैं और महाराज को विस्मयकारी और अद्‌भुत बातें बताते हैं। इस निष्कर्ष पर पहुँचते ही भोनू झा ने निश्चय किया कि वह भी अपनी बुद्धि के बूते मिथिला नरेश के दरबार में जगह बनाएगा।

इस निश्चय के साथ ही वह तरह-तरह की कल्पनाएँ करने लगा और एक दिन उसे कोई विचित्र-सी बात सूझ ही गई। फिर क्या था! भोनू झा की कल्पना की उड़ान उसके दिमाग को सातवें आसमान पर ले गई। वह अपना सबसे कीमती कुर्ता और रेशमी धोती निकालकर पहना। करीने से बाल सँवारे, और मिथिला नरेश के दरबार की ओर चल पड़ा। रास्ते भर वह अपने चेहरे पर तरह-तरह की भंगिमाएँ बनाता रहा। कुछ बुदबुदाता रहा। यानी वह रास्ते भर उस बात को दुहराता-तिहराता रहा जिस बात को बताने वह मिथिला नरेश के पास जा रहा था।

जब भोनू मिथिला नरेश के दरबार के पास पहुँचा तब उसे मुख्य द्वार पर ही प्रहरी ने रोक लिया। प्रहरी की इस गुस्ताखी पर भोनू आग-बबूला हो गया। एक साधारण प्रहरी की यह मजाल कि उसे रोके? आखिर वह मिथिला नरेश के दरबार का भावी विदूषक है। प्रहरी से जिस समय भोनू झा दरबार में प्रवेश करने की हुज्जत कर रहा था उसी समय महाराज टहलते हुए

उधर आए। जब महाराज ने सुना कि उनसे मिलने के लिए कोई आया है और मुख्य द्वार पर वह प्रहरी से उलझ रहा है तब उन्होंने अपने संतरी को निर्देश दिया कि जाओ, प्रहरी को बोल दो कि जो व्यक्ति मुझसे मिलना चाहता है उसे दरबार लगते ही हाजिर करे। इस निर्देश के बाद प्रहरी ने भोनू झा को आगंतुक कक्ष में ले जाकर बैठा दिया।

आधे घंटे के बाद दरबार लगा तब भोनू झा को महाराज के सामने पेश किया गया। महाराज ने भोनू झा से पूछा–''तुम कौन हो? और क्यों मुझसे मिलना चाहते थे, बताओ?''

भोनू झा महाराज के सामने तनकर खड़े हुए और कहा, ''महाराज, मैं गोनू झा का भाई हूँ। मैं आपको एक अद्भुत जीव के बारे में जानकारी देने आया हूँ।''

भोनू झा के बोलने के अन्दाज से ही महाराज ने समझ लिया कि इस व्यक्ति में शिष्टाचार एवं सामान्य ज्ञान का अभाव है फिर भी उन्होंने भोनू झा से कहा–''बताओ, क्या जानकारी देना चाहते हो तुम?''

"महाराज!" अपनी आँखों को फैलाते हुए भोनू झा ने कहा, मानो कोई विस्मयकारक वस्तु उसके सामने हो, और वह उसे देख रहा हो। "मैं जब बाजार की ओर जा रहा था तब मैंने एक बहुत बड़ा खरगोश देखा। वह खरगोश कम से कम हाथी जितना बड़ा था। उसकी आँखें शेर जैसी और नाक हाथी के सूँड़ जैसा था। उस जीव के सिर पर कन्याओं जैसे कोमल बाल थे और उसकी आवाज कोयल जैसी थी..."

महाराज समझ गए कि यह मूढ़ उनके सामने व्यर्थ की बकवास कर रहा है। महाराज को गुस्सा आ गया और उन्होंने उससे पूछा–"तुम वह जीव मुझे दिखा सकते हो?"

इस सवाल का जवाब भोनू झा को देते नहीं बना और वह सिटपिटाया-सा महाराज के सामने खड़ा रहा।

महाराज गुस्से में तो थे ही, उन्होंने आदेश दिया कि इस मूढ़ को ले जाकर कैदखाने में डाल दो!

जिस समय भोनू झा को कारावास में डालने का आदेश महाराज दे रहे थे, ठीक उसी समय गोनू झा दरबार में प्रवेश कर रहे थे। उन्होंने महाराज के आदेश को सुन लिया और महाराज के सामने खड़े भोनू झा को भी

पहचान लिया। गोनू झा को समझते देर नहीं लगी कि आज भी अपनी धुनकी में भोनू झा कोई भूल कर बैठा है।

गोनू झा को देखकर महाराज ने पूछा–''क्यों पंडित जी, यह आदमी आपका भाई है?''

गोनू झा ने कहा–''जी हाँ, श्रीमान! यह मेरा भाई है। मगर बात क्या हुई है? आप इतने नाराज क्यों हैं?''

महाराज ने गोनू झा को सारा किस्सा कह सुनाया। गोनू झा महाराज के सामने हँस पड़े और बोले–''महाराज! भोनू ने तो बहुत बुद्धिमत्तापूर्ण बात बताई है। इसने बाजार जाते समय सड़क पर खरगोश देखा। खरगोश या खरहा यदि झाड़ियों में दिखे तो अचरज की बात नहीं। खरगोश शर्मीला प्राणी है। बाजार की चहल-पहल वाली सड़क पर खरगोश दिखना विस्मयकारी है। हाथी जैसा खरगोश इसने इसलिए कहा कि खरगोश उसी तरह संवेदनशील और बुद्धिमान जानवर है जिस तरह कि हाथी। शेर जैसी आँखें बताकर इसने आपको यह बताना चाहा कि शेर जैसी सूक्ष्मभेदी दृष्टि खरगोश की भी होती है। किसी भी कन्या के बाल कोमल होते हैं और खरगोश के भी! कोयल की आवाज जैसी खरगोश की आवाज बताकर इसने आपको यह बताने की कोशिश की कि कोयल की आवाज यदा-कदा ही सुनने को मिलती है। बसंत ऋतु के समाप्त होने के बाद तो कभी कोयल की कूक सुनाई ही नहीं पड़ती। खरगोश भी मूक प्राणी है। महाराज, इसने बिम्बों के माध्यम से लाक्षणिक भाषा का उपयोग करके आपके सामने यह प्रमाणित करने की कोशिश की कि वह भी बुद्धिमान है और शब्दों को अपने ढंग से अर्थ दे सकता है।''

महाराज समझ गए कि गोनू झा अपने अनुज की तरफदारी कर रहे हैं। और भोनू झा को यह बात समझ में आ गई कि आखिर किन कारणों से महाराज गोनू झा को इतना महत्त्व देते हैं।

महाराज ने भोनू झा को बरी कर दिया और गोनू झा की ओर देखकर मुस्कुराते हुए बोले–"बात करने की कला तो पंडित जी, कोई आप से सीखे।"

महाराज की बात सुनकर गोनू झा भी मुस्कुराने लगे।

पड़ोसी का पीढ़ा

मिथिलांचल में खुशियों की सौगात लेकर आम मंजराए। गाँवों में बसन्त का आगमन उस साल कुछ ऐसा हुआ कि हर चेहरे पर रौनक बढ़ गई। आसार इस बात के थे कि आम खूब फलेंगे। मंजर बौरियों में बदले फिर टिकुलों में। टिकुलों ने आम का रूप लिया।

मिथिलांचल के हर गाँव में बस यही चर्चा थी कि इस बार आम में इतनी कमाई हो जाएगी कि साल भर के खर्चों के लिए सोचना नहीं पड़ेगा। मगर, विधि का विधान कुछ और था। आम अभी तैयार नहीं हुए थे कि जबर्दस्त ओला वृष्टि हुई और होने लगी मूसलाधार बारिश—तेज झक्कड़ के साथ। गाँव-दर-गाँव आम के बगीचों में एक मुर्दनी-सी छा चुकी थी। काले बादलों ने गाँव वालों की खुशियों को पूरी तरह ढँक लिया था। बगीचों-बगानों में जिन आम के पेड़ों पर हजारों आम दिखते थे, बारिश खत्म होने के बाद वे पेड़ ठूँठ बने खड़े थे।

एक साल के बाद फिर आम के पेड़ मँजरों से गदगदाए। गाँव के लोगों ने भगवान से प्रार्थना की कि इस साल आम की फसल बर्बाद न होने पाए। प्रायः सभी ने अपने-अपने ईष्ट देवों को चढ़ावा चढ़ाने की मन्नतें माँगीं, मगर गोनू झा मौन रहे।

जब से गोनू झा को मिथिला नरेश के दरबार में स्थान प्राप्त हुआ था तब से मिथिलांचल के ग्रामीणों के लिए वे आदर्श बन गए थे। उनके गाँव के लोग जब मिथिलांचल के अन्य गाँवों में जाते तो गर्व से कहते कि वे गोनू झा के गाँव से आ रहे हैं। यहाँ तक कि गोनू झा से जलने वाले लोग भी दूसरे गाँव में जाकर उनके प्रशंसक हो जाते थे। ऐसे में गोनू झा के ग्रामीणों में यह उत्सुकता पैदा होना अचरज की बात नहीं थी कि गोनू झा ने आम की फसल को बरबादी से बचाने के लिए आखिर क्या मन्नत माँगी है! लोग

जब कभी गोनू झा से पूछते तो गोनू झा इस प्रश्न को टाल जाते।

एक दिन गोनू झा अपने एक दूर के रिश्तेदार के घर गए थे। नदी के किनारे उनके रिश्तेदार का घर था। नदी से सटे ही उनका बड़ा-सा आम-बागान था जिसमें सैकड़ों आम के पेड़ थे। क्या कलमी और क्या बीजू! बीजू आम के लिए उनका बागान पूरे मिथिलांचल में मशहूर था। इस बागान में बिढ़निया, कर्पूरी, सिंदूरी, मिठुआ, सुगन्धा जैसे पच्चीसों किस्म के बीजू आम के पेड़ थे। बम्बइया आम के पेड़ों से तो उन्होंने अपने बागान की घेराबन्दी ही कर रखी थी। मालदह की कई किस्मों के कलमी आम उन्होंने अपने बागान में लगा रखे थे। गोनू झा के आने पर बहुत खुश हुए उनके रिश्तेदार और उन्हें आम के बागान में ले गए और प्रायः हर आम के पेड़ के बारे में उन्हें बताने लगे कि इसकी कलम उन्होंने कहाँ से मँगाई। अपने बगीचे में लगे आम के विभिन्न किस्मों को लेकर उनके रिश्तेदार यह गर्वोक्ति भी करने से बाज नहीं आए कि उनके बागान में जितने तरह के आम के पेड़ हैं, उतने आम की किस्में तो मिथिला नरेश के बागान में भी नहीं होंगी।

उनकी इस गर्वोक्ति से गोनू झा खीज गए लेकिन उन्होंने कुछ भी नहीं कहा।

गोनू झा को मौन देखकर उनके रिश्तेदार ने अपनी बात जारी रखी। उसने गोनू झा को बताया कि आम की फसल को वर्षा से बचाने के लिए उसने देवी माँ से मन्नत माँगी है कि आम तैयार होते ही प्रतिदिन दो आम उनके मन्दिर में चढ़ाएँगे।

गोनू झा क्या कहते! बस, सुधि श्रोता की तरह उनके साथ बागान में टहलते रहे।

जब गोनू झा के रिश्तेदार को यह महसूस हुआ कि वे ही लगातार बोलते जा रहे हैं और गोनू झा लगातार चुपचाप उनकी बात सुनते जा रहे हैं मगर कुछ बोलते नहीं तो उन्होंने गोनू झा से पूछा–"आप बताइए पण्डित जी! आपने क्या मन्नत माँगी है अपने ईष्ट देव से?"

गोनू झा ने उन्हें बताया–"मैंने अभी तक कोई मन्नत नहीं माँगी है। फसलें प्रकृति पर निर्भर हैं। मौसम सामान्य रहा तो आम की पैदावार अच्छी होगी। आँधी-बारिश हुई तो आम की फसल प्रभावित होगी। इसमें नया क्या है?"

मगर उनके रिश्तेदार ने उन्हें कहा–"क्या पण्डित जी! राजदरबार में आप क्या पहुँच गए कि पूरे नास्तिक हो गए?"

यह बात गोनू झा को बुरी लगी। मगर उन्होंने अपनी भावना प्रकट नहीं होने दी और कहा–"मैंने तो यथार्थ कहा। इसमें नास्तिक या आस्तिक होने की बात ही नहीं है।"

"जब आस्तिक-नास्तिक की बात नहीं है तो आपको कुछ चढ़ावा चढ़ाने की मन्नत माँगनी चाहिए ताकि आपके आम की पैदावार भी अच्छी हो।" गोनू झा से उनके रिश्तेदार ने कहा।

गोनू झा ने उनसे पिंड छुड़ाने के लिए कह दिया–"अच्छा, चलिए! आम की फसल अच्छी हुई तो हम भी कहीं से कुछ चढ़ा देंगे।"

गोनू झा के रिश्तेदार प्रसन्न हो गए और गोनू झा ने उनसे विदा ली।

संयोग ऐसा हुआ कि इस बार वाकई आम की फसल बहुत अच्छी हुई। गाँव के प्रायः हर बागान में आम के पेड़ फलों से लदे हुए थे। आँधी-पानी, झक्कड़ सबसे निजात पाकर आम की तैयार पैदावार गाँव के लोगों को भविष्य के सपने बुनने में मदद कर रहे थे। अन्ततः आम पेड़ों से तोड़े गए। बाजार में पहुँचाए गए। गाँववालों को इतनी रकम मिल गई जिससे पिछले बरस हुए नुकसान की भरपाई भी हो गई यानी आम के आम और गुठलियों के दाम।

एक दिन फिर गोनू झा अपने उसी रिश्तेदार के पास पहुँचे। उन्होंने मन ही मन विचार कर लिया था कि अपने रिश्तेदार की गर्वोक्ति की वे उनकी ही शैली में जवाब देंगे। असल में मिथिला नरेश ने गोवा से अल्फांसो नाम के आम के कुछ कलम मँगवाए थे। चार-पाँच कलम गोनू झा को भी उन्होंने दे दिया था। 'दसहरी' नाम के आम के कलम भी प्रयाग से मँगाए गए थे जिनके पाँच-सात कलम गोनू झा को महाराज ने दिये थे। अब ये कलमें पेड़ बच चुकी थीं और इन पेड़ों पर आम फल रहा था। इन पेड़ों में जब आम तैयार हुआ तब दोनों प्रजातियों के एक-एक आम अपने साथ लेकर गोनू झा अपने रिश्तेदार के घर पहुँचे और उन्हें ये दोनों आम थमाते हुए कहा–"ले भाई, ये दो आम। जरा छोटा-छोटा टुकड़ा काट के घर के सभी लोगों को प्रसाद की तरह बाँट दे।"

गोनू झा के रिश्तेदार को लगा कि गोनू झा निश्चित रूप से आम की

अच्छी फसल के बाद मन्नत पूरा करके आए हैं और प्रसाद बाँट रहे हैं। उन्होंने पूछा–"क्यों पण्डित जी, अपने भगवान को चढ़ावा चढ़ा लिया क्या?" उन्हें इस बात का गर्व हो रहा था कि उन्होंने ही गोनू झा को भगवान से मन्नत माँगने के लिए प्रेरित किया था...।

गोनू झा ने उन्हें जवाब दिया–"अभी कहाँ भाई।"

उनके रिश्तेदार ने अपने घर के लोगों को आवाज लगाई–"अरे कुछ लाओ...पण्डित जी को बैठने के लिए।"

घर से एक बच्चा हाथ में पीढ़ा लिए आया और गोनू झा के निकट रख गया। गोनू झा ने पीढ़ा हाथ में उठा लिया और रिश्तेदार की ओर देखकर लम्बी साँस छोड़ते हुए कहा–"तो आखिर कुछ मिल ही गया!" यह कहते हुए वे पीढ़ा लेकर नदी की तरफ दौड़े।

उनका रिश्तेदार पहले तो हतप्रभ-सा रह गया मगर जब चैतन्य हुआ तो गोनू झा के पीछे वह भी दौड़ पड़ा। दौड़ते हुए उसने आवाज लगाई–"अरे क्या हुआ पण्डित जी, क्यों दौड़ रहे हैं?"

गोनू झा ने दौड़ते-दौड़ते हुए कहा, "अरे कुछ की तलाश में था और कुछ मिल गया, अभी मन्नत पूरी करके आता हूँ..." तब तक नदी का किनारा आ गया। गोनू झा ने पीढ़ा नदी में उछाल दिया। 'छपाक' की आवाज गोनू झा के रिश्तेदार ने सुनी, वह कुछ समझ नहीं पाया। गोनू झा के करीब आने पर हाँफते हुए उसने गोनू झा से पूछा–"क्या हुआ?"

गोनू झा ने संयत होते हुए कहा–"आपके साथ इसी जगह पर नदी मइया से मैंने मन्नत माँगी कि कहीं से कुछ जरूर चढ़ाऊँगा। बहुत जगह गया, कहीं कुछ नहीं मिला। अब भाग्य देखिए। आपके घर आते ही आपने कुछ मँगा दिया और मैंने नदी मइया को कुछ चढ़ा दिया। इस तरह मन्नत पूरी हो गई।"

गोनू झा का रिश्तेदार उनका मुँह देखता रह गया।

धान का चढ़ावा

"ईश्वर सर्वव्यापी है लेकिन वह मनुष्य के कर्म में हस्तक्षेप नहीं करता। उसे मनुष्य के भाव, मनुष्य की आस्था से ही सरोकार है...यह मन्नत और चढ़ावा की बातें मेरी समझ से परे हैं।"

गोनू झा अपने दरवाजे पर गाँव के बड़े-बुजुर्गों को समझा रहे थे। दरअसल मिथिलांचल में उस वर्ष धान की फसल अच्छी हुई थी। खेतों में धान नहीं, सोने की बालियाँ मचल रही थीं। गोनू झा के गाँव में ही सोने-सी चमकती धान की बालियों ने ग्रामीणों को मंत्रमुग्ध कर रखा था। गाँववाले इसे ईश्वर की कृपा मान रहे थे। उन्हें लग रहा था कि भगवान गाँववालों पर प्रसन्न है जिसके कारण उनके गाँव में धान की फसल बहुत अच्छी हुई है। गाँववाले एकजुट होकर धनकटनी के समय अच्छी फसल के लिए उत्सव मनाना चाहते थे। धान की अच्छी फसल के लिए सर्वप्रथम वे भगवान से फसल की रक्षा के लिए सामूहिक रूप से मन्नत माँगना चाहते थे। प्रायः प्रत्येक ग्रामीण ने भगवान को अच्छी फसल देने के लिए कुछ न कुछ चढ़ावा चढ़ाने की मन्नत माँगी थी। कौन भगवान को क्या चढ़ाएगा, किसके घर से भगवान के लिए क्या चढ़ावा आएगा, इसकी एक सूची तैयार कर ली गई थी मगर इस सूची में गोनू झा का नाम नहीं था इसलिए गाँव के बड़े-बुजुर्गों का एक जत्था उनके पास आया हुआ था यह कहने के लिए कि वे भी अपना नाम इस सूची में दर्ज करा लें तथा वे भगवान को क्या चढ़ावा चढ़ाएंगे यह लिखा दें। मगर गोनू झा तो गोनू झा थे। वे इन बुजुर्गों की बात मानने को तैयार नहीं थे और वे ग्रामीणों को कर्मयोग की शिक्षा देने में लगे हुए थे।...

गोनू झा अपनी बात कहे जा रहे थे–"देखिए! आप सभी बड़े हैं–मेरे लिए पिता समान है! मैं आप लोगों की हर बात मानने के लिए तैयार हूँ

मगर यह चढ़ावा और मन्नत वाली बात रहने दीजिए। वैसे भी पूजा और चढ़ावा तो आस्था की बात है। आपकी आस्था है–आप चढ़ाएँ। लेकिन इसके लिए मुझे तो क्या, किसी और को भी बाध्य नहीं करें।''

बुजुर्गों में से एक ने गोनू झा पर फब्ती कसी–''का हो गोनू! नास्तिक हो गए हो क्या...?''

गोनू झा ने कहा–''कौन कहता है कि मैं नास्तिक हूँ? मुझे ईश्वर में आस्था है। मैं तो इन कर्मकांडों में विश्वास नहीं करता जिसके लिए आप लोग कह रहे हैं। अभी यह आवश्यक नहीं है कि आप चढ़ावा के लिए सोचें या फसल की रक्षा के लिए मन्नत माँगे। आवश्यक यह है कि आप सभी अपने-अपने खेतों की रखवाली करें ताकि कोई जानवर इन तैयार फसलों को नुकसान नहीं पहुँचाए।''

मगर ग्रामीणों का दवाब गोनू झा पर बना रहा और उनसे पिंड छुड़ाने के लिए गोनू झा ने उनसे कहा–''ठीक है! जब आप लोगों का यही खयाल है कि मुझे कोई चढ़ावा चढ़ाना चाहिए तो मैं एक छईंटा (बाँस की टोकरी) धान चढ़ावा के रूप में चढ़ाने के लिए तैयार हूँ मगर शर्त यह है कि एक पथिया धान हो।''

उनकी बात सुनकर ग्रामीण खुश हो गए और उन्होंने समझ लिया कि आज उन्होंने गोनू झा की अकड़ ढीली कर दी। वे प्रसन्न होकर अपने-अपने घरों की ओर लौट गए।

उनके जाने के बाद गोनू झा ने भी तय कर लिया कि उन्हें इन ग्रामीणों को सबक सिखाना है। उन्होंने अपने घर में धान रखने के लिए एक बहुत बड़ी 'कोठी' बनवाई जिसके ऊपरी भाग का मुँह एक पथिया के बराबर था। उन्होंने एक पथिया का पेंदा कटवाकर कोठी के मुँह पर लगा दिया, जिससे लगे कि वहाँ पथिया ही है–'कोठी' नहीं।

अन्ततः कटनी शुरू हुई। धान टोकरों में भरकर घरों तक पहुँचने लगे। गोनू झा ने भी अपनी कोठी में अपने खेत का धान सरकाना शुरू किया।

गाँववालों को गोनू झा के चढ़ावे की याद आई। ग्रामीणों का जत्था गोनू झा के पास पहुँचा। ग्रामीण देखना चाह रहे थे कि गोनू झा चढ़ावा के लिए धान निकालते भी हैं या नहीं।

गोनू झा ने ग्रामीणों को देखते ही उनके आने का कारण समझ लिया

और धान से भरे टोकरे को उठाकर 'पथिया' में पलटते हुए कहा–''क्या करें भाई...ई पथिया भर ही नहीं रहा है। सुबह से कोशिश कर रहा हूँ। धान पथिया में जाते ही बिला जा रहा है...यह देखिए अन्तिम टोकरा है धान का आप लोगों के सामने। यह देखिए, पथिया में डाला धान और देखिए, धान बिला गया।"

ग्रामीणों ने देखा। हालाँकि वे 'कोठी' की सच्चाई नहीं समझ पाए मगर इतना समझ गए कि गोनू झा से पार पाना उनके बस की बात नहीं है सो वे अपना-सा मुँह लेकर वापस लौट गए।

इधर गोनू झा कोठी के ऊपर से पथिया निकालकर कोठी का मुँह उसके ढक्कन से बन्द करने में लग गए।

शुद्ध मिठाई का भोज

गोनू झा अपनी माँ से बहुत प्यार करते थे। उनकी माँ बहुत वृद्ध हो चुकी थीं। एक दिन उनकी माँ बीमार पड़ीं। वैद्य आए। उन्हें देखा। दवा दी। मगर उनकी माँ की हालत में सुधार नहीं हुआ। गोनू झा चिन्तित थे। उन्होंने वैद्य से माँ की बीमारी के बारे में पूछा तो वैद्य जी ने कहा–''सबसे बड़ी बीमारी तो बुढ़ापा की जीर्ण-शीर्ण काया है पंडित जी। इसका इलाज तो महर्षि च्यवन के पास भी नहीं था। अब जी भरकर माँ की सेवा कीजिए और उनका 'गोदान' भी करा ही लीजिए। यह समझिए कि चल-चलंती की बेला है। मैं तो दवा इसलिए दे रहा हूँ कि जब तक साँस, तब तक आस। बाकी सब ऊपरवाले के हाथ में हैं।''

गोनू झा समझ गए कि उनकी माँ अब बचनेवाली नहीं हैं। वे मन लगाकर अपनी माँ की सेवा करते रहे और एक दिन उनकी माँ की मौत हो गई। अपनी माँ की मौत पर फूट-फूटकर रोए गोनू झा! गाँववालों ने उन्हें समझाया–''सबकी माँ मरती है। इस तरह मन छोटा करने से नहीं चलेगा। उन्हें अब माँ के अन्तिम संस्कार और क्रियाकर्म की तैयारी में लगना चाहिए। यही दुनियादारी है।'' गोनू झा शान्त हुए। गाँववालों ने उनका साथ दिया और उनकी माँ की अंत्येष्टि सम्पन्न हुई।

अभी उनकी माँ की चिता ठंडी भी नहीं हो पाई थी कि गाँववालों ने गोनू झा को घेरकर समझाना शुरू किया कि उन्हें अभी से माँ के क्रियाकर्म और श्राद्ध के लिए तैयारी शुरू कर देनी चाहिए।

पहले तो गोनू झा शान्त रहकर ग्रामीणों की बात सुनते रहे फिर उन्होंने ग्रामीणों से कहा–''आप लोग ठीक ही कह रहे हैं–मगर मैं ठहरा गरीब ब्राह्मण। कोई बड़ा इन्तजाम तो मैं कर नहीं पाऊँगा–माँ के श्राद्ध पर पाँच ब्राह्मणों को भोजन करवाने से काम चल जाएगा?''

उनकी बात सुनकर एक वृद्ध ग्रामीण बोल पड़ा–"ब्राह्मण होकर क्यों चंडालों की तरह बात कर रहे हो गोनू? तुम्हारी माँ गाँव की सबसे वृद्ध महिला थीं। उनका सरोकार इस गाँव से तो क्या, आस-पास के सभी गाँवों से था। उनके श्राद्ध पर तो तुम्हें पच्चीस गाँव के लोगों को बड़ा भोज देना चाहिए–शुद्ध मिठाइयों का भोज, समझे।"

गोनू झा ने पूछा–"शुद्ध मिठाइयों का भोज?"

ग्रामीणों ने कहा–"और नहीं तो क्या?"

उस समय गोनू झा चुप रह गए।

अंत्येष्टी सम्पन्न हो जाने के बाद सभी ग्रामीणों के साथ वे भी गाँव लौट आए। लेकिन पच्चीस गाँवों के भोज की बात उन्हें बेचैन कर रही थी। शुद्ध मिठाई का भोज...और पच्चीस गाँव के लोग!

अन्ततः गोनू झा ने नाई को बुलाया और अपनी माँ के श्राद्ध पर पच्चीस गाँवों को 'शुद्ध मीठा' भोज के लिए आमंत्रण भेज दिया।

अन्ततः श्राद्ध का दिन आ गया। गोनू झा ने सुबह में ही अपने खेत से ईख कटवाकर मँगवा लिए थे और ईख को छोटे टुकड़ों में कटवा लिया था।

पाँत दर पाँत लोग बैठे। गाँव के खेतों और सड़कों तक श्राद्ध का भोज खाने आए लोगों से पट गया। पत्तल बिछ जाने के बाद गोनू झा सभी पत्तल में एक-दो ईख का टुकड़ा रखते चले गए और पाँत के अन्त में खड़े होकर हाथ जोड़कर बोले–"कृपया अब भोजन ग्रहण करें।"

उनकी इस बात पर भोज खाने आये लोग गुस्से में आ गए और कहने लगे–"पंडित जी, यह क्या? यह तो सरासर हमारा अपमान है। इस तरह कोई घर बुलाकर मेहमानों का अपमान करता है? शुद्ध मिठाई के भोज की बात कहकर आपने हम लोगों को बुलाया और अब गन्ने का टुकड़ा परोस रहे हैं?"

गोनू झा अपने दोनों हाथ जोड़कर विनम्रतापूर्वक बोले–"आगत अतिथियो, आप सबों का मैं हृदय से स्वागत कर रहा हूँ। आप सोचें, मुझ गरीब ब्राह्मण से मेरे गाँव के वृद्धजनों ने पच्चीस गाँव के लोगों को शुद्ध मिठाई का भोज देने को कहा। मैंने सबसे अपनी गरीबी का वास्ता देकर पाँच ब्राह्मणों को भोजन करवाकर श्राद्ध की प्रक्रिया पूरी कर लेने का आग्रह किया था मगर

किसी ने मेरी बात नहीं मानी...अन्त में मैंने शुद्ध मीठा भोज देना स्वीकार कर लिया। आप लोग भी स्वीकार करेंगे कि गन्ने से ज्यादा शुद्ध और मीठा कोई फसल हमारे खेतों में नहीं उपजता–आप लोग इसे ग्रहण करें और मेरी माँ की आत्मा की शान्ति के लिए भगवान से प्रार्थना करें।"

उनकी बात सुनकर पड़ोस के गाँव के लोगों ने उनकी विवशता समझी और रुचि से गन्ना चूसा और वहाँ से विदा होते समय गोनू झा से कहा–"आपने जो भी किया अच्छा किया...इससे आपके लोभी गाँववालों को भी अच्छा सबक मिल गया...अब वे लोग किसी की मजबूरी का फायदा उठाकर अपना पेट छप्पन पकवानों से भरने की कल्पना नहीं करेंगे।"

दूसरे गाँवों से आए लोगों की प्रतिक्रिया सुनकर गोनू झा के गाँव के उन लोगों का चेहरा उतर चुका था जिन लोगों ने गोनू झा को शुद्ध मिठाइयों का भोज कराने की सलाह दी थी।

कोड़ों की सजा

मिथिला नरेश कलाप्रिय व्यक्ति थे। अपने राज्य में कलाप्रेमियों को प्रोत्साहित करने के लिए वे प्रायः प्रतियोगिताओं का आयोजन कराते। विभिन्न त्योहारों के अवसर पर राजदरबार की ओर से विभिन्न तरह के मनोरंजक कार्यक्रमों का आयोजन वे कराते रहते जिसके माध्यम से कलाकारों को इतनी आमदनी हो जाती थी कि वे अपनी कला-साधना में सालों भर लगे रह सकते थे।

कलाकारों के प्रति मिथिला नरेश की सदाशयता की चर्चा दूर-दूर तक फैली हुई थी। बाहर से आने वाले कलाकारों के लिए मिथिला नरेश का दरवाजा हमेशा खुला रहता था। प्रायः कलाकार किसी आवश्यकता के समय में राजदरबार जाते और मिथिला नरेश के समक्ष अपनी कला का प्रदर्शन कर उनसे कुछ न कुछ पारितोषिक प्राप्त कर लौट आते।

मिथिला नरेश ने आगंतुक कलाकारों की सुविधा के लिए एक कक्ष का निर्माण कराया था। आगंतुक कलाकारों के स्वागत तथा मिथिला नरेश से उनकी मुलाकात कराने के लिए एक कक्षपाल की नियुक्ति उन्होंने की थी। मिथिला नरेश ने बाहर से आए कलाकारों और मिथिला के जरूरतमंद कलाकारों से किसी भी क्षण मिलने की अपनी स्वीकृति दे रखी थी। लेकिन उन्होंने कक्षपाल को यह अधिकार भी दे रखा था कि वह यह जाँच-परख ले कि कलाकार वाकई कला साधक है और जरूरतमन्द है।

इस व्यवस्था से कुछ दिनों तक तो सब कुछ ठीक चला किन्तु जब कक्ष-पाल ने देखा कि मिथिला नरेश से मिलकर लौटने वाले कलाकार तरह-तरह के उपहार प्राप्त कर वापस आते हैं तो उसने सोचा कि यदि वह इन फटीचर से दिखने वाले कलाकारों को महाराज से मिलने की स्वीकृति प्रदान नहीं करे तो क्या उन्हें ये पुरस्कार मिल सकेंगे? नहीं। फिर उसके मन में विचार आया

कि क्यों न वह इन आगंतुकों से सौदा करे कि महाराज से मिलना है तो उनसे प्राप्त होने वाली पुरस्कार राशि का पच्चीस प्रतिशत वे कक्षपाल को प्रदान करेंगे। और इस निर्णय पर पहुँच जाने के बाद दूसरे ही दिन से कक्षपाल कलाकारों से उनकी पुरस्कार राशि का पच्चीस प्रतिशत वसूलने लगा।

कुछ दिन यूँ ही बीते। कक्षपाल के रुतबे में फर्क आ गया। कहाँ उसे कलाकारों के स्वागत के लिए नियुक्त किया गया था और कहाँ वह कलाकारों से दबंगता से पेश आने लगा। उसके कर्त्तव्यों में यह बात शामिल थी कि मिथिला नरेश से मिलने की इच्छा रखनेवाले कलाकारों की वह जाँच-परखकर ले कि वह वाकई कला-साधक है या नहीं। मगर वह इस नीति वाक्य को भूलकर हर उस व्यक्ति को महाराज से मिलने की इच्छा पूरी करने लगा जो उसे पच्चीस प्रतिशत का भुगतान करने को तैयार हो जाता। बाद में उसका साहस और बढ़ गया जब कुछ लोगों ने मिथिला नरेश के दरबार में प्रवेश के लिए उसे अग्रिम 'चढ़ावा' देने की पेशकश की।

मिथिला नरेश ने महसूस किया कि उनके पास कलाकार के नाम पर कुछ ऐसे लोग भी आने लगे हैं जो कला के मर्मज्ञ नहीं हैं और न ही प्रतिभा के धनी।

कार्तिक का महीना था। फसलें कट चुकी थीं। मिथिला नरेश हर वर्ष कार्तिकोत्सव का आयोजन कराते थे। इस साल उन्होंने कार्तिकोत्सव को भव्य रूप देने का निश्चय किया था। उन्होंने एक दिन गोनू झा से कहा– ''पंडित जी! इस वर्ष मैं कार्तिकोत्सव का भव्य आयोजन कराना चाहता हूँ। मैं चाहता हूँ कि इस आयोजन में दूसरे राज्यों के कलाकारों को भी विशेष आमंत्रण भेजूँ। मगर मुझे संकोच हो रहा है क्योंकि इस वर्ष अपने राज्य के जितने भी कलाकार मुझसे मिलने और अपनी कला का प्रदर्शन करने आए उनमें बहुत कम ऐसे लोग थे जिनमें कला के तत्त्व विद्यमान थे। मुझे समझ में नहीं आ रहा था कि मिथिलांचल में कला की अधोगति क्यों हो रही है? बड़े और सिद्धहस्त कलाकार इस वर्ष मुझसे मिलने क्यों नहीं आए?

जब गोनू झा ने मिथिला नरेश के मुँह से यह बात सुनी तो वे गम्भीर हो गए। उन्हें महाराज की बात चिन्ता पैदा करने वाली लगी कि इस वर्ष महाराज से मिलने राज्य का कोई भी वरिष्ठ कलाकार नहीं आया। उन्होंने

सोचा कि निश्चित रूप से कोई ऐसी गम्भीर बात है जिससे कलाकार राज्य विमुख हो रहे हैं, अन्यथा कला को अपने राज्य में प्रोत्साहित करनेवाले मिथिला नरेश से कोई वरिष्ठ कलाकार मिलने भला क्यों नहीं आएगा?

गोनू झा ने मिथिला नरेश से कहा–''महाराज! आप कार्तिकोत्सव की तैयारियों का निर्देश जारी करें और मुझे एक हफ्ते का समय दें। मुझे नहीं लगता कि एक वर्ष में मिथिला में कला की अधोगति हो गई है। यदि राजदरबार में अच्छे कलाकार नहीं आ रहे हैं तो इसका कारण कुछ और भी हो सकता है। इस एक हफ्ते में मैं अपने ढंग से इस सम्बन्ध में जानकारी करूँगा और मेरा प्रयास होगा कि राज्य में कला के उत्थान के लिए आपके द्वारा किए जा रहे सद्प्रयासों की राह में आ रही बाधाओं को दूर कर सकूँ। मिथिला में कला और कलाकार पहले से हैं और आपकी कृपा से आज भी हैं और कल भी रहेंगे।''

मिथिला नरेश से विदा लेकर गोनू झा अपने ढंग से सक्रिय हो गए। मिथिला नरेश से हुई बातचीत के तीन दिन बाद ही गोनू झा दरबार में आए और उन्होंने प्रस्ताव रखा कि राज्य के हर आयु वर्ग के लिए एक मेधा परीक्षण प्रतियोगिता का आयोजन भी इस बार के कार्तिकोत्सव में होना चाहिए। 'कार्तिकोत्सव' की चर्चा सुनते ही मिथिला नरेश ने समझ लिया कि जरूर गोनू झा को कलाकारों के राज विमुख होने का कोई सुराग मिल गया है और वे इस 'मेधा परीक्षण प्रतियोगिता' के बहाने उनके सामने कुछ प्रकट करना चाहते हैं फिर भी उन्होंने दरबारियों से पूछा–''आप लोगों की क्या राय है?''

दरबारियों में ऐसे लोगों की कमी नहीं थी जो गोनू झा से जलते थे या ऐसे समय की प्रतीक्षा में रहते थे कि गोनू झा को नीचा दिखाया जा सके। ऐसे दरबारियों ने एकमत होकर मिथिला नरेश को राय दी कि कार्तिकोत्सव तो उमंग और उल्लास के लिए आयोजित होता है जबकि 'मेधा परीक्षण प्रतियोगिता' गम्भीर प्रकृति की प्रतियोगिता है। मनोरंजन के समय गम्भीर प्रतियोगिताएँ रस-भंग की स्थिति पैदा करेंगी इसलिए इस तरह की प्रतियोगिता कार्तिकोत्सव में नहीं होनी चाहिए।

मगर गोनू झा ने मिथिला नरेश से कहा–"इस तरह की प्रतियोगिता के लिए कार्तिकोत्सव से अच्छा कोई दूसरा अवसर हो ही नहीं सकता। नवान्न

के आगमन से ग्रामीण कार्तिक में आर्थिक समस्याओं से निश्चिन्त होते हैं। गरीब से गरीब आदमी अपने भोजन-वसन की चिन्ता से मुक्त रहता है और सबसे बड़ी बात कि 'कार्तिकोत्सव' में राज्यभर के लोग आते हैं इसलिए राज्य की 'मेधा-शक्ति' की पहचान के लिए इससे अच्छा अवसर दूसरा नहीं हो सकता।''

मिथिला नरेश को गोनू झा का तर्क पसन्द आया और उन्होंने मेधा परीक्षण प्रतियोगिता के आयोजन की स्वीकृति दे दी।

इस स्वीकृति के तुरन्त बाद गोनू झा ने मिथिला नरेश के सामने इच्छा जताई–"महाराज, मैं भी इस मेधा परीक्षण प्रतियोगिता में भाग लेना चाहता हूँ।"

दरबारियों में जैसे ही गोनू झा को महाराज से यह कहते सुना कि मेधा परीक्षण प्रतियोगिता में वह भाग लेना चाहते हैं, तो उन्होंने विरोध करना शुरू कर दिया कि इस तरह की किसी भी प्रतियोगिता में राज-दरबार का कोई भी व्यक्ति शामिल नहीं हो सकता लेकिन गोनू झा ने पुनः मिथिला नरेश से कहा–"महाराज, मैं इस प्रतियोगिता में अपनी मेधा की वास्तविक क्षमता की पहचान के लिए भाग लेना चाहता हूँ। मुझे पारितोषिक की अभिलाषा नहीं है।" उन्होंने दरबार में घोषणा की कि दरबारी यदि उन्हें इस प्रतियोगिता में शामिल होने के लिए इस शर्त पर स्वीकृति प्रदान करें कि वे कोई भी इनाम ग्रहण नहीं करेंगे तो वे उनके आभारी रहेंगे। इस पर दरबारी शान्त होकर अपने आसनों पर बैठ गए।

महाराज ने गोनू झा को मेधा परीक्षण प्रतियोगिता में भाग लेने की स्वीकृति दे दी।

इसके चार-पाँच दिन बाद मिथिला का प्रसिद्ध कार्तिकोत्सव प्रारम्भ हुआ। एक पखवारे तक चलनेवाले इस आयोजन में राज्य भर के कलाकार तो आए ही, राज्य के बाहर के भी विशेष आमंत्रित कलाकारों ने अपनी कला का प्रदर्शन किया।

कार्तिकोत्सव के समापन समारोह के दिन पुरस्कार वितरण की व्यवस्था के लिए विशेष रूप से बनवाया गया बृहत पंडाल खचाखच भरा था। मिथिला नरेश पुरस्कार वितरण के लिए स्वयं मंच पर आसीन थे। सबसे पहले मेधा परीक्षण प्रतियोगिता के परिणाम सुनाए गए। गोनू झा का प्रदर्शन

सर्वश्रेष्ठ निरूपित हुआ था। लेकिन उन्होंने घोषणा कर रखी थी कि वे पुरस्कार नहीं लेंगे इसलिए उनके बाद प्रथम, द्वितीय और तृतीय स्थान पर आए लोगों को पुरस्कार दिए गए।

इस पुरस्कार वितरण के बाद मिथिला नरेश ने अपनी ओर से गोनू झा को कुछ इनाम देने की इच्छा जाहिर की तब गोनू झा ने कहा–"यदि महाराज मुझे कुछ देना चाहते हैं तो मुझे मुँहमाँगा इनाम दें।"

उनकी बात सुनकर पंडाल में बैठे दरबारियों में काना-फूसी होने लगी। अन्ततः मिथिला नरेश ने गोनू झा से पूछा–''हाँ, पंडित जी, आप बताए कि आपको क्या इनाम चाहिए?''

गोनू झा ने कहा–"मुझे नंगी पीठ पर एक हजार कोड़ों का इनाम दें।"

उनकी यह माँग सुनते ही पंडाल में सन्नाटा छा गया। पंडाल में बैठे ईर्ष्यालु दरबारियों के मुँह खुले के खुले रह गए। गोनू झा की माँग इतनी अप्रत्याक्षित थी कि दरबारियों की समझ में नहीं आया कि आखिर गोनू झा इस तरह एक हजार कोड़ों की मार क्यों खाना चाहते हैं। पाँच-दस कोड़े में तो आदमी बेदम हो जाता है और गोनू झा हजार कोड़े खाएँगे? यह आत्महत्या नहीं तो और क्या है?

मिथिला नरेश भी हतप्रभ थे। उन्होंने गोनू झा से कुछ और माँगने को कहा मगर गोनू झा ने कहा–''महाराज, आपने मुझे मुँहमाँगा इनाम देने की घोषणा की है। अब उससे मुकरें नहीं! मुझे हजार कोड़ों का इनाम चाहिए–नंगी पीठ पर और कुछ भी नहीं।''

अन्ततः मिथिला नरेश ने गोनू झा की पीठ पर हजार कोड़े लगाने का निर्देश दे दिया। कोड़े लेकर दो मुस्टंडे सिपाही मंच पर आ गए तब गोनू झा ने मिथिला नरेश से कहा–"पंडाल में अगली पंक्ति में बैठे 'कलाकार स्वागत कक्षपाल' को पहले मंच पर बुलाया जाए।"

मिथिला नरेश समझ चुके थे कि गोनू झा अब उनके सामने कुछ रहस्योद्‌घाटन करने वाले हैं। उन्होंने कक्षपाल को मंच पर लाने का निर्देश दिया। कक्षपाल जब मंच पर लाया गया तो उसके चेहरे पर हवाइयाँ उड़ रही थीं। कार्तिक के ठंड में भी माथे पर पसीने को बूँदें चुहचुहा आई थीं। वह डरा और सहमा-सा दिख रहा था। गोनू झा ने कक्षपाल का हाथ फैलाकर मंच पर स्वागत करते हुए कहा–"आइए कला-पारखी-कलाकार स्वागत-कक्ष

प्रभारी, कक्षपाल महोदय! बिना आपकी स्वीकृति के कोई राज्य द्वारा आयोजित प्रतियोगिता में भाग नहीं ले सकता। आपसे अनुमति मिलने के एवज में अपने पारितोषिक का पच्चीस प्रतिशत भुगतान का वादा मैं सार्वजनिक रूप से पूरा कर रहा हूँ ताकि भविष्य में मेरे लिए भी आप राज दरबार में प्रवेश का मार्ग प्रशस्त रखें।"

महाराज के कान में जब गोनू झा की बातें पहुँचीं तब उन्होंने समझ लिया कि कक्षपाल किस तरह का गोरख-धन्धा चला रहा था तथा क्यों गोनू झा ने मेधा परीक्षण-प्रतियोगिता के आयोजन में शरीक होने की अनुमति ली थी। उन्होंने गोनू झा की ओर देखा, तब गोनू झा ने कहा—"महाराज, इस कक्षपाल की पीठ पर ढाई सौ कोड़े लगवाएँ। इसने मेरे साथ सौदा किया था कि जो भी पारितोषिक मुझे मिलेगा उसका पच्चीस प्रतिशत मैं इसे दे दूँगा। ऐसा नहीं करने पर इसने चेतावनी दी थी कि फिर यह भविष्य में कभी भी नरेश से मिलने का अवसर मुझे प्रदान नहीं करेगा।"

पंडाल में बैठे कलाकारों ने भी खड़े होकर कक्षपाल की शिकायत शुरू कर दी।

महाराज ने सभी की बातें सुनीं। मंच पर ही कक्षपाल को सार्वजनिक रूप से कोड़े लगाए गए और नौकरी से बर्खास्त किए जाने की घोषणा भी कर दी गई। महाराज ने गोनू झा को ढेर सारा इनाम दिया और 'कला शिरोमणि' की उपाधि से विभूषित किया।

कार्तिकोत्सव में भाग लेने आए कलाकारों ने मुक्त कंठ से गोनू झा की प्रशंसा की और गोनू झा से ईर्ष्या रखने वाले दरबारी अपना-सा मुँह लिये लौट गए।

लालच बुरी बला है भाई!

गोनू झा गद्गद मन से मिथिला नरेश के दरबार से अपने घर की ओर जा रहे थे। महाराज ने उन्हें एक भैंस भेंट की थी। भैंस बड़ी मस्त, मोटी ताजी थी। दूध भी खूब देती थी। गोनू झा अपने हाथ में भैंस के गले की रस्सी थामे मस्त चाल में चले जा रहे थे। रास्ते में उन्हें रूपलाल मिल गया। रूपलाल उनके बचपन का दोस्त और पड़ोसी था। जब से गोनू झा मिथिला नरेश के दरबार में नौकरी करने लगे थे तब से उनका रूपलाल से मिलना-जुलना नहीं हो पाता था। रूपलाल गोनू झा की दिन दूनी, रात चौगुनी प्रगति देखकर उनसे मन ही मन जलने लगा था और पीठ पीछे उनकी शिकायत करने से भी नहीं चुकता था। जब भी मौका मिलता तो कह बैठता–'अरे गोनुआ कल तक रोटी के लिए मारा-मारा फिरता था। दो जून रोटी नसीब नहीं होती थी। कई बार तो मैं उसे अपने घर ले जाकर खिला दिया करता था...आखिर वो मेरा बाल सखा जो ठहरा!' गोनू झा को जब इस तरह की बातों का पता चलता तो उन्हें कभी बुरा नहीं लगता क्योंकि तीनों बातें सही थीं। वे गरीबी में पले थे। कई बार भूखे रहकर दिन गुजारा था। रूपलाल उनका बाल सखा था और प्रायः अपने घर ले जाकर, अपने साथ बैठाकर उन्हें भोजन करा चुका था।

रूपलाल को देखकर गोनू झा प्रसन्न हो गए और रूपलाल का कुशल-क्षेम पूछने लगे। रूपलाल ने औपचारिकतावश उनकी बातों का जवाब दिया लेकिन उसकी आँखें इस शानदार भैंस पर टिकी रहीं। रूपलाल ने उनसे पूछा–"क्यों भाई गोनू! यह भैंस कितने में ली?"

गोनू झा ने सहजता से जवाब दिया–"अरे भइया रूपलाल। अभी गोनू झा के पास इतने पैसे नहीं हुए कि भैंस खरीदे। यह तो आज मिथिला नरेश ने मेरी एक बात पर खुश होकर मुझे भेंट में दी है। अब मुझे भी तुम्हारी

तरह घर में दूध-दही, घी-मक्खन का मजा मिलेगा।''

रूपलाल के साथ ही गोनू झा अपने घर आए और भैंस के लिए खूँटा गाड़ने के काम में लग गए। रूपलाल को लगा कि गोनू झा उसकी उपेक्षा कर रहे हैं, इसलिए वह गोनू झा से यह कहकर विदा हो गया कि घर में कुछ काम है, जिसे अभी ही कर लेना जरूरी है।

गोनू झा ने सहज होकर कहा–''हाँ भइया, जरूरी काम है तो उसे पहले निपटा लो, हमारा मिलना-जुलना तो होता ही रहेगा।''

रूपलाल ने इसे भी अपनी उपेक्षा ही समझा। उसने मन ही मन सोचा– 'ई गोनू झा एक भैंस क्या पा गया कि इतराने लगा। इतने दिनों के बाद मैं इसके दरवाजे पर आया–पानी के लिए पूछना तो दूर, बैठने तक के लिए नहीं कहा।' वह मन ही मन कुढ़ते हुए अपने घर चला गया।

गोनू झा से जला-भुना रूपलाल जब भी अवसर मिलता तो लोगों से गोनू झा की मगरूरियत के किस्से नमक-मिर्च लगाकर बताता रहता।

घर में भैंस आ जाने से गोनू झा की जिम्मेदारी बढ़ गई थी। वे राजदरबार जाने से पहले भैंस की कुट्टी-सानी लगाते, पानी पिलाते और शाम को दरबार से निकलते ही सीधे घर आते और भैंस को नहलाने-धुलाने और उसकी कुट्टी-सानी करने में लग जाते। दिन ऐसे ही गुजर रहे थे।

एक दिन गाँव में मवेशियों का मेला लगा। मेले में गाँव के मवेशियों के स्वास्थ्य परीक्षण की भी व्यवस्था थी तथा अच्छे रख-रखाव वाले मवेशियों की एक प्रतियोगिता भी थी। प्रतियोगिता और स्वास्थ्य परीक्षण में मिथिला नरेश की भैंसें भी शामिल हुईं और रूपलाल की भैंसें भी लेकिन गोनू झा की भैंस को स्वास्थ्य और रख-रखाव दोनों ही दृष्टि से अव्वल घोषित किया गया। इस बात से रूपलाल क्षुब्ध हो गया और उसने एक कुटिल चाल चल दी। रूपलाल ने मिथिला नरेश की भैंसों के साथ प्रतियोगिता में आए मवेशी अधिकारी के कान भरते हुए कहा कि इस पुरस्कार से गोनू झा इतराने लगा है और अपने को महाराज से भी ज्यादा समझदार समझने लगा है। कह रहा था कि भैंस पालना सबके बूते की बात नहीं। देख लिया न, महाराज की भैंस भी मेरी भैंस का मुकाबला नहीं कर पाई।

रूपलाल ने ग्रामीणों के कान में भी यह बात दुहराई और मेले से अपनी भैंस लेकर अपने घर लौट आया।

गाँव में बात फैलते देर नहीं लगती। जंगल की आग की तरह पूरे गाँव में गोनू झा की भैंस के अव्वल आने की खबर फैली तो उतनी ही तेजी से यह बात भी फैली कि गोनू झा कहते हैं कि भैंस पालने की ताकत तो महाराज में भी नहीं है।

यह चर्चा फैली तो महाराज तक भी पहुँची। मिथिला नरेश को इस बात पर विश्वास ही नहीं हुआ कि गोनू झा उनके बारे में ऐसी बात भी कहीं बोल सकते हैं लेकिन जब उन्होंने अपने राज्य के पशु अधिकारी से पशु मेले के बारे में जानकारियाँ हासिल कीं तब उस अधिकारी ने भी गोनू झा की भैंस के अव्वल आने और गोनू झा द्वारा अकड़ में आकर महाराज के विरुद्ध टिप्पणी करने की बात बताई।

अब मिथिला नरेश को अपने अधिकारी की बात पर विश्वास नहीं करने का कोई कारण नहीं रहा। गुप्तचरों से तो उन्हें पहले ही गोनू झा के गाँव में फैली चर्चा के बाबत जानकारी हो चुकी थी। क्रोध में आकर मिथिला नरेश ने गोनू झा की भैंस को मरवा देने का आदेश अपने खास प्रहरियों को दे दिया।

इस बीच गोनू झा को भी गाँव में उड़ी अफवाह का पता चल चुका था। वे इस अफवाह के बारे में महाराज को सफाई देते, उससे पहले ही उनकी भैंस मरवा दी गई। गोनू झा सकते में आ गए। उन्होंने किसी से कुछ नहीं कहा। महाराज से भी नहीं। चमार को बुलाकर उन्होंने भैंस की खाल उतरवा ली और भैंस के शव को खेत में गड़वा दिया। भैंस की खाल को लेकर गोनू झा गाँव के सरहद के पार पहुँचे और वहाँ एक बरगद के पेड़ पर चढ़कर भैंस की खाल को पेड़ की डालों पर पसार दिया। वे रोज रात को उस पेड़ के पास पहुँचते और पेड़ पर चढ़कर भैंस की खाल को छूकर संकल्प लेते कि जब तक इस भैंस को मरवाने वालों से वे बदला नहीं लेंगे तब तक रात को चैन की नींद नहीं सोएँगे।

इसी तरह सात दिन बीत गए। आठवें दिन अमावस की रात आई। गोनू झा पेड़ पर चढ़े हुए थे कि कुछ चोर पेड़ के नीचे आकर बैठ गए। गोनू झा ने ऊपर से ही अनुमान लगाया—कम से कम चार चोर होंगे। चोरों में से एक ने ढिबरी जला ली और ढिबरी की हल्की रोशनी में वे चोरी का माल आपस में बाँटने लगे। गोनू झा भैंस की खाल थामे थोड़ा सा झुककर यह

देखने की कोशिश करने लगे कि चोर आपस में क्या बाँट रहे हैं? गोनू झा के झुकते ही चोरों ने एक थैली पलटी और थैली से अशर्फियाँ गिरने लगीं-- छन-छन-छनाक, छनन-छनन! अशर्फियों की दमक से गोनू झा विस्मित हो गए और डाल से उनका पाँव फिसल गया। पेड़ से गिरने से बचने की कोशिश में शरीर का सन्तुलन बनाए रखने के लिए उन्होंने भैंस की खाल छोड़ दी और पेड़ की एक डाल पकड़ ली। यह सब इतनी तेजी से घटित हुआ कि गोनू झा को भी समझ में नहीं आया कि क्या कुछ घटित हो गया। भैंस की खाल पेड़ पर धूप में सूखकर कड़ी हो चुकी थी। गोनू झा के हाथ से छूटते ही यह खाल पेड़ की डाल पर पत्तों से टकराती, अजीब आवाज पैदा करती हुई चोरों पर गिरी। चोर इसे प्रेत लीला समझकर वहाँ से डरकर सिर पर पैर रखकर भागे।

गोनू झा ने देखा, चोर बिना पीछे मुड़े भागते जा रहे हैं और अन्ततः घने अन्धकार में विलीन हो गए। काफी देर तक गोनू झा पेड़ की डाल पर बैठे अपने को संयत करते रहे। जब उन्हें भरोसा हो गया कि चोर अब वापस नहीं आएँगे तब उन्होंने चोरों का असबाब देखा जिसके बँटवारे के लिए पेड़ के नीचे एकत्रित हुए थे।

गोनू झा की खुशी का ठिकाना नहीं था। उनके सामने स्वर्ण-मुद्राओं की ढेर सी लगी थी और जेवरों की थैलियाँ पड़ी थीं। गोनू झा के सामने समस्या थी कि यह धन वे कैसे लेकर अपने घर जाएँ। अन्ततः उन्होंने अपना कुर्ता उतारा और उसके गले वाले भाग को बाँधकर उसमें सारा धन समेट लिया और फिर अच्छी तरह गाँठ लगाकर सिर पर रख लिया और अपने घर वापस आ गए।

घर पहुँचते-पहुँचते सबेरा होने लगा। पेड़ों पर चिड़ियों का कलरव शुरू हो गया। घर पहुँचने पर गोनू झा ने संतोष की साँस ली कि उन्हें रास्ते में किसी ने देखा नहीं। गोनू झा ने मन ही मन सोचा कि यह ईश्वरीय कृपा ही है कि उन्हें इतना धन प्राप्त हो गया है। अनायास ही अब उनके मन में यह जिज्ञासा पनपी कि उनके पास स्वर्ण-मुद्राएँ कितनी हैं, यह जान लें। जेवरों की एक पोटली बनाकर उन्होंने सन्दूक में रख लिया और स्वर्ण-मुद्राओं का परिमाण देखकर उन्हें लगा कि यदि इन्हें वे गिनने में लग जाएँगे तो दिन ढल जाएगा तब भी शायद गिनती पूरी न हो। यदि इन स्वर्ण-मुद्राओं को तौल

लिया जाए तो काम चल जाएगा। यह विचार मन में आते ही उनके सामने समस्या आई कि तौलें तो कैसे तौलें? घर में तो तराजू ही नहीं है। फिर उन्होंने सोचा कि चलो, रूपलाल के घर से तराजू ले आते हैं। उसके पास तराजू जरूर होगा। लहना-पसारी का उसका काम है–पुस्तैनी। तरह-तरह के तराजू हैं उसके पास। रूपलाल का खयाल उनके मन में दो कारणों से आया। एक तो रूपलाल उनका बाल-सखा है, दूसरा यह कि उसका घर उनके घर से महज एक फर्लांग की दूरी पर है। मन में तराजू का खयाल आते ही गोनू झा रूपलाल के घर की ओर चल दिए।

रूपलाल उस समय अपनी भैंसों के लिए चारा तैयार करने में लगा था। गोनू झा को अपने घर आया देखकर वह कुछ चकित सा हुआ और आगे बढ़कर पूछा–"क्यों भाई गोनू, इतने सबेरे कैसे आना हुआ? तुम्हारी आँखें चढ़ी हुई हैं! रात भर सोए नहीं क्या?"

गोनू झा ने कहा–"रूपलाल, तुमने ठीक कहा, रात को सोया नहीं। अभी तुम मुझे तराजू और बाट दे दो। जरा जल्दी में हूँ। चैन से बैठूँगा तो बातें करूँगा।"

रूपलाल तराजू लेने के लिए अपने घर के अन्दर गया। वह शंकालु तो था ही। मन ही मन सोचने लगा, आखिर क्या बात है? गोनू झा रात भर सोया नहीं और सबेरे-सबेरे तराजू लेने आ गया? आखिर वह रात में जगा क्यों? तराजू पर इतने सबरे क्या तौलेगा? अपने संदेह की प्यास बुझाने के लिए उसने थोड़ी-सी लेई तराजू की पेंदी में यह सोचकर लगा दिया कि गोनू झा इस तराजू से जो कुछ भी तौलेंगे उसका कुछ अंश उसमें जरूर चिपक जाएगा। उसने गोनू झा को तराजू और बाट दे दिए।

गोनू झा तराजू और बाट लेकर अपने घर आ गए। स्वर्ण-मुद्राएँ तौलकर उन्होंने उन्हें एक छोटी बोरी में भरकर संदूक में रखा तथा तराजू वापस करने के लिए चले तो देखा कि तराजू के पेंदे में एक स्वर्ण-मुद्रा चिपक गई है। उन्होंने समझ लिया था कि रूपलाल ने तराजू के पेंदे में लेई लगाई है। शायद वह यह जानने को उत्सुक था कि मैं क्या तौलूँगा। गोनू झा के होंठों पर एक रहस्यमयी मुस्कान तैर गई और उन्होंने तराजू के पेंदे में स्वर्ण-मुद्रा को ठीक से चिपकाया और तराजू रूपलाल को लौटा आए। गोनू झा को विश्वास था कि अब स्वर्ण-मुद्राएँ तौले जाने की खबर पूरे गाँव में फैल जाएगी क्योंकि

वे जानते थे कि बचपन से ही रूपलाल के पेट में कोई बात पचती नहीं है। उसके पास जो भी नई सूचना होती है उसे बढ़ा-चढ़ाकर लोगों को बताने में उसे आनंद आता है। और गोनू झा चाहते थे कि गाँव वालों को जानकारी मिले कि गोनू झा के पास हजारों स्वर्ण-मुद्राएँ हैं।

हुआ भी यही। दिन चढ़ते ही गोनू झा के पास बधाई देने के लिए लोग आने लगे। उनका मकसद बधाई देना कम, यह जानना जरूरी था कि आखिर गोनू झा के पास इतना धन आया तो आया कहाँ से कि स्वर्ण-मुद्राएँ गिनने की जगह उन्हें तौलना पड़ा? रूपलाल भी उन जिज्ञासुओं में था।

गोनू झा ने अपने दरवाजे पर खड़े ग्रामीणों को देखा तो मन ही मन सोचने लगे–'ये वही लोग हैं जिनके द्वारा उड़ाई गई अफवाह के चलते उनकी प्यारी भैंस को महाराज ने मरवा दिया।'

अन्ततः रूपलाल ने जब उनसे बचपन की दोस्ती का वास्ता देकर धन का रहस्य जानना चाहा, तब गोनू झा बोले–"भाई रूपलाल, तुमसे क्या छुपाना? भैंस के मरने के बाद मैंने उसकी खाल उतरवा ली थी क्योंकि मुझे मालूम था कि गाँव के बाहर बरगद के पेड़ पर एक पिशाच रहता है। उसे भैंस की खाल बहुत भाती है और वह भैंस की खाल के लिए जितना चाहो उतना धन देता है। मैं रोज रात को बरगद के पेड़ के पास भैंस की खाल लेकर जाता था। कल अमावस की रात को वह पिशाच मुझे मिल ही गया और उसके बाद उसने मुझसे भैंस की खाल लेकर मुझे स्वर्ण-मुद्राएँ दीं। उस पिशाच ने मुझसे और भी भैंसों की खालें देने को कहा क्योंकि उस पिशाच की बेटी की शादी है तथा वह प्रत्येक बाराती को एक-एक खाल देने का फैसला कर चुका है। पिशाच ने मुझसे कहा कि धन की चिन्ता मत करो, भैंस की खालों के लिए वह मुझे मुँहमाँगी कीमत देने को तैयार है लेकिन मेरे पास अब कोई भैंस तो है नहीं, कि उन्हें मारकर पिशाच को बेच आऊँ इसलिए जो मिल गया, उसी से संतोष कर रहा हूँ। वैसे भी कहते हैं कि लालच बुरी बला है!"

ग्रामीणों को तो मानो खजाने की चाबी मिल गई। सभी खुश-खुश लौटे। गोनू झा को ग्रामीणों की चाल देखकर समझ में आ गया कि वे जो चाहते थे वह हो गया।

दूसरे दिन पूरे गाँव में दूध के लिए हाहाकार मच गया। गाँव की जितनी

भैंसें थीं, मारी जा चुकी थीं। खालें उतारकर इन भैंसों को खेतों में दफना दिया गया था। गोनू झा तक बात पहुँची तो वह बुदबुदाए–'जैसी करनी वैसी भरनी।' फिर गुनगुनाने लगे–''लालच बुरी बला रे भैया...लालच बुरी बला।'' गोनू झा ने देखा, ग्रामीणों का झुण्ड रोज रात को गाँव के बाहर वाले बरगद के पेड़ के पास हाथ में भैंसों की खाल लेकर जाता और सुबह तक इंतजार करने के बाद लौट आता। इनमें रूपलाल भी था। गोनू झा उन्हें देखकर मन ही मन खूब हँसते और मस्ती में आकर गुनगुनाने लगते–'लालच बुरी बला रे भइया, लालच बुरी बला।'

अन्ततः अमावस की रात भी आकर गुजर गई। ग्रामीणों की भैंस की खाल खरीदने के लिए कोई पिशाच नहीं आया। बरगद के पेड़ के पास जो सन्नाटा पसरा था–पसरा ही रहा। एक के बाद दूसरी अमावस की रात जब यूँ ही गुजर गई तब ग्रामीणों ने खुद को ठगा हुआ महसूस करना शुरू कर दिया। दूध के अभाव में गाँव में त्राहि-त्राहि मची थी और प्रायः सभी गाँव वालों के खेतों से भैंस के शवों के सड़ने के कारण सड़ाँध की भभक पैदा होने लगी थी। हारे और क्रोध से उफनते गामीणों का जत्था अब और प्रतीक्षा करने की स्थिति में नहीं था। उनके सब्र का बाँध टूट चुका था। वे सब गोलबंद होकर मिथिला नरेश के दरबार में अपनी फरियाद लेकर गए। महाराज से उन्होंने कहा–'महाराज! गोनू झा के कारण आज गाँव में एक भी भैंस जीवित नहीं है। हमने उसके बहकावे में आकर अपनी भैंसें मार डालीं। दूध के लिए तरस रहे हैं और गोद के बच्चे 'दूध कट्टू' हो रहे हैं। मवेशियों के शवों के सड़ने से पूरे गाँव में संक्रामक रोग फैलने का खतरा पैदा हो गया है।"

महाराज को गोनू झा पर बहुत गुस्सा आया। प्रहरी को भेजकर उन्होंने गोनू झा को दरबार में हाजिर होने को कहा।

गोनू झा मानसिक तौर पर इस स्थिति के लिए तैयार थे। वे महाराज के दरबार में हाजिर हुए।

महाराज ने ग्रामीणों द्वारा उनके ऊपर लगाए गए अभियोग के बारे में उनसे जवाब-तलब किया तो गोनू झा ने मुस्कुराते हुए अपनी सहज भंगिमा में कहा–'महाराज! इनसे आप यह पूछें कि क्या मैंने इन्हें भैंसों को मारने की सलाह दी? ये मुझसे यह पूछने आए थे कि मेरे पास अकूत धन कहाँ से

आया? चूँकि इनका प्रश्न कपोल कल्पित था इसलिए मैंने इन्हें भैंस की खाल की कथा सुना दी यानी कपोल कल्पित प्रश्न का कपोल कल्पित उत्तर दे दिया। और महाराज, इन्हें कथा सुनाने के बाद मैंने यह नीति वाक्य कई बार दुहराया कि 'लालच बुरी बला है भाई–लालच बुरी बला।' मगर इन्हें भूत प्रेतों पर विश्वास है, पिशाचों और वेतालों के अस्तित्व को ये स्वीकारते और पूजते हैं इसलिए इन अन्धविश्वास वाले मस्तिष्क में लालच नहीं करने की सलाह का भी कोई अर्थ नहीं पनपा। अब आप ही कहें महाराज कि क्या मैं इनकी करनी का दोषी हूँ? यदि आपको मैं दोषी लगूँ तो आप जो चाहे सजा दे लें मुझको।"

महाराज ने ग्रामीणों के जत्थे की ओर देखा–सभी चुप थे। आँखें नीची किए खड़े। महाराज समझ गए कि ग्रामीणों ने अपनी लालच में भैंस गँवायी है। उन्होंने गोनू झा को ससम्मान वापस भेज दिया जबकि ग्रामीणों को उनकी मूर्खता के लिए फटकार लगाई। ग्रामीण महाराज के पास से अपना-सा मुँह लेकर लौटे। महाराज ने राज्य की ओर से गाँव के बच्चों के लिए दूध की व्यवस्था करा दी क्योंकि यह उनका राजधर्म था और गोनू झा मस्ती में गुनगुनाते हुए अपने घर की ओर जा रहे थे–'लालच बुरी भला है भइया, लालच बुरी बला।'

कंजूस राजा को नसीहत

मिथिला नरेश के दरबार में गोनू झा के बुद्धिकौशल और वाक्‌चातुर्य का जो जादू चल रहा था उसकी कीर्ति मिथिलांचल के आस-पास के क्षेत्रों में भी फैल चुकी थी। मिथिला के पड़ोसी राज्य अंग देश के राजा ने राज्योत्सव के कई अवसरों पर गोनू झा को विशेष रूप से आमंत्रित किया था तथा उन्हें पुरस्कार-अलंकरण आदि से सम्मानित किया था।

अंग देश के राजा में उदारता थी लेकिन युवराज अपने पिता के ठीक विपरीत प्रवृत्ति के थे। हद से ज्यादा मितव्ययी। राजा के जीवनकाल में ही युवराज की कंजूसी की कथाएँ पूरे प्रदेश में मशहूर हो चुकी थीं। राजा ने युवराज को बहुत समझाया कि प्रजा-पालन के लिए उदारता, करुणा, सहानुभूति आदि की भी जरूरत होती है। इन गुणों को राजा का आभूषण माना जाता है। परम्परा से चली आ रही रीतियों का निर्वाह भी राजनीति का एक महत्त्वपूर्ण अंग है। ब्राह्मण, चारण आदि को राज्याश्रय मिलना चाहिए। कलाकारों और साहित्यकारों को प्रोत्साहन देने के लिए राज्य की ओर से प्रतियोगिताओं का आयोजन और पुरस्कारों की व्यवस्था राजधर्म है। खिलाड़ियों के मनोबल को बढ़ाने के लिए भी राजकोष का उपयोग किया जाना चाहिए। जैसे सैनिकों को तरोताजा बनाए रखने के लिए प्रतिदिन उसकी कवायद पर राजकोष से व्यय किया जाता है, वैसे ही खिलाड़ियों और कलाकारों के लिए रंगशालाओं के निर्माण और उनके रख-रखाव की व्यवस्था करना राजधर्म है। मगर युवराज को अपने पिता की ये बातें प्रभावित नहीं करतीं। उसे लगता कि इस तरह के आयोजनों से धन और समय दोनों का अपव्यय होता है। चारण और ब्राह्मण तो युवराज को मिथ्याभाषी और लोलुप लगते थे। यदि राजा का भय नहीं होता तो वह अपने महल में चारण और ब्राह्मणों के प्रवेश पर भी प्रतिबंध लगा देता।

एक बार अंग देश के राजा बीमार पड़े। राज वैद्य ने अपने अनुभव से समझ लिया कि राजा अब बचनेवाले नहीं हैं। उचित औषधि राजा को देकर उसने महामंत्री को परामर्श दिया कि युवराज के राज्याभिषेक की व्यवस्था कराएँ।

महामंत्री समझ गए कि राजा अब स्वस्थ नहीं हो सकेंगे। राज्य ज्योतिषी से परामर्श कर युवराज के राज्याभिषेक के लिए शुभ मुहूर्त और शुभ तिथि निर्धारित की गई। इस व्यवस्था के बाद राज वैद्य ने राजा को पूर्णविश्राम में रहने तथा राज्य संचालन की जिम्मेदारी पुत्र को सौंप देने की सलाह दी।

वार्द्धक्य के कारण राजा भी अब राज-काज से मुक्त होना चाहते थे, ऊपर से बीमारी ने उन्हें अशक्त कर रखा था। राजवैद्य की सलाह उन्हें पसन्द आई। निर्धारित तिथि को शुभ मुहूर्त में युवराज का राज्याभिषेक हुआ। राजा ने अपने पुत्र को स्वयं राज सिंहासन पर बैठाया और विश्राम करने के लिए अपने कक्ष में चले गए।

युवराज अपने पिता की बीमारी से दुखी था। अपने पिता की हालत से व्यथित युवराज को राजा बनने से कोई प्रसन्नता नहीं हुई। राज सिंहासन पर बैठे नए राजा के स्तुति गान के लिए चारण आए और नए राजा को आशीष देने ब्राह्मण मगर राजा ने उनकी ओर कोई ध्यान नहीं दिया। चारण स्तुति गान और ब्राह्मण मंत्रोच्चार करने के बाद नए राजा की ओर आशा-भरी दृष्टि से देखते हुए अपने स्थान पर खड़े रहे, मगर नए राजा ने उनकी ओर देखा तक नहीं।

महामंत्री ने राजा का ध्यान जब चारण और ब्राह्मणों की ओर आकर्षित किया तो नए राजा ने कहा, "महामंत्री जी! मेरे पिता मरणासन्न हैं। ऐसे राज-काज सँभालना मेरा दायित्व था इसलिए यह मेरे लिए कोई प्रसन्नता की बात नहीं। राजगद्दी मुझे मिलनी ही थी, सो मिली। नया क्या हुआ? अब से मेरे दरबार में इस तरह के 'याचकों' का प्रवेश वर्जित है। राज-काज इनकी स्तुति और मंत्रोच्चार से नहीं, राजनीतिक कौशल से चलता है। मुझमें मेरे पिता वाली उदारता नहीं है कि इन निखट्टू-चापलूसों पर धन जाया करूँ—इन्हें अभी इसी क्षण दरबार से निकल जाने को कहें।"

नए राजा के इस व्यवहार से ब्राह्मण और चारण दुखी हुए। राज्य के

कलाकारों और कवि-साहित्यकारों को उम्मीद थी कि युवराज के राजा बनने पर राजमहल में कोई रंगारंग कार्यक्रम होगा जिसमें उन्हें अपनी कला का प्रदर्शन करने का अवसर मिलेगा लेकिन ऐसा कुछ भी नहीं हुआ। हद तो तब हो गई जब राजा बनने के बाद नए राजा ने विद्वत्‌जनों की बैठक नहीं बुलाई। अंग देश में नए राजा की आलोचना होने लगी। जिधर सुनो, बस यही चर्चा कि नया राजा दंभी और स्वेच्छाचारी है। प्रजा के दुःख-सुख से इसे कुछ भी लेना-देना नहीं।

ब्राह्मणों, चारणों और कलाकारों ने सोचा कि बिना राज्याश्रय के उनके लिए जीविकोपार्जन कठिन है। उनके पास दो ही रास्ते हैं—या तो नए राजा को राजमहल की परम्पराओं के निर्वाह के लिए समझाया जाए या फिर वे राज छोड़कर कहीं किसी अन्य राज्य में आश्रय लें। अन्ततः अंग देश के विद्वत्‌जनों, ब्राह्मणों, चारणों एवं कलाकारों को गोनू झा की याद आई तथा तय हुआ कि इस मुश्किल की घड़ी में गोनू झा से परामर्श करना उचित होगा। इस निश्चय के बाद ये तमाम लोग मिथिला आए और गोनू झा के आवास पर पहुँचे।

गोनू झा अंग देश के प्रसिद्ध लोगों के समूह को अपने दरवाजे पर देखकर आश्चर्यचकित रह गए। उन्होंने आगंतुक अतिथियों का स्वागत किया तथा सम्मानपूर्वक उन्हें बैठाया। फिर उनसे कुशल-क्षेम पूछते हुए मिथिला पधारने का प्रयोजन पूछा।

उन लोगों ने जब अंग देश के नए राजा के व्यवहार के बारे में गोनू झा को जानकारी दी तब गोनू झा को भी लगा कि नए राजा के व्यवहार से पड़ोसी राज्य में असंतोष पैदा होगा और इसका प्रभाव मिथिलांचल पर भी पड़ेगा। गोनू झा को अंग देश के वृद्ध महाराज के रुग्ण होने के समाचार ने भी व्यथित किया और उन्होंने तय कर लिया कि वे इन लोगों के साथ अंग देश जाएँगे। नए राजा को राज्यानुकूल आचरण सिखाएँगे तथा वृद्ध महाराज का दर्शन कर उन्हें आरोग्य लाभ के लिए शुभकामनाएँ देंगे। गोनू झा ने यह निर्णय इसलिए लिया कि अंग देश के विद्वत्‌जनों ने उनके पास आकर उनके प्रति आस्था जताई थी तथा मिथिलांचल की परम्परा रही है कि दरवाजे पर आए अतिथियों की क्षमता भर इच्छापूर्ति का उपाय किया जाना चाहिए। गोनू झा के प्रति अंग देश के वृद्ध महाराज का स्नेह भाव प्रारम्भ से ही बना

हुआ था। प्रायः प्रत्येक राज्योत्सव में उन्होंने गोनू झा को अवश्य बुलाया था और उचित सम्मान व उपहार देकर उन्हें विदा किया था। वृद्ध महाराज के रुग्ण होने की सूचना पर गोनू झा उद्वेलित न होते तो कैसे?

गोनू झा अंग देश को विद्वत्‌जनों के साथ चल दिए। रास्ते में उन्होंने नए राजा के आचरण-व्यवहार आदि की पूरी जानकारी प्राप्त की फिर उन्होंने उन लोगों को सलाह दी कि जब वे नए राजा से मिलने दरबार में जाएँ तो कोई कुछ भी नहीं बोले। बस, वे जैसा करें, वैसा ही वे सब भी करते जाएँ। लोगों ने उन्हें अपनी सहमति दे दी।

गोनू झा ने दरबार में खबर भिजवाई कि मिथिला से गोनू झा आए हैं और वे अपने अंग देश के मित्रों के साथ नए राजा के दर्शन के लिए दरबार में उपस्थित होना चाहते हैं।

नए राजा को जब सूचना मिली कि गोनू झा आए हैं तो उसने ससम्मान दरबार में बुलाने का निर्देश दिया। नए राजा को गोनू झा के बारे में इतना तो पता ही था कि उसके पिता गोनू झा को प्रायः बुलाया करते थे। गोनू झा की विद्वता और विनोदप्रियता की चर्चा भी उसने सुन रखी थी लेकिन उनके साथ अंग देश के विद्वत्‌जनों को आते देख उसकी पेशानियों पर बल पड़ गए मगर उसने कुछ कहा नहीं। गोनू झा के अभिवादन के लिए नया राजा सिंहासन से उतरकर खड़ा हो गया। गोनू झा ने उसे नमस्कार करने के लिए अपने हाथ जोड़े तब उनके साथ आए अंग देश के विद्वत्‌जनों ने भी अपने हाथ जोड़े और फिर गोनू झा ने अपने हाथ फैलाकर मुँह खोल लिया और उसी मुद्रा में मूर्तिवत् खड़े हो गए। उनके साथ दरबार में उपस्थित विद्वत्‌जनों ने भी ऐसा ही किया। गोनू झा सहित इतने सारे लोगों को हाथ फैलाए और मुँह बाये खड़े देखकर नया राजा कुछ समझ नहीं पाया। दरबारी भी इस कौतुक को विस्मय से देख रहे थे।

काफी देर तक नया राजा उन्हें चकित-सा देखता रहा फिर उसके सब्र का बाँध टूट गया। उसने विस्मित भाव से पूछा—"क्या आप लोग मेरे राज्याभिषेक पर प्रसन्नता व्यक्त कर रहे हैं?"

गोनू झा ने केवल एक हाथ की अँगुलियों को एक बार नचाया फिर पूर्व की भाँति ही मूर्तिवत् हो गए। उनके साथ आए लोगों ने भी वैसा ही किया। दरबारी चकित थे और नया राजा कुछ भी समझ नहीं पा रहा था।

उसने फिर गोनू झा से पूछा–"क्या आप लोग वृद्ध महाराज के आरोग्य लाभ की कामना प्रकट कर रहे हैं?"

गोनू झा ने पूर्व की भाँति ही एक हाथ की अँगुलियों को नचाया और मुँह बाए अपनी पूर्व की मुद्रा में आ गए।

इस तरह की विचित्र स्थिति की कल्पना न नए राजा ने कभी की थी और न उसके दरबारियों ने। अन्ततः नए राजा ने महामंत्री से धीरे से पूछा कि वह क्या करे?

महामंत्री भी उलझन में थे कि पता नहीं गोनू झा क्या कहना चाह रहे हैं। फिर उन्होंने गोनू झा के साथ आए लोगों को देखा तो पाया कि ये लोग वृद्ध महाराज के राज में दरबार में विशेष सम्मान के अधिकारी थे। इनमें चारण और ब्राह्मण भी थे जिन्हें नये राजा ने कोई तरजीह नहीं दी थी।

महामंत्री ने नए राजा से अपने अनुमान के आधार पर कहा–"राजन् सम्भवतः ये लोग आपसे कुछ दान-दक्षिणा की प्रत्याशा रखते प्रतीत होते हैं। इन्हें कुछ उपहार प्रदान करें और यथायोग्य आसन प्रदान करें तो सम्भवतः गोनू झा के यहाँ पधारने का प्रयोजन स्पष्ट हो पाए।"

नये राजा ने ऐसा ही किया। मिथिला से आए गोनू झा जैसे विद्वान ब्राह्मण का आदर करना नए राजा ने राजनीतिक आवश्यकता के रूप में लिया तथा उनके साथ आए लोगों को भी उसने इसी दृष्टि से समादृत किया।

उचित आसन एवं उपहार मिलने के बाद गोनू झा ने सहज मुद्रा अपना ली। उनके साथ आए लोगों ने भी ऐसा ही किया।

फिर गोनू झा ने नए राजा से कहा–"राजन! मैं यहाँ आपके पिता के दर्शन के लिए उपस्थित हुआ हूँ। मेरे साथ जो लोग हैं, वे आपके राज्य की विभूतियाँ हैं। इनके मुँह से अमृत वचन निकला करते थे। उस सिंहासन पर जहाँ आज आप विराजमान हैं, वहाँ वृद्ध महाराज विराजमान हुआ करते थे। राजन्, जब विद्वानों, ब्राह्मणों, चारणों और कलाकारों की जिह्वा से शब्द प्रकट नहीं हो तो भरे दरबार में किस तरह की किंकर्तव्यविमूढ़ता की स्थिति उपस्थित हो जाती है यह आपने कुछ ही पल पहले देखा और अनुभव किया। अब मेरी प्रार्थना है कि आप स्वयं निर्णय करें कि वृद्ध महाराज के शासनकाल में सरस्वती के इन साधकों के प्रति जो राज-व्यवहार था, उसे

जारी रखा जाए या नहीं। राजन्! जब विद्वान चुप हो जाएगा, कलाकार मौन हो जाएगा तब राज्य में निष्ठा की कमी आएगी और लोग शुष्क वृत्ति की ओर प्रवृत होंगे। राजधर्म है कि जनजीवन में सरसता बनी रहे। इसके लिए ही वृद्ध महाराज इन लोगों को महत्त्व दिया करते थे।"

नए राजा को गोनू झा की बातें समझ में आईं और उसने विनम्रतापूर्वक अंग देश के विद्वत्‌जनों से अपने व्यवहार के प्रति क्षमा माँगी तथा बताया कि अपने वृद्ध पिता के आरोग्य के लिए चिन्तित रहने के कारण उसने उनके साथ शुष्क व्यवहार किया था जो किसी भी राजा के लिए शोभनीय नहीं था।

गोनू झा नए राजा की इस आत्म-स्वीकृति से प्रसन्न हुए और कहा–"राजन्! हम सभी वृद्ध महाराज से मिलकर उनके आरोग्य लाभ की कामना करने के इच्छुक हैं। यदि आप इसकी आज्ञा दें तो हम कृतार्थ होंगे।"

गोनू झा ने जान-बूझकर बहुत औपचारिक भाषा का प्रयोग किया था क्योंकि वे नए राजा को सन्देश देना चाहते थे कि राज्य-संचालन के लिए केवल अपने संवेगों, संवेदनाओं और भावनाओं का ही नहीं बल्कि परम्परा से चली आ रही औपचारिकताओं का भी निर्वाह किया जाना चाहिए।

नए राजा ने गोनू झा की विनम्रता की मन ही मन सराहना की और उन्हें लेकर अपने पिता के कक्ष में पहुँचे। उनके साथ अंग देश के विद्वत्‌जनों का जत्था भी था।

गोनू झा और अपने राज्य के विभूतियों को अपने कक्ष में आया देख वृद्ध महाराज बहुत प्रसन्न हुए। उन्होंने गोनू झा से कुछ दिनों तक राज-अतिथि के रूप में अंग देश में रहने का आग्रह किया जिसे गोनू झा ने मान लिया।

गोनू झा ने वृद्ध महाराज से मिलकर यह महसूस किया कि महाराज का एकाकीपन भी उनके आरोग्य लाभ में बाधक है। उन्होंने राज वैद्य से इस सम्बन्ध में परामर्श किया और उनकी अनुमति से वृद्ध महाराज के कक्ष में प्रतिदिन किसी न किसी कलाकार को बुलाकर उसका गायन, वादन आदि का आयोजन कराते रहे। चारण तो वे खुद थे। वे इस बात का ध्यान रखते थे कि महाराज उदास और एकाकी न हों।

वृद्ध महाराज का कक्ष कलाकारों के आने-जाने से जीवंत हो उठा और देखते ही देखते वृद्ध महाराज के स्वास्थ्य में सुधार होने लगा। राज वैद्य ने

भी वृद्ध महाराज के स्वास्थ्य में तेजी से हो रहे सुधार को स्वीकार किया तथा घोषणा की कि वृद्ध महाराज अब खतरे से बाहर हैं।

नए राजा ने जब अपने पिता के स्वास्थ्य में आए इस परिवर्तन को देखा तब वे गोनू झा के प्रति आभार-बोध से भर गया। मगर गोनू झा ने नए राजा को समझाया कि कलाकारों की संगति से महाराज के स्वास्थ्य में यह सुधार हुआ है। वृद्ध महाराज का एकाकी जीवन उनके स्वास्थ्य की राह में अड़चन था। उनके साथ राज वैद्य से लेकर सेवक तक ऐसा व्यवहार कर रहा था कि वे बहुत बीमार हैं तथा उनका बचना मुश्किल है। दरअसल, ऐसा व्यवहार तो किसी स्वस्थ व्यक्ति को भी रोगी बना देगा। कलाकार संवेदनशील होते हैं। वे महाराज के मनोभावों को समझते हुए उनके साथ वैसा ही व्यवहार कर रहे थे जिसकी आवश्यकता महाराज को थी। इस कारण वृद्ध महाराज के स्वास्थ्य में तीव्रता के साथ सुधार हुआ।

नए राजा को अब समझ में आया कि जिन्हें वे निखट्टू और याचक की संज्ञा दे रहे थे, उनकी उपयोगिता राज्य के लिए कितनी अहम है।

जब गोनू झा अंग देश से विदा होने को हुए तो नए राजा ने राजमहल में एक रंगारंग कार्यक्रम का आयोजन किया जिसमें राज्य के प्रायः सभी कलाकारों की कला का प्रदर्शन हुआ। इस आयोजन में वृद्ध महाराज भी उपस्थित हुए। नए राजा ने गोनू झा को विदाई से पहले ढेर सारे उपहार दिए और अंग देश के विद्वत्‌जन गोनू झा को मिथिला तक पहुँचाने आए। वे सभी गोनू झा के प्रति कृतज्ञता-बोध से भरे हुए थे।

अथ श्रीबैल कथा

'अरे वाह, पंडित जी! बहुत शानदार बैल लिए जा रहे हैं! कितने में मिला?" गोनू झा अभी पशु मेले से निकले ही थे कि एक व्यक्ति ने उनसे पूछा।

गोनू झा ने उस व्यक्ति की ओर देखा किन्तु उसे पहचान नहीं पाए। फिर भी अपने चेहरे पर औपचारिक मुस्कान लाकर बोले–"बस, संयोग से मिल गया–दस रुपए में। अच्छा लगा सो ले लिया। जरूरत भी थी।''

''आइसा। लेकिन पंडित जी, आपको बैल मिला बहुत शानदार–मगर एक ही क्यों, कम से कम एक जोड़ी बैल लेते...'' उस अजनबी ने गोनू झा से पूछा।

गोनू झा भी उससे बात करते हुए चल रहे थे–''अरे, क्या बताएँ भाई, मेरे पास एक जोड़ी बैल था। दस दिन हुए–एक बैल बीमार पड़ा। दवा-दारू की मगर बचा नहीं पाया–मर गया। इसीलिए एक बैल की जरूरत थी। ठीक- ठाक मिल गया इसलिए ले लिया। मेरे पास एक बैल इसी कद-काठी का है।''

कुछ दूर चलने के बाद वह व्यक्ति अपनी राह चला गया। गोनू झा सोचते रहे कि यह व्यक्ति कौन था, लेकिन वे उस व्यक्ति को याद नहीं कर पाए। राजदरबार में होने के कारण गोनू झा की ख्याति दूर-दूर तक फैली हुई थी। उन्हें जानने-पहचानने वाले लोग भी बहुत थे। उन्होंने सोचा–छोड़ो, रहा होगा कोई। अभी वे कुछ दूर ही चल पाए थे कि रास्ते में एक पगड़ीधारी व्यक्ति उन्हें कहा–"पा लागूँ महोपाध्याय जी!"

गोनू झा संस्कृत के विद्वान थे और संस्कृत शिक्षा की श्रेष्ठतम उपाधि 'महोपाध्याय' से विभूषित थे। उन्होंने जब अपने लिए 'महोपाध्याय' का सम्बोधन सुना तो वे चौंके। उन्होंने उस व्यक्ति की तरफ देखा तो एक

झलक में ही पहचान गए–यह व्यक्ति उनके संस्कृत के आचार्य के यहाँ काम किया करता था। नाम था गोनउरा। गोनू झा ने उसका हालचाल पूछा। अन्ततः बातचीत पुनः बैल पर आ गई। गोनू झा ने पुनः बैल वृतान्त सुनाकर उसकी जिज्ञासा शान्त की। कुछ दूर चलकर गोनउरा भी गोनू झा से विदा लेकर अपने गाँव की ओर मुड़ गया।

और अपने गाँव तक पहुँचते-पहुँचते गोनू झा को रास्ते में कम से कम पच्चीस लोग ऐसे मिले जिन्होंने उनसे बैल के बारे में पूछा और जिन्हें गोनू झा ने बैल के मरने से लेकर बैल के खरीदे जाने तक का वृतान्त कह सुनाया।

अपने गाँव में गोनू झा सड़क से गुजर रहे हों और उन्हें टोकने वाला न मिले, ऐसा भला कैसे हो सकता था! अब गाँव की राह में भी वही सिलसिला शुरू हो गया। बैल के बारे में हर दस-बीस कदम पर गोनू झा से कोई न कोई पूछ ही देता कि 'पंडित जी, यह बैल कितने में खरीदा?'

गोनू झा घर पहुँचते-पहुँचते इस प्रश्न से खीज-से गए। उन्हें लगने लगा कि यदि उनकी झल्लाहट बढ़ी तो हो सकता है कि बैल के बारे में पूछने वाले की वे ऐसी की तैसी कर दें। गोनू झा विवेकी तो थे ही। घर पहुँचकर बथान में बैल को खूँटे से बाँधा और उसे सानी-पानी देकर, सहला-पुचकारकर अपने कमरे में गए।

पंडिताइन यानी कि उनकी पत्नी और उनका भाई भोनू झा, दोनों को बुलाकर उन्होंने कहा–"पशु मेले में दस रुपए में बैल खरीदकर लाया हूँ। दूसरे बैल के जोड़ का बैल है। जाकर बथान में बैल देख लो और अब इस बैल के बारे में मुझसे कुछ मत पूछना। थक गया हूँ, अब आराम करूँगा।" कहते-कहते गोनू झा चौकी पर पसर गए।

उन्होंने सोचा–यदि कोई उपाय नहीं किया तो गाँव का हर आदमी आ-आकर बैल के बारे में पूछेगा ही। कोई बैल की नस्ल जानना चाहेगा तो कोई बैल की कीमत। कोई उन्हें बताएगा कि बैल की सानी में सरसों और तीसी की खली जरूर मिलाएँ तो कोई कहेगा कि हफ्ते में एक बार बैल को पाव भर नमक चटाएँ। किस-किसको वे बैल की कीमत और जाति बताते फिरेंगे और किस-किसको बताएँगे कि किस कारण से बैल खरीदना पड़ा। किस- किससे नसीहत लेते रहेंगे कि बैल को कैसे पाला जाता है, क्या-क्या

खिलाया जाता है। फिर कुछ मन ही मन तय कर लेने के बाद वे चौकी से उठे। हाथ-मुँह धोया। पंडिताइन ने उनके और भोनू झा के लिए भोजन परोस दिया। खा-पीकर गोनू झा सो गए।

दूसरे दिन सबेरे-सबेरे गोनू झा बैल को बथान से निकालकर गाँव के बीच वाले हिस्से में ले गए और बैल को एक खेत में घुसा दिया जहाँ बैल मस्ती में चरने लगा। गोनू झा खुद एक पेड़ पर चढ़कर चिल्लाने लगे–"दौड़ो भाइयों, जल्दी आओ! आओ गाँववालो, जल्दी आओ! खेत में बाघ घुसा है, जल्दी आओ!"

उनकी चीख सुनकर गाँव के लोग अपने हाथ में लाठी, भाला, फरसा, तलवार आदि लिए दौड़ते आए। उन लोगों ने देखा, गोनू झा एक पेड़ पर चढ़े आवाज लगा रहे हैं। गोनू झा का चिल्लाना जारी था। जब उन्हें विश्वास हो गया कि पेड़ के नीचे गाँव के तमाम लोग जमा हो गए हैं तब उन्होंने चिल्लाना बंद किया।

गाँववालों ने पूछा–"कहाँ पंडित जी, कहाँ है बाघ?"

गोनू झा ने पेड़ से उतरकर गाँववालों को खेत में चर रहे बैल को दिखाया–"वहाँ देखिए, दिखा आप लोगों को?"

गाँव वाले बोले–"नहीं, पंडित जी–वहाँ तो बैल दिख रहा है–बाघ नहीं।"

"हाँ, ठीक दिख रहा है–बैल ही है, बाघ नहीं। और यह बैल मैंने कल दस रुपए में खरीदा है। मेरे पास पहले एक जोड़ा बैल था। दस-एक दिन पहले उसमें से एक बैल मर गया इसलिए मुझे यह बैल खरीदना पड़ा। अगर आप लोगों को बैल के बारे में कुछ और जानना-समझना हो तो पूछ लीजिए। कल शाम से मैं पचासों लोगों को जवाब देते-देते आजिज आ चुका हूँ। और अगर किसी को कुछ नहीं पूछना है तब सब लोग अपने-अपने काम में लग जाइए। मुझे आप लोगों को यही बताना था कि मैंने बैल खरीदा है। गाँव के जिन लोगों को यह बात नहीं मालूम हो उन्हें भी आप लोग बता दीजिए। मगर मेरी विनती है कि अब मुझसे इस बैल के बारे में कुछ मत पूछिए।"

गाँव वाले अपने-अपने हरबा-हथियार के साथ लौट गए। कहाँ तो वे आए थे बाघ का शिकार करने, कहाँ गोनू झा के बैल का दर्शन करके अपना

सा मुँह लिए लौट रहे थे।

गोनू झा अपनी मस्ती में मूँछों पर ताव देते हुए अपने घर पहुँचे। घर पहुँचने पर उनकी पत्नी ने पूछा–"इतने सबेरे कहाँ चले गए थे?"

गोनू झा ने खूँटे से बैल बाँधते हुए कहा–"गाँव वालों को 'अथ श्रीबैल कथा' बाँचने गया था भाग्यवान!" इतना कहकर गोनू झा मुस्कुराने लगे।

गोनू झा की शरण में दरबारी

गोनू झा अपने वाक्चातुर्य से सबका दिल जीत लेते थे। महाराज उनकी प्रतिभा के कायल थे। कठिन से कठिन अवसर पर गोनू झा का सुझाव उन्हें जँचता और वे उसे आजमाते। उलझनें सुलझ जातीं। प्रायः मिथिला नरेश भरे दरबार में गोनू झा के सुझावों की सराहना करते। समय-समय पर गोनू झा को पुरस्कृत भी करते जिसके कारण मिथिला दरबार के अधिकांश दरबारी उनसे चिढ़ते थे और ईर्ष्यावश उन्हें नीचा दिखाने का अवसर तलाशते रहते थे। गोनू झा इस स्थिति से परिचित थे मगर इन बातों पर वे ध्यान नहीं देते थे कि उन्हें कौन क्या कहता है। मस्त रहना उनके स्वभाव में शामिल था।

मिथिला नरेश के दरबार में एक बार एक बहेलिया एक तोता लेकर आया जो समय के अनुसार उचित बातें बोल सकता था। जैसे सवेरा होने पर तोता गाता—'सूरज निकला पूरब ओर, जागो भइया हो गई भोर।'

किसी आगंतुक की आहट पर वह पूछता—'कौन हो भाई? कहाँ से आए हो? थोड़ी प्रतीक्षा करो। स्वामी विश्राम कर रहे हैं।'

किसी के प्रस्थान करने पर बोलता—'अच्छा लगा आपसे मिलकर। फिर आइएगा। शुभ विदा।'

मिथिला नरेश को जब बहेलिए ने तोता दिखलाया तो उन्होंने उसे एक साधारण तोता समझा लेकिन बहेलिया द्वारा चुटकी बजाए जाने पर तोते ने कहा—''महाराज की जय हो! हम आपकी सेवा में समर्पित हैं। आदेश करें महाराज!''

महाराज तोता की मुग्धकारी आवाज सुनकर चकित हुए। उन्होंने बहेलिए से पूछा—"यह और क्या बोलता है?"

बहेलिए के कुछ पूछने से पहले ही तोते ने जवाब दिया—"बहुत कुछ महाराज!"

महाराज को तोता पसन्द आया। बहेलिए ने महाराज को बताया कि समय के अनुसार स्थिति भाँपकर यह तोता लगभग सौ तरह के वाक्य बोल सकता है। महाराज ने बहेलिए को तोते की मुँहमाँगी कीमत देकर विदा किया।

महाराज के लिए यह तोता अद्भुत था। बड़े जतन से सिखाया-पढ़ाया गया यह तोता दरबार के लिए शोभा बन गया। महाराज ने उसके लिए अपने सिंहासन के पास ही एक मेज लगवा ली। जब महाराज दरबार में आते तो उनके साथ यह तोता भी पिंजड़े में लाया जाता। जब महाराज महल में जाते तो उनके साथ तोते का पिंजरा भी ले जाया जाता।

समय गुजरता गया और महाराज का इस तोते के साथ लगाव भी बढ़ता गया। दूसरे राज्यों से यदि कोई विशेष अतिथि महाराज से मिलने आता तो महाराज अपने तोते की कौतुक पैदा करनेवाली पंक्तियों से उसे चमत्कृत करने में गौरव महसूस करते।

एक दिन की बात है। महाराज को अचानक किसी कार्यवश दरबार से उठकर कहीं जाना पड़ा। जाते समय महाराज ने दरबारियों को निर्देश दिया कि वे तोते का खयाल रखें तथा चेतावनी भी दी कि तोते के साथ यदि कोई छेड़छाड़ हुई तो किसी की खैर नहीं।

संयोग था कि उस समय तक दरबार में गोनू झा नहीं आए थे। महाराज के जाने के बाद गोनू झा दरबार में आए तो पाया कि सभी दरबारी मुँह लटकाए बैठे हैं। महाराज दरबार में नहीं हैं तथा तोता पिंजरे में मरा पड़ा है।

गोनू झा ने एक दरबारी से पूछा–"महाराज कहाँ हैं? तोते की यह हालत किसने की?"

दरबारी ने उन्हें बताया–"महाराज अचानक किसी काम से उठकर कहीं गए हैं तथा वे जाते-जाते यह कह गए थे कि तोते का खयाल रखना। महाराज ने यह चेतावनी भी दी थी कि तोते के साथ किसी ने छेड़छाड़ की तो उसकी खैर नहीं। सभी दरबारी अपने आसनों पर बैठे महाराज के आने की प्रतीक्षा करते रहे। इस बीच न जाने किधर से एक संकरा साँप पिंजरे से लिपट गया। तोता के टें-टें से हम लोगों का ध्यान उधर गया। हम लोग कुछ कर पाते इससे पहले ही साँप ने तोते को डँस लिया।"

पूरी कहानी सुनने के बाद गोनू झा गम्भीर मुद्रा में अपने आसन पर

जाकर बैठ गए। गोनू झा को चुप देखकर कुछ दरबारी उनके पास आए तथा उनसे पूछने लगे कि अब क्या होगा? महाराज जब पूछेंगे कि तोता कैसे मरा?... इतने दरबारी एक़ तोता का ध्यान नहीं रख पाए...तब हम लोग क्या जवाब देंगे?

गोनू झा ने उनसे कहा–''आप लोग विद्वान हैं, मैं आपको जवाब सुझाऊँ, यह मुझे शोभा नहीं देता।''

दरबारियों ने उनका कटाक्ष भाँप लिया। फिर भी उनमें से कुछ ऐसे दरबारी गोनू झा के आसन के निकट आ गए जो वाकई गोनू झा के वाक्चातुर्य के प्रशंसक थे। उन लोगों के आग्रह पर गोनू झा ने कहा–"ठीक है, तोते की मृत्यु की सूचना मैं अपने ढंग से महाराज को दे दूँगा लेकिन आप सभी वही करेंगे जो मैं कहूँगा, तब तो यह जिम्मा मैं ले लूँगा और यदि आपमें से एक भी आदमी मेरी बात से सहमत नहीं हो तो तब मैं इस मामले में नहीं पड़ूँगा।''

सभी दरबारी एक स्वर में बोले–''पंडित जी! आप जो भी निर्देश दें, उसका पालन हम लोग करेंगे।''

तब गोनू झा ने कहा–"सबसे पहले तोते का पिंजरा आप दरबार से बाहर ले जाकर रख दीजिए। महाराज जब पिंजड़े के बारे में पूछेंगे तो आप में से हर आदमी केवल यही कहेगा कि पिंजड़ा बाहर है। जब महाराज किसी को पिंजरा लाने के लिए कहें तो वह बाहर चला जाए मगर वापस नहीं आए।"

सभी ने गोनू झा का यह निर्देश मानने की स्वीकृति दे दी और बोले–"बस पंडित जी, आप जैसा कहें हम करेंगे। हम आपकी शरण में हैं। महाराज के क्रोध से बचाने का बस आप ही कोई उपाय कर सकते हैं।"

जब महाराज दरबार में वापस आए तो पाया कि तोते का पिंजड़ा वहाँ नहीं है। उन्होंने दरबारियों से उसके बारे में पूछा तो जवाब मिला–"बाहर है।"

महाराज ने पूछा–"क्यों बाहर है, जाइए, उसे लेकर आइए।" उन्होंने एक दरबारी को इशारा किया। दरबारी उठा बाहर चला गया। मगर लौटा नहीं।

एक के बाद एक दरबारी भेजे गए मगर उनमें से कोई वापस नहीं

आया। राजा तोते के लिए बेचैन थे। अन्ततः उन्होंने गोनू झा से कहा–''क्या बात है? क्या तोता मर गया?''

गोनू झा ने कहा–''महाराज! मैं यह कैसे कह सकता हूँ? छोटी मुँह बड़ी बात होगी।''

"चलिए पंडित जी! हम स्वयं देखते हैं," मिथिला नरेश ने गोनू झा से कहा।

गोनू झा तत्परता से उठे और महाराज के साथ चल पड़े। दरबार से बाहर निकलने पर महाराज ने दाएँ-बाएँ सिर घुमाकर तोते के पिंजड़े की खोज की तो उन्हें पास में ही रखा गया पिंजड़ा दिख गया।

पिंजड़े में तोता लुढ़का हुआ पड़ा था। उसे देखते ही महाराज विस्मित भाव में बोल पड़े–''अरे, यह तो सचमुच ही मर गया है!''

गोनू झा ने कहा–''जब आप बोल रहे हैं महाराज, तो सच ही होगा।''

महाराज समझ गए कि तोते की मौत की खबर दरबारी उनके डर के कारण ही उन्हें नहीं दे पाए।

उन्होंने दरबार में जाकर शेष रह गए दरबारियों से कहा–"तोते के मरने का मुझे बहुत दुःख है मगर मैं जानता हूँ कि इस तोते की मौत का कारण आप में से कोई नहीं है इसलिए बिना किसी भय के आप मुझे बताएँ कि तोते को क्या हो गया अचानक कि वह मर गया।"

तब एक दरबारी ने डरते-डरते तोते को साँप के काटने की घटना बताई जिसे सुनने के कुछ देर बाद ही महाराज सिंहासन से उठ खड़े हुए और उस दिन दरबार स्थगित कर दिया गया और महाराज महल की ओर चले गए।

यह पहला मौका था जब गोनू झा दरबार से निकल रहे थे तो राजदरबार के सभी दरबारी उनके आस-पास, या पीछे-पीछे चल रहे थे तथा उनकी सराहना कर रहे थे। गोनू झा की चाल में अलमस्ती बढ़ गई थी।

रात का भाव

गोनू झा एक रात सोए हुए थे। उनकी पत्नी गहरी नींद में उसी पलंग पर सो रही थी जिस पर गोनू झा सोए हुए थे। गोनू झा कच्ची नींद में थे। कहीं से आ रही खट्-पट् की आवाज से उनकी नींद उचट गई। उन्होंने ध्यान देकर इस आवाज को समझने की कोशिश की। आवाज बाहर वाले ओसारे से आ रही थी।

गोनू झा को समझते देर न लगी कि चोर होंगे। आहट कुछ टटोले जाने से पैदा हो रही थी। ओसारे में कई 'माठ' पड़े थे जिनमें अनाज रखे गए थे। गोनू झा ने 'अकान' कर समझा कि माठ में रखे 'नपना' के टकराने से खट-पट की आवाज पैदा हो रही है जिससे उनकी निद्रा भंग हुई थी।

गोनू झा के दिमाग में अचानक एक विचार कौंधा और वे झटके से उठे और पलंग पर बैठकर अपनी पत्नी को जगाने लगे। पंडिताइन के शरीर को जोरों से झकझोरते हुए गोनू झा ने आवाज लगानी शुरू कर दी–"अरे उठो भाग्यवान। जल्दी उठो। नहीं तो बड़ा अनर्थ हो जाएगा।"

पंडिताइन गहरी नींद में थी। दिन भर की थकी-माँदी। वह कच्ची नींद से जगाए जाने से झल्ला गई–"ओह, सोने क्यों नहीं देते?"

"अरे उठ भी! कहीं लाखों का नुकसान न हो जाए।" गोनू झा ने एक-एक शब्द चबाते हुए कहा।

लाखों का नुकसान की बात सुनकर पंडिताइन थोड़ा सजग हुई और बिस्तर पर उठकर बैठ गई।

उधर चोर जो 'माठ' से अनाज चुराने की ब्योंत में लगा था, गोनू झा के मुँह से निकले लाखों शब्द सुनकर आगे की बात सुनने के लिए पैर चाँपते हुए खिड़की से कान सटाकर खड़ा हो गया।

अमावास की रात के घने अन्धकार में उसे इतना इत्मीनान था कि

भीतर से कोई उसे देखना भी चाहे तो देख नहीं सकेगा।

पंडिताइन ने सचेत होते हुए गोनू झा से पूछा–''कोई सपना देख लिए क्या कि अचानक आधी रात में लाखों का नुकसान की बात करने लगे?''

गोनू झा ने कहा–''अरे पंडिताइन। समझो कि अपने भाग्य जग गए। मैं जो एक पोटली सेंबल के बीज लाया था, वह कहाँ है?''

पंडिताइन इस बेतुकी बात पर फिर झल्ला पड़ी। ''ओ! यह क्या बात हुई? आधी रात में सोए से जगाया? कहने लगे लाखों का नुकसान हो जाएगा, जैसे कोई हीरा-मोती, जर-जेवरात की बात हो और अब पूछ रहे हो, सेंबल के बीज कहाँ हैं? कहीं दिमाग तो नहीं फिर गया है?''

गोनू झा ने पंडिताइन को डपट दिया–''अरे! फालतू बकवास में मत पड़। यह बता कि सेंबल के बीज कहाँ हैं?''

पंडिताइन गोनू झा के तेवर देखकर सहम गई और बिसूरती हुई बोली–''बाहर ओसारे की बनेरी में बीज की पोटली बँधी हुई है।''

गोनू झा ने बिगड़ते हुए कहा–''अरे, उस पोटली को तूने इतनी लापरवाही से रखा?''

पंडिताइन को भी गुस्सा आ गया और वह भी तेज आवाज में बोल पड़ी–''दू पाई का भी होगा वह सेंबल का बीज, मैं क्या उसे तिजोरी में रखती? काहे आधी रात में टँटा खड़ा कर रहे हो?''

चोर साँस रोके गोनू झा और पंडिताइन के बीच हो रही बातचीत को सुन रहा था। उसे भी समझ में नहीं आ रहा था कि एक पोटली सेंबल के बीज के लिए गोनू झा इतना तड़क क्यों रहे हैं!

तभी उसके कान में गोनू झा की आवाज पड़ी–''अरे भाग्यवान! अब वह सेंबल का बीज तिजोरी में ही रखा जाएगा। तुम्हें कुछ दिन-दुनिया की खबर भी है? एक यूनानी चिकित्सक ने सेंबल के बीज से जीवन रक्षक औषधि बनाई है और रातोंरात सेंबल के बीज की कीमत हीरों-जवाहरातों की तुलना में दो सौ गुना बढ़ गया है। जरा सोच, एक स्वर्ण-मुद्रा में एक तोला सोना मिल जाता है कि नहीं? एक यूनानी व्यापारी आज ही महाराज के पास आया था। वह दो सौ स्वर्ण-मुद्राओं में एक तोला के भाव से सेंबल के बीज खरीदने की बात कर रहा था। उसी ने महाराज को बताया कि इस बीज से बननेवाली दवा से मरता आदमी भी जी उठेगा। अब समझी, कि मैं

सेंबल के बीजों के लिए इतना बेचैन क्यों हूँ? कल ही बाजार जाकर इन बीजों को बेच आऊँगा और इनसे मिलनेवाले पैसों से सबसे पहले तुम्हारे लिए महल बनवाऊँगा और तुम्हें जेवर-जवाहरातों से लाद दूँगा। चल, पोटली ले आते हैं।''

पंडिताइन ने कहा–''अब रहने भी दो पंडित जी। रात भर में कौन-सी आफत आ जाएगी। जो बात सेंबल के बीज के बारे में तुमको मालूम है, वही बात अभी लोगों तक पहुँचते पहुँचेगी। अभी सो जाओ। सुबह उठकर सबसे पहले पोटली ले आऊँगी और तुम्हें दे दूँगी।''

गोनू झा को जो सन्देश बाहर खड़े चोर को देना था, वह दे चुके थे इसलिए उन्होंने मन मारने के अन्दाज में कहा–''ठीक है भाग्यवान! जैसा तुम कहो! वैसे भी अभी सेंबल के बीज की कीमत महाराज के अलावा केवल मैं जानता हूँ।...अच्छा, चलो, सो ही जाते हैं।''

और गोनू झा बिस्तर पर लेट गए। पंडिताइन ने भी राहत की साँस ली और सो गई।

दूसरे दिन, सुबह-सुबह पंडिताइन घबराई-सी गोनू झा को झंकोरकर जगाने लगी–"उठिए पंडित जी! गजब हो गया! उठिए!"

गोनू झा उठे। उन्होंने घबराई सी पंडिताइन को देखा तो मुस्कुराकर पूछने लगे–''तो पोटली गायब हो गई?''

पंडिताइन जवाब देने की बजाय सुबकने लगी। वह पछतावे से भरी हुई थी कि यदि उसने गोनू झा की बात मानकर रात को ही बनेरी से पोटली खोल ली होती तो यह हादसा नहीं होता। न जाने कौन रात में पोटली खोलकर ले गया जिसमें बहुमूल्य सेंबल के बीज थे!

गोनू झा को लगा कि चोर वाला राज अब खोल देने में भलाई है! न जाने सेंबल के बीज के सदमें में पंडिताइन पर क्या गुजरे! उन्होंने पंडिताइन की पीठ थपथपाते हुए कहा–''अब जाने भी दो, दो पाई की चीज के लिए इस तरह आँसू नहीं बहाते।" फिर उन्होंने पंडिताइन को बताया कि रात को उन्होंने चोरों की आहट सुन ली थी और उन्हें गुमराह करने के लिए सेंबल के बीज के भाव बताये थे तथा एक किस्सा गढ़ दिया था।

गोनू झा की बात सुनकर पंडिताइन की जान में जान आई। गोनू झा

बिस्तर से उठे। स्नानादि से निवृत होकर उन्होंने स्वच्छ वस्त्र धारण किए और बाजार की ओर चल पड़े। बाजार पहुँचकर उन्होंने सबसे पहला काम यह किया कि बाजार -सुरक्षा चौकी पर गए और वहाँ के चौकीदार से बताया कि बाजार में यदि कोई सेंबल का बीज बेचता नजर आए तो उसकी गतिविधियों पर नजर रखी जाए क्योंकि एक ठग कल से ही सेंबल के बीज को 'जीवन-रक्षक औषधि' बताकर बेचने की कोशिश कर रहा है। वह सेंबल के बीज की कीमत दो सौ रुपए तोला बता रहा है। वे खुद उससे ठगाते-ठगाते बचे हैं।

पहले तो चौकीदार को विश्चास ही नहीं हुआ कि कोई व्यक्ति इस तरह का दुस्साहस कर सकता है कि दो पाई की चीज के लिए दो सौ स्वर्ण-मुद्राओं की माँग करे लेकिन बात चूँकि गोनू झा की थी तो उसे सतर्कता दिखाने की मजबूरी हो गई।

चौकीदार को लेकर गोनू झा बाजार का चक्कर लगाने लगे। एक जगह पर उन्होंने एक व्यक्ति को कपड़ा बिछाए सेंबल का बीज बेचते देखा। आम तौर पर सेंबल के बीज बाजार में नहीं बेचे जाते इसलिए उन्हें विश्वास हो गया कि यह व्यक्ति कोई और नहीं, वही चोर है जो रात में उनके घर से सेंबल के बीजों की पोटली चुराकर ले आया है। उन्होंने चौकीदार को इशारा कर दिया और उनके इशारे पर चौकीदार चोर के पास पहुँचा और उससे सेंबल के बीज की कीमत पूछा। चोर ने चौकीदार की ओर देखकर कहा—''दो सौ स्वर्ण-मुद्राएँ : प्रति तोला।''

चौकीदार ने प्रश्न किया—''अरे, इतना महँगा? क्या है इन बीजों में? आखिर ये सेंबल के ही बीज हैं न?''

चोर ने मुस्कुराते हुए कहा—"अरे ये साधारण बीज नहीं हैं? इन बीजों में जीवन-रक्षक तत्त्व हैं।''

तब तक गोनू झा वहाँ पहुँच चुके थे और चोर-चौकीदार संवाद का रस ले रहे थे। उन्होंने चोर से कहा—''अरे तू तो रात का भाव बता रहा है। चौकीदार जी, जरा इसे सेंबल के बीजों का दिन वाला भाव बता दीजिए?''

फिर क्या था, चोर को चौकीदार ने पकड़ा। उसकी मुस्कें चढ़ा दीं और पीटता हुआ उसे लेकर चला गया।

गोनू झा अपनी मस्त चाल से राजदरबार की ओर बढ़ने लगे।

गंगा का आशीर्वाद

एक बार की बात है। गोनू झा का पुत्र बीमार पड़ गया। गाँव के वैद्य की चिकित्सा चली मगर वह ठीक नहीं हुआ। राज वैद्य से परामर्श लिया गया मगर व्यर्थ। राज वैद्य के निदान भी विफल हो गए। गोनू झा और पंडिताइन दोनों अपने पुत्र के स्वास्थ्य की चिन्ता में निमग्न थे। तभी किसी ने उन्हें घौघड़ बाबा से बच्चे को झड़वा लेने की सलाह दी। गोनू झा बुद्धिजीवी थे। टोना-टोटका, जन्तर-मन्तर, झाड़-फूँक आदि में उनका विश्वास नहीं था।

पंडिताइन मिथिलांचल की अन्य महिलाओं की तरह ही सामान्य-संस्कारोंवाली महिला थी। पूजा-पाठ, नियम-धरम पर चलने वाली। साधु-संतों का सम्मान करने वाली। एकादशी, पूरनमासी करनेवाली। सूर्य को जल दिए बिना एक दाना भी मुँह में नहीं डालती थी।

जब घौघड़ बाबा से बच्चे की झाड़-फूँक कराने की बात आई तो गोनू झा भन्ना गए और परामर्शदाता को झिड़क दिया।

मगर परामर्शदाता की बात पंडिताइन के मन में बैठ गई। वह सोचने लगी कि क्या पता कोई दैव-लीला ही न हो! भगवान तरह-तरह से अपने भक्तों की परीक्षा लेते हैं—क्या पता 'घौघड़ बाबा' के झाड़ने फूँकने से ही बच्चा ठीक हो जाए! संयोग को कौन जानता है! उसने गोनू झा को मनाने की कोशिश की, मगर गोनू झा तो गोनू झा थे, भला अपना निर्णय कैसे बदल लेते? उन्होंने बच्चे को दवा दी और पंडिताइन से कहा कि वह इन अंध-विश्वासों से दूर रहे। इसी में बच्चे की भी भलाई है और भविष्य का संरक्षण भी।

पत्नी को समझाकर गोनू झा दरबार चले गए और महाराज से पुत्र की बीमारी के बारे में चर्चा की। महाराज ने राज वैद्य को बुलाकर गोनू झा के बच्चे की बीमारी के बारे में पूछा तो राज वैद्य ने बीमारी के बारे में महाराज

को बताया और यह भी बता दिया कि शीघ्र स्वास्थ्य लाभ देने वाली जो औषधियाँ हैं उनमें प्रवाल पिष्टि, स्वर्ण भस्म, मुक्ता पिष्टि जैसी अनेक ऐसी औषधियों का समावेश करना पड़ता है जो काफी मूल्यवान है। इस औषधि का मूल्य गोनू झा नहीं दे पाएँगे इसलिए बच्चे को जो दवा दी जा रही है, उससे वह ठीक तो हो जाएगा मगर कुछ हफ्ते लग जाएँगे।

महाराज ने राज वैद्य की बात सुनने के बाद राज वैद्य को निर्देश दिया कि वे बच्चे के लिए तीव्र असरकारक औषधि तैयार कर लें तथा औषधि पर आने वाले खर्च का भुगतान राजकोष से करवा लें।

गोनू झा के बच्चे के लिए आनन-फानन में औषधि तैयार हुई। औषधि कैसे दी जाती है, पथ्य-अपथ्य आदि का कैसे ध्यान रखना है, आदि जानकारी औषधि के साथ राज वैद्य ने गोनू झा को दे दी।

उधर गोनू झा की पत्नी ने सोचा कि गोनू झा तो दरबार गए हैं, शाम तक लौटेंगे, इस बीच क्यों न घौंघड़ बाबा से परामर्श ले ले। वह चुपके से घर के पिछवाड़े वाली राह से घौघड़ बाबा के पास पहुँची। घौघड़ बाबा ने उसे भभूत दिया और कहा–"जा, तेरा बच्चा ठीक हो जाए तो गंगा मैया को जोड़ा जीव की बलि देना।"

जोड़ा जीव की बलि का मतलब था–दो खस्सी की बलि! पंडिताइन हामी भरकर लौट आई।

गोनू झा जब शाम से पहले दरबार से लौटे तो पंडिताइन मन ही मन भगवान को हाथ जोड़ने लगी कि वह समय रहते ही लौट आई, नहीं तो शामत आ जाने वाली थी। पंडिताइन कभी गोनू झा की बात काटती नहीं थी मगर पुत्र-मोह में पहली बार उसने गोनू झा के निर्देशों की अवहेलना की थी। उसका मन सशंकित हो उठा था।

गोनू झा ने राज वैद्य से प्राप्त औषधि की एक पुड़िया निकाली और मधु में मिलाकर उन्होंने बच्चे को दवा चटा दी। उस समय पंडिताइन चौका में गोनू झा के लिए दूध गर्म कर रही थी इसलिए उसे दवा के बारे में कोई जानकारी नहीं हो पाई। गोनू झा बच्चे को दवा देने के बाद घर से बाहर आकर टहलने लगे। पंडिताइन उन्हें दूध देकर खुद घर के काम-काज में लग गई।

राज वैद्य के निर्देश के अनुसार गोनू झा ने सूरज ढलने के बाद बच्चे को

दवा की दूसरी खुराक दी। रात में जब उन्होंने भोजन कर लिया और पंडिताइन चौका-बर्तन में लगी तब उन्होंने बच्चे को दवा की तीसरी खुराक दी।

दूसरे दिन सुबह में बच्चा किलकारियाँ भरते हुए उठा और बिस्तर पर खेलने लगा जिसे देखकर पंडिताइन ने समझा कि यह घौघड़ बाबा के भभूत का चमत्कार है और गोनू झा ने समझा कि राज वैद्य की दवा का असर है। गोनू झा नहा-धोकर पूजा आदि से निवृत हुए। दरबार जाने की तैयारी में लगे तब उन्हें याद आया कि अभी उनके पास औषधि की एक पुड़िया और बची हुई है। पंडिताइन उस समय खाना पकाने में व्यस्त थी। गोनू झा ने औषधि मधु में मिलाई और बच्चे को चटा दी। भोजन आदि ग्रहण करने के बाद वे दरबार गए और वहाँ महाराज और राज वैद्य को बच्चे की कुशलता की खबर सुना दी। दोनों प्रसन्न हुए।

इसके बाद गोनू झा अपनी सामान्य दिनचर्या में लग गए लेकिन पंडिताइन को लग रहा था कि घौघड़ बाबा के भभूत से ही बच्चा ठीक हुआ है इसलिए घौघड़ बाबा के निर्देश के अनुसार उसे जोड़ा जीव की बलि की व्यवस्था कर लेनी चाहिए। गोनू झा को घौघड़ बाबा वाली बात बताने की उन्हें हिम्मत ही नहीं हो रही थी। दिन-रात वे इसी गुन-धुन में लगी रहती लेकिन मन की बात पति से बता न पाती।

एक रात बिस्तर पर अन्तरंग क्षणों में जब गोनू झा मनुहार की मुद्रा में थे तब पंडिताइन ने भी प्यार से उनके गले में बाँहें डाल दीं और अनुनय-भरे शब्दों में बोली–"पंडित जी, मेरी एक इच्छा है–छोटी सी! यदि पूरी हो जाती तो मेरे मन को राहत मिलती।"

शायद संसार की हर स्त्री अपने इन अन्तरंग क्षणों का उपयोग पति से मन की बात मनवा लेने के लिए करती है। पंडिताइन भी यही कर रही थी। गोनू झा प्रसन्न थे और पत्नी के आलिंगन से मुदित भी इसलिए उन्होंने तुरन्त कहा–"बोलो न! क्या इच्छा है?"

पंडिताइन ने कहा–"जब बबुआ बीमार था तब मैंने गंगा मैया से मन्नत माँगी थी कि बबुआ ठीक हो जाए तो जोड़ा बलि चढ़ाऊँगी। बबुआ को ठीक हुए महीनों हो गए मगर मेरी हिम्मत न हुई कि आपसे यह बात बताऊँ।"

गोनू झा ने पंडिताइन को अपनी बाँहों में समेटते हुए कहा–"अच्छा, ठीक है–जोड़ा बलि की बात है तो कल ही चलते हैं। सुबह में गंगा स्नान भी हो जाएगा और तुम्हारी मन्नत भी पूरी हो जाएगी।"

सुबह गोनू झा देर तक सोते रहे। पंडिताइन ने उन्हें जगाया तो वे अपनी समान्य दिनचर्या में लग गए। पंडिताइन को लगा कि गोनू झा रात के आश्वासन को भूल गए हैं इसलिए उन्होंने गोनू झा को 'गंगा स्नान' वाली बात याद दिलाई।

गोनू झा भी आम पतियों की तरह ही 'रात गई–बात गई' वाली कहावत को चरितार्थ कर सकते थे परन्तु पंडिताइन के चेहरे पर अनुनय के भाव से प्रभावित होकर उन्होंने तय किया कि चलो, गंगा नहा आते हैं। पत्नी को साथ में दही-चिउड़ा, गुड़ और अचार रख लेने का निर्देश देकर कपड़ा पहनने लगे। पत्नी झटपट सारा सामान पोटली में रखकर तैयार हुई। बच्चे के साथ दोनों गंगा तट पर पहुँचे। पहले बच्चे को गंगा में नहाया। फिर दोनों ने डुबकी लगाई। कपड़ा बदलकर गोनू झा ने गंगा तट पर ही पत्तल बिछाई–अपने लिए, पत्नी के लिए और नन्हे बच्चे के लिए भी जो अब डेढ़ साल का हो चुका था और उछल-कूद करने लगा था।

गोनू झा ने हाथ में गुड़ की ढेली लेकर उसे चिउड़ा, दही में मिलाने के लिए अँगूठे का दबाव देकर तोड़ना चाहा लेकिन गुड़ की ढेली छिटककर पत्तल से बाहर निकल गई। ढेली पर मक्खियाँ भिनभिनाने लगीं। पंडिताइन भी भन्नाकर बोलने लगी, "क्यों जी, भूल गए? गंगा मैया को जोड़ा बलि देने की बात भूल गए?"

गोनू झा उस समय गुड़ की ढेली पर बैठी मक्खियों पर काक-दृष्टि डाले हुए थे। उन्होंने कहा–"कुछ नहीं भूला हूँ भाग्यवान। जा, एक छोटा कपड़ा का टुकड़ा निकाल। अभी करता हूँ जोड़ा जीव की बलि का इंतजाम।

पंडिताइन ने उधर मुँह घुमाया ही था कि गोनू झा ने गुड़ की ढेली पर झपट्टा मारा और बिजली की फुर्ती से उसे अपने पंजे से ढक लिया।

पंडिताइन जब कपड़ा लेकर आई तो गोनू झा ने गुड़ की ढेली से चिपकी मक्खियों को कपड़े पर निकाल-निकालकर रखना शुरू किया। पंखों में दही से गीला हुआ गुड़ लग जाने के कारण मक्खियाँ उड़ नहीं पा रही थीं। पूरी दस मक्खियाँ ऐसी थीं जो जीवित थीं। गोनू झा ने कपड़े के चारों किनारों

को सावधानीपूर्वक पकड़ा और सिरों को मिलाकर अटका दिया जिससे मक्खियाँ कपड़े के अधर में जा लटकीं। गोनू झा उस कपड़े के साथ गंगा तट पर पहुँचे और श्रद्धापूर्वक उसे जल में प्रवाहित कर हाथ जोड़कर प्रार्थना करने लगे–"हे मैया! मेरी पत्नी ने आपको जोड़ा जीव की बलि देने की मन्नत माँगी थी। मैं मूढ़ प्राणी हूँ। उसकी मन्नत उतारने में देरी कर दी। मुझे अज्ञानी समझकर क्षमा करना। मैं जोड़ा जीव की बलि की मन्नत पाँच जोड़ा जीव की बलि देकर पूरी कर रहा हूँ। इसमें से एक जोड़ा जीव बच्चे के स्वस्थ होने की मन्नत पूरी करने के लिए। एक जोड़ा जीव बच्चे को भविष्य में सद्बुद्धि प्रदान करने के लिए। एक जोड़ा जीवन समृद्धि के लिए और एक जोड़ा जीव हमारे दाम्पत्य जीवन को सुखमय बनाए रखने के लिए तुम्हें भेंट है। कृपया स्वीकार करो माता।"

गोनू झा जब अपने दोनों हाथ जोड़े यह प्रार्थना कर रहे थे तब ही गंगा की लहरों में अचानक हलचल-सी मची और पंडिताइन ने देखा कि लहरों से गंगा माँ निकल आयीं और गोनू झा से कहा–"पुत्र गोनू मैं तुमसे प्रसन्न हूँ। तुमने मन्नत भी पूरी कर दी और किसी निरीह प्राणी का वध भी नहीं किया। तुमने जो कुछ भी माँगा है वह तुम्हें मिलेगा।" इतना कहकर गंगा माँ अन्तर्धान हो गईं।

गोनू झा की पत्नी की तन्द्रा भंग हुई। उस समय भी गोनू झा आँखें बन्द किए, दोनों हाथ जोड़े प्रार्थना की मुद्रा में खड़े थे। उनके चेहरे पर एक तेज था जिसे पंडिताइन पहली बार देख रही थी। अपने पति के इस रूप से पंडिताइन श्रद्धानत हो गई और आकर अपने पति का चरण-स्पर्श करने लगी।

चरण स्पर्श से गोनू झा का ध्यान भंग हुआ। उन्होंने अपनी पत्नी को चरणों में झुका देख, प्यार से उसका कंधा पकड़कर उठाया और बोले–"लो, तेरी मन्नत पूरी हो गई भाग्यवान! जा, अब बबुआ को लेकर आ। कब से चिउड़ा-दही सना हुआ है।

धन की सुरक्षा का कारण

गोनू झा मिथिला-दरबार के विदूषक बनाए जाने से पहले विपन्न थे। उन्हें कोई पूछता नहीं था। जब वे मिथिला नरेश के प्रतिष्ठित दरबारी बन गए तो गाँव में 'गोर लागै छी' (पाँव छूता हूँ) कहने वालों की कमी न रही। विवाह के बाद तो नाते-रिश्तों की भी बाढ़ आ गई। कोई उनके ममहर से आता तो कोई बुआ के घर से। घर में आने-जाने वालों की संख्या में लगातार वृद्धि हो रही थी।

एक रात गोनू झा अपने बिस्तर पर पड़े-पड़े अतीत की बातें याद कर रहे थे। पिता के मरने के बाद कितने बुरे दिन देखे थे उन्होंने! उन्हें याद आया कि मिथिला में एक बार अकाल पड़ा था और वे अपने अनुज भोनू को लेकर बाजार में मजदूरी करने के इरादे से गए थे। कहीं कोई काम नहीं मिला था और भोनू भूख से बिलबिला रहा था। अन्त में उन्होंने भोनू को एक हलुवाई की दुकान में भेजकर उसे भर पेट भोजन करवाया था और पैसे की माँग पर दुकानदार को झूठ बोलकर आफत में डाल दिया था कि भोनू खाने से पहले ही पैसा दे चुका है। इस घटना को याद करते हुए उनका मन भर आया और आँखें गिली हो गईं। उफ! कैस-कैसे दिन कटा? फिर भगवान की माया। दिन पलटे। भाग्य बदला। जो लोग देखकर मुँह फेर लेते थे, आज उन्हें देखकर आह्लादित हो उठते हैं। जीवन के इस परिवर्तन पर गोनू झा स्वयं विस्मय कर रहे थे। कितना कुछ बदल गया है! पहले एक कटोरी दूध के लिए तरसते थे। आज बथान में दसियों गायें हैं। सोने के लिए कभी चिथड़ी सी चटाई थी, आज मेहमानों के लिए भी पलंग है।

अतीत के चिन्तन से गोनू झा को लगने लगा कि आज उनके पास पैसा है इसलिए उन्हें लोग पूछने आते हैं। जब वे आर्थिक विपन्नता के शिकार थे तो कोई बासी रोटी भी देने के लिए तैयार नहीं था। समय कितना बदल

गया! फटी हुई धोती की जगह आज चक-चक रेशमी धोती में वे निकलते हैं। दरवाजे पर गाय-बैल, नौकर-चाकर क्या नहीं है उनके पास! आखिर यह सब तो पैसे के कारण ही–'बाप बड़ा न भैया, सबसे बड़ा रुपैया।' यह सब रुपैया का खेल है! चाँदी का चमत्कार है। इसी चिन्तन में गोनू झा की रात कट गई। सुबह वे देर तक सोते रहे। पत्नी ने जब उन्हें जगाया तब दिन चढ़ आया था।

जगने पर भी गोनू झा अनमने से दिख रहे थे। न दरबार जाने की हड़बड़ी थी, न आम दिनों की तरह बात-बात पर पंडिताइन से चुहल करने की शोखी। पत्नी ने जब पूछा कि तैयार कब होंगे, दिन चढ़ आया है, दरबार नहीं जाना है क्या, तब बहुत ही उदास स्वर में गोनू झा ने उत्तर दिया–"नहीं! आज कुछ भी करने का जी नहीं हो रहा है।" और वे फिर से बिस्तर पर लेट गए।

पंडिताइन आई। चिंतातुर होकर। नेह से भरकर। गोनू झा का ललाट छुआ–यह देखने के लिए कि क्या गोनू झा को बुखार तो नहीं है?

गोनू झा ने प्यार से अपनी पत्नी का हाथ पकड़ लिया। बोले–"नहीं, बुखार नहीं है।" फिर उन्होंने पंडिताइन से कहा–"एक बात बताओ, यदि मेरे पास यह धन-दौलत और सुख-सुविधा नहीं होती, तब भी क्या तुम मुझसे इतना ही प्यार करतीं?"

पंडिताइन अवाक् रह गई। अरे! यह क्या बात ले बैठे? कहीं किसी ने कान तो नहीं भरे इनके? चुगली लगाने वालों की तो कमी नहीं है न! घर में ही तो कितने हैं जलनेवाले! मन में इस तरह की उठती आशंकाओं को दबाते हुए पंडिताइन ने कहा–"आप कैसी बातें कर रहे हैं? जन्म-जन्मांतर का सम्बन्ध है हमारा। आपके मन में यह सवाल क्यों आया कि आप अपनी तुलना धन-दौलत से करने लगे? मेरे लिए सारी दुनिया की दौलत एक ओर और आपको एक ओर रखकर पूछा जाए कि मुझे क्या चाहिए तो मैं आपका साथ पसन्द करूँगी। अब कभी मुझसे ऐसी बातें न कहिएगा।"

पत्नी की बात सुनकर गोनू झा मुस्कुराए और पत्नी का हाथ चूम लिया। थोड़ी देर तक पलकें बंद किए लेटे रहे। फिर बोले–"जाओ, जरा माँ को भेज दो।"

पत्नी चली गई। कमरे में माँ आईं। बेटे के अस्वस्थ होने की बात बहू

ने उन्हें बता दी थी। इसलिए मातृ-सुलभ स्नेह से भरकर गोनू झा के सिरहाने बैठकर उन्होंने गोनू झा का सिर सहलाना शुरू कर दिया। गोनू झा ने आँखें बन्द किए हुए ही अपने सिर पर फिर रहे माँ के हाथ को थाम लिया। फिर पूछा–"माँ, तुम मुझे इतना प्यार करती हो, कुछ हो जाता है तो बेचैन हो जाती हो, आखिर क्यों?"

गोनू झा की माँ बोलीं–"बावरे! ये भी कोई बताने की बात है? तू मेरी कोख का जाया है। मैंने तुझे पय पान कराया है। गोद में खेलकर तू बड़ा हुआ है। भला मुझे तुम्हारी चिन्ता न होगी तो और किसकी होगी?"

गोनू झा उसी तरह आँखें बन्द किए थोड़ी देर तक चुपचाप लेटे रहे। फिर माँ से पूछा–"माँ, बुरा न मानो तो एक और बात पूछूँ?"

"हाँ बेटा, बोल! क्या बात है। मैं तेरी किसी भी बात का बुरा नहीं मानूँगी।" माँ ने उत्तर दिया।

गोनू झा ने संयत स्वरों में पूछा–"माँ, यदि मेरे पास यह समृद्धि न होती तब भी क्या मेरे लिए तुम्हारे मन में ऐसा प्यार उमड़ता?"

गोनू झा की माँ के मुँह से एक सर्द आह निकली। उनका हाथ काँपने लगा–"अरे, आज मेरे लाल को क्या हो गया है, जो ऐसी बहकी-बहकी बातें कर रहा है?" अनिष्ट की आशंका से उनका मन काँप गया और वे फफक पड़ीं। टप्! आँख से आँसू निकलकर गोनू झा के ललाट पर गिर पड़ा।

गोनू झा ने आँखें खोलीं तो पाया कि उनकी माँ रो रही हैं फिर भी उन्होंने अपनी संवेदनाओं पर काबू पाते हुए माँ से कहा–"माँ, रो मत, मुझे बता–जब मेरे पास धन नहीं होता तब भी क्या तुम मुझसे इतना ही प्यार करतीं? मेरा मन यह जानने के लिए बेचैन हो रहा है कि दुनिया में जन का महत्त्व है या धन का? क्यों इतनी स्पर्धा है? क्यों इतना फरेब है? क्यों लोग दूसरों की तरक्की से जलते हैं? क्यों इतनी आपाधापी मची रहती है? क्यों, आखिर क्यों? तुम मुझे बचपन से अच्छी-अच्छी बातें सिखाती रही हो। जब मेरा मन इन सवालों से विचलित हो रहा है तब तुम्हीं बताओ न माँ कि मैं किससे जाकर पूछूँ? मेरी जन्मदाता भी तुम्हीं हो। ज्ञानदाता भी तुम्हीं हो। तुम्हारे सिवा मेरा गुरु कोई दूसरा नहीं है।" गोनू झा भावातिरेक में बोलते गए।

माँ की आँखें फिर भर आईं। अपने पुत्र के हृदय में उनके प्रति जो मान

था, आज पहली बार इस तरह प्रकट हुआ था। उन्हें लगा कि गोनू आज भी बच्चा है–उनका प्यारा, लाडला, दुलारा बच्चा। स्नेह से गोनू झा के बालों को सहलाते हुए वे बोलीं–"बेटा! मेरे लिए अब धन का क्या मोल? तू है तो संसार है। तेरी खुशियाँ देखते-देखते ही आँखें बन्द हों, यही अरमान लिए जीती हूँ।" फिर वे गोनू झा के सिर को चूमते हुए बोलीं–"बेटा! इस तरह की बातें मत सोचा कर। इस तरह की बातों से विरक्ति पैदा होती है। अभी तू जवान है। जीवन के रंगों में रम। मत सोच मेरे लाल। कुछ मत सोच।"

गोनू झा थोड़ी देर तक बिस्तर पर लेटे रहे–पलकें मूँदे। माँ के स्पर्श का सुख प्राप्त करते रहे। थोड़ी देर बाद उन्होंने कहा–"जाओ माँ, आराम करो। मुझे कुछ नहीं हुआ है। हाँ, जरा भोनू को भेज देना। काम है।"

माँ को लगा, गोनू झा पर उनकी बातों का असर हुआ है। वे संतोष से उठीं और भोनू झा को भेज दिया।

भोनू झा को भी जानकारी मिल चुकी थी कि आज भैया का स्वास्थ्य ठीक नहीं है जिसके कारण वे दरबार नहीं गए हैं। माँ ने जब उससे बताया कि जाओ, भैया बुला रहा है तब भोनू झा तेजी से गोनू झा के पास आया। गोनू झा की आँखें बन्द देखकर उसने सोचा–भैया शायद सो गए हैं। ऐसा सोचकर वह गोनू झा के पायताने में जाकर बैठ गया और धीरे-धीरे उनके पाँव दबाने लगा।

गोनू झा ने बिना आँखें खोले भोनू झा से पूछा–"भोनू! मेरे भाई! एक बात बता–यदि तुम्हारा भैया इतना सम्पन्न नहीं होता, तब भी क्या तू मुझे इतना ही सम्मान देता?"

भोनू को लगा कि भैया को बँटवारे वाली बात शायद आज भी मन में बैठी हुई है। एक बार वह रूपलाल के बहकावे में आकर घर का बँटवारा करा लिया था लेकिन यह तो भैया ही थे कि समझदारी से रूपलाल की चालों को मात दे दी थी और घर टूटने से बचा लिया था। भोनू झा का मन ग्लानि से भर उठा। उसने गोनू झा से कहा–"भैया। पुरानी बातों को भूल जाओ। मैं आपका भोनू हूँ। वही भोनू जिसे आप अपने कन्धे पर बैठाकर घुमाते थे। वही भोनू जिसकी छोटी से छोटी इच्छा पूरी करने के लिए आप अपनी भी परवाह नहीं करते थे। धन-दौलत मेरे लिए बहुत माने नहीं रखते। मेरे लिए तो बस आपका आशीर्वाद काफी है।"

गोनू झा ने कहा–''ठीक है भोनू। जाओ, जो कर रहे थे, करो। मेरा मन घबरा रहा है। मुझे आराम करने दो। घर में सबसे कह दो–मुझे जगाए नहीं, यदि मैं सो जाऊँ तो।''

भोनू चला गया।

गोनू झा बिस्तर पर लेटे रहे। दिन ढला। शाम हुई। फिर रात। चाँद आसमान में चढ़ने लगा। एक पहर रात चढ़ने के बाद गोनू झा की पत्नी कमरे में आई तो यह देखकर चौंक गई कि गोनू झा का शरीर उसी मुद्रा में है जिस मुद्रा में दिन में था। मुँह खुला हुआ है। हाथ ऐंठा-सा है। टाँगें अकड़ी हुई हैं। उसका कलेजा धड़कने लगा। दैव! यह क्या? क्या ये चले गए? ऐसा सोचते- सोचते उसके मुँह से विकल सी चीख निकल गई– "माँ...जी। भोनू...? दैब रे दैब!" वह दहाड़ मारकर रो पड़ी। उसका विलाप सुनकर गोनू झा की माँ कमरे में आईं। भोनू झा भी कमरे में आया। भोनू हतप्रभ रह गया और गोनू झा की माँ गोनू झा का ऐंठा शरीर और बहू का विलाप सुनते बेहोश हो गईं।

गोनू की पत्नी का विलाप सुनकर आसपास के लोग जुट आए। गाँव में यह खबर जंगल की आग की तरह फैल गई कि गोनू झा नहीं रहे।

आसपास के घरों की महिलाएँ भी जुट आईं। कोई गोनू झा की माँ को होश में लाने का प्रयत्न करने लगी तो कोई गोनू झा की पत्नी के साथ ही विलाप करने लगी। सारा माहौल द्रवित कर देनेवाला हो गया। गाँव के लोगों ने गोनू झा के शरीर को बिस्तर से उठाकर आँगन में रखा। उनमें कुछ लोग ऐसे भी थे जो पहले भी गोनू झा को मुर्दा देख चुके थे और 'शव स्नान' करा चुके थे। वे लोग आपस में खुसुर-पुसुरकर रहे थे–बड़ा विचित्र प्राणी है यह मरकर भी जी उठने वाला। क्या पता, फिर जी जाए? जबकि कुछ लोग कह रहे थे–गर्मी का मौसम है–बास आने से पहले लाश उठ जाए तो ठीक रहेगा।... गोनू झा के अन्तिम यात्रा की तैयारियाँ होने लगीं। मशाल जला लिए गए कि उसकी रोशनी में श्मशान यात्रा हो सके। घर में शोक का वातावरण था।

गोनू झा की माँ होश में आ गई थीं और वे गाँव की वृद्ध महिलाओं के साथ विलाप कर रही थीं। उन्हें दिलासा देनेवालियों का कलेजा बैठा जा रहा था। गोनू झा की पत्नी छाती पीट-पीटकर करुण स्वरों में रूदन कर रही थी।

भोनू झा को तो जैसे काठ मार गया था। अवसन्न अवस्था में वह गाँव के युवकों से घिरा था।

जब गोनू झा के शरीर का स्नान हो चुका और लोग शरीर को उठाने लगे तब माँ ने विलापते हुए ही कहा—"अरे भोनू, गोनू की अँगुली में सोने की अँगूठी है और कान में कनौसी, निकाल ले! जानेवाला तो चला गया बेटा। अब उसकी चीजें ही तो उसकी यादगार रहेंगी। इन्हीं स्मृतियों के सहारे अब बाकी जीवन बिताना होगा।" फिर वे जोरों से विलाप करने लगीं।

भोनू झा ने कनौसी और अँगूठी निकाल ली और वहाँ से हटने ही वाला था कि गोनू झा की पत्नी ने विलाप करते हुए कहा—"भोनू, उनके जनेऊ में सन्दूक की चाबी है—बँधी हुई। खोल लेना।" विलाप के स्वर में ही उनका दूसरा आदेश उमड़ा—"रे भोनू, तुम्हारे भैया के डाँरा (काला धागा जो मिथिलांचल के लोग कमर में बाँधते हैं) में तिजोरी की चाबी बँधी है—निकाल लेना रे। दैब रे दैब..." और फिर उसके विलाप का स्वर पहले की लय में आ गया। भोनू झा ने जनेऊ और डाँरा से चाबियाँ खोल लीं।

तभी एक चमत्कार-सा हुआ। गोनू झा के मुँह से निकला—"हे राम! दीनबन्धु! दीनदयाल। जै माँ!" और वे उठकर बैठ गए। आँगन में मशाल के नीम उजाले में लोगों ने देखा, गोनू झा उठकर बैठ गए और पास में पड़े कपड़े से अपना तन ढँक लिया और अनजान बनते हुए बोले—"क्या बात है? मैं आँगन में इस हाल में क्यों पड़ा हूँ? यहाँ इतनी भीड़ क्यों है?" किसी को कोई जवाब देते नहीं बना। सब अपने-अपने घर की ओर चल पड़े। आपस में इस 'चमत्कार' के बारे में बतियाते हुए।

गोनू झा को जीवित देख उनकी माँ और पत्नी का विलाप थम-सा गया। वे ईश्वर के प्रति श्रद्धानत हो गईं कि गोनू झा का जीवन वापस हो गया है। उनकी साँसें लौट आई हैं।

गोनू झा प्रसन्नचित्त वहाँ से उठे। भोनू झा ने उन्हें सहारा दिया तो भोनू के कंधे को प्यार से थपथपाते हुए उन्होंने कहा—"मेरे भाई। निश्चिन्त रहो। तुम्हारे भैया को कुछ नहीं होनेवाला। जाओ भाभी से बोलो मेरे लिए भोजन परोस दे। मैं मुँह धोकर अभी आता हूँ।"

गोनू झा की पत्नी ने खाना गर्म किया और प्यार से परोसा। जब गोनू

झा खाने बैठे तो उनकी माँ हाथ में बेना (पंखा) लेकर उनके पास बैठीं। उनकी पत्नी और भाई भोनू भी उनके पास आकर बैठे। गोनू झा ने खाते हुए ही कहा–"आज एक बात और समझ में आ गई कि जन का महत्त्व कम है और धन का महत्त्व ज्यादा। आदमी गुजर जाता है लेकिन धन बना रहता है इसलिए धन की सुरक्षा जरूरी लगती है।" यह सुनकर तीनों सकते में आ गए और गोनू झा चैन से भोजन करने लगे।

साधु बन गए गोनू झा

मिथिलांचल में साधु-सन्तों में लोगों को काफी भरोसा है। गोनू झा के जमाने में भी था। गोनू झा के पिता सत्संग प्रेमी थे। साधु-सन्तों की सेवा करना अपना धर्म समझते थे। तांत्रिकों-ज्योतिषियों पर खर्च करने से भी वे पीछे नहीं रहते। गोनू झा ने उन्हें कई बार समझाया मगर उनके पिता पर कोई असर नहीं हुआ। आए दिन ज्योतिषियों और साधु-सन्तों का आना उनके घर में जारी रहा।

एक दिन गोनू झा ने अपने पिता को साधु-सन्तों की अंध आस्था से निकालने की ठान ली। उन्होंने घर में घोषणा की कि उन्हें कुछ काम से बाहर जाना है, दो-तीन माह में वे लौट आएँगे। माता-पिता के चरण छूकर वे घर से निकल पड़े।

गाँव से बाहर जाकर गोनू झा ने एक तालाब में स्नान किया। झोले से गेरुआ वस्त्र निकालकर धारण किया। नकली दाढ़ी-मूँछें और जटाओं जैसी संरचना की टोपी लगाई और फिर सिर पर गेरुआ पगड़ी लगा ली कि यह तो लगे कि जटाधारी साधु हैं मगर जटा नकली है इसका अन्दाजा किसी को नहीं लगे। दर्पण में झाँककर देखा तो पूरी तरह सन्तुष्ट हुए कि उन्हें कोई पहचान नहीं सकता। फिर उन्होंने रही सही कसर ललाट पर चन्दन के आलेपन से पूरी की।

उसी तालाब के पास के एक बरगद के पेड़ के नीचे उन्होंने धूनी रमाई और पद्मासन लगाकर ध्यानमस्त मुद्रा में आ गए। उन्हें मालूम था कि देर-सबेर गाँव का कोई न कोई आदमी इधर से गुजरेगा ही और एक साधु को धूनी रमाये वहाँ बैठा देख, इस बात की सूचना उनके पिता को अवश्य देगा। अभी अधिक समय नहीं गुजरा था कि गाँव का एक किसान उनके पास आया मगर गोनू झा तो ध्यानमस्त थे–उसकी तरफ देखा तक नहीं,

किसान थोड़ी देर तक हाथ जोड़े बैठा रहा। मगर जब 'साधु महाराज' हिले तक नहीं तो वहाँ मत्था टेककर उठ खड़ा हुआ। गोनू झा उसे जाता देख मन ही मन खुश हुए। उन्हें विश्वास था कि गाँव में अब यह चर्चा हो जाएगी कि तालाब के किनारे एक सिद्ध महात्मा धूनी रमाये बैठे हैं।

गोनू झा अपने साथ झोले में पर्याप्त मेवे और फल लेकर आए थे। इसलिए उन्हें भोजन की परवाह नहीं थी।

दूसरे दिन जब आम साधुओं की तरह वे भोजन की व्यवस्था के लिए गाँव में नहीं गए तब ग्रामीणों को विश्वास हो गया कि तालाब किनारे बैठा साधु कोई सिद्ध पुरुष है। इस बात की खबर गोनू झा के पिता को भी लगी तो उनसे रहा नहीं गया। वे महात्मा के दर्शन के लिए तालाब किनारे पहुँचे। अपने पिता को आया देख गोनू झा ध्यानमस्त हो गए। गोनू झा के पिता वहाँ काफी देर तक बैठे रहे मगर साधु महाराज की तंद्रा भंग नहीं हुई। उनके पिता गाँव लौट आए। गाँव में चर्चा फैल गई कि गाँव के बाहर एक महात्मा तपस्या में लीन हैं–समाधि की अवस्था में हैं। 'साधु महाराज' के दर्शन के लिए ताँता लग गया।

तीसरे दिन उस स्थान पर ग्रामीणों की भीड़ जम गई। कुछ उत्साही ग्रामीणों ने वहाँ भजन-कीर्तन करना शुरू कर दिया तब जाकर 'महात्मा जी' ने आँखें खोलीं। लेकिन कुछ बोले नहीं। सबसे अधिक उत्सुकता गोनू झा के पिता को ही थी। वे बढ़े और महात्मा जी के चरण छू लिए और कहा–''कुछ बताइए महाराज!"

गोनू झा ने पद्मासन में बैठे-बैठे ही पास पड़ी एक स्लेट उठाई और उस पर चॉक से लिखा–''आप लोग जाएँ। कल आएँ। मेरा मौन व्रत है।'' सभी लौट गए।

दूसरे दिन ग्रामीण आए। कोई फल लेकर तो कोई मिठाई लेकर। सबने साथ लाई चीजें 'साधु महाराज' के कम्बल पर श्रद्धापूर्वक रख दीं–धूनी के पास और मत्था टेककर बैठ गए। गोनू झा ने स्लेट पर लिखा–'आप सब लौट जाएँ। आज केवल एक व्यक्ति,' और उन्होंने अपने पिता को इशारा से बुलाया और बैठ जाने का संकेत किया। ग्रामीण लौट गए। भला महाराज जी के आदेश की अवहेलना कैसे होती?

गोनू झा के पिता गद्‌गद थे। उन्होंने फिर कहा–"महाराज कुछ बताइए!"

और गोनू झा ने स्लेट पर उनके अतीत के बारे में ऐसी-ऐसी बातें लिखीं जो गाँव के लोग कतई नहीं जानते थे। इसी तरह उनके रोग, उनकी कामनाएँ, पुत्र और पत्नी से सम्बन्ध के बारे में भी स्लेट पर सटीक एवं बिलकुल खड़ी बातें गोनू झा ने लिख दीं। गोनू झा उनके बेटे ही तो थे। उनकी सारी सच्चाइयों से अवगत। गोनू झा के पिता ने अब तक ऐसा गुनी महात्मा नहीं देखा था...वे अभिभूत हो गए और महात्मा जी के चरण पकड़ लिए।

''मेरा कल्याण करें महाराज! मेरे घर पधारें।'' उन्होंने विनती की।

महात्मा बने गोनू झा ने स्लेट पर लिखा–'धैर्य धारण करें। अवश्य आऊँगा। एक दिन। अभी आप जाएँ। विश्राम करें।'

गोनू झा के पिता लौट आए। गाँव के लोगों ने उन्हें अपने घर जाते देखा तो पूछने चले आए–"महात्मा जी ने क्या कहा? वे बोले या वैसे ही स्लेट पर लिखकर ही कुछ बताया?''

गोनू झा के पिता ने महात्मा जी की खूब सराहना की। ग्रामीणों का ताँता इसके बाद गोनू झा के धूनी स्थल पर रोज लगने लगा। रोज किसी न किसी को गोनू झा रोक लेते और उसके अतीत की सीधी-सच्ची बात स्लेट पर लिखकर कुछ जरूरी सलाह भी उसके साथ लिख देते। अब तो गाँव में 'महात्मा जी' की धूम मच गई।

इस तरह एक महीना बीत गया। गोनू झा अब इस 'नाटक' से ऊब गए थे। उन्होंने उस दिन स्लेट पर लिखा–'कल मैं मौन व्रत खोलूँगा। आज मुझे एकांत चाहिए।'

ग्रामीण आए। माथा टेका और वापस लौट गए। इसके बाद वाले दिन गाँव के लोग सुबह से ही वहाँ पहुँचने लगे। सबसे पहले आने वाले में गोनू झा के पिता थे। गोनू झा ने मौन व्रत खोला, सबको उपदेश दिया और कहा कि अब वे प्रस्थान करेंगे। ग्रामीण इस बात का आग्रह कर रहे थे कि वे एक बार गाँव अवश्य चलें। गोनू झा के पिता ने उन्हें याद दिलाया, ''महात्मा जी! आपने मुझे आश्वस्त किया था कि एक दिन मेरे घर अवश्य आएँगे।''

गोनू झा ने अपनी विशिष्ट मुद्रा में कहा–''अवश्य! मुझे स्मरण है!''

फिर गोनू झा ग्रामीणों के साथ अपने पिता के दरवाजे पर पहुँचे। उन्होंने कहा–"अब विलम्ब नहीं करें। मुझे प्रस्थान करना है।"

ग्रामीण अपने-अपने घरों से चढ़ावा लेकर आए और आग्रहपूर्वक गोनू झा 'महाराज जी' को भेंट किया। उनके पिता ने भी एक रत्नजड़ित स्वर्ण मुद्रिका उन्हें भेंट की और आग्रहपूर्वक दक्षिणा के रूप में एक हजार एक रुपए प्रदान किए। ग्रामीणों ने भी यथाशक्ति 'भक्ति' दिखलाई। महात्मा बने गोनू झा ने वह धनराशि अपने झोले में डाली और 'अलख निरंजन' का घोष करते हुए उठ खड़े हुए। ग्रामीण उनके पीछे पीछे गाँव के बाहर तक आए। फिर गोनू झा ने रुककर सबसे कहा–"आप सब अपने घरों को लौट जाएँ। मोह में नहीं पड़ें। अपने कर्त्तव्यों का पालन करें," फिर 'अलख निरंजन का घोष करते हुए खड़ाऊँ खटखटाते हुए आगे बढ़ गए।

इसके दस दिनों के बाद गोनू झा अपने समान्य रूप में घर लौटे। उन्हें घर आया देख उनके सरल चित्त पिता बहुत खुश हुए। उन्होंने गाँव में एक सिद्ध-पुरुष के आने की घटना का पूरा वृतान्त उन्हें विस्तारपूर्वक बताया।

गोनू झा मुस्कुराते हुए अपने पिता की बातें सुनते रहे। जब उनके पिता चुप हुए तब गोनू झा ने अपनी जेब से ढेर सारे रुपए निकालकर अपने पिता को दिए। उनके पिता इतने सारे रुपए देखकर चकित हो गए। फिर गोनू झा ने जेब से अँगूठी निकाली और अपने पिता को दे दी। अँगूठी देखते ही उनके पिता चौंक पड़े क्योंकि यही अँगूठी उन्होंने महात्मा जी को श्रद्धापूर्वक भेंट की थी।

बिना कुछ बोले गोनू झा ने अपने झोले से जटा-जूट, दाढ़ी-मूँछें और गेरुआ वस्त्र निकालकर पिता के सामने रख दिया।

उनके पिता समझ गए कि महात्मा जी का रहस्य क्या था। वे बोले–"बेटा गोनू! तुमने मेरी आँखें खोल दीं। मैं अब कभी भी महात्माओं के चक्कर में नहीं पड़ूँगा।"

अपनों का सच

गोनू झा वृद्ध हो चले थे। महाराज के दरबार में वे एक हस्ती बन चुके थे। एक दिन महाराज ने अपने पिता की पुण्य तिथि पर एक आयोजन किया। बृहद आयोजन था यह। ऐसे आयोजनों को गोनू झा व्यर्थ मानते थे। भोज के बाद गोनू झा ने विनयपूर्वक महाराज से पूछा–"महाराज! इस आयोजन पर कितना व्यय हुआ?"

महाराज ने सरलता से उत्तर दिया–"यही कोई दस हजार।"

गोनू झा ने उनसे कहा–"महाराज! मैं वृद्ध हो चला हूँ। कभी भी यह मिट्टी की काया मिट्टी में मिल जाएगी। तब क्या आप मेरे श्राद्ध के लिए इतनी ही बड़ी राशि मेरे परिवार के लोगों को दे सकेंगे?"

महाराज द्रवित हो उठे। उन्होंने कहा–"पंडित जी! ऐसी बातें न करें। आप जीएँ और हमारे राज-काज में अपना सुझाव देते रहें।"

गोनू झा ने उनसे कहा–"महाराज! आप मेरे प्रश्न को टाल रहे हैं।"

महाराज थोड़ी देर चुप रहे फिर कहा–"मेरा वादा है पंडित जी, यदि ऐसा हुआ तो दस हजार अविलम्ब आपके परिजनों तक भेजने की व्यवस्था हो जाएगी।"

इस घटना के कुछ दिन बाद ही अपने भाई भोनू झा के साथ गोनू झा नदी किनारे पहुँचे। नदी में बाढ़ आई थी और पानी की तेज धारा किनारे की मिट्टी का कटाव कर रही थी। भोनू झा कटाव देखने में मग्न थे। गोनू झा ने एक बड़ा-सा पत्थर उठाकर पानी में उछाल दिया और खुद को पेड़ की ओट में छुपा लिया। भोनू झा ने 'छपाक' की ध्वनि सुनी। फिर अपने पास भाई को नहीं पाकर बेचैन होकर इधर-उधर देखने लगे। जब उन्हें गोनू झा दिखाई नहीं पड़े तो उन्होंने मान लिया कि गोनू झा को नदी लील गई है। वे विलाप करते हुए अपने घर लौट आए। घटना की जानकारी मिलने पर

घर में मातम छा गया। घटना की जानकारी महाराज को भी मिली तो उन्होंने गोनू झा के श्राद्ध के लिए दस हजार रुपए राजकोष से अविलम्ब उनके परिजनों को सौंपने का निर्देश जारी कर दिया।

महाराज के निर्देश के बाद खजांची का एक अर्दली गोनू झा के घर भेजा गया कि कोई आकर रुपए ले जाए। गोनू झा की पत्नी ने अपने पुत्र को भेजा। पुत्र ने शीघ्र पैसे प्राप्त करने के लिए खजांची को एक हजार रुपए देने का प्रलोभन दिया। बात बन गई। आनन-फानन में खजांची ने गोनू झा के पुत्र को नौ हजार रुपए थमाए और एक कागज बढ़ाते हुए कहा कि इस कागज पर कोष मंत्री के मुहर लगवा लो। गोनू झा के पुत्र से मंत्री जी ने भी मुहर लगाने के लिए एक हजार रुपए ले लिये। फिर गोनू झा के पुत्र ने भी शेष रुपयों में से एक हजार रुपए निकालकर अपनी दूसरी जेब में रख लिया और घर पहुँचकर अपनी माँ को सात हजार रुपए दिए। गोनू झा की पत्नी ने भी सोचा कि अब तो 'स्वामी' रहे नहीं—सामने पड़ी है पहाड़ जैसी जिन्दगी। कुछ पैसे दुर्दिन के लिए बच जाएँ तो अच्छा। उसने इन सात हजार रुपयों में से तीन हजार अपनी साड़ी के खूँट में बाँधा और चार हजार रुपए भोनू झा को थमा दिए और कहा कि अपने भैया का श्राद्ध ठीक ढंग से करो। भोनू झा भी कम न थे। उन्होंने सोचा कि जानेवाला तो जा चुका अब उसके नाम पर दिखावे में फिजूलखर्ची करना व्यर्थ है। उसने दो हजार रुपए अपनी जेब में रखे और दो हजार में श्राद्ध के कर्मकांड निपटा लिए।

इसके दो दिन बाद ही गोनू झा दरबार में उपस्थित हो गए। उन्हें देखकर महाराज सहित सभी दरबारी हत्प्रभ रह गए। तब गोनू झा ने महाराज को बताया—"मरने के बाद कोई भी अपना, अपना नहीं रह जाता। महाराज, आपने तो दस हजार श्राद्ध के लिए देकर अपना वचन पूरा किया लेकिन खजांची, मंत्री, मेरे पुत्र, मेरी पत्नी और मेरे भाई ने जो किया वह आँखें खोल देने वाली घटना है। मैंने मरने का स्वांग रचने से पहले तय कर लिया था कि राज्य के उच्चस्तरीय प्रशासन में घुस आए इस भ्रष्टाचार का पर्दाफाश करके रहूँगा। मुझे बहुत पहले से इस बात की खबर थी कि मंत्री और खजांची क्या गुल खिला रहे हैं इसलिए मैंने निजी तौर पर गुप्तचर लगा दिए थे। 'श्राद्ध' के नाटक के दौरान मुझे एक-एक घटना की जानकारी मिलती रही..." फिर उन्होंने अपने मरने के नाटक का भी खुलासा महाराज

के सामने किया और कहा–"महाराज! सत्ता जब भ्रष्ट हो जाती है तो जनता भी भ्रष्ट हो जाती है। अब हमें स्वच्छ प्रशासन के लिए कठोर कदम उठाने होंगे।"

महाराज ने तत्काल प्रभाव से मंत्री और खजांची को बर्खास्त कर उन्हें कारागार में डाल दिया।

जब गोनू झा अपने घर गए तब उनके पुत्र, पत्नी और भाई ने उनके पैर पकड़ लिए और बिलख-बिलखकर रो पड़े। तब गोनू झा ने सबको सीने से लगाकर कहा–"पश्चात्ताप से आत्मा पवित्र होती है। भूल जाओ। जो हुआ सो हुआ।"

मछली की परसादी

मछली, पान और मखाना मिथिला की संस्कृति से इस तरह घुले-मिले हैं कि मिथिलांचल के लोग इनके बिना नहीं रह सकते। एक दिन गोनू झा कहीं से लौट रहे थे। रास्ते में हाट लगा हुआ था। हाट में उन्होंने ताजा मछली देखी। गोनू झा मछली बहुत रुचि से खाते थे। सो, उन्होंने एक बड़ी सी रोहू मछली खरीद ली। मछली के मुँह में सुतली का फंदा लगाकर मछली को हाथ में लटकाए गोनू झा अपने घर की ओर चल दिए।

अभी वे थोड़ी ही दूर चले थे कि रास्ते में उन्हें गाँव के हजाम ने देखा। हाथ में मछली लिए गोनू झा मस्त चाल में चले आ रहे थे। हजाम पूरे गाँव में अपनी धूर्तता के कारण प्रसिद्ध था। प्रायः गाँव के हर व्यक्ति को वह चूना लगा चुका था मगर कभी गोनू झा को वह अपना शिकार नहीं बना पाया था। गोनू झा के हाथ की मछली पर जब उसकी नजर पड़ी तो उसके मन में विचार आया कि क्यों न गोनू झा को वह आज अपनी चालाकी का शिकार बनाकर उनसे यह मछली झटक ले।

पूरे काइंयेपन के साथ हजाम गोनू झा के पास पहुँचा और गोनू झा के आगे आकर फफक-फफककर रोने लगा।

गोनू झा रुककर बोले—"क्या हुआ? तुम मुझे देखकर रोने क्यों लगे?"

उनके इस सवाल पर हजाम ने बिना कुछ कहे पुक्की फाड़ के रोना शुरू कर दिया।

गोनू झा ने हजाम का इस तरह रोना सुना तो भावुक हो उठे। उसका कंधा सहलाते हुए बोले—"मत रो भाई। मत रो। बता, क्या बात है? कोई परेशानी है तो बता। कोई सहायता चाहिए तो बेझिझक बता। मगर रो मत।"

गोनू झा के ऐसा कहने पर संयत होते हुए हजाम ने रुआँसी आवाज में

कहना शुरू किया–"क्या बताएँ पंडित जी। अभी मैं आपके घर से ही आ रहा हूँ। वहाँ सभी बिलख रहे हैं। बस, आपका ही इन्तजार कर रहे हैं..."

हजाम की बात सुनकर गोनू झा का माथा ठनका–"अरे। तुम्हारा दिमाग तो ठीक है? क्या बक रहे हो? कहीं नशा-वशा तो नहीं कर लिया है तुमने? सुबह ही तो मैं घर से निकला हूँ। वहाँ सब कुशल-मंगल था।" गोनू झा ने बेचैन होते हुए कहा।

हजाम ने गोनू झा पर अपनी बातों का वांछित प्रभाव देखा तो मन ही मन खुश होता हुआ बोला–"पंडित जी! आपके घर से निकलते ही आपकी माँ नहाने के लिए अरगनी से कपड़ा उतारकर स्नान घर में जाने लगीं कि अचानक वहीं बैठ गयीं और बहुरानी को आवाज लगाई मगर जब तक बहुरानी आती तब तक उनके प्राण-पेखरू उड़ गए।" वह फफक पड़ा। फफकते हुए बोला–"गाँव के लोग कह रहे हैं कि वे बड़ी धर्मात्मा थीं जिसके कारण उन्हें इतनी अच्छी मौत मिली है। चलते-फिरते इहलीला समाप्त होना सीधे स्वर्ग जाने का प्रतीक है।...बस पंडित जी, अब देर नहीं कीजिए। जल्दी जाइए। सब आपके इंतजार में हैं।"

गोनू झा की आँखों में बरबस आँसू आ गए। वे अपनी माँ को बहुत प्यार करते थे। हाथ की मछली उन्होंने हजाम को थमा दी और बिना कुछ बोले लम्बे-लम्बे डग भरते हुए अपने घर पहुँचे। घर पहुँचने पर उन्होंने पाया कि दरवाजे पर बैठी उनकी माँ मजूरिनों से धान छँटवा रही हैं। घर में सबकुछ सामान्य है। गोनू झा ने समझ लिया कि वे हजाम की धूर्तई का शिकार हो गए हैं। गोनू झा के होंठों पर रहस्यमयी मुस्कान तैर गई। मतलब था कि गोनू झा ने हजाम की 'हजामत' करने का फैसला कर लिया है।

इसके बाद हजाम कई बार गोनू झा को रास्ते में मिला। उन्हें प्रणाम किया। गोनू झा मुस्कान के साथ उसे आशीष देते हुए अपनी राह चले जाते। इतना समान्य व्यवहार करते कि जैसे कुछ हुआ ही न हो। हजाम की समझ में आया कि गोनू झा मछली वाली बात भूल गए हैं। मगर गोनू झा तो गोनू झा थे। वे हजाम को ऐसा सबक सिखाना चाहते थे कि फिर जिन्दगी में वह उनके साथ धूर्तई करने का साहस न कर सके।

एक दिन, गोनू झा एक बारात में गए। मिथिला के गाँवों में भोज-भात में मछली और मिठाइयाँ खूब खिलाई जाती हैं। गोनू झा ने जी भरकर मछली

खाई और खूब रसगुल्ले चापे। वहीं उन्हें हजाम भी दिख गया। गोनू झा उसे देखकर मन ही मन बहुत खुश हुए और उसे आवाज देकर अपने पास बुला लिया। जब हमाज आया तो गोनू झा उसे कंधा पकड़कर थोड़ी दूर ले गए। उन्होंने ऐसा दर्शाया मानो वे एकान्त चाह रहे हों। फिर इधर-उधर देखकर उन्होंने हजाम से फुसफुसाते हुए कहा–"सुन भाई, एक जरूरी काम है–मगर कसम है तुम्हें किसी को बताना मत।"

हजाम ने कहा–"बताइए पंडित जी, हम किसी को नहीं बताएँगे।"

गोनू झा हजाम से फुसफुसाते हुए कहा–"मेरे मल-द्वार पर एक बड़ा-सा फोड़ा हो गया है। शायद बालतोड़ है। पक गया है। इतना टसकता है कि न तो बैठा जा रहा है और न ही खड़ा हुआ जाता है। कल आके चीरा लगा दो।"

उन दिनों गाँवों में हजाम फोड़ों में चीरा लगाने का काम भी करते थे। इसलिए हजाम को इस बात का अहसास तक नहीं हो पाया कि उसका पाला गोनू झा से पड़ चुका है।

गोनू झा घर पहुँचे और सीधे दरवाजे के सामने खुली जमीन पर गए और वहाँ पर चार बाँस गाड़कर उसे चारों तरफ तिरपाल से घेर दिया। फिर उन्होंने पड़ोस से बढ़ई बुलाकर आनन-फानन में एक टेबल बनवाया जिसके बीच में छह इंच की परिधि में गोलाकार छेद करवा दिया। टेबुल को वे तिरपाल घेरकर बनाए गए कमरे जैसे घेरे में ले गए। वहाँ घेरे के बीचोबीच उन्होंने टेबल रख दिया। उस समय उनके होंठों पर वही रहस्मयी मुस्कान खेल रही थी। इसके बाद, अपने कमरे में गए और जुलाब लेकर सो गए।

दूसरे दिन हजाम आया तो गोनू झा उसे तिरपाल वाले घेरे में ले गए और खुद टेबल पर बैठे और हजाम को टेबल के नीचे जाने को कहा। हजाम अपने औजार लेकर जैसे ही टेबल के नीचे गया कि गोनू झा ने मल-निस्तरण प्रक्रिया शुरू कर दी। उनके मल द्वार से पिचकारी की तरह मल निकल रहा था और टेबल के नीचे बैठा हजाम मल-स्नान कर रहा था। जुलाब के असर से एक बार में ही गोनू झा का पेट साफ हो गया। गोनू झा टेबल से उठ गए और हजाम हड़बड़ाकर टेबल से बाहर निकला। वह बोल पाने की स्थिति में नहीं था। सिर से मल टपक रहा था। दुर्गन्ध से सराबोर हजाम कुछ समझ नहीं पाया कि वह करे भी तो क्या करे। उसके कपड़े भी मल से तरबतर थे।

गोनू झा ने आवाज लगाई–“आ जा भइया। तेरे स्नान और वस्त्र परिवर्तन की व्यवस्था बाहर है।”

हजाम बाहर आया तो पानी, साबुन और धोती उसके लिए तैयार था। खूब साबुन मलकर उसने स्नान किया और गोनू झा मस्ती में खड़े मुस्कुराते हुए उसे नहाता हुआ देखते रहे।

जब वह नहाकर कपड़े बदल चुका तब उन्होंने हजाम से कहा–“यह थी मछली के बाद मछली की परसादी। समझ ही गए होगे।”

हजाम बिना कुछ बोले वहाँ से चला गया और गोनू झा मुस्कुराते हुए अपने घर आ गए।

सूद-मूल बराबर

गोनू झा अपने आरम्भिक दिनों में बहुत गरीब थे। दो जून की रोटी जुटाना उनके लिए कठिन था। ऐसे ही दिनों में घर में ऐसी जरूरत आ पड़ी जिसे टालना मुश्किल था। गोनू झा को महाजन के पास जाना पड़ा और उससे सूद पर दो सौ रुपए उधार लेना पड़ा।

दिन बीतते गए। चाहकर भी गोनू झा महाजन का पैसा वापस नहीं कर पाए। सूद बढ़ता गया। एक दिन गोनू झा के घर महाजन आ धमका और पैसे वापस करने की जिद करने लगा। गोनू झा उसे टालना चाह रहे थे मगर महाजन था कि टलने का नाम नहीं ले रहा था।

गोनू झा से महाजन ने ठेठ लहजे में कहा–"पंडित जी, सब्र की भी सीमा होती है। अब सूद-मूल मिलकर चार सौ रुपए हो गए। बिना पैसे लिए मैं यहाँ से जाने वाला नहीं।"

गोनू झा परेशान हो गए। अन्त में उन्होंने कहा–"मुझे एक चिट्ठी लिख लेने दो–फिर सूद-मूल की बात करना।" गोनू झा ने एक कागज पर चिठ्ठी लिखी। चिट्ठी को मोड़कर धोती के फेंट में लपेट लिया और फिर महाजन से बोले–''सेठ जी! आप नहीं मान रहे हैं तो लीजिए, अब मैं अपनी इहलीला समाप्त कर रहा हूँ। मैंने यह चिठ्ठी महाराज के नाम लिखी है जिसमें मैंने साफ-साफ लिख दिया है कि मैंने महाजन से सूद पर दो सौ रुपए लिए थे। महाजन का कहना है कि सूद समेत मुझे चार सौ रुपए देने हैं और मेरे पास पैसे नहीं हैं। इसलिए मैं अपनी फजीहत कराने से अच्छा मर जाना समझकर फाँसी लगा रहा हूँ।''

गोनू झा ने एक धोती समेटी और उसका फंदा बनाकर बनेरी में बाँधने लगे। महाजन के हाथ के मानो तोते उड़ गए। उसे जैसे काठ मार गया। जब गोनू झा ने धोती का फंदा अपने गले में लगाया तो महाजन को होश आया

और उसने गोनू झा के पाँव पकड़ लिए तथा वह गिड़गिड़ाने लगा–"नहीं महाराज, नहीं। आप ऐसा काम नहीं करें। ब्रह्महत्या का पाप मुझ पर लगेगा–मेरा परलोक बिगड़ेगा। मैं सूद छोड़ने को तैयार हूँ। आप मेरा मूल दो सौ रुपये लौटा दें, मैं खुशी-खुशी चला जाऊँगा।"

लेकिन गोनू झा नहीं माने। उन्होंने कहा–"मैं दो सौ रुपया कहाँ से दूँ? मेरे पास एक धेला भी नहीं है। ऐसी जिन्दगी से तंग आ गया हूँ। मेरे लिए मर जाना ही बेहतर है।"

महाजन यह सोचकर डर गया था कि गोनू झा की चिट्ठी से उस पर उन्हें आत्महत्या के लिए प्रेरित करने का आरोप लगेगा और वह महाराज के कोप का भाजन बन जाएगा। डर से महाजन के प्राण सूख रहे थे। शरीर से ठंडा पसीना रिस रहा था। उसने गोनू झा से कहा–"पंडित जी! दो दिन के बाद ही मेरे बेटे का विवाह है। इसीलिए पैसे की जरूरत है वरना मैं आपके दरवाजे पर कदम भी नहीं रखता। चलिए–मैं मूल में से एक सौ रुपए और छोड़ देता हूँ। मुझे बाकी पैसे दे दीजिए, मैं वापस चला जाऊँगा।"

गोनू झा ने अपने गले से फंदा हटाया। चौकी से नीचे उतरे। बहुत शान्त स्वर में उन्होंने महाजन से कहा–"ठीक है। आपसे मैंने दो सौ रुपए उधार लिए थे। उसमें से आपने एक सौ रुपए छोड़ दिए हैं। अब आपको मुझसे सौ रुपए लेने हैं। परसों आपके बेटे की शादी है। मैं पंडित हूँ। यह शादी मैं करा दूँगा। एकावन रुपए शादी कराने के, इक्कीस रुपए तिलक के, इक्कीस रुपए नवग्रह शान्ति के तथा इक्कीस रुपए गाँठ बाँधने के यानी कुल एक सौ चौदह रुपए बनते हैं। अब आप यह मान लें कि आपने मुझे पंडिताई के लिए सौ रुपए पेशगी दी है। विवाह सम्पन्न हो जाने के बाद आप मुझे चौदह रुपए दे दीजिएगा। अब जाइए, विवाह की तैयारी कीजिए। हमारा आपका हिसाब बराबर हो चुका है।"

बेचारा महाजन चुपचाप वहाँ से चला गया और गोनू झा के चेहरे पर मुस्कान खेलने लगी।

माँ काली का वरदान

सभी जानते हैं कि गोनू झा माँ काली के परम भक्त थे। गोनू झा की श्रद्धाभक्ति से माँ काली प्रसन्न हो गईं। उन्होंने गोनू झा को दर्शन देने का मन बना लिया। उन्होंने सोचा कि गोनू झा बहुत चालाक है। इसलिए दर्शन देने से पहले उसे छकाया जाए।

गोनू झा सोये हुए थे। माँ काली ने अपना भयंकरतम रूप लिया। एक शरीर दो भुजाएँ किन्तु एक सहस्र शीर्ष वाली माँ काली प्रकट हो गईं। स्वप्न लोक में विचरण कर रहे गोनू झा माँ का यह रूप देखकर हँसने लगे। माँ काली ने उन्हें हँसता देख विस्मय से मुँह खोला। गोनू झा ठठाकर हँस पड़े। तब माँ काली ने अपना विस्मय प्रकट करते हुए पूछा—“गोनू, तुम मेरा यह रूप देखकर डरे नहीं?” गोनू झा ने उत्तर दिया—“माँ! मैं तो आपका पुत्र हूँ। आपकी गोद में ही खेलता रहता हूँ। आप चाहे जिस रूप में हों, मुझ बालक के लिए तो आप हर रूप में माँ हैं। और भला किसी बालक को माँ से कभी डर लगता है! चाहे वह जैसा भी रूप बना ले—बालक माँ को पहचान ही जाता है।”

माँ काली गोनू झा के उत्तर से प्रसन्न हुईं। पुनः उन्होंने पूछा—“मेरे सहस्र मुख दर्शन कर तुम हँसे क्यों?”

गोनू झा ने उत्तर दिया—“माते। यह सोचकर मुझे हँसी आ गई कि आपके सहस्र मुख हैं और सहस्र नाक भी। किन्तु हाथ दो ही हैं। मेरा एक मुँह एक ही नाक है और भुजाएँ दो हैं। जब मुझे जुकाम होता है तो पोंछते-पोंछते मैं परेशान हो जाता हूँ। जब आपको जुकाम होगा तो इन दो हाथों से एक हजार नाक कैसे पोछेंगी? बस, यही सोचकर मुझे हँसी आ गई।”

गोनू झा माँ काली के सामने बिलकुल निर्दोष बालक की तरह बोल रहे

थे। उनकी बाल-सुलभ बातें सुनकर माँ प्रसन्न हुईं तथा कहा–"पुत्र, मैं तुम्हारी बातों से प्रसन्न हुई। वर माँगो।"

गोनू झा बोले–"माँ मैं क्या वर माँगूँ? आपका स्नेह मिलता रहे, यही मेरे लिए काफी है। आपकी कृपा-दृष्टि मुझ पर बनी रहे, इससे बड़ी उपलब्धि मेरे लिए और क्या होगी?"

माँ काली गोनू झा की बातों, श्रद्धा और विवेकपूर्ण व्यवहार से प्रसन्न तो थीं ही, उन्होंने कहा–"पुत्र! तुमने कुछ नहीं माँगा फिर भी मैं तुम्हें वरदान देती हूँ कि कोई भी समस्या तुम्हें उलझा नहीं पाएगी। हर तरह की समस्या का समाधान तुम चुटकियों में कर लोगे। बुद्धि, विवेक, ज्ञान और वाणी-कौशल में तुम्हें कोई परास्त नहीं कर सकेगा।" ऐसा कह-कर माँ काली अन्तर्ध्यान हो गईं और गोनू झा हाथ फैलाए–'माते! माते!' कहते हुए बिस्तर पर उठकर बैठ गए।

बहुत देर तक बैठे वे अपने स्वप्न की मीमांसा करते रहे। इसके बाद गोनू झा का बुद्धिचातुर्य और वाणी-कौशल विश्व में विख्यात हुआ।

पोथी हुई समाप्त

गोनू झा जब बच्चे थे तब उनका मन पढ़ाई में नहीं लगता था। उनके माता-पिता थे कि उनके पीछे हाथ-धोकर पड़े रहते थे कि वे पढ़ें। गोनू झा बातूनी भी थे और चालाक भी। स्कूल में गुरुजी की बेंत से बचने का कोई न कोई अच्छा बहाना वे निकाल ही लेते थे और सहपाठियों के साथ चुहल करने से भी वे बाज नहीं आते थे। उनकी हाजिरजवाबी मुग्धकारी थी जिसके कारण शिक्षकों का गुस्सा भी ठंडा हो जाया करता था।

एक दिन उनके शिक्षक ने उनसे कहा–"सुनो गोनू! तुम बुद्धिमान हो, चालक हो, विवेकशील हो फिर भी तुम शैतानियाँ करते रहते हो। यह अच्छी बात नहीं है। मैं देखता हूँ, तुम दिन भर कक्षा में सहपाठियों से बातें करते रहते हो। अब यह सब छोड़ो और अच्छे विद्यार्थी की तरह कक्षा में ध्यान से गुरुजनों की बातें सुनो। अपना पाठ याद करो। तुम पढ़ाई पर थोड़ा भी ध्यान दोगे तो बहुत अच्छा करोगे।"

गोनू झा हमेशा की तरह बोले–"जी, गुरुजी! मैं कक्षा में आपकी बातें ध्यान से सुना करूँगा।"

गुरुजी को लगा कि गोनू झा पर उनकी बातों का असर हुआ है। उन्होंने गोनू झा को चेताया–"यदि अब से मैंने देख लिया कि तुम कक्षा में सहपाठियों से बातें कर रहे हो या सबक बनाकर नहीं आए हो तो समझ लो कि तुम्हें कठोर दंड दूँगा।"

गोनू झा ने गुरुजी की गम्भीर वाणी सुनी तो घबरा गए और कहने लगे–"नहीं गुरुजी। अब मैं कक्षा में शैतानी नहीं करूँगा। किसी से बातचीत नहीं करूँगा। आप जो सबक देंगे, उसे पूरा करूँगा।"

गुरुजी ने उस दिन गोनू झा को पाठ याद करने के लिए दिया और कहा कि कल जब विद्यालय आओगे तो यह पाठ अवश्य याद हो जाना चाहिए।

गोनू झा ने हामी भर दी। स्कूल में छुट्टी की घंटी बजी। गोनू झा घर वापस आए। बस्ता ताक पर रखा और खेलने चले गए। खेलकर लौटे तो भोजन किया और सो गए। दूसरे दिन जब वे स्कूल पहुँचे तो कक्षा में शिक्षक ने पाठ सुनाने को कहा। गोनू झा बहुत शान्त होकर बोले–"गुरुजी, आपने तो कहा था कि कल सुनाना। इसलिए आज मैं याद करके नहीं आया। कल सुना दूँगा।"

गुरुजी को गुस्सा आ गया। उन्होंने गोनू झा की कान उमेठ दी और बोले–"कल पाठ ही नहीं, पूरी पोथी खत्म करके आओगे, नहीं तो तुम्हें ऐसा दंड दूँगा कि तुम्हारी सारी चालाकी आसुँओं में घुल जाएगी। समझ गए न?"

गोनू झा ने अपना कान सहलाते हुए कहा–'जी, गुरुजी।'

फिर छुट्टी हुई। गोनू झा घर लौटे और फिर पहुँच गए खेल के मैदान में। घर पहुँचे। खाना खाया। माँ से किस्से सुने और सो गए। दूसरे दिन विद्यालय जाने के लिए तैयार हुए और बस्ते में स्लेट रहने दिया और सारी किताबें निकालकर ताके पर रख दीं। फिर चल दिए स्कूल। गुरुजी ने कक्षा में हाजिरी ली और उसके बाद गोनू झा की पटरी के पास पहुँचे। उन्होंने देखा, गोनू झा के बस्ते में स्लेट तो है मगर किताबें नहीं हैं। गुरु जी गुस्से से आग बबूला हो गए। सोचने लगे कितना ढीठ है गोनू झा! दो दिनों से डाँट सुन रहा है मगर सुधरने का नाम नहीं ले रहा है। उन्होंने पूछा–"गोनू, क्या बात है–तुम किताब ले के नहीं आए हो?"

गोनू झा खड़े हुए और बोले–"गुरुजी, कल आपने ही तो कहा था कि 'पाठ क्या? कल तुम पोथी खतम करके आना,' तो मैं विद्यालय आने से पहले पोथी तालाब में बहाकर आया हूँ। आपके आदेशानुसार मैंने पोथी खत्म कर दी है।"

गुरुजी को अपने शब्द याद आए तो वे सिर पर हाथ रखकर बैठ गए। गोनू को वे कहें तो क्या कहें? वे समझ नहीं पा रहे थे और गुरुजी की यह हालत देखकर गोनू झा मन ही मन मुस्कुरा रहे थे।

स्वर्ग से वापसी

मिथिला महाराज के दरबार में गोनू झा का सम्मान दिनों-दिन बढ़ता जा रहा था। उनके बढ़ते प्रभाव से महाराज के दरबार के अन्य दरबारी उनसे ईर्ष्या करने लगे थे। वे पीठ पीछे गोनू झा के विरुद्ध विष-वमन करते रहते मगर मुँह पर कुछ भी बोलने का साहस नहीं जुटा पाते।

महाराज के दरबार में एक हजाम भी था जो गोनू झा से जलता था। उसने धीरे-धीरे गोनू झा से ईर्ष्या रखनेवाले दरबारियों से दोस्ती गाँठ ली और उनका चहेता बन गया। यह हजाम बहुत चालाक और धूर्त किस्म का इनसान था। एक दिन महाराज ने गोनू झा की सराहना खुले दरबार में की। दरबारी जल-भुनकर रह गए। हजाम ऐसे ही दिन की प्रतीक्षा में था। उसने दरबारियों से कहा कि यदि आप लोग साथ दें तो मैं ऐसी जुगत भिड़ाऊँगा कि इस गोनू झा की सदा के लिए छुट्टी हो जाएगी। दरबारियों ने हजाम से वादा कर लिया कि वह जैसा कहेगा वे वैसा ही करेंगे। हजाम खुश होकर उनसे विदा लेकर अपने घर लौट गया।

महाराज के पिता की कुछ माह पहले ही मौत हो गई थी। राजमहल के सामने ही उनकी समाधि बनाई गई थी। महाराज सुबह में स्नान आदि से निवृत्त होकर पहले तो अपने पिता की समाधि पर जाते वहाँ फूल चढ़ाते तब राजभवन पहुँचकर राज-काज में लगते। पिता की मृत्यु के बाद से उनका रोज का नियम यही था।

हजाम इस बात को जानता था। एक दिन जब महाराज समाधि-स्थल पुष्प अर्पित करने पहुँचे तो देखा कि एक कागज मुड़ा हुआ समाधि पर रखा हुआ है। उन्होंने उस कागज को उठाया और खोला तो पाया कि वह कागज कुछ और नहीं—पत्र है। यह पत्र उनको ही सम्बोधित कर लिखा गया है। पत्र का मजमून था कि—'मेरे पुत्र। मैं जानता हूँ तुम मेरे वियोग से व्यथित

हो। अब तुम्हें व्यथित होने की कोई जरूरत नहीं है क्योंकि मुझे स्वर्ग में स्थान मिल गया है। यहाँ मुझे किसी चीज की कोई कमी नहीं है। कमी तो केवल एक बात की कि मेरे पास कोई एक अच्छा पंडित नहीं है जो मेरे पूजन-कार्य सम्पन्न कराए। अच्छा होता कि तुम अपने दरबारी गोनू झा को मेरे पास भेज देते। उसके सीधे स्वर्ग आने का तरीका तुम्हें भेज रहा हूँ। अपने राज्य के पूर्वी श्मशान के टीले पर तुम गोनू झा को बैठाकर उस पर दो खेतों के पुआल डलवाकर आग लगवा दो। पवित्र अग्नि की लौ और धुएँ के साथ तत्काल उसकी आत्मा को सीधे स्वर्ग में प्रवेश मिल जाएगा। यह कार्य तुम यथाशीघ्र सम्पन्न कराओ! तुम्हारा पिता।'

पत्र पढ़कर महाराज असमंजस में पड़ गए। ओह, ऐसा कैसे हो सकता है? अब तक कभी सुना नहीं, न देखा कहीं। क्या स्वर्ग से कोई पत्र आ सकता है—मर्त्यलोक में? उलझन में पड़े महाराज दरबार में आए।

उन्हें चिन्तित देखकर दरबारियों ने पूछा—"क्या बात है महाराज? आप कुछ चिन्ता में हैं?"

महाराज ने कहा—''एक सवाल मेरे मन में उमड़-घुमड़ रहा है कि क्या स्वर्ग से कोई पत्र मृत्युलोक में आ सकता है?''

दरबारियों में बैठा हजाम बोला—''क्यों नहीं महाराज! स्वर्ग लोक में देव योनि है जिसके लिए कुछ भी सम्भव है।"

गोनू झा से खार खाए दरबारियों ने हजाम को हर तरह का सहयोग देने का वचन दिया था इसलिए उन लोगों ने समवेत स्वर में कहा—"सम्भव है! सम्भव है!''

तब महाराज ने समाधि पर पत्र मिलने की घटना दरबार में सुनाई और अपने पिता का पत्र भी पढ़कर सुनाया। गोनू झा समझ गए कि वे बुरी तरह फँस गए हैं इसलिए उन्होंने खुद ही उठकर कहा—''महाराज, मैं स्वर्गारोहण के लिए तैयार हूँ। मगर मुझे तीन माह का समय चाहिए।''

महाराज मान गए। तीन माह के बाद गोनू झा पूर्वी श्मशान के टीले पर पहुँचे। उन पर पुआल लादा गया और आग लगा दी गई। आग तीन दिनों तक सुलगती रही। लोगों ने मान लिया कि गोनू झा का स्वर्गारोहण हो गया है। दरबारी खुश थे किन्तु महाराज दुखी।

इस घटना के ठीक तीन माह बाद महाराज के दरबार में गोनू झा ने

मुस्कुराते हुए प्रवेश किया। सभी आश्चर्यचकित रह गए। महाराज चौंककर सिंहासन से उठ खड़े हुए कि कहीं वे स्पप्न तो नहीं देख रहे!

लेकिन गोनू झा का आना सच था, सपना नहीं। गोनू झा ने ऊँची आवाज में कहा–''महाराज की जय हो! स्वर्ग में आपके पिता कुशल हैं और उन्होंने मुझे इस पत्र के साथ धरती पर भेज दिया है।"

महाराज ने पत्र लिया और ऊँची आवाज में पढ़ने लगे ताकि दरबारी भी बड़े महाराज के पत्र का विवरण जान लें। महाराज पढ़ रहे थे–'पुत्र। गोनू झा ने मुझे पूजन-कार्य के नियम सिखला दिए हैं इसलिए उसे मैं वापस भेज रहा हूँ। स्वर्ग में देवगणों को दाढ़ी बनाने की जरूरत नहीं पड़ती इसलिए यहाँ नाई नहीं हैं। मेरी दाढ़ी और मेरे बाल बढ़ गए हैं। तुम अपने दरबार से हजाम को उसी विधि से स्वर्ग भेजो जिस विधि से गोनू झा को भेजा था। तुम्हारा पिता।'

दरबार में सन्नाटा छा गया। हजाम की हालत खराब थी। वह अपने आसन से उठा और घरबराते हुए महाराज के पास पहुँचकर कहने लगा– ''महाराज! यह झूठ है। आप कृपा कर मेरी बात सुनिए। गोनू झा वाला पत्र स्वर्ग से नहीं आया था। उसे मैंने ही लिखा था। मेरी गलती माफ कीजिए। मेरी जान बख्श दीजिए।''

महाराज किंकर्तव्यविमूढ़ से थे। तभी गोनू झा ने कहा–"महाराज! यह सही कह रहा है। मैंने वह पत्र देखते ही समझ लिया था कि मेरे विरुद्ध षड्यंत्र रचा गया है। इसलिए ही मैंने तीन माह का समय आप से लिया था और तीन महीनों में मैंने अपने कमरे से श्मसान के टीले तक की एक सुरंग खोद ली थी। जब लोग मुझ पर पुआल डाल रहे थे तब मैं सुरंग से उतरकर अपने कमरे में चला आया था और तीन माह तक अपने घर में ही रहा।"

महाराज बहुत क्रोधित हुए और कहा–"हजाम की इस दुष्टचेष्टा के लिए इसे फाँसी पर लटकाया जाना चाहिए।"

तब हजाम ने गोनू झा के पाँव पकड़ लिए और उनके सामने गिड़गिड़ाने लगा। तब गोनू झा ने महाराज से अनुनय कर उसे प्राणदंड से मुक्ति दिलाई मगर महाराज ने हजाम को कारागार में डलवा दिया।

आँखों की तौल

मिथिला दरबार में गोनू झा की धूम मची रहती थी जिससे राम खेलावन मिश्र उर्फ मिसिर जी बहुत खीजे रहते थे। राम खेलावन यानी मिसिर जी की चलती तो आज और अभी गोनू झा की खाल नोच लेते। वे हमेशा गोनू झा को नीचा दिखाने की ताक में लगे रहते मगर गोनू झा थे कि उनकी एक न चलने देते।

एक बार महाराज के दरबार में मिसिर जी पहुँचे और महाराज से कहने लगे–"महाराज! मेरे साथ इन्साफ कीजिए।"

महाराज ने पूछा–"कहिए राम खेलावन, क्या हो गया? कैसा इन्साफ चाहिए?"

मिसिर जी ने महाराज से कहना शुरू किया–''महाराज! गोनू झा आज से दस साल पहले मेरे पास मदद माँगने आये थे। उन्हें एक आँख की जरूरत थी। उन्होंने मुझसे कहा–'मिसिर जी, मुझे अपनी एक आँख दे दीजिए।' मैंने अपनी एक आँख उन्हें दे दी। अब मैं उनसे अपनी आँख माँग रहा हूँ तो वे दे नहीं रहे हैं।"

दरअसल राम खेलावन मिसिर की एक आँख बचपन में ही फूट गई थी। एक आँख वाले मिसिर जी की बात सुनकर महाराज ने पूछा–''ठीक से बताइए, क्या हुआ था...।''

गोनू झा दरबार में थे। उन्होंने समझ लिया कि जरूर मिसिर जी कोई चाल चलने वाले हैं। उनके चेहरे पर रहस्मयी मुस्कान आ गई। उन्होंने खुद आगे बढ़कर महाराज से कहा–"महाराज, सच तो यह है कि मिसिर जी के पास मैं नहीं गया था। दस साल पहले मिसिर जी मेरे पास आए थे। उन्हें पैसों की जरूरत थी। वे अपनी एक आँख गिरवी रखकर मुझसे तीन हजार रुपए उधार ले गए थे। वे मेरे पैसे वापस कर दें तो मैं उनकी आँख वापस

कर दूँगा।”

मिसिर ने सोचा–अब गोनू झा फँस गए। और उन्होंने महाराज से कहा–“यही सही महाराज। यही सही। मुझे तीन दिन की मोहलत दीजिए। मैं आपके सामने गोनू झा को तीन हजार रुपए दूँगा और गोनू झा भी आपके सामने ही मेरी आँख वापस कर दें।”

गोनू झा मान गए।

महाराज अब तक समझ नहीं पाए थे कि आखिर यह सब हो क्या रहा है? भला कोई अपनी आँख गिरवी कैसे रख सकता है? और भला कोई किसी की आँख गिरवी क्यों रखेगा? मगर जब इस बिन्दु पर दोनों रजामंद थे, महाराज भी क्या करते? उनके सामने तो एक बेहद रोचक समस्या आई थी और वे देखना चाहते थे कि इसका समाधान क्या है।

दरबारियों ने जब सुना तो वे आश्चर्य से दाँतों तले उँगलियाँ दबाने लगे। सबको इस बात की प्रतीक्षा थी कि कैसे तीन दिन बीते कि वे इस ‘रेहन’ की समस्या का समाधान देखें। सब सोच रहे थे कि क्या गोनू झा तीन हजार के बदले में अपनी आँख दे देंगे?

अभी एक दिन बीता था कि गोनू झा ने एक शिकारी को बुलाकर कुछ पैसे दिए और कहा–“जाओ, कल सुबह मुझे कुछ जानवरों की आँखें चाहिए।”

गोनू झा दूसरे दिन दातून कर रहे थे कि शिकारी एक बर्तन में कई जानवरों की दस आँखें एक कपड़े में लपेटकर ले आया। उसने गोनू झा को वे आँखें दिखाईं तो गोनू झा बहुत खुश हुए। उन्होंने शिकारी से वे आँखें लेकर एक डिब्बे में रख लीं। इनमें कुछ आँखें बड़ी थीं, कुछ छोटी। कुछ किसी बड़े जानवर की तो कुछ छोटे जानवर की। गोनू झा इन आँखों को देखकर मुस्कुरा रहे थे। वे तैयार हुए और आँखों वाला डिब्बा लेकर दरबार में पहुँच गए।

महाराज आए। दरबारी आए। दरबार खचाखच भर गया। मिसिर जी महाराज के पास पहुँचे और कहा–“महाराज, मैं रुपये ले आया हूँ और आपके सामने गोनू झा को दे रहा हूँ। वे भी मुझे आपके सामने मेरी आँख दे दें।” मिसिर जी मन ही मन खुश हो रहे थे कि आज गोनू झा की खैर नहीं। अब निकाले अपनी एक आँख। मिसिर जी सोच रहे थे कि अब उन्हें

लोग काना गोनू ही बुलाएँगे, जैसे लोग काना मिसिर कहते हैं–पीठ-पीछे।

गोनू झा उठे और मिसिर जी से रुपए ले लिए–गिने। पूरे तीन हजार थे। अब उन्होंने आँखोंवाला डिब्बा निकाला और कहा–"महाराज, मिसिर जी को अपनी आँख इस डिब्बे से निकाल लेने को कहें।"

महाराज यह देखकर दंग थे कि डिब्बे में एक नहीं, दस आँखें थीं। मिसिर जी भी परेशान थे, अब क्या करें? उन्होंने तो सोचा था कि नौबत गोनू झा की आँख निकालने की आएगी। अब तो माजरा ही बदल गया। मिसिर जी ने डिब्बे में रखी आँखें देखीं और अपनी अन्तिम चाल चली। कहा–"इसमें मेरी आँखें नहीं हैं। गोनू झा ने तुरन्त निदान सुझाया और बोले–"महाराज मैं भी नहीं पहचान पा रहा हूँ कि इसमें मिसिर जी वाली आँख कौन-सी है। मैंने अब तक दस आँखें गिरवी में रखी हैं। वे सारी आँखें इसी में हैं।" फिर उन्होंने महाराज से कहा–"महाराज, आप कृपा कर एक तुला मँगवा दें। मिसिर जी अपनी आँख निकालकर तुला के एक पलड़े पर रख दें। मैं उस आँख की तौल के बराबर की आँख उन्हें निकालकर दे दूँगा।"

मिसिर जी ने आपत्ति उठाई–'भला मैं अपनी आँख निकालकर कैसे तौलवाऊँ?"

गोनू झा ने कहा–"जैसे आपने आँख निकालकर गिरवी रखी थी।"

अब मिसिर जी से कुछ भी बोलते नहीं बना तो वे मैदान छोड़कर लौटने लगे। महाराज समझ गये कि मिसिर जी गोनू झा पर झूठा आरोप मढ़कर परेशान कर रहे थे। उन्होंने भरे दरबार में राम खेलावन मिसिर को बुरी तरह फटकारा और चेतावनी दी कि अब कभी उन्होंने ऐसी हरकत की तो उनको दंड का भागी बनना पड़ेगा।

गोनू झा अपनी रहस्यमयी मुस्कान के साथ अपने आसन पर आकर बैठ गए।

दाढ़ी के बाल से मुक्ति का मार्ग

मिथिला नरेश के दरबार में एक तहसलीदार नया-नया बहाल हुआ था। लोगों से जबरन मालगुजारी वसूलकर वह महाराज की नजरों में अपना महत्त्व बढ़ाना चाहता था। लोग उसके रवैये से दुःखी थे।

तहसलीदार गोनू झा के गाँव में पहुँचा और वहाँ भी अपने रुतबे के रोब में लोगों से अत्याचार पूर्वक मालगुजारी की वसूली करने लगा। दबाव बनाने के लिए उसने कई बकायेदारों के फसल कटवा लिए।

बात गोनू झा तक पहुँची। गोनू झा कुछ गाँव वालों के साथ वहाँ पहुँचे जहाँ तहसीलदार ठहरा हुआ था।

गोनू झा और उनके साथ आए ग्रामीणों ने तहसीलदार को नमस्कार किया। उस समय तहसीलदार तहमद लपेटे कुर्सी पर बैठा, धूप सेंक रहा था। उसने गाँव वालों को आया देख अपनी दाढ़ी सहलाते हुए कहा–"इस समय आप लोग यहाँ क्यों आए हैं?"

गोनू झा ने बात की कमान सँभाली और कहा–"कल दरबार में महाराज आपकी प्रशंसा कर रहे थे कि आप जब से आए हैं--राजकोष में तेजी से वृद्धि हुई है इसलिए मैं आपसे मिलने चला आया हूँ। ये गाँव वाले भी आपके दर्शन के लिए उपस्थित हुए हैं।" गोनू झा की बातें सुनकर तहसीलदार की अकड़ बढ़ गई। तभी गोनू झा को कुर्सी के पास एक बाल दिख गया। उन्होंने उस बाल को चुटकी से पकड़कर उठा लिया। उसे माथे से लगाया। फिर उस बाल को चूमा और अपनी दोनों आँखों से सटाया फिर धोती के खूँटे में बाँध लिया। गाँव वाले अचरज में डूब गए कि पंडित जी को यह क्या सूझी कि इस जानवर से बदतर आदमी के बाल को इतना सम्मान दर्शाते हुए सहेज रहे हैं?

गाँव वालों ने पूछा–"पंडित जी! बाल आप क्यों सहेज रहे हैं?

गोनू झा ने कहा–"मेरे तो भाग्य ही जग गए। मैंने सुबह-सुबह सपना देखा कि मुझे भविष्यवाणी हुई है कि जाओ। तहसीलदार साहब के दरबार में वहाँ से उनकी दाढ़ी का एक बाल किसी तरह प्राप्त करो। यदि तुम ऐसा करने में सफल रहे तो तुम्हें किसी चीज की कमी नहीं रहेगी। तहसीलदार का बाल जिस किसी के भी पास होगा उसके भाग्य चमक उठेंगे और दीन-दशा से मुक्ति का मार्ग मिल जाएगा।"

तहसीलदार यह सब सुनकर फूले नहीं समाया। कुछ ग्रामीण बढ़े और तहसीलदार के पाँव छू लिए। बहुत श्रद्धा और विनय के साथ उससे एक दाढ़ी का बाल माँगा। तहसीलदार ने अपनी दाढ़ी से एक बाल नोंचकर उन्हें थमा दिया।

गोनू झा ग्रामीणों के साथ वापस आकर अपने रोजमर्रे के काम में लग गए। उनके चेहरे पर रहस्यमयी मुस्कान उभर आई थी।

थोड़ी ही देर में पूरे गाँव में तहसीलदार की चमत्कारी दाढ़ी की चर्चा होने लगी। पूरा गाँव तहसीलदार के आवास पर उमड़ पड़ा। पहले तो तहसीलदार ने कुछ लोगों को अपनी दाढ़ी से बाल खींच खींचकर दिया मगर माँगने वालों का सैलाब उमड़ता ही जा रहा था।

गोनू झा ने तहसीलदार को सबक सिखाने का बिना कुछ कहे जो नुस्खा आजमाया उसका अन्तिम नजारा यह था कि तहसीलदार भागा जा रहा था और उसकी मुक्तिदायिनी दाढ़ी का एक बाल पाने के लिए ग्रामीण उसके पीछे दौड़ रहे थे। तहसीलदार के पास जो भी पहुँचता, उसकी एक दाढ़ी नोंच लेता...। किसी तरह तहसीलदार गाँव से बाहर निकल गया। उसने अपने सामान चपरासियों को भेजकर मँगा लिए और फिर कभी गोनू झा के गाँव में मालगुजारी वसूल करने जाने की उसे हिम्मत नहीं हुई।

●●●